原来她以为的缘分呈，
不止机缘巧合，也有几分是
邓昀的念念不忘。

一个雨天

A Rainy Day

殊娓·著

江苏凤凰文艺出版社
JIANGSU PHOENIX LITERATURE AND ART PUBLISHING

正文

- 第一章 凌晨三点钟 ... 001
- 第二章 早上六点钟 ... 035
- 第三章 早上八点钟 ... 058
- 第四章 中午十二点钟 ... 099
- 第五章 下午四点钟 ... 147
- 第六章 晚上八点钟 ... 182
- 第七章 晚上十一点钟 ... 207
- 第八章 另一个雨天 ... 229

番外

- 番外一 潮热夏季 ... 267
- 番外二 夏夏回忆录 ... 299
- 番外三 雨一直下 ... 314
- 番外四 夏夏随记 ... 332
- 番外五 夏夏的心愿 ... 337

目录

一个雨天

殊娓

品质　音效

05:20　　　　　　　　　　13:14

等看清楚那人是谁,

许沐子深深吸气。

遇到谁不好,

偏偏遇到邝昀。

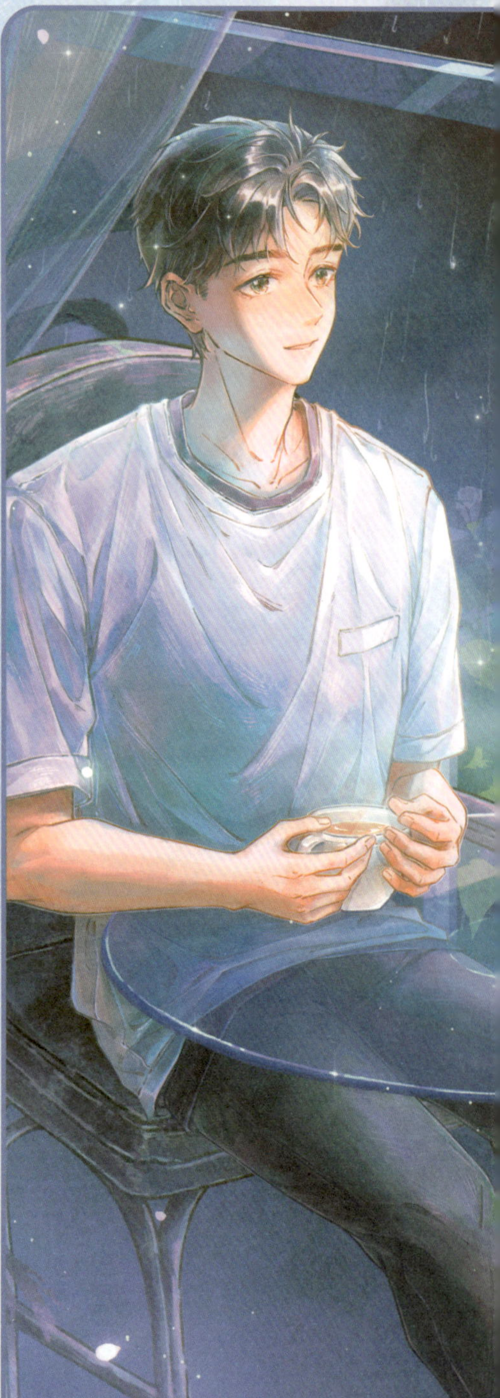

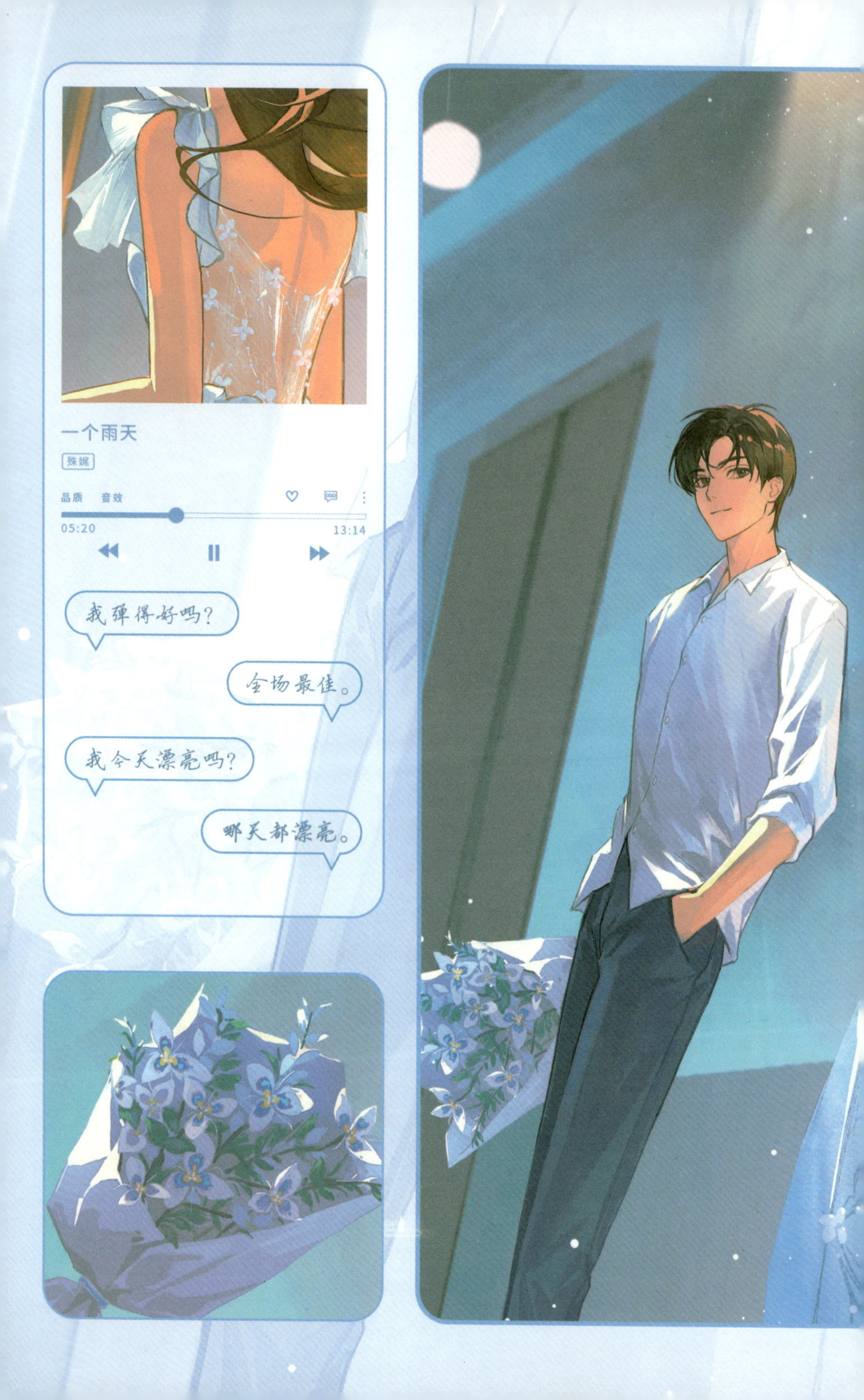

一个雨天
殊娓

05:20　　　13:14

我弹得好吗?

全场最佳。

我今天漂亮吗?

哪天都漂亮。

第一章
凌晨三点钟

手机接连振动,是堂姐发来信息询问许沐子:
给你介绍的那个相亲对象吹了?
之前不是说接触得还算顺利?
好好的,怎么突然又不行?
对话框里的三个问句,已经在耳边自动生成带着堂姐特有的八卦语气的声音。

许沐子拇指悬在手机屏幕上方,她正斟酌着要回复的内容,身子忽而前倾,是出租车刹车停在了山脚下。导航播报:"您已抵达行程终点,目的地在您右侧,开门时请注意后方来车。"

雨刮器不断摆动,刮掉风挡玻璃上的水痕。雨刮器老旧,嘎吱的异响声逐渐淹没在淅淅沥沥的细雨声中。

凌晨三点钟,这个时间段着实令人犯困。这不,在许沐子扫码付款时,举着二维码的司机偏过头去,隐忍地打了个哈欠。

司机师傅带着哈欠余音,好心提醒:"姑娘,山里温差大,凌晨寒气最重。刚才你一上车,我就闻到挺重的药油味道,要是本来就有点儿头疼脑热的小毛病,再冒雨上山,很容易加重病情啊。"

假期只剩下两天,许沐子实在不愿意待在家里听亲戚们刨根问底地挖她的感情状况,所以连夜出逃。

她走得急,没料到闷热后的狂风是雨前征兆,也就没备雨伞。

许沐子说:"没关系,十来分钟就到了。"

001

司机师傅人很好，弹开后备厢，亲自下车，冒雨帮忙把她的大行李箱搬下来。陌生人的善意总是令人温暖，许沐子拉出行李箱手柄，诚心诚意地道谢。司机师傅笑呵呵地摆着手，上车，熟练地操纵着车子掉头。出租车驶入雨幕，折返市区方向。

四下无人的山脚，手机导航里显示，去客栈的路就是眼前这条被路灯照亮的石阶路。石阶密，提行李箱上山是有些吃力的。路两旁植被茂密，爬满石堆的青苔渐渐变成葳蕤生长的蕨类，再继续走，蕨类植物又变成了一簇簇盛开的蓝紫色绣球。

烟雨蒙蒙，许沐子身上的衬衫很快被打湿，凉丝丝地贴在皮肤上。

许沐子独自一人，半是拖着，半是提着沉重的行李箱，埋头赶路，每走出十几级台阶，总要停下换手再继续。这一路磕磕绊绊，好不容易走到客栈门口，她气息不稳地站在廊檐下。

廊檐遮住雨丝，门板上的玻璃反光，刚好可以当镜子用。许沐子拢着头发，用纸巾轻拭发尾，跺几下鞋底的湿泥，自觉体面后，才抬手准备敲门。

客栈墙上挂了复古铜铃，坠着编成金刚结的粗麻绳。麻绳有自重，在细雨微风中，以微小的幅度轻轻晃动着。

去敲门的手改了路径，拽麻绳，摇铃。铜铃声音清脆，响了几声后，里面匆匆跑出来一个工作人员，是女孩子，和许沐子年龄相仿。

被雨淋透的样子怎么整理也还有些狼狈，隔着映着灯光的门玻璃，许沐子都能看得到那女孩眼底的惊讶。

女孩问："您好，是……许小姐吗？"

许沐子点头。女孩连忙拉开门，动作很自然地帮着把行李箱提过门槛："许小姐您好呀，我是夏夏，等您很久了。"

夏夏和司机一样热心。

打从许沐子进门开始，夏夏就把自己忙得团团转，像个陀螺：先是跑去拿了干爽的浴巾，让许沐子擦被雨水打湿的头发；又带着她简略地看了一圈客栈公共区域的环境和房间分布。

"这间就是您预订的房间。"不止做着导游，夏夏还可惜地说起之前给许沐子发过的信息内容，"您要是提前打电话来就好了，我们是会下山帮您拿行李的。时间很晚了，麻烦您稍等一下，我尽快帮您办理入住……"

趁着夏夏在忙，许沐子给堂姐发了定位。她有意忽略掉之前的三个问句，只告诉堂姐，自己已经抵达客栈。堂姐回复很快，问她客栈怎么样。

外面是许沐子讨厌的大雨天，一路上冷风冷雨，让人没心情在黑黢黢的凌晨欣赏沿途风景，但她喜欢门外悬着的复古铜铃，也喜欢说话时总是笑眯眯地弯着眼睛的夏夏。

她回复堂姐：还不错。

关于客栈的话题也只有这么一问一答，努力避开的情感话题又被绕回来继续。国外是晚上八点钟，堂姐直接打了电话过来，精气神十足，过问的内容还是那几句。老实说，许沐子对这种话题提不起任何兴趣，左耳朵进，右耳朵出，敷衍地举着手机东张西望。

落地窗映着夏夏跃跃欲试想要靠近的身影，许沐子了然地把手机夹在肩膀和耳朵之间，拿出卡包，又从卡包里抽出身份证递过去。

夏夏接过，几乎用气声同她沟通："许小姐，麻烦看一下这里哦。"

许沐子配合着，在暖黄色的灯光里把头转向摄像头。

前台放着咖啡机和各种冲泡类茶饮的瓶瓶罐罐，很温馨，手机里却持续传来堂姐的声音："听说那男生条件也不错，是国外留学回来的艺术生。都是学乐器的，你们就没有共同话题可聊吗？还算聊得来的话，为什么不再多了解一下？你总不能整天只想着练琴，又不能守着钢琴过一辈子。"

许沐子心想：为什么不能？

堂姐好啰唆，办理入住期间，许沐子一直在接电话，并且默默希望夏夏能够出声打断。无论什么理由，能让她顺理成章地挂断电话就行。

但夏夏太有礼貌了，帮许沐子办好入住就打着哈欠回房间去了，再也没有开口打扰过，只留下一张手绘了可爱雨伞图案的便利贴，细心地叮嘱许沐子，如果要出门，前台里的雨伞可以随意取用。

堂姐说："沐子，不是我说你，你也老大不小了，该找个人照顾你。"

他们催人恋爱，来来回回总是不靠谱的这几句话，没半点儿新意不说，也根本经不住推敲。

许沐子坐在行李箱上，反驳堂姐的言论："我可以把自己照顾得很好。"

被她删掉联系方式的相亲对象，是前阵子家里给介绍的。许沐子见过一面，他小提琴拉得不错，长得也还行，就是性格烦人。

许沐子平时要练琴，没空经常聊天，自然也没空出去约会。这件事上，两个人意见有分歧，电话里发生过两次争执后，联系自然也就断了。

芝麻大的小事，没想到被她那个相亲对象告到家长那边去了。

练琴不对吗？把自己喜欢的事情看得重要难道不对吗？

许沐子说："太黏人的类型我不喜欢，我说我要练琴，他莫名其妙就生气了，他的情绪还没我妈更年期时的稳定。这种人真的能够照顾我吗？"

况且，本来就没太多好感，不联系也正常吧？

堂姐问："确定不再接触一下了？"

察觉到堂姐要劝和，许沐子开始不耐烦，没好气地嗯了一声。

结果堂姐话锋一转，说："不接触也行，我听你爸妈说，他们最近接触到一个知根知底的男生，蛮不错的。下次你演奏会结束，他们准备让你见见，好像是老朋友家的孩子……"

挂断电话后，许沐子心情不大好，心里头比窗外的夜空还乌云密布。

她在国外生活久了，不习惯时差，回国这几天本就有些入睡困难，刚刚在出租车上又喝过咖啡，现在许沐子处于一种想睡又没有困意的矛盾状态，也就没急着回自己房间，坐在行李箱上闷闷地发呆。

她是穿着裙子上山的，雨下得那么不给人留情面，石阶坑洼处积了不少污水，这会儿坐在光线好的地方，她才看清小腿皮肤上溅到了很多泥点，脚踝上还有一道已经干掉的黑色泥痕，估计是提行李箱时被轮子蹭到的。

总是被家里人催着谈恋爱，这的确是件烦心事。不过，曾经有人对她说过，要学会屏蔽外界的嘈杂声音，享受当下。

大堂里有种淡淡的果香，是很熟悉的清新味道，但突然闻到，一时间也分辨不出来源头是何物。

许沐子站起来，伸了个懒腰。

她腿上还带着泥痕，她绕过茶几，把手臂背到身后，一边做着肩部拉伸动作，一边扫视沙发附近，寻到了味道来源。

几个插在圆柱形花瓶里的粉红色小菠萝，在凌晨三点多的静谧雨夜里，静静地散发出甜甜的清香。

大堂敞开着几扇窗子，窗外繁花盛开，万物静立在凌晨潮湿寒凉的雨雾中。被雨水打落的紫罗兰花瓣贴在窗台上，许沐子站在窗边看落花。

这家客栈选对了，的确能让人避开凡俗琐事睡个安稳觉，就是太冷了。空气潮湿凛冽，许沐子在窗边驻足不到两分钟，受凉打了个喷嚏，搓了搓手臂打算回房间去。

公共区域灯火通明，大抵是为了等她来，那些灯一直开到现在。于是许沐子披着夏夏拿给她的浴巾，沿墙边踱步，寻找灯具开关。关掉几盏主空间的灯后，她回头去看剩余光源，却意外地发现一张靠落地窗摆放的餐桌。

餐桌藏在几棵种在水泥花盆里的鸭掌木后面，有个身影坐在桌旁。

深绿色的掌状复叶层层叠叠，方才遮住了许沐子的视线，不知为何，夏夏带她参观时也没往这个方向走过。原来有人没睡，在窗边看雨。

雨水滴滴答答落在玻璃窗上，像夜的呼吸声。男人靠在木制座椅里，敞着些腿，面前放着几乎喝空的茶杯和手机。T恤和裤子都是质感柔软的浅色系布料，给人留下干净、柔和的初印象。他手撑着头，侧脸挺帅的。

许沐子想，在丝丝缕缕的夜雨里，在田园风的舒适客栈里，在凌晨三点半的灯光里，无论是谁坐在那里，这一幕都太像是电影画面了，还好没有一下子把灯都关掉。

正想着，那男人转头，沉默地看向许沐子。清晰的脸部轮廓映入眼帘，原以为是陌生人，结果是非常眼熟的长相。

等看清楚那人是谁，许沐子深深吸气。遇到谁不好，偏偏遇到邓昀。

在这种地方遇见邓昀，确实太过意外。许沐子神色复杂地站在灯光昏暗的公共区域，在所有情绪延迟袭来的瞬间，连手臂都起了层鸡皮疙瘩。

但邓昀依然稳稳当当地坐在那里，明显缺乏乍见故人的恍惚。细看又觉得他有些走神，不知道在思考什么。

相对着沉默片刻后，邓昀先开口，对拢着浴巾的许沐子不咸不淡地抛出一句："许沐子，好久不见。"

确实是好久不见。

他们其实认识很多年，也阴差阳错地有过一段频繁接触的亲密时期。在那段时间里，邓昀知道过她太多秘密，多到足以被"灭口"的程度。

所以，许沐子嘴上说着"好久不见"，心里想的却是：这山清水秀的世外桃源，不止适合放松心情，应该也适合"毁尸灭迹"吧？

许沐子是纸老虎，白长了可以去演恶女的高冷样貌。

在外人看来，这种姑娘有距离感、心机重，整天臭着脸难以接触。

其实生人勿近的五官是假象，她内心戏特别多，属于非常容易内耗的反包类型。哪怕心里吐槽千千万，真到了该开口的时候也照样会掉链子。

第二轮对话，还是由邓昀开启。他问她："这么晚，一个人来的？"

假恶女绷着脸："嗯。"

邓昀从身侧矮茶几上提了水壶，往自己面前的玻璃杯里添水："白菊花茶，要喝吗？"

许沐子拒绝了邓昀的茶，打算回房休息。

走出去几步远，她抬头看了一眼墙壁转角处的双面挂钟。秒针沿顺时针方向慢悠悠转着，挂钟显示，现在是凌晨三点三十六分。

她转头问："你不睡？"

邓昀吹开玻璃杯上一层轻纱般的白雾，悠哉地开口："不睡。"

她又问："在等人吗？"

他再开口时，似有迟疑："凌晨三点，是蛇麻花开的时间。"

答得很诗意，像是在告诉她，他不是在等人，是在等着看花开。

大部分灯已经被许沐子关掉，剩下的光源都集中在邓昀周围。

她不知道他说的蛇麻花，本能地顺着他的话往窗外看去，一片滂沱的昏暗中，隐约能辨别出某种蔓生植物爬满篱笆，并没看见有什么出奇漂亮的花。

得嘞，您继续熬着等花开吧。恕不奉陪。

许沐子的房间在二楼，上楼有电梯可以坐。出电梯右手边就是她的房间，是一间带露台花园的田园风格小套房。

她推开门，桌上放着厚厚的信封。这大概是这家客栈特有的经营方式，很贴心地用漫画形式把周边地图、可吃的、可玩的都标记给住客。入住指南太过面面俱到，居然印了十几页纸。

一时半会儿看不完，许沐子干脆先洗了个澡，把头发吹干，换了条宽松的白色亚麻布料的裙子，坐在床上继续翻看。

房间里门窗紧闭，她刚洗过澡，密闭空间里弥漫着温暖的潮气。

纸张上有淡淡的油墨味道，许沐子翻着入住指南，目光掠过那些表情夸张的漫画小人，注意力迟迟难以集中。

露台上种了些随风雨摇曳的白色小菊花，摇摇晃晃的影子落在余光里，令她想到邓昀那句等花开前的迟疑。

她很肯定，邓昀最初想说的绝对不是这一句话。只是不知道出于什么原因，他话到嘴边又临时改了口，鬼知道他心里又在打什么算盘。

许沐子最初认识邓昀时，他就是这副让人难以猜透的样子，十分擅长在长辈和外人面前装乖。

那大概是初中三年级的时候，许沐子跟着爸妈一起搬了家。

她家属于暴发户，爸妈连续几年生意兴隆，终于有了足够的钱，他们搬进了某个新开发的别墅区。

都说做生意的讲究风水，不知道是不是被同一位风水大师忽悠过，新开发的别墅区陆陆续续搬进来的邻居们，很多都是这种暴发户家庭。

据说那片别墅，他们这群暴发户买的太多了，原本就有钱的富人更不屑于搬过来，打心底里不乐意和暴发户沾边，怕影响品位。至于他们这些暴发户呢，自己当然不觉得，活得乐呵呵、美滋滋。

这些邻居们大多是做实体生意的，住得又近，一来二去接触下来，逐渐熟悉了，经常约着一起聚会。

他们还搞了个生意上的联盟，给顾客办理赠送优惠券的储值型VIP卡。优惠券在他们经营的各行各业通用，洗车行、蛋糕店、饭店、美容院和KTV等，也算是合作共赢。

其实，一旦有了生意上的往来，更容易滋生矛盾。

许沐子家的矛盾，主要是和邓昀家。两家的生意都做得挺不错，说是财源滚滚也不为过，算是联盟里的两位带头老大哥。可是一山哪能容得下二虎呢？

渐渐地，彼此间私下的抱怨和攀比也多起来。最开始是小打小闹，比一比珠宝和车，比一比谁买单次数多……

比如，许沐子妈妈聚会回来会说，邓昀妈妈最近买了某国际大牌的首饰，看着真是贵气，在聚会上很出风头。并表示，下周末再聚会前，自己也要去大商场里逛一逛，多添几件行头，把人家比下去。

再比如，许沐子爸爸回来会吐槽，这次聚会买单，他居然没抢过邓昀爸爸，真是要气死了。

到后来，两家人的比较扩展到方方面面，连许沐子和邓昀这两个晚辈也不得不被放在一起比较。

许沐子是艺术生，四岁开始学钢琴，得过很多奖项。在许沐子上小学时，本市最大的课外钢琴培训学校独占五层楼，楼体挂着的巨大宣传海报上印的就是她的照片。照片拍得不错，钢琴培训学校又开在市中心商业区的十字路口，任谁路过都要瞧上一眼，许沐子那时候可太风光了。

邓昀则是家长们口中的好学生。和其他家的孩子不同，邓昀完全用不着家长天天催着写作业，逼着去上补习班。邓昀爸妈也不用担心在看成绩单时气到几乎脑溢血，更不用怕接到班主任的告状电话。

邓昀妈妈说："邓昀学习方面从来没让我们操心过，本来我和他爸爸是'佛系'的家长，觉得他只要不在学校惹事，成绩怎么样是无所谓的，没想到他能次次考第一。"

许沐子家和邓昀家各方面都差不多，比来比去也没个结果。于是，两个不同路的孩子成了两家攀比的最大变数。这些关于他们两个人的攀比，只出现在家长们有意无意的聊天中，两位当事人各忙各的，几乎没怎么见过面。

许沐子每天有固定的练琴时间，她那些奖状、奖杯是用刻苦换回来的，她完全不参加家长们的这类聚会。

攀比最白热化的那一年，她上高一。

许沐子经常会在餐桌上听说一些关于邓昀的事情。

"人家邓昀上高一的时候，已经快把高中数理化三科自学完了。"

"这次高考发挥得也好，得七百分了。"

…………

邓昀比许沐子大两岁，高考成绩出来那阵子，他在家长圈子里最风光，据说只差一分就是状元，把许沐子爸妈羡慕得够呛。许沐子妈妈自觉比不过，蔫了好几天，称病没去参加聚会。

事情出现转机，是暑假里邓昀妈妈买了架钢琴，想让邓昀在漫长的假期里学一门乐器，适当放松一下，结果邓昀不领情。

不爱弹就说不爱弹呗，找个其他借口也行，偏偏邓昀说的是"学不会"。这三个字传到许沐子家，瞬间点燃了许沐子妈妈的斗志。

隔天晚上，在邓昀家聚会，许沐子也被爸爸妈妈带去了。

"邓叔叔家也有钢琴，你在邓叔叔家练琴和在家里练琴是一样的。"

话是这样说，其实他们就是想显摆一下自己女儿的琴技。

进门时，许沐子见到了邓昀。

他没下楼，站在二楼那排擦得油光锃亮的实木护栏后面，很拘谨，神情淡淡地同长辈们一一打过招呼，最后才把目光落在她身上。

那是许沐子第一次见到邓昀本人。她实在听过他的名字太多次，受父母言语的影响，已经先入为主，认为他必定是个沉默寡言的书呆子。

那时候，许沐子欣赏雅思班里的男同学。男同学和她同样在准备考国外的音乐学院，是个穿着时髦、笑容开朗的大男孩。

再看看邓昀，格子衬衫的扣子老老实实系到最上面那颗，戴着黑框眼镜，又不爱说话，整个人都闷闷的。许沐子想，果然是一只读书读傻掉的呆头鹅。

自家女儿好不容易出来亮相，许沐子妈妈恨不能让所有人听一听许沐子弹的曲子，眼看着邓昀打完招呼，身影消失在二楼，她马上询问："孩子不下来一起吃饭吗？"

邓昀妈妈笑着摇头："他忙，说是在自己房间里吃。"

"都考完了，还忙什么？"

"我也不知道，好像是在提前看大学的代数课本吧。他平时就喜欢琢磨这些。昨天他爸爸还和我说呢，要是将来家里能出一个做学术研究的，可真是祖宗们都积德了。"

邓昀妈妈大概不好意思总是夸自家孩子，点到为止，引着众人往客厅走："不用管他，这孩子性子奇怪，不喜欢热闹。"

有其他阿姨说："哎哟，好学生嘛，差点儿就是状元了，总会有点儿和我们普通人不一样的地方。我们不光有好学生，还有才女。一会儿让沐子弹几首曲子听听，总听你爸妈说你钢琴弹得好……"

那天，许沐子在长辈的夸赞声里弹了挺多曲子，有些飘飘然，贪嘴地多吃了几块冰镇西瓜。

人果然不能得意忘形。到夜里，许沐子肚子痛，偏偏楼下的洗手间被某位喝醉酒的长辈占用了，那位长辈迟迟没出来。

二楼的几间洗手间都在卧室里，邓昀妈妈怕许沐子不好意思，让她去了三楼。三楼是客房，平时没人住，很安静。

许沐子几乎忘了有邓昀这个人存在，她上过洗手间，对着镜子理了理头发，拿纸巾擦着手往楼梯处走。

同小区的别墅，邓昀家的格局和许沐子家的几乎相同，她知道哪个方向是卧室，也知道哪个方向是露台。在许沐子家里，三楼是她的琴房，露台上摆放的也都是她的东西，有一架小时候淘汰下来的旧钢琴也放在那里。下楼前，她几乎是下意识往露台方向看，却始料未及地看见了邓昀。

邓昀倚靠在露台护栏上，姿态慵懒。

如果不是早知道邓昀是独生子，许沐子大概会以为自己看见了邓昀的双胞胎兄弟。邓昀和刚才实在是太不一样了。

他完全没有了跟长辈们打招呼时那种内向的样子。他脱掉了格子衬衫，穿着一件宽松的黑色短袖，没戴眼镜，也根本没忙着提前学什么大学代数课本，以一种悠闲的姿态，仰头对着夜空吹出一缕白烟。

然后，许沐子才惊讶地发现，邓昀指间夹着的是一截烟。

邓昀肩很宽，但腰身瘦。晚风吹鼓他身上的黑色短袖，也掀开他额前乖顺的碎发刘海，烟头那一星火光忽明忽灭。

这是邓昀不为人知的一面，无端有种禁忌感。

许沐子擦手的动作停住，与此同时，邓昀也敏感地察觉到有人。他夹着烟的手懒懒抬到下颌边，侧身的动作不紧不慢，他看到是她，甚至还轻轻笑了一下。

许沐子马上捏紧手里潮湿的纸巾，在他抬手把烟送到唇边时果断转身下楼，跑了。

现在许沐子知道了，邓昀绝不像他表面上那么单纯，起码不会是家长口中传统好学生的模样，也不会是只懂埋头苦学的书呆子。但她没有把邓昀吸烟的事情告诉任何人，也没有主动掺和进两家的攀比活动中去。

这场为了满足家长虚荣心的短暂会面过后，许沐子和邓昀没有太多交集，依然是从爸妈口中才会听说对方的名字。

许沐子在邓昀家展示过钢琴才艺后，许沐子妈妈高兴了许多天，每天变着法地把许沐子的奖杯、奖状、弹琴视频往群里发，以此炫耀自家孩子的优秀。

对许沐子来说，生活没有任何变化，她依然在刻苦练琴。只在雅思班上课时，她偶尔会在课上转身，刻意在背后的书包里翻找一些根本不需要的物品，借此动作去瞥两眼总是坐在最后排的男同学。

半年后的新年，许沐子家里添了几件西洋古董家具。

轮到许沐子家组织聚会时，许沐子妈妈抱着某种虚荣目的，把交好的几家邻居约到家里吃饭。都是生意场上的老油条了，自然懂得礼尚往来的道理，聚会局又恰逢年关，哪有人会空手的？客人们提着大大小小的礼盒上门，进门先喜气洋洋地道"过年好"。

长辈们凑在一起喝了好多酒，话越来越多，嗓门也越来越大。家里负责家务的阿姨在春节前回老家了，还没回来。不知不觉间，整个家里清醒的唯有两位，除了在楼上练琴的许沐子，就只剩下不知道为什么突然想不开，放着好好的寒假不出去玩，非要参加这种无聊家长聚会的邓昀。

许沐子的琴房隔音效果极好,她练琴到深夜,推开门,被一楼传来的鬼哭狼嚎吓到恍神。任谁刚练过优美的古典钢琴曲目,冷不防切换频道,听见中年长辈们口中跑调到太平洋的经典老歌,也会蒙吧?

还好,只蒙了一下。她实在很饿,所以顶着跑调和破音的双重混响摧残,跑去楼下餐厅找吃的。

下楼后,许沐子看见邓昀坐在她家沙发上,居然还没走。白色羽绒服外套放在身侧,米色高领毛衣干干净净,他很有懂事晚辈的感觉。

长辈们喝多了那么聒噪,他竟然丝毫不受影响,安安静静地捧了本书在看。

装刻苦装到她家来了?

他们不熟,许沐子没有和邓昀打招呼,径直往餐厅走。

不知道谁家带来了炸肉丸,是她以前没吃过的。肉丸外面裹了红色脆花粒,炸出来像荔枝,餐盘上点缀着绿叶,看着就挺勾人食欲的。

许沐子饿狠了,又是在自己家,最开始吃的时候没留意,颇有点儿狼吞虎咽的意思,还喝了几口果汁。直到第四颗肉丸入口,她才察觉到不对劲,完了,肉馅里是放了虾的。

她很脆弱,从小对很多东西过敏,虾也是她过敏的食材之一。过敏反应倒不会特别严重,只是会胃疼一整夜,身上也会起痒痒的小疹子。

还是吐掉比较好。许沐子急急忙忙从餐厅冲去洗手间,练琴空腹太久了,好不容易进食,胃肠怎么也不肯放过那点儿食物,她尝试过几次催吐都没能成功,正一筹莫展,有人敲响洗手间的门。

许沐子蹲在地上,用变调的嗓音尽量大声回答外面的人:"有人在,麻烦您去楼上吧。"

门外安静几秒,然后传来邓昀平静的问句:"许沐子,你没事吗?"

"我……在催吐。"

"开门。"

那时候许沐子还是个高中生,遇事慌乱得很,顺着人家的话就把门打开了。

她催吐催得眼里噙着泪,泪眼蒙眬,根本看不清邓昀的样子,只觉得门边的人影好高,她自己出出进进这间洗手间,可从来不需要抬手拨开新年挂件下面的垂穗。

邓昀问她怎么回事,她就把误吃到虾的事情经过说了,说完才想到,这根稻草救不了命,是个摸不透的人,估计不靠谱,和他说这些完全没用,还不如赶紧催吐。

也确实没用。邓昀听完,连个反应都没有,转身走了。

她想:那你问什么?

邓昀是在许沐子又一次催吐不成功时回来的,他当着她的面洗过手,又用消毒湿巾仔细擦拭了手。

催吐不是什么雅观动作,有外人在场,许沐子很难继续,只能停下来。她嘴上没说什么,心里的抱怨就没停过,暗怪这个人没一点儿眼色。她都这样了,他只是洗手而已,为什么不能去其他洗手间?

许沐子有什么都写在脸上,正烦着,眼看着邓昀撕开包装袋,戴上了不知道哪里寻来的一次性手套。

嗯?干什么?在她满腹狐疑的时候,邓昀走过来,冷静地托起她的下颌,把戴着手套的手指伸进了她的嘴里。

是食指,微凉。指尖划过舌侧,一直按到舌根、刺激到喉咙,最终催吐成功。

在干呕的那一刻,许沐子窝在眼眶里的眼泪终于滑落下来。视线骤然清晰,近距离撞上邓昀那双情绪过于镇定的眼睛。

邓昀可能帮她倒过温水,也可能是她记错了。

后来许沐子吃了治过敏的药,那些裹在肉馅里的虾没有对她造成任何影响。反倒是长辈们喝得太尽兴,隔天都在宿醉状态,要么头疼难受,要么浑身乏力,终于在大年初五改掉了炮龙烹凤的饮食风格,换成满桌的清汤小菜。

许沐子没有对邓昀道谢。就像撞破他吸烟的那天,她的保密他也不客气地照单全收。

而在那之后,许沐子和邓昀依然没什么交集。

只不过,在许沐子大部分时间都用来练琴的寡淡生活里,除了偶尔看一眼雅思班的男同学,又多了一项内容:在餐桌边听到邓昀的名字时,她比过去稍留意些。

那时候邓昀已经在读大学,很少回家。听到他名字的频率,不像他刚高考完那段时间那么高。也有个规律,但凡被提及,必然是他又得了什么奖,或者做了什么别人家的熊孩子望尘莫及的事情。

每每谈论过这些后,许沐子的爸妈总会补上几句对她的鞭策。

爸爸说:"沐子,你可要加油,得给咱们老许家争光啊!"

妈妈附和:"那是当然的,我们沐子从小就厉害,是小才女、小神童,还能输给别人?"

当然会输啊。事实上,那段时间许沐子刚输过一场钢琴比赛,心态难以调整,面对这种加油,她连假笑都挤得十分艰难,只觉得压力倍增。

邓昀这个名字,总是伴随着长辈们施加给她的压力出现,所以听着听着,也就听烦了。还是雅思班的男同学好。

至于他们暗度陈仓地厮混到一块儿去,背着长辈们在露台接吻,那又是后来发生的故事了……

这段关于往事的回想,被夏夏发来的信息打断了。

客栈是在网上订的,许沐子赶路过来之前,有工作人员打过电话给她,并添加了她的联系方式,在软件上发了入住须知给她。她当时一心想着逃离家里人的追问,没仔细看过。现在看看,入住须知写得很全面,有乘坐各类交通工具抵达客栈的小贴士,也备注了住客可以提前打电话约定时间,工作人员会下山帮忙提行李。

最新收到的信息在两分钟前,内容如下:您好,近期山区降雨,气温较低,我们二十四小时为您提供煮好的糖水热饮,可以驱寒。如有需要,请随时到一楼公共餐厅区域自取。晚安。

在这条信息后面是一张图片,图片里清楚地罗列了驱寒热饮的配料,对许沐子这种不敢随便乱吃东西的易过敏人士来说,非常友好。原来国内的酒店行业竞争这么激烈,这家客栈的服务真是好贴心、好周到。

手机屏幕上明明白白显示着,现在临近四点,准备驱寒热饮的人是夏夏?都已经这个时间了,夏夏还没有休息吗,再熬下去天都快亮了吧?

话虽然这样说,许沐子倒是真的完全没有睡意,尤其是涂过药油后,周身被药油清凉的味道萦绕着,人就更精神了。

睡不着,脑子混沌,她躺在床上把漫画版入住指南翻来翻去,也没真正记住什么,倒是打起了热饮的主意。上山时淋过雨,她的确有些着凉,就刚刚坐在床上回想过去那些有的没的那会儿,还打过两个喷嚏。

这样的话……去喝一杯热乎乎的糖水驱寒,似乎是个不错的选择。

房间外的走廊很安静,许沐子没有乘电梯,沿楼梯走下去。一楼还是刚才她上楼前的样子,细雨滴答,剩余的几盏灯仍亮着。她借着不算明亮的光线,摸到餐厅区域,在摆放整齐的各类咖啡和茶饮中找到贴着"驱寒热饮"字样的保温壶,给自己倒了一杯热饮。

那些原本敞开的窗子被人关掉了,阻隔了夹着潮湿气息的冷风,她又喝了些热饮,在楼下也不像之前那么冷了。

许沐子入住后没见过其他工作人员,总觉得这些贴心事都是夏夏做的。她捧着温热的杯子,在光线昏暗的空间里放轻脚步踱着,想看看夏夏还在不在,转了一圈没找着,倒退着想回到餐厅那边去多添些热饮,却撞到仍然没睡的邓昀。

"身体不舒服?"

在许沐子看来,邓昀是把她这杯褐色的驱寒热饮看成了感冒冲剂,解释说:"没有不舒服,这是夏夏准备的,驱寒用的糖水热饮。"

许沐子说完,发现邓昀仍然看着她,没应声,许沐子也就继续说下去:"就在餐厅那边,可以自取,你没有看到信息吗?"

邓昀的目光落在她手指上戴着的金属戒指上:"嗯,没注意。"

还不如让他不要注意到!这个人简直贪得无厌,他居然把整壶热饮提走了,提到了他之前等着看什么蛇麻花的那张桌子旁。

许沐子还想再喝些热饮,只能跟着过去,顺势又往窗外看了看。

邓昀好像知道她在干什么,把手机解锁点到手电筒功能,往郁郁葱葱的植被照过去:"绿色的那种,就是蛇麻花。"

这也……不怎么好看呢,许沐子是没看出来这花哪里值得熬夜等着看。

花也看过了,热饮也续杯了,干脆就坐下吧。

在网上浏览时,许沐子只觉得这家客栈风格看起来不错,但网上信息真真假假,有良心商家,当然也有人为了赚钱无所不用其极。图片、评价都有可能是假的,可看过了这家,再看其他的,总觉得差点儿意思。

她做好了会被欺骗的准备,出乎意料,真正住进来才知道有多舒心。

客栈老板一定是个温柔细腻的人,才把处处都装饰得这么养眼。就连眼前这张摆放在旮旯里的小餐桌,也是铺了绣花桌旗的。小盆栽压着绣花布角,靠窗的桌面内侧摆了个大大的南瓜造型玻璃罐子,放满了巧克力糖。

不像是她花钱住在外面,反而像是在某个亲友家做客。

美中不足的是,这张餐桌有些窄。两个无心睡眠的人面对面坐在椅子上,又都是长腿的成年人,显得桌下空间更加局促。

窗外雨势不减,热气自杯口缓缓散开。某种奇怪气氛也在蔓延,沉默到有些不自在,邓昀适时抛了个话题:"你跑到这儿来,是出来散心的?"

想到家里那群八卦的糟心亲戚,许沐子闷声说:"嗯。"

一问一答间,坐姿略换,桌下有了不经意的肢体接触。

谁会乐意在好不容易逃离之后,再想起那些烦心事?

肢体的小动作也只是在无意识地传递内心的不满,许沐子把脚从座椅脚踏上放下来,没想到膝盖会触碰到邓昀。

他体温较她稍高些,温热在剐蹭后转瞬即离。

人体膝盖处的皮肤的感觉阈值应该是高的,没有那么敏感,理论上讲,碰到邓昀的腿和碰到带着热饮余温的玻璃杯没什么差别。

事实是,差别还是有的。许沐子脑袋里那群逮着她可劲问八卦的亲戚形象,忽地散了。她端着杯子,闷不作声地喝空最后两口热饮,微妙地回避着对面人的视线,尽量把腿往桌子外面挪。

邓昀还在喝之前的白菊花茶,浅浅抿两口,和当午坐在她家沙发上看书时样子差不多,八风不动且老神在在。

窗外疾风急雨,他们又陷入沉默。

许沐子和邓昀认识的年头虽然很长,却从来不算是朋友。

其实这种关系,他们坐在一起,也没有太多可聊的话题。

大多数时间他们都是这样默然相对,各喝各的,但毕竟又是认识的人,偶尔也会开启一两句无关痛痒的闲谈。

有那么十几分钟,他们都处于这种半生不熟的状态里,对话的自然程度可能还不如刚见面的陌生人,直到他们聊到许沐子的回国时间——

"什么时候回国的?"

"三天前。"

准确地说,许沐子乘坐的国际航班是三天前的晚上十一点多才落地的。

她在给自己添第三杯热饮,添完,答完,在一缕蒸腾的水汽中,瞥见邓昀偏开头时瞬间的笑意。

再想着撇清,到底是知根知底,她不用细想也知道他是在笑什么。

可不就是在笑她常年住国外,回来一次连这么点儿耐心都没有,这才在家待了两个整天,就已经受不了逃出来了。

许沐子把保温壶重重放在桌旗上,心说:你邓昀有什么资格笑我?你就受得了那些长辈吗?那过去是谁,整天装得酷爱学习、给自己立忙碌的社恐好学生人设，结果背地里瞒着长辈玩得比谁都花？是谁吸烟、喝酒、三更半夜从别墅二楼翻窗户出来，借助窗台和空调外机支架跳进庭院？又是谁，用同样的方式，翻窗进了我的卧室……

许沐子心里叭叭叭一通冷嘲热讽的反问，表面一声不吭。

邓昀瞥了一眼，拆穿她："又在心里骂我呢？"

废话，我说我夸你，你信吗？骂了，骂了，骂了，我骂你了，你能把我怎么样？许沐子抠着桌旗上绣着的一朵小雏菊，厌里厌气地否认："没有。"

邓昀说："又没其他人在，光明正大地骂？"

他才说没有其他人在，电梯间就传来声响，有住客下楼来了。静谧空间里像溜进来一只小老鼠，窸窸窣窣地在翻找东西，还有操作某种电器的声音。片刻后，伴随着越来越近的脚步声，食物的香气扑鼻而来。

许沐子顺着食物味道回头，看见一个头发蓬乱如同鸡窝的年轻男人，提着一瓶啤酒，端着餐盘走了过来。

看见他们，鸡窝头小哥似乎感到很意外，目光犹豫地在他们身上来来回回瞧几圈，最终还是选择开口："那个……我打扰到你们了吗？"

这话是对着邓昀问的。

许沐子已经习惯了，仅从面相上看，可能她是个容易翻脸、不给人留情面的人。而邓昀，他看起来好说话些，沉默不语时像个温文尔雅的绅士。

邓昀说了"不打扰"，鸡窝头小哥瞬间就松了一口气。

鸡窝头小哥应该算是个外向的人，大大咧咧地挤入他们这方小空间里，很快又问邓昀，自己可不可以在餐桌这边拍张照片："不会耽搁你们太久，刚好这边灯光足，我随便拍一下就好。"

许沐子给人家挪地方，坐去邓昀身旁。

鸡窝头小哥把餐盘和啤酒摆在桌上，掏出手机对着餐桌连拍好几张，还举给他们看："哎，兄弟，你觉得哪张好看？"

反正又不是对着她说的，许沐子没抬眼，直勾勾地盯着人家餐盘里的比萨。盘子里的比萨被冷落着，上面可以拉丝的奶酪渐渐冷掉了，好可惜。

再看鸡窝头小哥，选照片倒是很认真，看样子是要发朋友圈。

修好照片，到了配文案的环节，鸡窝头小哥卡住了，挠了挠后脑勺，自言自语："那句凌晨四点钟的诗怎么说来着，怎么就想不起来了……"

她倒是知道那句话，是川端康成的句子。只是……往窗外看看，这地方植被茂密，包括邓昀口中的蛇麻花在内，还有很多她不知名的植物都顶着花苞，就是没有鸡窝头小哥说的海棠花。海棠花她还是认识的，不但这里没有，花期也不在这时候，早在春夏交接前就已经开过了。

文案配得勉强，不够贴合。

身旁的邓昀突然往她这侧倾了些身子，挨近她："你不如把表情做得再明显些？"

许沐子否认："什么？我没有……"

什么表情？意思是她看起来像在嫌弃鸡窝头小哥吗？

有时候是这样的，但凡她稍作思考，变成面无表情的样子，看起来就像在对眼下的什么事情不满意。长这么大，许沐子被误会的情况还挺多的。人人都有可能错估她的心理，但她以为起码邓昀不会。在最频繁接触的那段时间里，长了张冷脸这件事，她是和他抱怨过的。

邓昀忘了？许沐子转头，发现他根本不是认真在说，是在开玩笑。

鸡窝头小哥发好朋友圈就端着比萨走了，打着哈欠说要睡回笼觉。

楼下又只剩许沐子和邓昀。他们坐得近，许沐子忍不住想动手，手刚伸到他手臂旁，肚子先不争气地叫了一声。

她的确饿。昨天吃晚饭时，家里满桌的美味佳肴，几乎都是按照她喜欢的口味做的，家里人知道她过敏，也避开了所有海鲜类。黑椒牛仔骨就在眼前，她夹起一块，每当想往嘴里送时，总有亲戚把关于相亲、恋爱这类的问题抛给她。

"沐子，这次这个男生还挺优秀的，对吧？"

"还行。"

"哎呀，你们又给沐子介绍男朋友了？沐子，和人家见过几次了？"

"一次。"

"听说那男生也是学乐器的，你们发展得怎么样啊？"

她抬手三次，那块色泽迷人的牛仔骨也没能成功送进嘴里。

许沐子说："已经断了。"

像一滴水落入高温油锅，水花四散迸溅。许沐子那句"已经断了"成功拉开了餐桌边所有人的话题闸口，有人诧异，有人劝说，也有人追问原因。

许沐子妈妈无奈地摇着头说："人家男方和我说了，沐子每天只顾着练琴……"

在这些围绕着自己进行的对话中,哪怕她后来吃到牛仔骨,也失掉了品尝的心情,食不知味地囫囵咽下去。

许沐子敢说,除了她,餐桌边没有第二个人真心期待过那份牛仔骨。他们期待的"大菜",是她的感情问题。

在那种情况下,没吃几口,许沐子就放下筷子,回房间订客栈去了。

这家客栈的住宿是包含早餐的。七点半开餐,这才四点多钟,要饥肠辘辘地等上将近三个小时,总觉得遥遥无期。

邓昀抬手叩一下许沐子面前的餐桌,起身:"跟我来。"

他带她去了餐厅,轻车熟路地拉开冰箱的门。她瞬间想起过去,邓昀曾坐在她卧室的窗台上,坏笑着问她要不要跟他走。这人真是什么都能干出来,他都能把她一个大活人从家里"偷"出去,还有什么是他不敢的?

许沐子连忙握住他的手臂阻拦:"你干什么?"

邓昀抬眉:"你不是饿了?"

"你疯了,这是偷窃行为……"她一边说,肚子一边叫。

邓昀开始笑,抱臂,懒洋洋地往冰箱旁的墙壁上靠过去:"没看入住指南?"

她看是看了,没认真看罢了。

许沐子犹豫着:"所以,冰箱里的东西真的可以吃?"

"嗯。"

"不用付钱?"

"要么,你回去拿入住指南再看看?"

冰箱里有分装在保鲜盒里的比萨,分别用便签贴纸标注着两种口味——牛肉和金枪鱼虾仁。刚才鸡窝头小哥吃的比萨是金枪鱼虾仁的,她不能吃,所以再饿也没开口问过食物来源。

邓昀直接拿了牛肉的,换了容器,放进烤箱里加热。一人份的量。

她问:"你不吃?"

"不饿。"

不饿算了。

比萨烤好后,许沐子独享着美食,懒得换地方,干脆在餐厅站着吃。

邓昀也没离开,靠在一旁,他在看许沐子。

外面雨势不减,且伴随着闪电和闷雷。雷声好大,震得许沐子一个激灵,嘴里叼着的比萨吧嗒掉回盘子里。

四点多钟的天色她太熟悉了，以前练琴总是这个时间起床。如果没有这场雨，天空此刻该是一种清透的靛蓝色。

她填饱肚子，还是没有睡意。在不经意的时刻，互动变得自然，许沐子转头看邓昀，问他知不知道客栈里放电影的房间在哪里。她打算去看电影打发时间，把餐盘洗好后跟着邓昀走出餐厅。

在外面留学久了，总有些省吃俭用的习惯在，她忘记这是楼层里仅剩的光源，出餐厅时顺手就关掉了灯。

风雨晦暝，一楼陷入昏暗。眼睛适应不足，她什么都看不清，只能瞧见自己身边高高的身影在光线消失后停下了步伐。

许沐子也觉得自己这个顺手，顺得有些笨拙，怕邓昀笑她，不肯承认，先一步走出餐厅，准备摸出手机照明。

恰逢一道闪电划过天际，电光劈开黑暗，短暂地照亮走廊里的陈设。不止陈设，还照亮了一个散发、穿白色长裙的影子。紧接着就是雷声，轰隆隆营造着恐怖氛围。

许沐子不怕雷电，但她胆小。眼前的一幕把她魂都吓没了，根本顾不上端什么姿态，转身往邓昀身上扑。她撞过去的力道非常大，像学过穿墙术。邓昀身形很稳地接住她，下意识抬起手臂把人往怀里带。

许沐子在他怀里不老实，催着他后退：“邓昀，救命！”

明知身处险境只是个假象，邓昀还是配合地拍了拍她的背，把许沐子护到身后："别怕，那是夏夏。"

黑暗中一阵心惊胆战的慌乱，许沐子真是快要吓疯了。

邓昀顺着她横冲直撞的力道后退半步，反手探进餐厅里，按了灯盏开关。他开的不是大厅主灯。餐厅光线柔和的暖色灯亮起来，不刺眼，也足够让人看清楚周围事物，驱散被雷电烘托出来的恐怖氛围。

灯亮了，胆子回来不少，许沐子才察觉自己紧贴着邓昀，脸都快埋人家身上了。她尴尬地松开他的前襟，转身后更尴尬地和愣在走廊里的无辜的夏夏四目相对。刚才对着夏夏大叫，好不礼貌，许沐子红着脸连连道歉。

据夏夏说，她是睡到一半被惊雷声吵醒的。下楼时餐厅这边还有依稀可见的光源，再加上她已经在这里工作了两年多，处处熟门熟路，也就没想着再开其他的灯，完全没想到走到中途，灯会熄。

夏夏看起来很自责，连忙把披散在肩上的浓密长发拢起来，卷了个

019

超大号丸子顶在脑袋上:"真是不好意思,我没吓到你……"夏夏卡壳,目光移到邓昀那边,她才继续说,"们吧?"

许沐子摆手:"没有,没有,是我自己吓自己。"

两个姑娘都把过错归结于自己,足足五分钟都在互相道歉,再这样下去,她们可能要跪下对着磕头了。

邓昀淡淡地问了一声:"下楼做什么?"

许沐子以为他是对自己说的,不明所以地转过头去,几秒后才反应过来,他是在问夏夏。没说主语,怎么好像……他和夏夏很熟悉?

夏夏脸上还带着没睡醒的困倦,被揉掉的一根睫毛沾在下眼睑旁,她抬手往窗户方向指过去:"雨下得太大,我下楼把……哎?"

敞开的窗子都已经被关好,没有雨水入侵,中央空调贴心地送着暖气,也不冷了。许沐子没来得及去琢磨那声疑惑的含义,听见夏夏很快改口:"检查水电。"

想到那壶驱寒热饮,许沐子又和夏夏道谢,并表示自己打算去楼上看电影。夏夏没有自告奋勇带路,检查过楼下的情况后打着哈欠回去睡了。

带路的仍然是邓昀。从刚刚的乌龙过后,邓昀一直很沉默,走在许沐子身边也没再说什么。邓昀没有拿这件事打趣过许沐子。

但扑人家怀里这件事,让她感到不自在,她也跟着沉默下来。

有阳台和落地窗的房间都是客栈的卧室,相比之下,播放电影的房间稍微偏僻些,在楼上走廊尽头的转弯处。房间面积三十平方米左右,蛮宽敞的,装修风格依然温馨。软乎乎的沙发上放着一排蘑菇造型的抱枕,茶几旁摆满小玫瑰干花,淡绿色矿物扩香石飘散着柠檬草的清香。

邓昀在调试投影仪,许沐子蹲在旁边看着他熟练地操作,终于找到话题可谈:"你来这里很多天了吗?"

他手上动作停住:"一周左右。"

"你一个人来的?"

"嗯,想看什么?"

她往投影幕布上看了两眼,拿不定主意:"我也不知道,要不……你随便放一部吧?"

其实许沐子很少看电影,她几乎把所有时间都用在练琴这件事上。曾经她以为自己是个天才,也以为自己将来能像那些闻名全球的钢琴大家一样,站在金字塔尖上。

当然她也偷懒过，是小时候。她在夜里悄悄溜到门边，轻手轻脚地把门打开，扒着门缝偷看客厅的电视。家里长辈们喜欢电影频道，无论电影频道播放什么，她都能没头没尾地跟着看一会儿。

她会害怕大概是因为，某天她偷偷扒门缝时，看见电视上正在播放二十世纪八十年代的经典恐怖电影。两个穿蓝色裙装的小女孩手拉手站在走廊里，诡异地笑着问："你想和我们一起玩吗？"

许沐子惊恐地关上门缝："……"

在那之后，随着课业和练琴时间的增加，她能够心无旁骛地欣赏完整部电影的机会屈指可数，那部恐怖电影也就成了她的童年阴影之首。

邓昀把遥控器递过来，许沐子在高分电影里随便点开一部播放。

为了投影效果，屋子里所有灯都熄了，画面清晰地映在幕布上。电影已经进入片头剧情，她脑海里闪回的总是楼下灯光恢复的画面——她慌张地抬头，正对上他垂下来看她的视线。

也许不该再独处了。但惊吓过后自己在黑灯瞎火的房间里看电影，还是需要勇气，她总觉得会有什么脏东西从光线昏暗的角落里钻出来。而邓昀，他好歹是个人类。

许沐子委婉地询问："你困吗？"

邓昀靠在距离她不到一米远的位置上，显然对她挑的电影没什么兴趣，已经合了眼，抱臂向后仰靠着："你看你的，我不走。"

许沐子正拎了个蘑菇形抱枕往自己怀里塞，闻言微怔。

"我不走"这句话，以前他也说过。

那是大学一年级的冬天，许沐子状态非常差。

在所有人眼里，她家庭条件好，长得漂亮，又有一技之长，根本没什么可烦恼的。小时候很多人都说她是天才，尤其是她弹钢琴的照片被做成海报的那几年。曾经她也以为自己是天才，可越是学得久，越是明白差距，她偷偷努力过，想要真正得到头衔，后来发现，勤能补拙，但难以把自己补成天才。

许沐子以冠军的身份走出过音乐学校内部比赛、市级比赛、省级比赛。到了全国性比赛后，她开始遇见各种各样强势的竞争对手，他们天赋异禀，比她年龄小却比她能力强。自此之后，她也开始与前三名无缘。

许沐子是个很容易内耗的人，也很容易紧张。以前有常胜将军势在必得的傲气在，顺风顺水时也紧张过，显现得并不怎么明显，只是会在每场比赛开始前失眠几夜，完全不影响比赛结果。难以拿到比赛名次后，她失去天才假象，压力逐渐增加，越是害怕失败，越是神经紧绷，每到赛前都会紧张焦虑到浑身发抖，偶尔会出现神经性疼痛的症状。

那时候许沐子朋友很少。她自己长相偏冷感，性格不够外向可爱是一部分原因；也有一部分原因是练琴。每天六小时，几乎所有课余时间，她都用于练琴。

当女孩子们凑在一起讨论某部动画、某部综艺或电视剧，讨论某位明星，讨论某本书，讨论当季最流行的穿搭或发型……以及，当女孩子们相约着假期结伴出行，许沐子总是坐在旁边，像个格格不入的局外人。

没有人能和她讨论令人崩溃的肖邦；没有人理解比起不会生青春痘的皮肤或者怎么吃都不胖的身材，她更希望有一双超大的、能轻松跑十度十一度的手；也没有人能够陪伴她。

练琴这件事是孤独的，所有喜怒哀乐都在琴房里发生。

哪怕上一秒她正因为频繁错音情绪失控地重砸琴键，下一秒也要收拾好情绪，坐回钢琴前，继续完成当天的"六小时"。

许沐子最好的朋友是她高中的同桌，同桌说喜欢她的冷脸，总夸她是杂志封面上的那种高级长相。

但作为好朋友，同桌也无法理解许沐子的压力。而且能到国外留学已经够令同桌羡慕，她会扯一扯许沐子身上名牌小裙子的衣袖，对打不起精神的许沐子这样说："我说许大小姐，你天天锦衣玉食的，还有什么压力，让我们这些钢琴都买不起的穷人活不活了？"

许沐子也没办法告诉同桌，自己其实有更遥远的目标，可是路太长、太远，她好像永远也无法抵达目的地。

也许世界上根本不存在感同身受，有些话在其他人听来只会像无病呻吟。所以压力这件事，她没有再和旁人提起过。

那个冬天，许沐子的焦虑严重到极点。她在竞争失败的情况下，失去参加某音乐会演出的机会，原本有场去国外的比赛，但她练琴频繁出错，每晚疼得睡不着。又是压力型的神经疼痛。

家里找了最好的医生，医生建议她休息放松、缓解压力。

爸妈则很不解地拉着医生解释，说他们对孩子很宽容，根本没有给过她压力，比赛输了就输了，没什么大不了。

许沐子知道，压力源于她自己。是她野心太大，也是她一心想站到金字塔尖。可是，被夸了十几年天才的人，要怎么接受自己其实是天赋不足的普通人？

与此同时，爸妈那些虚荣的聚会还在进行。

她深夜疲惫地从琴房走出来时，听见妈妈用明显喝多了的高八度音调说："过几天，沐子要去墨伽洛斯比赛，压力很大的。"

不完全是担心的语气，也有炫耀。

有人附和着在夸许沐子。

邓昀妈妈的声音传来："这么巧，邓昀也在墨伽洛斯。"

"那是很巧哦，邓昀是去玩的？"

邓昀妈妈答："哪有，这孩子假期也不肯休息，在参加学校组织的活动，说帮老师记录数据。"

邓昀妈妈还说，如果沐子到那边有什么需要帮助的地方，可以联系邓昀，毕竟邓昀大许沐子两岁，是哥哥。

担心风头被抢，许沐子妈妈急于证明女儿的独立，拒绝道："沐子有老师带队，邓昀那么忙，还是不要给他添麻烦了。"

许沐子无端有种感觉：邓昀在墨伽洛斯一定没有在忙正经事。

常年的孤独感令人生出叛逆，许沐子没有去参加比赛。

抵达墨伽洛斯后，她和老师说身体不适，不能参加比赛，要留在酒店休息，然后联系了当地的实弹射击体验基地。

她需要自救，需要一点儿和平时不一样的刺激，把困在紧张和焦虑里的灵魂拯救出来，不然她这辈子都没办法再上场比赛了。

在比赛当天，许沐子去了基地，天未亮就跟着车子出发到野外靶场。

那是一种全新的紧张感，伴随着兴奋。听教练讲解操作方式时她整个人都在抖，周遭此起彼伏的射击声刺激着神经，冷风里有人在快乐地尖叫……

她没想到会在这个地方遇见邓昀。家长口中品学兼优、在墨伽洛斯参加学校组织的活动的邓昀。

他端着滑膛枪，在射击飞盘。放下枪，他听旁边的同伴说，有个国内来的女孩也要玩这种滑膛枪，挺漂亮的，挺酷的。

邓昀对女孩没兴趣，只是在总结瞄准经验的同时，顺着同伴的话随意瞥过去一眼，收回视线准备继续射击时，忽然反应过来，刚才看到的身影似乎有些眼熟。

他皱眉，重新看过去——是许沐子。

她穿着长款的白色羽绒服，戴白色针织帽，站在冰天雪地里，鼻尖被风吹得有些红，正绷着脸听工作人员介绍各类射击套餐。

如果忽略掉她那双紧紧攥着手套的手，单从微仰下颌的冷淡表情去判断的话，她的确像同伴说的那样，挺酷的。

但许沐子一开口，酷女孩形象如同被其他玩家打中的飞盘，全面崩碎。

许沐子跟在工作人员身旁，一遍遍用外语询问哪种枪操作起来更安全、会不会对手部造成伤害、对听力会不会有影响……

仔细听会发现，她声音在发抖。

同伴用手肘撞了邓昀一下，笑着说："姑娘挺可爱，反差萌啊？看得我都想去搭讪了。"

许沐子那边的工作人员解释了很多遍，显然也没料到酷女孩开口这么婆婆妈妈，逐渐不耐烦，往不远处指了指，建议许沐子去玩靶场里最小儿科的那种小枪。

她在犹豫，跟着负责小枪区域的工作人员走出去几步，又折返，带着某种决心般坚定地说要玩滑膛枪。

这次换成工作人员不放心，反复确定过很多次，才肯带着她过来。

滑膛枪后坐力太强，别说女孩，就他们这群经常锻炼身体的男生玩完，肩膀瘀青瘀紫、回家疼上大几天都是常事。

在许沐子路过面前时，邓昀突然伸手拦了一下："玩这个容易受伤。"

哪怕人在国外，偷跑出来也是带着心虚感的。邓昀的突然出现把许沐子吓了一跳，手套掉了一只，落在雪地里。她蹲下捡起手套，反问他："那你受伤了吗？"

邓昀答："目前没有。"

许沐子说："我也不一定就会伤到。"

大话说得有点儿早，她还是受伤了。她连手机上的射击小游戏都没玩过，没控制好姿势，侧脸被滑膛枪的后坐力撞到了。她疼得直吸气，也还是坚持用光了套餐里的开枪次数，结束后手臂酸麻，耳朵也嗡嗡响。

脸肿了，许沐子坐在基地休息区，找工作人员要来一杯冰块敷脸。

过了一会儿，邓昀拎着羽绒服过来，走到她旁边坐下。他身上有火药味，目光从她微肿的脸侧扫过："听说，你现在应该在三十七公里外的钢琴比赛现场。"

　　许沐子不甘示弱："我也听说，你现在应该在帮老师记录数据。"

　　邓昀愣了一下，然后开始笑。他的头发比以前更短些，他朗声大笑时有股痞劲，笑完给她留了杯热巧克力，起身就要走。

　　许沐子长这么大就没叛逆过，异国他乡的，脸还肿着，她自己也有点儿后怕，一只手拿着装冰块的杯子，另一只手拿着热巧克力，视线追着邓昀背影走，她一时又不知道怎么开口。

　　邓昀只走出去几步，和工作人员用外语说了一句什么，在工作人员用对讲机交流时，他转头对她丢下三个字："我不走。"

　　许沐子是坐邓昀他们的车回酒店的。邓昀和他的几个朋友住在另一家酒店，几个比她大一些的男生不方便进她的房间，只是确认她的脸没什么大碍，就离开了。

　　隔天早晨回国前，许沐子在收拾行李箱的时候接到前台工作人员的电话，说有人给她留了东西。她跑下楼去看，是一支消肿药膏。

　　她这次叛逆的行动，没有被爸妈发觉。他们相信许沐子的说法，认为她没有参加比赛是因为身体不适在酒店休息。

　　有时候，许沐子会想到邓昀在露台抽烟的样子。她也会猜测他会那样做的原因。

　　年关过后，聚会又轮到在许沐子家里举行，几位妈妈很自然地又聊起各家孩子们，重磅戏总在最后，直到开饭前，邓昀妈妈才笑着分享自己儿子的近况。许沐子听见她说，邓昀最近好像谈恋爱了。

　　妈妈们对这个话题还是蛮感兴趣的，追问着，好奇邓昀的女朋友是什么样的人。

　　"是哪里的姑娘，本地人？"

　　"长什么样子，有没有照片给我们看看？"

　　"谈多久了？"

　　许沐子的妈妈放下一盘招待客人用的水果，也跟着问了："哎呀，是不是邓昀在大学里认识的同学啊？"

　　基于了解，许沐子能听出妈妈话中有话。搞不好她妈妈正在心里吐槽：就邓昀那样只知道学习的呆瓜，还能谈到女朋友？

许沐子爸妈都不喜欢邓昀的性子，觉得男孩子太内向孤僻不太好。被邓昀家什么事情气到时，他们背地里也说过几句酸酸的过分的话，说邓昀优秀归优秀，就是感觉学废了，除了课本什么也不知道似的。

她们一个个问题抛过去，邓昀妈妈始终是笑吟吟的模样，摇了摇头，某国际大牌经典款的耳环随着她的动作在耳垂上晃动着："其实我也不知道，只是猜测……"

"怎么猜的，总得有可猜测的地方吧？"

据邓昀妈妈说，邓昀每次出去参加比赛、学习活动，只要是到其他城市，无论国内国外，都会给家里人买些当地的特产或者纪念品。

"他自己有钱，奖学金啊，比赛奖金啊，存了不少呢。有时候收到儿子的礼物，才觉得他是真的长大了。"邓昀妈妈先是炫耀了一下邓昀的孝心，又拖延着吊足了在场妈妈们的胃口，在大家羡慕的注视下，才话锋一转，切入正题，"前阵子邓昀不是去墨伽洛斯了嘛，也给我和他爸爸带了礼物。分礼物时，我看见了，除了我们的两份，还有多出来的一份哦。"

提到墨伽洛斯，许沐子探头往楼下看去，果然看到自己妈妈不自然的表情。她这次没能参赛，让爸妈失去了可炫耀的谈资，在那之后，家里都对墨伽洛斯闭口不谈，有人问到，爸妈也是干笑两声，回答"孩子身体不适，没参赛"。爸妈还是希望她是场场比赛拿冠军的天才吧？

眼下没人留意到许沐子妈妈突然端起茶杯的掩饰动作，注意力都在邓昀的八卦上。剧情走向略显平淡，妈妈们不满地说，不就是多出来一份礼物，有什么好大惊小怪的，搞不好是邓昀给朋友带的呢？

邓昀妈妈神秘地摇头："自己的孩子我还能不了解吗？我们家邓昀哪，是个独行侠，跟谁也没有多亲近。"

许沐子听得直摇头。

在墨伽洛斯那辆车上，除了她，剩下几个男生都是邓昀的朋友，他们勾肩搭背地开玩笑，明明关系好得不得了。他和独行侠完全不沾边好吧？

他那些朋友还合起伙吓唬过她，说她不该一个人去玩实弹射击，怎么也应该叫个人陪着，要是真毁容了怕不怕？他们可能是听邓昀说了，她是逃掉钢琴比赛去玩的，想把她往正轨上拉一拉。许沐子脸疼，闷不吭声。

邓昀倒也没端出邻居家好哥哥的架子教育她，他都没怎么说话，只在下车前帮她拿了落下的羊毛帽子，扣在她头顶："靶场噪音大，伤听力，还想弹琴的话,少去。"

楼下的谈话还在继续。

邓昀妈妈分析说,邓昀留下的那份当地特产,是个冰箱贴,款式可爱,一看就是女孩子会喜欢的样式。而且包装纸上的丝绒蝴蝶结也是浅粉色的,大概真的是偷偷交了女朋友。

许沐子在机场看见过墨伽洛斯的冰箱贴,有几款确实很可爱,她换的当地钱币都用来玩枪了,余额不够,所以没买。

楼下长辈们那些聊天内容,许沐子没有听完就离开了。她还是老样子,不参与长辈们的聚会,也不和他们一起吃饭,避开热闹,独自先去琴房练琴。她自己还有一堆心理问题没有解决,没太多兴趣关注别人的感情八卦。

那趟墨伽洛斯的叛逆之旅,还是有收获的。

她也算开始明白,失去一次比赛,或者放弃一次练习,后果远没有她担心的那样严重。这些事情的发生,并不会毁掉她的钢琴生涯。

在许沐子试图接受天才梦与现实的落差,慢慢调整状态时,邓昀谈恋爱的消息也会偶尔被她再度想起来。就像牛进食后的反刍,她会把这个消息再拎出来咂巴一下。唯一的结论是:在国外靶场遇见时,邓昀明明还一副无挂无碍的孤寡潇洒相……原来也是有女朋友的吗?那他还真的是个令人看不透的男生。

整个寒假,许沐子都在努力调整自己,但状态不算稳定。

她有时候睡前看几个鸡汤故事,在心里给自己加加油、打打气,安慰自己说:没关系的,就算没那么有天赋,不能成为钢琴大家,也可以热爱钢琴啊。许沐子,你要学会让自己放松下来。就算是根皮筋,总那样紧绷着,也有一天会断掉的……

这算是想通了,当晚能睡个好觉。

可隔天阴雨天,她坐在琴房连续几个小时都没能找准某首曲子的感情,还错音,连砸几次正确的琴键后又开始焦虑……

这些"天崩地裂"和"女娲补天"都只在许沐子心里无声地来回上演,别人感知不到,她爸妈也觉得不算大事。他们口径一致,认为偶尔一次的失眠和低落死不了人。想想当年发迹前过的那些苦日子,情况多糟糕,那时候都没人崩溃呢,小孩子这点儿情绪根本算不得什么。

爸妈还要忙着生意、应酬、虚荣的聚会。大多数时间,家里只有许沐子和负责做家务的阿姨。

这天,阿姨接到了许沐子妈妈的电话,要出门去送东西,可她打扫高处橱柜时,蹬了椅子,下来时不慎扭伤了脚踝,现在坐在玄关换鞋椅子上,想换上加绒皮靴都十分困难。

刚好许沐子要出门去拜访过去的钢琴老师,便问阿姨是要去哪里送东西。

阿姨说:"是去邓先生家。"

是送去邓昀家的?

看看包裹里的东西的轮廓,大概是前阵子,邓昀妈妈带来家乡食物时用的陶瓷器皿,确实好久都没还回去了。

两家离得不远,稍绕路几分钟就能到。许沐子代替了家里的阿姨,抱着手提袋往邓昀家去。

她站在大门前,连按了几遍门铃,没等到有人来开门,心里想着也许他家里人也都出去忙生意去了,正打算把东西放在门边不碍事的地方,门开了。

北方室内供暖很足,邓昀穿着一身宽松的棉麻料家居服,好像刚洗过澡,清爽的植物香型沐浴露味道随室内暖气轻轻散开。他头发半干,发顶稍显凌乱,几撮碎发还带着潮湿水汽。

看见是她,他有些意外地抬了一下眉。

毕竟是成年异性,又不是姑姑姨姨家刚会跑的小弟弟小妹妹,突然见到邓昀这么私人的形象,许沐子有点儿不好意思。

她把手里的大袋子往他面前递:"我来帮忙送东西。"

邓昀接了袋子,提着放到玄关柜上。他没有马上同她道别,而是手扶在门框上,玩笑着说了一句:"还以为你是登门道谢,给我送礼来了。"

许沐子掏了掏羽绒服口袋,里面什么都没有。

邓昀笑了一声:"逗你呢。好了?"

她点头:"好了。"

脸消肿很快,肩膀被后坐力撞出来的瘀青还真是疼了好几天。

"没问你这个。我说你的叛逆期,好了?"

许沐子睁开眼睛的时候,已经有点儿睡蒙了,分不清自己在哪里。她在忽明忽暗的光线里愣了好一会儿神,才想起来,这是客栈里放电影的房间。

可能是肩颈和指关节的酸痛感搅的,她梦到的是去墨伽洛斯玩实弹射击的场景,还有……穿着家居服的邓昀。

这些梦里的场景,都是真实发生过的。认真想想,那天在邓昀家门口,还确实发生了件特别的事情。不过,不回忆也罢。

许沐子从半梦半醒的状态里挣扎出来,揉着脖颈坐起来。

之前她放的电影是战争片,毕竟是高分榜里选出来的,镜头氛围感和剧情都挺吸引人的,是她自己熬了通宵,终于有点儿扛不住了。最开始也只是有那么一丁点儿犯困,闭过两次眼睛,她没想到自己能真的睡着。她这一觉睡到五点多,电影被调成静音状态,已经播放过半,只能听见窗外潺潺不断的雨声。

她身上多了条薄毯子。她往旁边的沙发上看过去,邓昀没在,只有遥控器留在他坐过的位置上。她睡得太沉了,完全没有感觉他曾到过身边。她猜想,邓昀大概是觉得无聊,先走了。

她睡着时,电影跳了太多情节,接不上,她也懒得再重新看,想着不如回房间去。

许沐子研究着关好投影,把薄毯叠好放在沙发旁边,走到门边想起忘记拿手机,又退回茶几旁去拿。

这个时间段,手机里居然会有十几条未读信息,不用动脑都能想得到,肯定是在国外生活的堂姐发来的。她解锁,点开APP(应用软件),果然是堂姐。堂姐还在执着于聊她的感情问题,可能是和哪位亲戚通过电话了,又得到了些新消息,说她爸妈打算让她见的新男生长得巨帅,极力撮合,说见了不亏。

许沐子觉得这类消息没有任何可信度,长辈们眼里的帅,总有些奇怪的滤镜在。上一位,拉小提琴的那个男生,在他们口中简直要帅死了,其实也就是中等偏上的长相。上上一位,金融界的男生,他们说像某国外巨星,都该把那些话截图发给人家巨星,让巨星告他们诽谤。如果那些人都能被称为帅哥,那他们见到不装社恐时的邓昀,得是什么反应?

许沐子看着堂姐发来的信息,推开门,抬眼,然后愣住了。

五点多钟的天色,阴雨遮住了日出前的光,天边呈现出一小片灰调的绯色,透过被雨水冲刷着的玻璃窗看去,很像古典油画。

邓昀没走,正对着放映室的门靠在窗前。

如他所说,他来这家客栈比她早,已经一个星期了,这地方有什么好吃的、好玩的、好景色,他应该都是知道的。不像她,那份店家精心准备的入住指南都没认真看完。仅仅是睡不着的话,邓昀应该还有很多事情可以去做,但他选择拎着一罐凉茶守在这里。是因为对她说过"我不走"这句话吗?

"醒了?"邓昀问。

邓昀手里的凉茶是冰镇过的,瓶身还泛着一层冷霜,指尖触到的地方,冷霜凝结成水滴,顺着瓶身滑落。

许沐子本来想说,天也亮了,他不用再这么守着了。但看见他指尖和凉茶罐子上那些湿答答的冷霜,她一时走神了。

在这种雨势连绵的天气里,气温骤降,连客栈备的都是驱寒的糖水热饮。怎么邓昀喝的不是清热的白菊花茶,就是降火的凉茶?邓昀有那么大的火气吗?

许沐子慢悠悠答出"刚醒"这两个字的同时,邓昀拎着那罐挂满冷霜的凉茶,微微仰头喝了两口。喉结滚动着,冷霜凝结成的水滴滑过他的下颌落在地上。

听见许沐子的声音,邓昀在仰头喝茶时把注意力分给她。他垂着眸子,同她对视。

许沐子多年来一直习惯用某个品牌的甜扁桃杏仁系列沐浴产品,有种特殊的、淡淡的香气。而她不知道,那些淡香混合着药油味道,在自己害怕扑过去时,曾沾染在邓昀衣服上,若有若无,久不消散。

许沐子在时明时暗的投影光影中,抱着蘑菇造型抱枕,小鸡啄米般磕了几次头后,终于不堪困倦地睡着了。而她不知道,邓昀过去给她盖毯子时,曾被她无意识地紧紧拉住过手。

当然她也不知道,她寻到温暖顺理成章地缩进那张薄毯时,只露出脚踝在外面。上山时,脚踝被行李箱轮子刮破了一道,经过洗澡水的刺激,红红的,惹得他皱着眉,多瞥了一眼。

许沐子什么都不知道,只觉得邓昀目光幽静,后面的话忽然就卡住了。有种说不清的氛围在空气里流动,像梦里她站在邓昀家门口,和穿着宽松家居服的人相对而立,暧昧难明。

可现实中发生那件事时,他们之间是没有暧昧情愫在的。

应该……没有吧?

许沐子偏开视线。

雨水冲刷着玻璃窗，有只蜗牛背着壳在潮湿的墙壁上缓慢爬行，又被滴落的积水砸得瞬间缩回眼睛和触角。

走廊里某一扇门被打开——有个女生气鼓鼓地嘀咕着"这种天气肯定看不到日出了"，从房间里走出来。女生看着远处天空埋在阴云里的浅淡绯色，遗憾地叹了一声气。

同一扇门里走出来的男生也跟着驻足在窗边，看了看天色。男生安慰女生说："傍晚雨停了的话，我陪你去看日落吧。"

旁人的出现，干扰了他们之间那种若有若无的奇怪气场。许沐子终于有机会把话说完："我打算回房间休息了，你呢？"

邓昀晃着手里几乎喝空的凉茶罐子，点头："一样。"

看电影是她提出来的，刚才害怕需要人陪的也是她，现在她先撂挑子准备回房间，不知道邓昀会不会因此不开心？许沐子还是多问了一句："你也困了？"

"不困，回去洗澡。"

"哦。"

他们没再说什么，并肩往楼下走。

这间客栈住的人很多，才五点多钟，已经热闹起来，一扇扇奶白色的门里隐约传来动静：洗漱时哗啦啦的流水声、电视声，还有住客间的对话声……

有人穿着雨衣，推着两个大行李箱出来，看样子是打算退房离开。那人行李太多，许沐子和邓昀没有和人家挤电梯的意思，默契地往楼梯方向走。

每层楼电梯旁和楼梯口处都有指路标，她瞥见"游戏室"的字样，随口问了一句："游戏室是玩什么的啊？"

邓昀说："你擅长的那些。"

"我擅长的……"许沐子重复着，疑惑地偏头看邓昀的侧脸，见他脸上有一抹似有似无的笑，才转念想到他话中所指的是什么。

从小弹钢琴有个好处，手和眼睛的协调性被练得特别牛，游戏操作大多讲究反应和手速，这些都是许沐子的强项。她一个能熟练地弹《野蜂飞舞》的姑娘，哪怕没有实战经验，玩足球机、桌面冰球机、打地鼠，想赢也是容易的。

连邓昀，她都赢过。

难得在他面前打了胜仗，许沐子心情不错，眼睛也跟着弯了弯。

楼下一直有脚步声，带新人进行入住前参观的夏夏和他们在二楼半的楼梯上碰面。楼梯间过道狭窄，许沐子和邓昀本来是各靠着一侧，中间留了些许空隙，遇见夏夏他们，两个人不得不同时往右侧靠拢。

被转角落地窗外光线拉长的身影叠在一起，两个人侧身让夏夏他们先过。

许沐子常年练琴，肩颈落下一些久坐和过劳的职业病，阴雨天遇见冷空气会更难受些，休息时的习惯性动作是把手探进颈后的散发里去揉捏脖子。

她错身下了几级台阶，夏夏叫她："对了，许小姐。"

许沐子转身："嗯？"

邓昀就走在她身后，空间有限，她这么忽然间一停又一侧身，手肘撞到了他。

夏夏解释："山里蚊虫多，在前台留的那份电蚊香液是给您的，我看您上楼时没拿，还是用上吧，这里蚊子很毒的。"

许沐子看了邓昀一眼，知道他不至于把这么轻的碰撞放在心上，才放下胳膊说："好，谢谢，我现在下去取。"

跟在夏夏身后的是个男生，小麦色皮肤，不知道是打哪个炎热地区来的，穿得特别清爽，短裤加背心，外面披着的浴巾估计是夏夏给的。男生插嘴说："给我也准备电蚊香液了吗？我特招蚊子，很需要。"

夏夏继续带着人往楼上走："准备了的，待会儿办完入住，和门卡一起给你吧。"

他们没再恢复到并肩同行的状态，一前一后走到二楼转角。

邓昀从身后拍了一下许沐子的肩。她回头，他对她抬了抬下颌，意思是他到了。许沐子点了点头，邓昀就转身走了。

邓昀也住二楼吗？

许沐子下楼取了电蚊香液，一回房间就扑倒在床上。

以前因为生意或者攀比，许、邓两家走得近。她那时候不需要格外留心，也总是能够听到关于邓昀的消息，或者，不经意间和邓昀有些接触，就像她去还陶瓷器皿那次。

那年邓昀妈妈提着做好的家乡食物来她家时，明明说过，那些装食物的器皿，如果许沐子妈妈喜欢也可以留下用。器皿都是邓家托人跟做陶瓷器的厂商定制的，质量很不错。

许沐子妈妈大概觉得邓昀妈妈是在炫耀，当然不肯留下，不但不留，还用了个小心思，送回去的那些器皿里，有许沐子妈妈精心挑选的一个盘子。像是有意向人家展示：你瞧瞧，做工精良的好陶瓷，我们家也有的是。

邓昀妈妈打电话给许沐子妈妈时，许沐子妈妈一定装作漫不经心地说过"一定是我粗心放错了""你要是喜欢就留着好啦""家里还有很多"类似的话。所以才有了那天晚上，长辈都还没回来时，邓昀提着盘子按响她家门铃的事情。

不过，自从家里的生意出事后，许沐子再没听到爸妈说起关于邓昀家的任何事情。那年运势不好，实业受到不小的冲击。尤其她家这种平时没给自己做过太多风险规避计划的小暴发户，吃喝玩乐时根本没想过，会有一天大厦将倾。

邻里之间的联盟分崩离析，当初那些日日往来的好邻居们，随着破产和纠纷几乎都断了联系。

别墅被卖掉了，家里也过了几年入不敷出的苦日子，也是到今年，许沐子家的生意才开始有些好转。她听爸妈说，是遇见了贵人。

不知道邓昀家现在怎么样，也不知道邓昀这个人，究竟有没有变成他爸妈口中期待的学术研究者？但邓昀已经来客栈住了一个星期了，恐怕也是有什么烦心事难以消解吧？

遇见邓昀是件太意外的事情，搅得许沐子总在琢磨这些和他相关的事。待她反应过来后，连忙拍了拍自己脑门，心说：真是魔障了，邓昀现在过得怎么样和自己有什么关系？

许沐子暗暗警示自己，千万别变成长辈们那种喜欢八卦的样子。

想着这些，她翻身压到一沓纸，再次拿起那份入住指南研究，终于分散了注意力，发现附近可玩的东西挺多的。

整个山谷都是客栈的地盘，有可以挖竹笋的竹林，也有能蹲到松鼠出没的松林。这个季节，松林里有蘑菇可以采。但想要食用蘑菇，还是要带回来让工作人员帮忙分辨一下是否有毒性才行。另外就是竹林和松林之间的浆果园，有一些野草莓、覆盆子、桑葚和黑莓……

大眼睛漫画小人特别标注出图片，说："注意，这种是蛇莓，吃了会腹泻腹痛，请不要吃哦。"

许沐子对这些浆果很感兴趣，但外面的雨迟迟不肯停歇。她再看看摊开在地上的行李箱，里面都是些夏季的薄款衣服，根本不御寒。她倒是可以找邓昀帮个小忙，问问他有没有厚外套可以借给她穿。

可她根本没有他的联系方式，再仔细想想，其实有联系方式也没用，她又不可能真的打电话给邓昀。比起在客栈公共区域的放映室一起看电影，借衣服要暧昧很多。尤其是，上一次穿上他的衣服，还是那么一种情形。

还是等雨停吧，也许阳光出来会暖一些。

许沐子查了天气预报，上面说，最近几天都有雨。今天就没有雨停的时候，只有上午十点多到中午那段时间雨势会小一些。

邓昀下楼时，许沐子在前台，她在之前穿的白色连衣裙外面又套了两件短袖，显得臃肿，但不是很有用。夏夏正在劝她多加衣服。

许沐子和夏夏商量着，如果夏夏放心她，她可不可以把房间里的浴袍当成外套穿出去。

其实完全可以。这件事夏夏甚至不需要为难，这山里就他们一家客栈，许沐子的行李都在呢，难道还怕她觊觎一件不值钱的浴袍？

但夏夏开口前瞥到了楼梯口的邓昀。老员工聪明伶俐，话音一转："浴袍不遮风，或者，您可以和朋友借件衣服穿呢？"

"朋友？"

"我看您和邓先生是认识的。"

许沐子趴在前台桌子上，果断地摆了摆手："还是穿浴袍吧，我和邓昀不是朋友。"

第二章
早上六点钟

六点钟,挂在前台墙壁上的一款椭圆形钟表突然开始播放音乐,声音像被称为 glockenspiel 的金属打击乐器发出来的。

许沐子对音乐比较敏感,偏着头听了一会儿,才问夏夏:"之前到整点,好像没听见过它这样报时?"

夏夏答:"我们老板说,熄灯后它就不会响了,可能有光感系统吧。"

印象里,这种复古钟表总是带着年代感,许沐子意外地说:"还挺智能的呢。"

见许沐子真的没有去和邓昀借衣服的打算,夏夏挠了挠脸侧,说让她稍等,然后整个人蹲进前台里翻找了好半天,再站起来时,夏夏递过来一件更厚实的浴袍:"许小姐,您穿这个出去吧。"

许沐子接过浴袍摸了摸,很有质感:"这是你的?"

夏夏笑起来特别有亲和力,像邻家妹妹:"不是的,这个是我们秋冬两季的厚浴袍,天暖之后店里统一换了薄款,前台这几件本来是备用的,我想着,你穿着厚浴袍出去应该会更保暖些。"

客栈里吃的用的选品都很用心,许沐子也由衷地夸赞:"星级酒店都没这里舒适。"

提到这个,夏夏似乎很骄傲,说这些选品都是客栈老板自己把关,也说老板对客栈很用心。

夏夏遗憾道:"如果这几天没有下雨就好了,换成晴天,凌晨你来时肯定能看见星星,很漂亮的,上个星期还有观星爱好者带着专业装备过来拍星星呢。"

许沐子抱着厚浴袍,从前台旁边的伞桶里拿了把透明雨伞:"没有星星也没关系,我先去浆果园看看。"

"现在吗?雨还这么大……"

"我时间有限,明天这个时候就该回去了。"

夏夏欲言又止,停几秒才说:"浆果园里偶尔能看见野兔,祝你幸运哦。"

许沐子披着浴袍,撑开伞:"谢谢。"

直到许沐子走出客栈,夏夏还在门口挥着手提醒她:"许小姐,早餐时间是七点半!"

许沐子也挥了挥手,拖长声音答:"知道啦——"

上学时,许沐子很想成为夏夏这类可爱又接地气的女孩子。她们在人群里肆意欢笑,像小太阳,满身的元气和正能量。谁会不喜欢呢?

以前许沐子注意过一个男生,是雅思班里的男同学。高中毕业后,他们同在国外的某所音乐学院里读书,一个读钢琴演奏专业,一个读音乐制作专业,是校友。所以她知道,后来那个男同学找的女朋友就是像夏夏这样总是笑眯眯的女孩子。

她真正知道自己和男同学不合适,还要说回大一那个寒假,就是去给邓昀送陶瓷器皿的那天。许沐子站在邓昀家门口,都还没来得及回答邓昀的问题,就在几分钟内连续收到二十几条群消息。手机提示音响个不停,连邓昀都多往她羽绒服口袋的位置看了一眼。

许沐子也很蒙,当着邓昀的面,把手机从兜里拿出来看。是雅思班的群里在讨论。雅思班的同学们过去时常组织聚会,后来读了大学,天南地北很难聚齐,估计也是想在开学前夕聚一聚,有人在群里发起号召。

像这种聚会,许沐子从来没参加过。以前雅思班下了课,别人约着一起去玩,或者一起回家,她则要争分夺秒地坐上出租车,赶着时间回家练琴,和谁也没有走得特别近过。

这次有些意外,居然还有人特别"艾特"了她,问她去不去聚会。仔细看头像,是那个她很有好感的男同学。

群里其他人大概觉得稀奇,也有人瞎起哄,问他们是什么情况。

许沐子举着手机,不知所措,再抬眼撞上邓昀的视线,脸瞬间就红透了。她慌慌张张地同邓昀道别,在出租车上盯着手机斟酌许久措辞,才装成刚看到的样子,在群里回复了模棱两可的答案。

她无意间学会了妈妈在某些情况下使用的社交用语,矜持地说自己怕练琴时间不够,到时候要看情况才能决定。

这个回复之后,男同学只回了比着"OK"字样的表情包。在那之后,那些关于吃喝玩乐的讨论,没有人再问过许沐子。

几个小时后,许沐子从钢琴老师家里出来,翻看了所有群消息,看见他们已经在插科打诨的欢乐气氛间订好了饭店和KTV,再看到自己那句傻气的回复,恨不能找个洞钻进去。

笨蛋、笨蛋、笨蛋,许沐子你真是个大笨蛋!想去就说想去啊!练琴时间不够就提前些回来,熬夜补时长啊!人家好不容易"艾特"你了,你还在耍什么大牌啊?难怪你没有什么朋友!

许沐子就在自我批评的沮丧里,心情忽雨忽晴的度过了两天。

同学聚会的当天,因为失眠,她很早便起床开始练琴。到下午四点多走出琴房,已经完成了十个小时的练琴任务。

爸妈也在家,不过看样子,他们正打算出门去。许沐子妈妈穿了件新的皮草外套,正对着客厅里的镜面装饰墙戴耳环:"阿姨的脚踝伤得有点儿严重,今天还肿着,妈妈刚叫她回去休息了。你不急着练琴的话,跟爸爸妈妈出去吃饭好吗?"

许沐子蔫蔫的:"我不想去。"

许沐子爸爸说:"晚上的聚餐没有公事可谈,几家叔叔大伯都会带着孩子去。家里没什么可吃的,你不如和我们去吃点儿,到时候让司机提前送你回来。"

听起来,像是又一个炫耀孩子的饭局。

许沐子妈妈戴好一只耳环,在盒子里翻了翻,偏头去戴另一只,拎起来往耳垂上比了比,又皱着眉把之前戴好的也拿掉,换了一对名牌的新款耳环:"是哪家饭店来着?"

许沐子听爸爸说了个饭店名字,猛地一下子从沙发上站起来。她翻看群消息记录,居然是同一家饭店。群里的人说这家饭店最近名气大,红火得不得了,要提前预订才有位子。也难怪能撞见,许沐子听爸妈说起饭店,也是这套说辞。

等许沐子跟着爸妈走进饭店包厢,才发现邓昀也在。

有位年纪小的叔叔正拉着邓昀下五子棋，看见许沐子进门，笑着打趣："今天可不容易，好学生和才女都肯赏脸出门了？"

邓昀没说话，把自己的黑子连成五枚，赢了那位叔叔。

叔叔说："沐子，来，你和邓昀哥哥玩吧，我们这些岁数大的，脑细胞没年轻小孩的活跃，连输三局了。"

许沐子坐过去。她不擅长玩五子棋，又总留意着群消息，还不如刚才的叔叔，局局都在输。邓昀这个人毫不留情面，完全不让着她，十步以内杀她个片甲不留，然后把手里的几枚黑色棋子往盒子里一丢，收手不玩了。

服务员开始传菜，家长们招呼着："孩子们，过来吃饭了。"

吃饭吃到一半，许沐子看见群消息，雅思班的同学们已经来了，在楼下大堂用餐，还拍了张合影发在群里。

许沐子来时观察过环境，知道他们那张餐桌的方向，按照她在心里演练过千万遍的样子，装成偶遇下楼和同学打招呼。

同学们也算热情，纷纷说着：

"早知道你今天不用练琴，怎么也得把你叫上了。"

"你在楼上是和家长一起吗？你干脆打个招呼，跟我们吃得了。"

"就是，就是，和家长们有什么好聊的。"

一切看起来都还算顺利，许沐子顺理成章地留下来，心里有些高兴。

那年是个暖冬，外面不冷，饭店里供暖太足，食客又太多，大堂里有些闷热。许沐子起身指了指旁边通向洗手间的路："我去一下洗手间。"

她脸皮发烫，对着镜子理了理头发，把一直系到最顶端的小立领衬衫扣子解开了一颗，想了想，又解开一颗。再抬眼时，在镜子里撞上了邓昀的目光。

邓昀看着许沐子，没说话，只是在她十分不好意思地让开时同她擦肩，走到洗手台前，沉默地按了洗手液打着泡沫，又冲掉。

许沐子说："我……先走了？"

邓昀："嗯。"

快走到前台转弯处，她听见男同学熟悉的声音，在和服务员说加啤酒的事情："六瓶凉的，六瓶常温的，再加两杯热杏仁露，然后帮我们看看账单多少钱。"

聚会是 AA 制，有人先结账，后面大家再均摊。许沐子正在心里默默提醒自己，回家要记得给同学转钱，忽然听到自己的名字。

"序啊，我怎么感觉许沐子今天是冲着你来的呢？"

"没有吧？"

"怎么没有？你在群里'艾特'她，她都没直接拒绝啊，平时许沐子可不参加课外聚会。你看她什么时候在群里说过话？"

许沐子喜欢的男同学说："你想多了，我和许沐子是校友，在国外偶尔也接触过几次，出来聚会我总不能不叫她吧？"

"我们都以为你们俩有戏呢。"

"别闹。"

"那就是她对你有意思？还说偶然碰上的，哪有那么巧能碰见？"

男同学语气逐渐不耐烦："好了，别乱说，普通同学而已。"

"也是，感觉她性子挺闷的，刚刚说笑话，她都听不懂，都不知道该和她聊什么，是挺难玩到一块儿的。"

男同学没有为她说话，只是和服务员确认了账单金额和付款方式。

他们这是……嫌她出现扫兴了吗？许沐子默默往后退了半步，察觉到身后有人，也许是邓昀，也许不是，她没有回头。

等同学结好账回餐桌那边，许沐子才从转角处走出去。她没有继续和同学吃饭，说要去楼上陪家人，同大家告别后，转身离开。

许沐子当然没有回长辈那边，她绷着脸没什么表情时看起来很漠然，潇洒的假象却只持续到走出饭店大门。

许沐子本来想找个地方消化难过，没想到又遇见邓昀。他坐在一截石阶上，在吸烟。许沐子慢慢蹲下去，脑子快被密密麻麻的自我怀疑填满了。

她以为他们会和在长辈们面前一样，互不干扰。但邓昀开口了，他往饭店窗子的方向抬了抬下颌："里面那几个人，哪个是你喜欢的？"

许沐子耷拉着脑袋："我才不喜欢。"

闷了几分钟，她才说，是坐在靠走廊那侧、穿浅灰色卫衣的男生。

其实她也没有想过真的要和那个男生怎么样，只是被有好感的人叫来聚会，心里有些小小的窃喜。她也会想要引起他更多一些的注意。

可是这个冬天太令人灰心了。她还没能完全接受自己是个资质普通的平凡人，又发现喜欢的人不喜欢自己，还要被同学背地里说性子闷、无聊……

许沐子想：对啊，我就是很闷很无聊。

邓昀早已经按灭了烟，从他投落在地上的影子动静来看，他微侧头，大概是从窗子往里面瞧了一眼,然后评价:"长得还行,算清秀。"

许沐子戾戾地和自己生着闷气,蹲在原地没吭声,听见邓昀继续说:"就是眼光一般,坐他旁边那个小胖墩,眼光更差。"

她抬起头,看见邓昀已经走过来,把手伸到自己面前:"你不无聊,挺有意思的。"

那是个气温回升的冬末夜晚,呵气不再成霜。邓昀把许沐子从地上拉起来,帮她重新扣好衬衫领口那两颗扣子。他指尖触碰到她的下颌,有些凉。但好像,再凉也没有眼下风雨大作的冷空气刺骨……

手里的伞无论朝着哪个方向,都没办法完全遮住雨丝。许沐子的小腿很快湿了,裙摆也沾在皮肤上,再走几步,伞几乎快要被狂风掀翻。

眼前都是被吹到歪斜的树干花枝,她在风雨里艰难地分辨道路,显然离浆果园还有一段距离。

她路过一小片被拦住的塌方地段,终于抵达浆果园时,风也小了些。她没见到几颗浆果,也没瞧见野兔踪影,倒是耳边总隐隐约约听见猫叫声。她停下脚步,四处巡视着,终于在不远处草丛里看见几只猫。

附近无处可以避雨,只有形同虚设的矮树丛。一只体型稍大些的三花猫护着两只小猫,它们浑身湿淋淋的,警惕地看着许沐子。

流浪猫?这么冷的天气,它们会不会被冻死?

许沐子不敢靠近,也不忍心离开,举着伞考虑很久,才决定给客栈打电话求助。电话被接通,对面意外地是个男声:"您好。"

许沐子几乎是瞬间反应过来,那是邓昀的声音,于是问:"邓昀,怎么是你接电话,夏夏呢?"

"在准备早餐。我刚好路过。"

"那……你能不能帮我问问夏夏?我在外面发现几只被淋湿的小猫,"许沐子担忧地看一眼三只瑟瑟发抖的小团子,继续说,"感觉它们很冷……"

很冷,然后呢,难道要麻烦夏夏收留它们?夏夏也只是客栈里的工作人员而已,可以做这个主吗?许沐子察觉到自己行为的不妥,渐渐安静下来。

邓昀说:"先不要碰它们,原地等着,我过来找你。"

许沐子几次尝试后,三花猫眼里的防备有所松懈,不再对着许沐子哈气,任由她一步步靠近,把雨伞挡在它们头顶。

邓昀来得很快。他没撑伞,手里抱着木箱,隔着段距离,在细密的雨丝中微微眯着眼,和她对视。

满世界都是大自然潮湿的弹奏声,许沐子不得不用喊的:"你怎么没带雨伞?"

"没伞。"

"我走时前台还剩几把伞……"

邓昀来客栈这么多天,不可能不知道前台的伞可以用吧?

她转念一想,确实是有可能没伞了。

在许沐子走时,刚好有两位住客下楼退房。如果住客们本就没有带伞,又要夏夏下山送人,最后两把伞肯定都被带走了。

但客栈里应该还剩下一件雨衣。许沐子想问,既然有雨衣,为什么不穿?邓昀像预判了她的疑惑,他把浅黄色的雨衣从木箱里拎出来,雨衣是儿童款,看起来只有三四岁幼儿才穿得下。

"没伞你来干什么?"

"救猫。"

"夏夏同意吗?"

"同意吧。"

邓昀拿出猫粮,蹲到许沐子身边。

她提醒:"小心点儿,它们不怎么好相处,防狼似的防着我。"

三花猫刚才凶得很,许沐子帮着举伞这么久,举得手臂都酸了,也没得到它半分善意。这会儿邓昀把装着猫粮的小盒子递过去,三只猫紧张地嗅了嗅,不出半分钟,就开始狼吞虎咽地吃起来。它们边吃着边看邓昀,眼神里竟然有些讨好的意味。许沐子在心里评价:谄媚!

同时,她又有些担心:"它们不肯走怎么办?"

但过程出乎意料地顺利。邓昀带出来的木箱里铺着浴巾,三只猫在他面前温顺得要命,乖乖跟着他钻进木箱。他把带出来的儿童雨衣盖到箱子上,起身问她:"没找到浆果?"

许沐子手里捏着一颗营养不良的野草莓,她连忙把伞举到邓昀头顶,说:"只有几颗。"

邓昀个子太高,她帮他撑伞是有些吃力的。伞面又不算大,只有女生常用的遮阳伞大小,她怎么挪都不能完全遮住两个人,何况,他们好像也不方便挨得太近。

在她尝试把伞往他那边倾斜时,他换了单手抱着木箱,另一只手臂挡了一下伞柄,他走进雨里:"你照顾好自己就行了。摘野草莓要再往深处走一走,还去吗?"

其实这伞打不打都没什么区别,风大,雨是斜织着落下来的,她几乎浑身湿透,忍不住在风里打了个冷战:"不去,等雨小了再来吧。"

邓昀走在许沐子身旁,没有再说什么,只在她踩进某个积水的小泥坑时,反应很快地握着她的手腕扶了她一下。

这风声、雨声、猫叫声,像一首浮声切响的诗,念念有词,不肯停歇。

许沐子忍不住偏头去看邓昀。他应该是洗过澡也换过衣服了,这样出来折腾一趟,回去估计要重新洗。

甜扁桃杏仁系列的沐浴露和身体乳许沐子用了挺多年,她对自己身上这个味道并不敏感,反而因为他们走得近,除却周遭青草、泥土的自然气味,她总能闻到一缕若有若无的清香,像番茄藤的香气。大概是邓昀身上的,以前他的房间里,他的床上,也有这种味道。

被这个味道分心,许沐子没有过多去思考把猫带回去究竟是谁的决定。看见邓昀抱来的木箱时,她已经默认,是客栈方同意救助这几只小可怜。

他们回客栈时,夏夏已经等在门口。看见他们像两只湿透的水鬼,夏夏惊讶地睁大了眼睛:"你们怎么淋成这样子?快进来……"

许沐子收掉毫无用处的雨伞,说:"雨太大啦。"

三个人站在廊檐下又是擦身上的雨,又是擦那几只猫,忙成一团。几只小猫死心眼,吃了邓昀带去的猫粮,只肯认他。它们一旦落到许沐子和夏夏手里,仗着刚吃饱,声音嘹亮,叫得像杀猪。

许沐子手足无措,想帮忙,又不知道从哪里下手好,弯着腰纠结间,垂下来的湿答答的头发落在邓昀小臂上。邓昀看了她一眼,像是出于某种习惯,很自然地把一条干爽的浴巾披在她头上。

许沐子顶着浴巾,扭头就看见夏夏眨巴着眼睛在看他们。

她才和人家说过不是朋友呢,怎么解释一下呢?还没想好,她忍不住先捂着嘴、背过身去打了个喷嚏。

夏夏赶紧说:"许小姐,您先喝杯糖水热饮,再去楼上洗一个热水澡,不然会生病的。"

毕竟这三只湿透了的小可怜是许沐子找到的,她总不好把事情都丢给别人自己先离开,所以她端了热饮回来后,也还是在旁边帮一些力所能及的小忙。

客栈里的宠物用品还挺齐全的,有猫粮、食盆,也有宠物消毒湿巾和玩具。夏夏说,客栈附近有几只流浪猫,所以他们一直会在客栈后面放猫粮,也会定期带着新成员去做绝育。木箱是订购牛奶时山下牧场老板送的,据说流浪猫们都很喜欢钻着玩。

夏夏说:"我已经联系了兽医,等雨势小一些,山下的医生会过来瞧瞧它们,放心吧。"

感觉到自己没有唐突,许沐子才放心下来。喝过热饮,驱散掉不少寒气,她打算上楼洗个热水澡。

毕竟刚并肩作战、救过三只猫,许沐子在电梯里按着延时闭合的按键,和邓昀打了个招呼:"要不要一起上楼洗澡?"

她被雨淋傻了,问题出口,才觉得不对劲。

邓昀应该没往歪处想,拿着手机进了电梯。

有猫和夏夏在,他们互动会自然些,换成他们独处的时候,总有些说不上来的奇怪气氛。她从来是不善于开启聊天话题的那类人,以前和邓昀相处时,也是这样的,很多话题都是他开始的。就像最初问她叛逆期好没好、问她饭店里那桌哪个是她喜欢的男生……

那天晚上他还问了她一个问题,问她回家后睡不睡得着。

当然睡不着。

她之前和同学们同桌用餐,其他人有好多共同话题可以聊。寒假热播电视剧里主演们的八卦,竟然人人都知道。他们把话题抛给她,问她,大钢琴家,你看了那个剧没有?许沐子摇头。他们就闹着说,就知道她一定没看。

然后话题继续:

"那个谁和那个谁谁,还是感觉他俩最般配了。"

"没错。"

"我不觉得。"

"还是谁谁谁和她最配吧。"

…………

当时的许沐子没来得及察觉无法融入的尴尬,她被热热闹闹的氛围包围，还沉浸在和喜欢的男同学一起用餐的小雀跃里，幻想着开学回学校之后，也许会有新的接触。

但邓昀问她是否能睡着后，许沐子知道，那些微妙的小瞬间都会被她反复、反复、反复在脑海里倒带，然后在夜里变成失眠的诱因。

找谁倾诉呢？找楼上那群喝过头了兴致勃勃吹嘘着的家长吗？很多时候，从家长嘴里是听不到实话的。就像邓昀妈妈说起邓昀，或者，像许沐子妈妈说起许沐子，他们总是带着厚厚的滤镜，企图用言语把邓昀、许沐子包装成好学生、天才的形象。

传说中特别牛的那些人总有些小怪癖。像拥有一百把雨伞、只吃白色食物的埃里克·萨蒂，像每次放六十颗咖啡豆煮咖啡的贝多芬，不是还有一本书，名字就叫《天才在左，疯子在右》吗？

所以邓昀和许沐子也被塑造得更加独来独往。与众不同才好，最好要像出尘的仙。

许沐子已经知道自己是个假天才了，而站在她对面的邓昀，刚刚把指间被按灭的一截烟蒂丢进垃圾桶。

那天晚上，邓昀给许沐子出了个坠入凡尘俗世的坏主意。他问她："还想做点儿其他叛逆的事吗？"

他们之间，都是邓昀在抛出接近的契机点，所以电梯间里诡异、刻意的沉默，让许沐子感到陌生。

他们大概两年时间没见过了，有陌生感也很正常。但她敏感地察觉到，他似乎心情不好，在对什么人、什么事情生气？

这个问题倒是可以找邓昀聊一下，毕竟她也压了一腔被强迫相亲的烦闷。这种大雨天气，出门就要成落汤鸡，和过去还算有点儿交情的人互相倒一倒苦水，应该也算是不错的选择吧？

但……太冷了，要先洗热水澡。

惦记着三只猫，许沐子洗得还算快，用热水迅速冲掉一身冰冷潮湿的不适，吹干头发就出门了。

邓昀比她更快些。他已经在楼下了，穿着一身干爽的休闲装，站在室外的房檐下和人聊天。

可能之前觉得邓昀心情不好这事，是她自己的错觉吧。他和他对面那位穿着西服外套的长发美女聊天时，瞧着挺开心的。

邓昀还单手拿了手机给人家看，不知道在分享什么，看起来谈话气氛很轻松，两个人都是面带笑容的模样。

七点整，音乐钟响过一阵。

Silent Night（《平安夜》），节奏舒缓，还是惊醒了木箱里缩在一起睡觉的三只猫。

已经有人蹲在木箱旁边看猫，是五点多新入住的住客，小麦色皮肤的男生。那男生和许沐子一样，没准备厚衣服，还是短裤加背心的装扮，外面披了件浴袍，正用浴袍上的腰带在木箱上方晃来晃去，企图逗一逗刚惊醒的三花猫，被三花猫很凶地哈了回来。三花猫身旁的两只小猫有样学样，用奶叫声凶人，气得尾巴都直了，像天线。

男生欻一声，收回手里的腰带，摸着鼻尖回头："还怪有脾气的呢。"

男生是对着许沐子这个方向说的，语气太过熟稔自然，她往身后看了一眼，才确定男生真的是在和自己说话。

男生又说："听夏夏说，这几只猫是你带回来的啊？它们没抓伤你吗？"

真正把猫带回来的人……仍然在窗外和美女谈笑风生。

风吹乱美女的长卷发，美女抬手拢了拢。她有种成熟的美感，不知道听见邓昀说了什么，不好意思地笑了笑。

许沐子收回视线，不欲提及邓昀，和男生说，当时有客栈提供的猫粮，带它们回来还算顺利。

男生叫邢彭杰，性子非常外向，主动讲起以前和朋友收养流浪小猫被抓伤手臂的事情："那猫比这三只更凶，我还去医院打了破伤风呢。"

真正面对面交谈时，许沐子才发现，邢彭杰额头、脸颊和鼻子上分布着深浅不一的红，像晒伤，有点儿艺术照里夸张的仿高原红效果。据说他是刚从沙漠回来的。

夏夏拿了厚浴袍过来给邢彭杰："那你要出门前，也先穿这个吧。"

邢彭杰连声道谢，夏夏要准备早饭，交代几句又匆匆离开了。

邢彭杰健谈，转头又和许沐子聊起来，说他本来是想早几天过来这边玩的，但总也订不上房间，不得已才多在沙漠里逗留了一阵。

他的总结语是："这客栈哪里都好，就是太难订了，我还是提前五天订的呢。"

邢彭杰还问了许沐子，是提前多久订到二楼带露台的房间的。

许沐子微怔："临时订的。"

邢彭杰声音都猛地拔高了:"不可能吧,临时订能订到?"

她还真是临时订到的。她在家里听唠叨听烦了,晚上不到十一点钟订了房间,还接到过客栈的确认电话,问她隔天要不要续住。当时夏夏说,续住不一定有房间,要等他们这边确认好再联系她。

许沐子回答邢彭杰:"可能有人查过天气,知道这两天雨水大,退订不来了吧。"

邢彭杰说:"唉,那也有可能。"

一楼的公共区域里有十来个人,早晨想出去看日出的那对情侣在窗边拍照,还有几个摊在沙发上玩手机的人,大概都在等着吃早餐。

夏夏说可以去用餐时,那些人都站了起来,邢彭杰也马上跟过去。

邓昀还在聊天,饭也不吃了?

夏夏表示因为天气不好,早餐提供的餐食有些变化,消暑的绿豆莲藕排骨汤换成了暖身的羊肚菌排骨汤。邢彭杰显然很容易和别人打成一片,比着拇指说:"太贴心、太周到了,我必须给你们客栈来个五星好评,需要在评价里提你名字不?有没有奖金提成?"

夏夏红着脸摇头:"不需要的,多夸夸我们店就好啦!"

许沐子感觉自己学到了,也跟着点开客栈的订单信息,想写评价。

客栈评价很好。订之前,她急着出门,只匆匆看过评分,并没有仔细看过那些评价。给这家客栈评价的住客们出奇地用心,很多都是带着图片评价的。从他们自己的描述来看,有摄影爱好者,也有工作累了倦了出来放松心情的人……

晴天时,山里的确更美一些,有人拍到了野兔、松鼠和猫头鹰。

许沐子被这些照片吸引,一条一条看下去,翻到某条评价说,是看了客栈老板的故事才过来的,果然很棒。

什么故事?

有人和许沐子拥有相同的疑问,在下面问,客栈老板有什么故事?评价的人回复:去看最早的评价,最长的那条。

许沐子也好奇,拇指不停往下滑。她好歹是弹了二十年钢琴的人,手速很快,翻过那些图片和描述,看到客栈最初的几条评价。

有一条评价格外长——

评论自 Creampuffs0319:

现在是早晨七点四十三分,小雨,我吃着客栈准备的早餐,写下这段话。值得夸一夸的是，早餐并非速冻食材和料理包，汤煮得真的很好喝。

许沐子低头看了一眼自己汤匙里的汤，有种奇妙的感觉。在两年前的某个雨天，几乎相同时间，也有人在餐厅喝汤。

她继续看下去：

选这家客栈是朋友的决定，原本是对这里比较存疑的（希望我朋友看见不要打我）。毕竟是新开的客栈，评价区只有两条评价，还都打五星，像刷的，"踩雷"可能性真是很高，哈哈哈！到这边住过一晚上后，我觉得打五星都不够，这地方太值得来了！

房间被打理得很干净，因为客人不多，在我们的请求（死缠烂打）下，工作人员带着我们参观了几乎所有空着的房间，每间房间的露台种的花都不同，太用心了。

邢彭杰突然问："哦，对了，美女，我还没问你叫什么名字呢。"

许沐子短暂抬头，报过名字后又把注意力放在手机上。

公共区域也是这样，每扇窗子看出去的景色都像一幅油画。怎么说呢，太有格调了。

我朋友也想过投资客栈，所以厚着脸皮问工作人员，是不是请过哪家专业设计团队来做设计。结果，居然是老板亲自设计的！太太太牛了！

另外，提到客栈老板，我要在这里放个小小的八卦。听说，这家客栈本来是老板准备送人的礼物……

评价字数实在有些多，又是在早餐时间，被大雨困在客栈里的住客们逐渐开始交谈，许沐子第二次被坐她对面的邢彭杰叫到了，不好意思再继续看下去，只能放下手机，忍着好奇心去回应人家的话。

邢彭杰问："许沐子，你家里养猫吗？"

许沐子说："不养猫，我没时间照顾宠物，很多时候……"

这个时候，和美女聊天结束的邓昀端了份早餐走过来，坐到许沐子身边。许沐子不着痕迹地停顿两秒，继续说："很多时候我连自己都照顾不明白，怕让宠物失望。"

邢彭杰瞥了邓昀一眼，继续说："也是，我不在家时会把我家猫和狗送到我爸妈那边去，让他们帮忙照顾。"

许沐子喝着羊肚菌排骨汤，点头。

邢彭杰原本以为许沐子会问问自己的猫和狗，等了半分钟，对面的人仍然没有动静。邢彭杰用餐刀切了块甜品，放进餐盘里："但你应该挺喜欢小动物吧？"

许沐子说："嗯，喜欢。"

不远处，夏夏已经靠着一盒猫罐头和三只猫混熟了，不但可以摸，还可以抱它们。许沐子羡慕地看了几眼："但我比较没有小动物缘，亲戚家养的宠物也不喜欢和我玩。"

以前练琴时，琴房外面也有流浪猫，她没少投喂过。但它们都是骗吃骗喝的猫，吃完就跑，和她不太亲近。

她从小到大真正抱过的小动物只有一只腿短的柯基，还是个偶然。

刚好邢彭杰又问她更喜欢猫还是更喜欢狗，许沐子想到她抱到柯基的感受，说可能她和狗的缘分会更多一些。

邢彭杰是个刨根问底的人，问许沐子为什么会有这种想法？

身旁坐着邓昀，许沐子不想侧头。也许他们之间不够清白敞亮，才总是奇怪又尴尬，做不成能聊天的朋友，永远不能像他和刚刚的美女那样放松地说笑。

许沐子收起心思，专心回答邢彭杰。由于不擅长讲故事，只说了个大概，说她曾经拦车救过一只柯基。

对邢彭杰来说，他见到许沐子第一面时是在楼梯间里。当时她在笑，所以邢彭杰对许沐子的印象并不是难接触的那种人，许沐子长得又非常漂亮，邢彭杰就很想搭讪，不但拉着她聊天，还把装甜品的大餐盘拿过来放到许沐子这边："你尝尝这个，绝了，非常好吃。你们女生是不是都挺喜欢小甜点的？"

那是被切得只剩一小块的烤菠萝挞，看起来是很美味，但许沐子对菠萝过敏。她说自己已经吃得差不多，暂时不吃了。

邢彭杰还在极力推荐，然后，一直安静坐在旁边的邓昀像被邢彭杰说得心动了似的，伸手把那块菠萝挞夹进了自己的餐盘里。

邢彭杰一脸无语，像看一个情商低到马里亚纳海沟的人，几次欲言又止，最后还是忍不住吐槽了一句："不是，我说这位兄弟，你就这么想吃甜点吗？"

邓昀慢悠悠吐出一个字："对。"

许沐子知道，邓昀在帮她解围。她曾经告诉过他，因为被说过无聊、不容易玩到一起，她变得更加不知道该怎样和别人沟通，一度不敢拒绝别人。邓昀还记得那些话？

但许沐子没有感动，甚至莫名其妙地更加生气。她没有看他，也没理他，拿起手机滑开了屏幕。手机静置时间太久，刚刚浏览过的页面自动刷新了。

客栈评价里冒出一条新的，发布时间在三分钟前：

本来今天要去住的，客栈打来电话沟通说预订出了问题，房间不足，提出赔偿三倍金额，我就接受了。刚才查天气，山里大雨，幸亏没去。有机会再去吧，但不得不说，老板挺阔气，哈哈哈……

确实是大雨啊，说是十点多降雨量会减少，外面的雨却丝毫没有减弱的趋势。雨水如珠，纷纷砸进膏沃的泥土里，慢慢又腾起雾气。

不知道是谁在提议，说刚刚打过电话，山下的小商店同意帮忙送啤酒上来，反正雨越下越大也出不了门，不如去三楼放映室一起小酌几杯。

邢彭杰马上问许沐子："要不要去喝点儿？"

许沐子腰背挺直，目不斜视："好啊。"

得到回复，邢彭杰快乐地跑去和人商量待会儿的临时小酌局了。

邓昀轻叩桌面："你能喝酒？"

许沐子看都不看邓昀，没好气地说："怎么不能，我喝酒不是你教的吗？"

她喝酒这件事，还真是邓昀教的。事情依然始于那个复杂又特别的夜晚。邓昀问许沐子，想不想做点儿其他叛逆的事？

再暖的北方冬季，气温也才几度。许沐子只穿了件衬衫，风一吹就跟着抖，没能马上回答这个问题。

邓昀似乎也只是随口一提，看见她轻颤着搓了搓手臂，失笑地说："回去吧。"

他们先后回到长辈们都在的包厢。她之前和家人说在楼下遇见同学，想和同学们一块儿吃饭，现在又要提前回去……她已经提前想好各种措辞，腹稿打得特别充分，回包厢才发现，并没有人想过追问她。

长辈们已经喝多了，见她露面，只说了一句"沐子回来啦"，转头继续喝酒、聊天。几个同辈围在沙发那端的五子棋桌旁，把头凑在一起拿着手机在打游戏。

许沐子在爸妈身旁添了把椅子，默然落座，包厢里空气闷热，呼吸都觉得不畅快，下颔处却仍像是留存着一丝微凉的触感。

她抬手整理着衣领,觉得之前的两个小时像一场噩梦。

上学期修的文学探索课程里,她刚刚读过《百年孤独》,读的时候全靠网友整理的家族谱图片才没记错主角。她总以为对这本书的感情不过是应付课业,没想到脑海里会突然间无比清晰地想起其中这样的段落:

赫里内勒多·马尔克斯上校望着荒凉的街道、巴旦杏树上凝结的水珠,感觉自己在孤独中迷失了。

"奥雷里亚诺,"他悲伤地敲下发报键,"马孔多在下雨。"

许沐子静坐在鼎沸人声里,孤独感逐渐蔓延开。想做些叛逆的事情吗?很想。邓昀那句问话原来不是空穴来风,或许是他以旁观者的清晰视角,比她更先察觉到了她自己的情绪。

就在她开始怀念墨伽洛斯靶场里震耳欲聋的射击声和刺鼻的火药味,开始觊觎桌上几瓶没拆封的红酒时,手机铃声响起。

来电显示是一串陌生号码。

可能是女生特有的敏感,许沐子下意识抬眼向邓昀看过去。

周围吵吵闹闹,许沐子妈妈正奋力和邓昀爸爸争论他们生意联盟里的事情,不是生意人间的头脑风暴,已经是醉酒后说胡话,哪怕争到嗓子沙哑,明天早晨起来也都会忘得一干二净。

而邓昀,在这种嘈杂氛围里,对着许沐子举起了他的手机。屏幕上显示着拨号通话的界面,用来示意她,这通电话是他拨的。

爸妈们吵得不亦乐乎,他们却隔着圆桌在用眼神和动作交流,像通敌。

许沐子紧张地左右看了看,还好,手机铃声并没有引起旁人注意。

在他挂断电话后,她发信息询问:你怎么知道我的手机号?

邓昀回复:在靶场看过一眼登记表。

在这之后,许、邓两家长辈继续争执到面红耳赤,你一言,我一语,谁也不肯让着谁。又在其他晚辈捂着嘴偷笑的挤眉弄眼里,被其他同样醉醺醺的叔叔、阿姨拉开。有人站出来和稀泥,提了最后一杯酒,这场闹剧才终于落下帷幕。

离开时,许沐子随爸妈上了自家车子。许沐子爸爸坐在副驾驶座位上,许沐子和妈妈坐在后排。许沐子妈妈喝多了,小皮包被丢在脚旁,她揉着额头往许沐子腿上躺靠着。许沐子摘掉毛线围巾叠成三折,垫在妈妈脑袋下面,想让她舒服些。

许沐子妈妈已经醉到头疼得皱眉,还念念不忘地在骂邓昀爸爸,直呼人家大名:"邓适寻这个不懂变通的死脑筋!"

许沐子爸爸在前面附和:"是,死脑筋!"

两辆车同时停在路口红绿灯处,许沐子如有所感地回眸,在充斥着酒气的空间里,和坐在另一辆车里的邓昀目光相撞。他们对视着,直到信号灯变成绿色。

邓昀遇事过于平静,平静得像一摊神秘又深不可测的死水。在人生低谷期里,在按部就班的生活里,对许沐子来说,邓昀这样的存在,就像是墨伽洛斯的靶场。

所以夜里失眠时,许沐子给邓昀发了信息。那是凌晨两点钟,她问他,究竟什么样的事才算是其他叛逆的事。信息发出去,许沐子躺在床上辗转反侧,脑子里全都是晚餐间的片段,雅思班同学的对话不断被记起。

记忆有时候是会欺骗人的。受情绪影响,很多当时并没有察觉出问题的微表情,统统成了具有讽刺意味的画面。在同学问她看没看过那部电视剧时,她是否该玲珑地回答"没看过,快给我推荐一下"? 哦,不对。他们现在都不说"推荐"这个词了,大概要换成"安利""种草",到底用哪个词合适?

许沐子越想越觉得人家说得对,自己真的是个无聊的傻子。

邓昀许久没回信息,在许沐子以为他已经睡着的时候,他直接打了电话过来。

"真想知道?"

"嗯。"

"失眠了?"

"嗯。"

"卧室是二楼走廊右侧的那间?"

许沐子依然回答"嗯",她当时不知道邓昀想干什么,又隐隐期待这个真实性子看起来十分坏的家伙,能带给她些不一样的答案。

邓昀没挂断电话,却也没再说话。将近十分钟的时间里,手机里传来的都是一些窸窸窣窣的杂音。突然有一声闷响,像物品落地的声音。

这些声音令许沐子感到茫然,她甚至产生了一些荒谬的猜想。她想,邓昀该不会是梦游间拨了电话,然后又睡过去了吧? 睡得枕头都掉到地上了?

许沐子尝试着叫了他一声:"邓昀?"

"嗯,在呢。"

"你刚才在干什么？"

电话里的人云淡风轻地答："跳楼。"

许沐子没理邓昀这句疯话，觉得他八成是在诓她，又沉默了几分钟，问："你失眠的时候除了吸烟，还做什么？"

"把窗户打开。"

"什么？"

邓昀似乎在笑："把卧室的窗户打开，我在你家庭院里。"

许沐子吓了一跳。她脑子里那点儿沮丧被邓昀不按章法的对话冲击得瞬间灰飞烟灭，她穿着睡裙往窗户方向跑，跑到一半又停下来，拍着额头折返。总不好穿着睡衣见人，她胡乱抓起小沙发上的一件薄羊毛外搭披上，才又跑去窗边，拉开窗帘也拉开窗。

一阵清凉的风吹进来，庭院里几盏太阳能草坪灯亮着微弱的光。邓昀果然在，他穿着一件黑色羽绒服，戴一顶黑色鸭舌帽，像个暗夜杀手，嘴角带着笑，抬起拿着手机的手，对她晃了晃。

说不上到底是惊喜还是惊吓。只是在某个瞬间，许沐子后颈和手臂全都起了鸡皮疙瘩。她不得不紧紧捂住自己的嘴，才压住想要惊呼的冲动。震惊过后，许沐子对着手机小声说："你怎么进来的？"

"你猜。"

"可是你来干什么……"

"约你出去喝个安眠酒。"

许沐子眼睛亮了。从来没有人尝试理解过她的内心宇宙，这是第一次有人愿意成为她叛逆计划中的同谋。

她几乎是战栗着，重重点头，但很快又开始苦着脸犯难："我爸妈都住在楼下，我家的防盗门非常重，我出去会吵醒他们的。"

"那在楼上等我吧。"说完，邓昀干脆地挂断了电话。

许沐子眼睁睁看着邓昀的身影熟练地跳过花坛，在空调外机的平台上借力，利落且轻松地蹬上了二楼的平台。他站在她面前，没进来："想出去喝，还是在你这儿？"

"你能帮我下去吗？"

"差不多。"

"那你等等我。"许沐子想了想，又补充，"我要拉窗帘换一下衣服。"

十来分钟后，许沐子重新把窗帘拉开。她已经乖乖地穿好了长款白色羽绒服，戴着同样是白色的针织帽子和只有大拇指能够分开的连指手套，脖子上还围着浅蓝色的毛线围巾，把自己裹得严严实实。没见过谁从家里偷跑还穿这么白净的。

邓昀盯着许沐子看了几秒，偏头笑起来。

"你笑什么？！"

"穿得够暖和的。"

许沐子正从口袋里掏暖手宝，想给邓昀用，听见他这么说，她还挺不乐意，把暖手宝揣回到自己口袋里："天气预报说的，夜里要降温。"

"是冷，多穿些倒是没什么问题。"

"那你笑什么？"

一阵风吹过，吹得许沐子眯了眯眼睛。

邓昀靠在平台旁的护栏上，抬手，用食指和中指压了一下鸭舌帽檐。他说："怕你穿这么长的羽绒服不方便活动，或者，我抱你下去？"

许沐子当然不肯被抱。她不是大麻袋，也不是老太太，怎么说也处于最具体能的年龄，有人稍微帮帮忙的话，自己肯定也是能下去的。

于是在邓昀调侃的目光里，她闷声放下提着的羽绒服衣摆，收回准备骑到窗台上的腿："那你再等我一下。"

说完，窗帘唰地又被拉上了。

再露面时，她已经换了短款羽绒服。手套没换，这副连指手套是爸爸给她买的手工针织手套，里面加了长毛绒，很保暖。手套可能会导致动作不是很灵活，但厚厚的材质可以护住手。

幸好她家里住的是紧凑型小别墅，层高较低。当初装修时，许沐子的爸妈还因为层高低不适合装华丽的水晶吊灯郁闷过。

在邓昀的帮助下，许沐子慢是慢了些，也还是顺利地出来了。她被他护着，深呼吸，松开紧握在护栏上的手。

许沐子站在院外的水泥地面上，回头看了看自己黑着灯的卧室，不敢相信自己真的做到了。老实说，她其实兴奋得无以复加，整个人都在轻轻发抖："原来也不难……"

邓昀在旁边给许沐子比了个大拇指，问："喝过酒吗？"

"小时候尝过一口啤酒泡沫，能算吗？"

"不能算吧。对酒精过敏？"

许沐子摇头："没有，我去医院测过，过敏原里没有酒精类。"

邓昀又问:"只是对虾过敏?"

许沐子想起邓昀帮自己催吐的那次,忽然间有些不好意思,盯着地上被路灯拉长的一双影子,举了几个例子:"还有蟹类、菠萝、猕猴桃……"

她没有问去哪里喝酒,也没有问怎么去,就这样一边说着自己过敏的食物,一边拍着衣服裤子上蹭到的灰尘,跟在他身边。

不远处的路边停放着一辆黑色轿车,直到邓昀绕过车头,许沐子也跟着走到驾驶位车门前,才听见他疑惑地问:"怎么,你想开?"

"这是你的车?"

"嗯,上车吧。"

"哦。"

她又绕着车头走回去,坐进车里。

邓昀有车这件事,许沐子完全没有听到爸妈提起过,挺担心地问:"你什么时候拿的驾照?"

"昨天。"

许沐子刚扣好安全带,慌张地转头,看见邓昀嘴角勾着可疑的弧度,马上就反应过来,这人是骗她玩的。心里的吐槽密密麻麻挤满胸腔,她深深吸了一口气,把吐槽压回去。

邓昀却笑着问:"搁心里骂我呢?"

"那你为什么总不正经?"

"哟,我哪里不正经?"

许沐子没回答,心说:你都笑我两次了,别以为我不知道。

窗外夜空挂了半轮明月,几颗星子间,有一架飞机慢慢飞过。

车子开出别墅区。邓昀问许沐子:"心情好些了?"

"嗯。"

"既然酒精不过敏,带你去酒吧坐一坐。"

许沐子叛逆时总缺一些临门一脚的勇气,像在墨伽洛斯靶场里下定决心选滑膛枪之前那样,她开始纠结:"如果,我是说如果,我酒精过敏,不能喝酒,你打算怎么办?"

"换一家能喝到无酒精的小甜水的酒吧。"

许沐子觉得邓昀人挺好。她在心里暗下决定,哪怕他待会儿喝完酒,醉成晚饭时两家长辈那种样子:走路东倒西歪、说胡话、浑身酒气……她也一定会念着他肯带她出来的恩情,打车送他回家的。

街道寂静，车子里开着空调暖风，很热。邓昀把车慢慢刹停在红灯路口："还有一段路程，要不要把手套、帽子摘掉？"

没有长辈在，邓昀身上那种万事无所谓的气质完全展露出来。许沐子没和邓昀这类人独处过，总觉得比起他类似"什么都豁得出去""叛逆赛道老手"的感觉，自己才像是学傻了的呆头鹅。

她不满地解释几句，说自己戴手套是刚才为了保护手。她问："你听说过舞蹈家和钢琴家给自己的手上巨额保险吧？"

"听过。"

"我弹琴，所以也要保护手。"

"保护得对。"

是好话，可是这话从邓昀嘴里说出来，怎么听怎么觉得奇怪。许沐子认为，很有必要让她这位叛逆者联盟的同谋知道，自己也是有些小心机的。

她告诉邓昀，出来前，她在卧室门上贴了纸条留言，告诉家人她失眠到凌晨才睡着，早饭不用叫她吃，贴完还反锁了房门。

邓昀问了一句："早饭不用叫你？"

"对啊。"

许沐子有点儿得意地说，至少在明天午饭前，都不会有人知道她其实没在房间里。

邓昀不知道想到什么，又在笑。不可否认的是，这个人笑起来是蛮帅气的，束贝含犀，有点儿洒脱劲。但许沐子此刻面无表情。他第三次笑她了。她想，还是算了，如果他喝醉的话，就把他丢在路边吧。

邓昀偏头看了许沐子一眼，又开始笑。他说："许沐子，你这个人真的特别有意思。"

"你在挖苦我吗？"

"没有，我说真的。"

许沐子不太高兴地说："那是你不了解我，很多人都觉得我无聊透了。"

"他们傻。"

邓昀带许沐子去的酒吧，开在繁华酒吧街的小巷里。

他们踩着汇聚在一起的各种流行音乐走进小巷时，许沐子还担心过，她没来过这种地方，担心自己没办法放得开，进门才发现，邓昀带她来的这家酒吧，并没有想象中那么混乱。

室内光线昏暗,每张桌上都放着煤油灯造型的灯盏,是暖黄色的。有乐队在台上弹唱很经典的英文老歌——*Lemon Tree*(《柠檬树》)。

许沐子跟着邓昀在吧台落座。他应该是酒吧常客,调酒师见到他,很熟稔地打着招呼:"喝什么,还是老样子?"

邓昀点头后,调酒师又看向许沐子:"这位女士呢,您想喝什么?"

能……喝什么?茫然间,许沐子听见邓昀在问调酒师:"你家给菜鸟准备的酒单呢?"

调酒师打了个响指:"好嘞。"

被许沐子幽幽地看了一眼,邓昀改口了:"那份低度数、高颜值的酒单给我看看。"

调酒师忍着笑,也跟着改口:"度数最低、颜值最高的酒都在这里了。"

许沐子绷紧脊背,抱着羽绒服、帽子和手套的手无处安放,这种紧张感就这样在他们轻松的谈笑间渐渐消散了。

这里所有人都松弛,而松弛会传染。

就像歌手在下一首歌开始前说的那样:"就算明天世界毁灭,今天我们不醉不归。"

那天凌晨,许沐子捧着一杯如同日落时分的天空呈现出的渐变色的鸡尾酒,在轻快的音乐里放松着每一根神经。每天苦练却难以精进的古典钢琴曲、同学对她的评价,都随酒精和音乐声远去。

许沐子带着淡淡酒意,问邓昀:"要不要碰个杯?"

邓昀单手端着玻璃杯,轻轻撞了一下她手里的鸡尾酒杯:"祝你回去睡个好觉。"

她愣了愣,道谢,忍不住叫他:"邓昀。"

"嗯?"

"你是不是经常来这里?"

"不算经常,在家待烦了会来,怎么了?"

许沐子摇了摇头。她听见邓昀跟着歌手轻声哼唱过几句歌词,很随意,也很好听。也是这个时候她才发现,自己对他有诸多好奇。

许沐子好奇邓昀的女朋友;好奇邓昀和高考状元仅差一分时,是不甘还是无所谓;好奇他为什么在长辈面前不一样……

能令人在深夜里放松的场所,都容易滋生暧昧。许沐子长得漂亮,很自然就能吸引到异性的目光。从洗手间回来时,她遇见有人搭讪她。那个男生问她愿不愿意一起喝酒、聊天,许沐子拒绝了。

在心情低谷时,许沐子会感到孤独,也会觉得凌晨离家跑来酒吧很刺激,但她不会随便和谁结为同盟。对方还在尝试游说,她却很坚定。

所有陌生人都不行,只有邓昀可以。

邓昀也的确可靠,适时出现,虚揽着许沐子的肩膀,把她往他身边带了一下。他平静地对来搭讪的人说:"不好意思,她是跟我来的。"

那人很遗憾地点头,端着酒杯在他们面前踌躇片刻,还是离开了。

老话说过"初生牛犊不怕虎",许沐子尝试过低度数鸡尾酒,信心倍增,觉得喝酒这件事也不过如此。她膨胀了,还尝了邓昀的酒,被威士忌入喉的苦辣感呛到直皱眉。

喝酒哪有一次就学会的?第一次喝酒哪有不醉的?许沐子不是天赋异禀的酒量型选手,回家前,到底还是出了点儿丢人的小插曲。

此刻,在客栈里的早晨七点多钟,邓昀和许沐子几乎是同时想到了许沐子醉酒后的情境。

邓昀当然是带着淡淡笑意的,许沐子则非常后悔,不该说那句引起不好回忆的"我喝酒不是你教的吗"。

而有些事情,巧得像时间倒流——

急于搭讪的邢彭杰在一片热闹人声里,端着还没喝完的半杯热饮,回到许沐子和邓昀面前:"欸,许沐子……"

邢彭杰兴奋地描述着新朋友们的小酌计划,说大家打算先拉个临时聊天群,订些啤酒、饮料和零食。参加的人,八点半左右在楼上的放映室集合,费用可以均摊一下,或者后面喝酒喝得多的,出钱比例高一些。

邢彭杰问许沐子:"我们打算先过去玩几个小游戏,你来吗?"

之前出门穿过的厚浴袍和其他衣物还湿着,许沐子打算去投币洗衣房里洗衣服并烘干。天气湿冷,她也不好意思总是麻烦夏夏找新的浴袍拿来穿。于是许沐子转头对邢彭杰这样说:"我八点半再上楼找你们吧。"

邢彭杰当然是只想和许沐子玩,但邓昀就坐在旁边,这小酌局里都是客栈住客,本来也没有生熟之分,不顺便叫一声,总觉像在搞孤立:"那个……兄弟,待会儿你来吗?"

邓昀说:"不了,有点儿缺觉。"

许沐子人往电梯间走,撇了撇嘴。不来就不来。

第三章

早上八点钟

　　找夏夏换过硬币后,许沐子抱着那堆潮湿的衣物去了洗衣房。
　　洗衣房就在二楼。浅灰色地板上,两组白色的洗衣机叠着烘干机靠墙摆放。旁边柜子里放着几桶不同品牌的洗衣液,空余的柜格被几盆绿萝填满,叶片翠绿,几乎垂到烘干机上方。窗台上摆着一排多肉植物,肥嘟嘟地立在土壤里。每一处都透露着温馨,就像客栈评价里说的,老板确实是"太用心了"。
　　早餐的羊肚菌排骨汤很好喝,餐包也松软可口,胃里却总像有什么食物难以消化,有种令人坐立不安的烦。许沐子把衣服胡乱塞进洗衣机里,按了速洗,在洗衣房里来回走着。
　　手机里有条未读信息。新信息是许沐子妈妈发来的,问许沐子今天是否会回家吃饭,许沐子回复明天下午回家。
　　她总有种感觉,妈妈联系自己,不仅仅是想要问她回不回家吃饭这么简单。
　　生活中,许沐子爸妈像两个没长大的孩子。两个人坏习惯一大堆,每天熬夜,还双双患有早起困难症。每天起床后的时间最兵荒马乱,过去有阿姨在尚且如此,更别提现在了。这会儿家里肯定又是一阵匆忙,他们鸡飞狗跳地换衣服、洗漱、吃早饭,十几分钟不回复也正常。
　　等信息时,许沐子顺手清理了聊天 APP 里的通讯录。拉小提琴的那位早已经删掉了,之前按家里人意思添加过的两个男生,她几乎没联系过,这阵子又没有长辈问起他们,应该算是过气了,可以一并删除掉。

其实这几年，许沐子能明显感觉到爸妈对她感情问题的态度变化——

家里生意出问题前，许沐子不到二十岁。那时候爸妈还沉浸在比较奢侈的生活状态里，除了赚钱，最大的乐趣就是和邓昀家争风头，完全没想过这方面的问题。

后来家里出现经济危机，连房子和车子都抵押掉了。他们对她感情的事情闭口不谈，甚至言语间委婉地流露出担心，担心她会因为家里的事情自降标准，找个过于平庸的男人谈恋爱。许沐子爸爸曾在喝多后说："沐子，沐子，你相信爸爸，爸爸总有一天会东山再起，一定要相信爸爸。"

这个阶段，许沐子爸妈都不希望许沐子谈恋爱。他们怕她因为他们而受委屈。

他们开始询问许沐子关于感情的事情，是去年年底。那时候，许沐子已经能感觉到家里的生意似有转机，最显著的表现是：爸妈在花钱时又大方起来，连给她的生活费都变多了。

哪怕许沐子再三拒绝多出来的那部分生活费，表示自己在兼职做酒店的钢琴师，已经有足够多的收入。许沐子爸妈还是会坚持把钱打到她卡里，让她千万不要亏待自己。

年后，随着家里经济危机的解除，许沐子的感情话题被频频搬上餐桌。许沐子爸妈多次很高兴地表示，他们十分期待一位配得上许沐子的好女婿。

爸妈是后盾，但隔着二十几岁的年龄差，许沐子和他们实在很难事事都"心意相通"。尤其在某些问题上，双方始终难以达成共识。

就像妈妈现在发来的信息：好的，等你。今明两天气温低，你回来后，我们出去吃火锅。明天还有个大好消息要告诉你。

她不用想都知道，"大好消息"就是堂姐提前透露给自己的那个见了也不亏的男生。这是又要给她介绍新人了，该来的总是要来。

洗衣机响起完成提示音，许沐子叹着气，收起手机，抵触又消极地想：该不会明天那个男生就会出现在餐桌边和他们一起吃火锅吧？不会吧？

这个"大好消息"实在搞人心态，在她没好气地把洗好的衣服丢进烘干机时，身后忽然有人在叫她。

"许沐子。"邢彭杰高高兴兴地走进洗衣房，"啤酒已经送到了。"

许沐子关上烘干机的门，表示自己也快洗完衣服了。

邢彭杰说："刚刚来送啤酒的人还说呢，我们还是年轻，大早晨就开始喝酒了,哈哈哈……"

之前遇见过的鸡窝头小哥跟在邢彭杰身后:"我们可以当作是在过北美洲时间啊。"

邢彭杰马上赞同:"这想法没毛病,兄弟。"

鸡窝头小哥:"我们不是要去三楼吗,来洗衣房干什么?"

邢彭杰脸一红,嘴硬道:"楼梯间不是正好往这边走?"

许沐子在研究烘干机的几种模式,没留意他们的对话。就这么几件衣服,要用四个小时才能烘干。她逐一按亮触控钮,很轻易分辨出不同选项是什么声音,弹琴是她的习惯性动作,她就这样心不在焉地随手按了个《太阳当空照》的旋律——"do re mi do sol"。

洗衣房忽然安静了,两个男生惊讶地往许沐子这边看。

夏夏踩着这个安静的时间点进来,纳闷地挂着"你们都怎么了"的表情,又给许沐子送了件厚浴袍。夏夏说客栈这两台烘干机工作用时比较长,担心许沐子会冷。

许沐子道:"谢谢。"

夏夏一副受之有愧的模样,红着脸,摆着手往洗衣房外面退:"不用客气的,那……我不打扰你们去玩了。"

邢彭杰和鸡窝头小哥特别热情:"夏夏,你要不要一起来喝点儿?"

夏夏表示自己还要工作,像个操心的老母亲,叮嘱他们不要吵到其他客人休息,有什么需要可以打前台电话或者下楼找她,说完才离开。

邢彭杰提议:"也快八点半了,走吧,我们也上楼。"

许沐子跟着他们一起上楼。楼道不算宽敞,邢彭杰走在偏前面一些的位置,一直向后侧着头在找话题和许沐子聊天。他夸许沐子厉害,烘干机按键也能拿来弹奏。

其实不稀奇,许沐子很多同学都会。就像同时按下几个钢琴琴键,很多人只能听到当的一声,许沐子他们听完可以分辨出按了哪几个音。校园里的鸟叫声是降 ti,马路上汽车鸣笛声是五级和弦 sol 和 si,电梯抵达提示声是 la 和 fa……

鸡窝头小哥说:"这个我知道,电视上看过,叫什么来着?唉,想不起来了。"

"绝对音感。"

"对,对,对,就是这个!"

邢彭杰是理科男,很羡慕艺术生这种信手拈来的小技巧:"那你们班男生会不会经常拿这个撩妹?"

"好像不会,同班的女同学也都很厉害。"

包括许沐子在内,同学们都是在自己圈子里玩一玩,大家都会的事也不稀罕,拿出去显摆就有点儿嘚瑟了。

但……许沐子忽然想到,自己是嘚瑟过的,她给邓昀展示过。

当然是在喝多的时候。

她喝了一杯甜味低度数鸡尾酒、一口加冰威士忌,酒精令人兴奋,也令人莫名其妙。事后许沐子怎么复盘都想不到,自己为什么要在酒吧乐队表演即兴小节目的时候,主动上台去和人家PK(对决)?丢人透了。

那个时候,主唱站在台上说,时间太晚,乐队差不多要回去休息了。但如果有哪位客人能表演些小节目,他们可能会愿意留下来多演唱几曲。

许沐子举手了。她练古典钢琴曲,听过的流行歌曲有限。她坐在电子琴旁,发起挑战,自信地说,只要吉他手弹一段曲子,她也能跟着弹出一样的。

她用这样的小展示,赢来两首歌。她从小舞台上跳下来时,周围好多人欢呼着,吹着口哨给她鼓掌。酒精泡掉了所有矜持、局促、紧张,她迎着邓昀噙着笑的注视,一路和陌生人击掌,然后回到他身边。

许沐子脸特别红,邓昀用食指指背探了一下她额头的温度,问她要不要回去。她举起两根手指比了个"耶":"我才刚赢来两首歌,听完再走。"

"许沐子。"

"嗯?"

"你喝醉了。"

"你才喝醉了。"

邓昀还想说什么,但台上歌手已经在说:"这两首歌,献给刚才那位厉害的小姐……"

许沐子特高兴,为了听清歌手的话,抬手捂住了邓昀的嘴。嘴唇是软的、温热的,呼吸落在她掌心里。

邓昀抬了一下眉,看她,许沐子眨了眨眼睛,把手收回来。她真觉得自己完全没醉,就是有点儿控制不住自己,总想说话。刚捂完人家的嘴,她又忍不住凑过去小声和他说悄悄话:"邓昀,你喝酒了,不能开车,我

061

们怎么回去?"

邓昀答:"叫代驾。"

许沐子按住他去拿手机的手,使劲摇头,没玩够,在两首歌后,意犹未尽地拉着邓昀出去轧马路。

外面飘着雪,她还是戴着帽子、围巾和手套,穿得严严实实的样子,在路上唱了几句刚学来的流行歌曲,还跑着追了几片雪花,身形摇摇晃晃:"邓昀,下雪啦。"

邓昀腿长,两三步就追上了她,把人拉回身边,扶稳。许沐子仍然不老实,蹦着跳着,企图往空旷的马路上冲,像个弹力球成精了。

几分钟后,乐极生悲,她开始难受,心跳加速,呼吸也变得急促。许沐子在凌晨五点钟的朦胧天色里,紧紧抓住邓昀的手臂:"我呼吸不到氧气了。"

那天是邓昀叫了出租车,送许沐子到附近的医院急诊。下车时,她已经难受得走不了路,是被他背着进医院的。

她做了一圈检查,拿到结果,医生说是呼吸性碱中毒。至于病因,情绪激动引起的……怎么想都觉得很丢脸!

邢彭杰和鸡窝头小哥推开放映室门前,许沐子突然皱眉,抬手拍了拍额头,深觉往事不堪回首。

放映室里热热闹闹的。

这个小酌局很有意思,天气冷,客栈里大半住客都没有准备足够厚的衣服。他们穿着客栈的浴袍聚集在一起,像在开浴袍派对。

来小酌的人年纪都差不多。有邢彭杰和想看日出的小情侣这种,还在读大学的;也有鸡窝头小哥和许沐子这种,大学刚刚毕业的。

大家都不太熟,随便逮个话题,天南地北地瞎聊着。

屋子里很多人都比许沐子好聊天,邢彭杰也没一直守着她,喝开了就跑去和别人玩逛三园和划拳,吵得震天响。

投影仪放着电影,是部喜剧片。不太擅长酒桌游戏的人都坐在沙发上边聊边看,偶尔爆发出一阵笑声。

山下的小商店送来的啤酒是当地品牌的,许沐子听都没听过。有过初次醉酒的尴尬经历,她很少碰酒,喝也只喝一点点。今天依然没多喝,但这个当地的绿瓶子啤酒,感觉比以前喝过的啤酒酒劲要大。喝到第四杯的时候，许沐子突然意识到自己喝多了。

有这个意识的原因是：她本来安静地在看电影，连笑容都是标准的小时候拍海报和照片摄影师教会的"露八齿"，她却突然有想插话的冲动。

旁边人吐槽男朋友不懂浪漫，她这个单身的人都差点儿接两句话。

第四杯啤酒她只喝了两口，不想当众出糗，和邢彭杰他们打过招呼，先离开了。

走廊很安静，许沐子扶着墙，扶着窗台，扶着楼梯扶手，一步步挪着。楼下有人上来，她站定在楼梯上，反应慢半拍地盯着看，是邓昀。

他站在离她十几级台阶的地方，看她几秒："喝多了？"

许沐子答非所问："你也来喝酒吗？"

"不是。"

"那你上楼干什么？"

"不知道。"

"你好奇怪，自己要干什么怎么会不知道？"

邓昀有些无奈："没想好。"

他这样说着，人也往楼上走着。

许沐子也在走，只是走得很慢，侧着身，两只手都扶在扶手上，像螃蟹那样挪着步子下了一级台阶。她正努力保持着身体平衡，恍惚间听见一声无奈的叹息，突然就生气了，指着他："邓昀，你是来看我笑话的吧？"

她说完，身形不稳地晃了晃。

这个酒好烦，她才喝三杯多一点儿而已，抬个手指人都要站不稳了？

许沐子一只脚踩在台阶边沿，总像要踩空摔下去。邓昀神色复杂，在路过许沐子身旁时，忽然伸长手臂把她带进怀里："不是，我是来接你的。"

醉酒的许沐子还算好说话，一听说邓昀是来接自己的，马上放开楼梯侧的扶手，改去攀附他这个更可靠的借力点。在邓昀抱稳许沐子的刹那，她也放心地张开双臂躲进他怀里。这种毫无保留的信任，让他有一瞬间的失神。

许沐子却醉意朦胧地催促："不是来接我的吗，怎么还不走？"

邓昀把许沐子抱到二楼，问她房卡在哪里。因为太醉、太困，怀里的人已经睁不开眼，迷糊地嘀咕着："房卡……口袋里吧。"

许沐子在碎花连衣裙外面穿着客栈的厚浴袍，邓昀把手探进她的浴袍口袋，摸到手机和房卡……

卡片贴近感应门锁，嘀，房门打开，邓昀空出一只手推开门，抱许沐子进去。

客栈里除去经常通风的公共区域会摆放些小菠萝、百合这类味道特殊的水养植物，每个房间的空气清新产品是统一的。这段时间用的是甜橙精油，滴在矿石上，味道很淡。许沐子才到客栈五个小时，这间房间里已经闻不到甜橙精油味，满是属于她的味道。

当事人毫无察觉，被抱回房间、放在床上后，心很大的卷着被单缩在床上睡着了。

这间房令邓昀感到某种煎熬感。许沐子手洗过的贴身衣物，挂在敞着门、弥漫着水汽的浴室里。几件落选的连衣裙叠放在沙发上，桌面放着几根发绳，双人床的另一侧堆着手机充电宝和客栈的漫画版入住指南……

许沐子几次翻身后，那些堆在床上的物品被挤到更靠边缘的地方。许沐子的小腿从裙摆和被单里露出来，脚踝处泛红的伤口还在。

在放映室里小酌的那群人里，大概没有人会心细到记得插电蚊香液。她被蚊子咬过，有些过敏，侧头躺在枕头上，头发柔顺地压在脑袋下面，耳后露出一小块红肿的圆形痕迹。很日常的画面，邓昀却忽然偏开视线。

露台白色的小菊花摇摇晃晃，他总不好把喝醉的人单独留在房间。进也不能，退也不能。

雨还在下，卧室里没开门窗，有些闷。邓昀挪了把椅子，绕过地板上摊开着的大行李箱和背包，坐到窗边，沉默地看着窗外的雨幕。

他想起她上次喝醉的样子。

上次醉酒，许沐子像个正在执行严肃任务的大警长，执意要在马路上飞奔着逮捕雪花，被阻拦就念念有词，说自己绝对没有喝多。她还控诉过邓昀，问他是不是嫌她烦了，专门算计着想趁她喝多了把她丢在马路边。出门前少言寡语的酷女孩不见了，变成了一个活泼好动的小话痨。

邓昀挺好笑地问："为什么把你丢在马路边？"

许沐子酒劲上头，半眯着眼睛，像个算命的。她说："邓昀，你不诚实。人性很复杂，人都是有很多面的。有阳光、积极的一面，自然就会有阴暗、见不得人的一面，这没什么不好意思承认的。"

"嗯，所以呢，我不诚实在哪里？"

上完心灵鸡汤课，许沐子不打自招，傻乎乎地拿自己举例子："我不信你没有过。我刚才就动过这种念头，要是你喝多了，我打算把你丢在马路上……"

"这么狠心？"

"谁叫你在车上笑我。"

那天晚上，许沐子还坚持说自己非常聪明。像是怕他听不清，她在簌簌轻雪里凑过去，和他耳语："我留了后手的。"

说完，她眼睛亮晶晶的，用一种"快说，你想听听我的高见"的目光盯着他。

邓昀忍着笑意："愿闻其详。"

"等我给你看。"

许沐子想从羽绒服口袋里掏出手机，笨笨的连指手套阻碍了她的动作。她尝试了好多次，才以一种拇指翘起、形如点赞的手势，把手机掏出来。

许沐子摘掉手套，翻出微博页面，她在网络上发了仅自己可见的动态：我是和邓昀出去的。

"你看，你带我出来是要对我负责的。真要是有什么事，你休想脱掉关系。"

而许沐子没留意，屏幕上显示出来的动态不止这一条。另一条动态暴露了她的脆弱：许沐子，你是傻子。

她用的是新款大屏手机，下面当然还有其他的动态，随着许沐子摇晃着的动作在邓昀眼前一晃而过。

可能是喝了酒不舒服，许沐子睡梦里总在皱眉，频繁翻身。

邓昀拿着许沐子的房卡离开过一阵，回来后，他用矿泉水烧了热水，冲好一杯醒酒药，自己则抠开一罐冰镇过的凉茶。

曾经，邓昀知道很多关于许沐子的事情。知道她醉酒时的样子，也知道她丧气落泪时的样子；知道她失眠和想要叛逆的原因，也知道她的人生低谷期；知道她是只纸老虎，也知道她接吻时会紧张到发抖。

但那都是曾经。现在，大概他不知道的事更多。其中最想不通的是到底该拿许沐子怎么办。

室外温度低，雾气很重，烧过热水后，玻璃窗也挂了一层水汽。

雨水顺着模糊的玻璃纷纷滑落，邓昀仰头喝空手里的整罐凉茶。

醒酒药稍放凉些，邓昀才端过去。许沐子被叫醒，她迷迷糊糊地爬起来，靠着床头坐，还是嫌醒酒药烫，抱着马克杯不肯喝。

不知道她想到什么，愣神片刻，忽然语气很不满地问起邓昀，早餐时为什么要吃那块菠萝挞？

几缕蒸汽从马克杯口溢出，渐渐散在空气里，许沐子喝多了后，话也会多一些："我以前的确是对你说过，我这个人很容易内耗和想太多。也对你说过，我被评价过性子闷、无聊，所以有一段时间更怕和人沟通，不敢去拒绝别人。"

"那都不是现在。

"你是不是觉得，我还是以前的那个许沐子？你不知道我经历过多少，我早就变了……"

剖析自己的环节结束，老节目登场。

许沐子开始告诉邓昀，自己没有说"我对菠萝过敏"而是说了"已经差不多饱了"这其中的用心良苦。她说，过敏食物是不可以随便告诉陌生人的，这是她的安全意识。以前听国外新闻说过，有个中学生花生过敏，却被同学故意诱导，吃下了含有花生酱的甜品。

许沐子说："你猜猜结果怎么样？"

邓昀看着她，听见她说："那个孩子没能抢救过来。"

在许沐子看来，根本不需要他的帮忙解围，她现在已经可以把人际关系处理得很好。话里话外，很是嫌弃邓昀"狗拿耗子多管闲事"。邓昀也没想到，几年时间过去了，许沐子喝多后的固定表演节目还是控诉他。

他甚至垂头笑了笑。这一笑，又被人逮住把柄了："你又笑！"

"不是笑你。"

许沐子的思维就困在菠萝挞这件事的迷宫里面，反反复复提及的总是这些话。最开始邓昀还在耐着性子认真回应，表示自己下不为例，但见她困到眼皮打架，不肯去睡，还在固执地揪着这件事不放，到后面他也就换了个战略。

在许沐子第 N 次问他为什么要吃菠萝挞时，邓昀把答案换了："想吃。"

许沐子茫然地看着他。

他继续说："你那位朋友描述得太诱人了，我尝尝。"

许沐子思维卡壳，捧着杯子不说话了。

她思维很混沌。她好像有份执念，希望自己能在辩驳中胜过眼前的人，这样就可以化解掉不适，好好消化胃里的排骨汤和餐包了。可是在对方明显松口后，她并没有感到胜利的喜悦，反而觉得很闷。

邓昀看见许沐子皱眉，提醒："先把药喝了。"

可能是醉感有所缓解,也可能是终于困得熬不住了,许沐子安静地喝完药后,没挺过几分钟,又睡着了。她是坐着睡的,姿势很别扭。

邓昀没打算一直留在许沐子的房间,不合适。

离开前,他想要帮她调整一下睡姿,好让她睡得舒服些。但他靠近托起她的背,她闭着眼,忽然搂住了他的脖子。许沐子搂得很紧,头埋在邓昀脖颈处,温热的呼吸一下下都落在他皮肤上。

"许沐子,别在我脖子边……呼吸。"

果然没用。

邓昀感觉自己浑身肌肉都绷紧了,克制着,任许沐子用手臂环着他。他把枕头整理好,才尝试着让她松开力道。

在许沐子终于松开手、躺回枕头上时,鼻尖擦过邓昀的下颌。

凉茶白喝了,压不住痴缠。他当时有种冲动,想把一切思量全都放下,去吻她,最终还是克制住了。

邓昀右手和小臂被许沐子压着,全靠腰腹力量保持平衡。不过半米的距离,他能清晰地闻到她身上淡淡的酒气,像举着火把点燃一团篝火。

许沐子五官精致,睡着的时候看起来没有那么冷淡,很恬静。邓昀皱眉看她片刻,慢慢抽出手臂。她睡得不熟,有所察觉,估计是被扰到睡眠感到不满,皱着眉抓住他的衣袖,企图制止任何影响自己的动静。

她用额头贴着他的手腕蹭了一下,就像熟睡的人把脑袋往被子里埋的动作。

不得不承认,许沐子非常可爱。她心情好时会喜欢炫耀自己平日里打死都不肯说出口的那些小心机,醉酒后又很黏人。

以前就是这样。

邓昀记得,他第一次把她从家里带出来。她坐在他的车里,有点儿得意地说自己出门前在卧室门上贴了纸条留言,告诉家里人她失眠到凌晨才睡着,所以不起床吃早餐,明天中午前都不会有人发现她不在家。

邓昀没说,他原本只是想带她出去吹一吹风、喝一杯,再把人送回来。几小时而已,谈不上通宵,顶多熬个大夜。她却想要在外面过夜?他当时肯定笑过,不然不会被许沐子记在心里的小本本上,还暗下决定,要在他喝多后把他丢在马路上。虽然,最后喝多的人是她自己。

其实是许沐子会错意了,邓昀的笑没有嘲讽的意思。他只是觉得她天真纯净,挺有意思的。邓昀能理解许沐子被世俗定义为"叛逆"的那些行为,他有过同样的困境,也有过同样的"叛逆期"。

邓昀最初听说许沐子这个人,就是在他开始叛逆的时候。

那时候邓昀在上初中。初中一年级的第二个学期,他被安排转学到一所新学校,学校在爸妈做生意所在的市区,据说老师们水平很高。

和邓昀一起搬过来的,还有邓昀的奶奶。

邓昀很小的时候,爸妈一起离开老家到市区来工作。他们工作很忙,回老家的次数并不多,邓昀是跟在奶奶身边长大的。

邓昀奶奶是普通的老太太,性子很温和,遇事总是在替别人着想。比起住在人口密集却陌生的市区高层里,老太太当然更习惯生活了一辈子的老家。她习惯了出门逢人都认识、遇见谁都能熟络地聊上几句的热闹;习惯了那些用了半辈子的锅碗瓢盆、经常要用磨刀石磨一磨的旧菜刀、掉漆的手工小木凳、褪色的床单和被套……

搬过来前,老太太想着把那些东西都带上,却遭到了邓昀爸妈的反对。他们说:"您那些老物件啊,几十年了,年龄比邓昀还大,收拾一下都丢掉算了。到那边有新的,已经给您准备好了,您就享福就行了。"

老家的小房子被各种物品填满,它们陪着她过了几十年。老太太拿起这个瞧瞧,又拿起那个看看,什么都不舍得放下,却又什么都带不走,只能望着窗台上的几盆花草,惆怅地叹了一声气。

邓昀说:"别去了,我在哪里上学都一样。"

邓昀奶奶不轻不重地打了他后背一下,唠叨:"哪能一样的嘛,那边是重点中学,老师好,考好高中的概率更高,你要是考上好高中……"

"考好大学的概率就更高。"邓昀咬着苹果替老太太把后面的话说完,"您就这么盼着我考上好大学?"

"盼啊,谁不希望儿孙过得好呢?"

"那您想让我上多好的大学?"

老太太野心还挺大,掰着手指头点出来的,都是全国顶尖、最知名的大学。

邓昀说:"那行,我就考这些。您为我舍弃这么多宝贝呢,我肯定得学出点儿成绩来。"

这话说得太狂,说完他后背又挨一巴掌。

老太太说:"少说大话,做人得谦逊,先考上重点高中再说考大学的事。"

邓昀问:"'做人得谦逊'这些话,要不,您先去教教我爸妈?"

老太太摇头,自知无能为力地叹息。

到爸妈身边的生活,邓昀和老太太一样不习惯。两口子染了一身爱攀比的毛病,整天嘴里没句实话。指着他们做人谦逊是不可能了,大话吹满天。

在以前的初中学校,邓昀偶然考过那么一次年级第一。主要是班长犯急性阑尾炎,去医院做手术割盲肠去了,没参加考试。考试题难,他这个人心态又极其放松,发挥得稍微好了点儿。这事被他爸妈吹出八百个版本,说得他跟个天才似的。

他们逢人就讲,说帮邓昀办转学时,班主任都不舍得放人。班主任那是客套话。人家总不能说"太好啦,终于把这个讨厌的学生转走啦"。

这些也就算了,邓昀最看不惯的是他爸妈打着为老太太好的旗号数落人。老太太年轻时过过苦日子,在物资匮乏的环境里养成的习惯肯定和现在是不一样的。她勤俭节约,什么都当成好东西。快递盒子、买东西的塑料袋、礼品包装纸和吃空了的铁皮点心盒,都会想要留下。

因为这个习惯,老太太每天都要被他爸妈合力数落几句。在邓昀看来,来这边之后,奶奶不再像过去那样神采奕奕。以前老太太每天醒来就惦记着要和邻居的老闺密约着出门买买菜、聊聊天,晚饭后也要热热闹闹坐在一起打牌,或者去附近公园里转转……

搬家后,老太太变得无所事事。家里复杂的最新款电视机、电脑、扫地机器人、指纹门锁和全自动马桶……这些都令她不适应。超市里买回来的、用保鲜膜封好的干净蔬菜和水果,价签上印着昂贵的价格,也令过去经常在路边买便宜蔬果的老太太感到咋舌。

老太太不熟悉地铁和公交车线路,也没什么人可以聊天说话,只能在还算熟悉的小区内部街道上遛遛狗,回家再对着只会用几个APP的手机打发时间。

邓昀爸妈和邓昀奶奶的矛盾很多,互相都有些难以适应。老太太用钢丝球刷坏了邓昀妈妈新买回来的不粘锅,要遭埋怨。而邓昀爸妈居然教老太太说谎,他们要老太太告诉来做客的朋友,说自己是退休的大学老师。

这种谎言背后,是虚荣,也是嫌弃,老太太很低落。

邓昀哄孩子似的拍着奶奶的肩,开解她:"再等两个月,我放假,陪您回老家住一个月？"

邓昀奶奶眼睛一亮："欸，那时候你陶奶奶家的甜瓜也熟了，我们可以去她家院里摘瓜去……"

晚上，老太太还偷偷哼着小歌："金窝窝，银窝窝，不如咱家的草窝窝。"

两个月很漫长。邓昀爸妈收拾屋子时，翻出一盒营养品，是去年过年他们回家时买给老太太的。营养品用很漂亮的礼盒装着，老太太没舍得吃，留着。他爸妈发现已经过期，丢进垃圾桶里，老太太又挨了一顿数落。

柯基蹲在老太太身旁，也跟着垂头丧气。

邓昀知道那盒营养品。老太太平时总看着礼盒睹物思人，牵挂着儿子儿媳在外面赚钱不容易，自己不舍得，总想留着等到下次他爸妈再回去，煲汤给他们喝。

邓昀把老太太揽过来，安慰："丢了就丢了，营养品过期了会有霉菌，吃了要生病。"

老太太说："可是那么贵……"

邓昀拿出手机，搜网络上霉菌的显微镜放大图给老太太看，说："您瞧瞧，这要是吃进去，和服毒有什么区别？"

老太太释然了些："也是。"

人是哄好了，这些气邓昀就默默憋在心里。

邓昀和他爸妈发过几次脾气。但一想到，一边是儿子儿媳，一边是孙子，起冲突又会让老太太左右为难，他也就忍着，然后找了个新方式和他们相处。

有一阵子，邓昀爸妈的生意做得非常不错，赚够了钱，追求更好的生活，总去看各开发商的新楼盘。

邓昀放学回来，老太太苍白着脸，躺在沙发上扇扇子。

他问："您怎么了？"

听说老太太是被他爸妈带出去看房才中暑的，邓昀把书包往沙发上一丢，转身就要往外走，被老太太拉住了。邓昀奶奶息事宁人地摇头："小昀，别去找你爸妈吵架。他们是有孝心，想着带我看看大房子。"

邓昀皱着眉："今天外面高温三十九摄氏度，明知道您最近不舒服，还带您出门，这是有孝心？"

邓昀奶奶放下扇子，把开发商做的宣传单往邓昀眼前推："很漂亮的房子，有三层楼呢，还有院子。"

邓昀皱着眉，瞥了一眼那份用铜版纸印制的叠折页，只问一句："您真喜欢吗？"

老太太没吭声，眼看着邓昀又要起火，才说："你这孩子，我怎么就不喜欢了？"

老太太开始给邓昀上课，说做生意很难的，说他爸妈赚钱不容易。老太太说，现在他们全家人都身体健康，他爸妈生意做得红红火火，他又有更好的学校上，以后他们还能住进大房子，就是对自己到底喜欢什么样的生活只字不提。

"很好啦，我们要懂得知福惜福。"

家里有只短腿柯基，叫"惜福"，是某年邓昀爸妈带回老家送给邓昀的生日礼物。惜福被邓昀和奶奶养得很好，肥嘟嘟的。惜福还以为老太太是在叫它，瞬间从睡梦中醒来，摇着尾巴在他们身边兴奋地叫着。

邓昀爸妈要工作、应酬，总在半夜才回家，邓昀也要上学。惜福是老太太在这边的唯一伙伴。但这里复杂的生活环境，惜福也不适应。

惜福没有了老家经常一起玩的狗狗同伴，临近商业街的密集高层楼房，住着的人太多，车也太多，惜福还差点儿出过车祸。

那次是邓昀奶奶带着惜福出门的，老太太买了东西，在翻小钱袋里的零钱，没留意一辆电动三轮车从转角处疾速驶过，对着惜福鸣笛。惜福是养了十一年的老柯基，这年龄相当于人类年龄的六十多岁，它反应没有过去灵敏了。它被突然的鸣笛声吓蒙了，愣在原地。

邓昀奶奶也蒙了，小钱袋和拐杖都掉在地上，她急得直破音："小福——"

据说是一个勇敢的小姑娘冲到三轮车前，护住惜福，张开双臂挡住了车。

那是邓昀第一次听说许沭子。老太太不知道人家小姑娘的名字，只是和邓昀反反复复念叨着感谢她的话，说人家姑娘勇敢，长得也很漂亮："用你们年轻人的话，怎么说来着？哦，我想起来了，人美心善。

"她都吓得浑身发抖，还要护着我们惜福。真是个傻孩子，我都不敢想，万一那辆疯车子撞到她怎么办……

"不是说大城市人最讲规矩吗？那可不是车行道呢。"

来到这座城市，老太太感兴趣的话题不多，经常要提起这件事，后怕地替小姑娘担心,替惜福担心,怎么也无法释怀对她的感激。

老太太每每提起,邓昀都会陪着聊几句。

"您没问问名字?"

"当时都要吓死了,没来得及问,就怕人家姑娘磕到碰到……"老太太想了想,坚定地说,"那姑娘长得像我小时候,很漂亮的。"

电视里在放黄金档家庭剧,邓昀随手指了指电视里的童星,问:"像她这么漂亮?"

老太太戴上老花镜瞧了瞧,摇头:"比她还要再漂亮些。"

邓昀贫嘴:"那么漂亮,肯定不像您。"

然后被奶奶赏了两巴掌,依旧是拍在后背上。

这个话题频繁聊过一阵,渐渐被淡忘。直到半年后的某天傍晚,爸妈没在家,邓昀带着奶奶去外面吃饭。他们路过开在中心商业区的钢琴培训学校,巨大的宣传海报足足两层楼高。老太太忽然停下脚步,认真看了很久,指着海报对邓昀说:"这就是救下惜福的勇敢女孩啊。"

邓昀看过去——照片做了些后期处理,是仿油画的感觉。有个小姑娘坐在钢琴前,落指动作自然,对着镜头微笑。她化淡妆,穿着白色小礼服,优雅贵气。

他拿奶奶开玩笑:"您这是往自己脸上贴金呢,这姑娘哪里和您像了?"

老太太不乐意了:"你知道什么,我小时候可漂亮了,街坊邻居间出名地漂亮,你爷爷能娶到我可是他的大福气呢。"

人到老年,身体一年一个样。邓昀奶奶从生病吃药、反复住院到病重过世,只用了一年零七个月的时间。还没来得及看见邓昀考上重点高中,老太太就走了。老太太走后不久,惜福也病了。邓昀带着它去宠物医院看过几次,医生都说它太老了没办法,最终还是无力回天,仅仅一个月后就去另一个世界陪老太太去了。

那阵子,邓昀和爸妈的矛盾达到顶峰。他怨爸妈总有那些无聊的应酬,而不能多陪伴、多照顾老人。更多是无力的想念和遗憾,遗憾老人临终前都没能过上想过的生活。

家里生意依然很好,也终于搬到更好、更大的房子。住进小别墅后,邓昀爸妈的狐朋狗友更多了。也许是人以群分吧,都是些像他家这样的小暴发户。他们偶尔会来家里,坐在一起吹嘘攀比,美其名曰聚会。

这些人里,许家那对夫妻和他爸妈最像。简直是他爸妈的翻版,但凡逮到机会就要炫耀各种东西，也经常炫耀自己家孩子——

"我家沐子呀，三岁多在商场里遇见有人弹钢琴就直勾勾地盯着看，钢琴是她主动要学的。"

"钢琴老师也说她是学钢琴的好苗子呢。"

"这些年，沐子可是拿了很多奖呢，搞不好以后真能当钢琴家。"

这群人在家里喝多了，比动物园的猴子更吵，邓昀通常在楼上，不爱和他们碰面。

某次他们聚会，他接到电话，下楼签收网购的书籍，拿完快递准备上楼，正好撞见喝多了酒、在寻找手机的许沐子妈妈。

许沐子妈妈拉着邓昀说："孩子，你帮阿姨拨个电话，阿姨找不到手机了。"

邓昀按照许沐子妈妈说的号码拨出去，在沙发靠垫下面发现了她的手机。手机屏保是许沐子的照片。她依然是坐在钢琴前，比钢琴培训学校的海报上的她长大很多，已经是个大姑娘了。但邓昀一眼就认出，许沐子就是老太太念念不忘的勇敢小姑娘。

就这么一会儿愣神的时间，许沐子妈妈已经拿着手机跌跌撞撞地回到餐桌旁："来，我给你们听听沐子弹琴的视频……"

最开始邓昀没什么想法。听到许沐子的消息，他会想到奶奶。想着老太太如果还在，能知道许沐子爸妈对女儿的夸耀，应该会跟着高兴吧？应该也会想要见她吧？

不过，人家小姑娘是巴掌脸，长得冷清明艳，哪哪和他奶奶都不像。他想，这老太太可真够自恋的。

两家频繁来往，但邓昀和许沐子的接触次数寥寥无几。

第一次见面，她撞见他在吸烟，而他觉得，她应该是和她妈妈一样虚荣的人；第二次见面，她吃到过敏的食物，把自己关在洗手间眼泪蒙眬地催吐，眸光潋滟，他觉得她有点儿傻乎乎的；第三次见面，在墨伽洛斯的靶场里，她端着滑膛枪把自己的脸撞肿了。

她垂着脑袋，站在雪地里安静地沉默地掉了几分钟眼泪。几分钟后，她用毛线手套擦了擦眼睛，若无其事地找靶场工作人员要了一杯冰块。

那天之前，墨伽洛斯下过一场大雪，满世界都是白色和浓重火药味。许沐子红着眼睛从他面前走过，邓昀突然动了些恻隐之心。

这种比好奇更复杂些的情绪，致使他在墨伽洛斯的纪念品店里分神，结完账才发现多拿了一个冰箱贴。

许沐子来送陶瓷器皿那天，站在邓昀家门口对着手机满脸通红。所以邓昀知道，许沐子大概有个喜欢的男生，估摸着是暗恋。

啧，暗恋。

结果后来邓昀在饭店里撞见了许沐子的暗恋失败现场。邓昀在叛逆这件事上，算是有点儿经验，知道许沐子快要承受不住了，但不知道她后面要憋出什么样的馊主意。

许沐子看着胆子不大，馊主意倒是都挺带劲的。上次敢在墨伽洛斯的靶场打枪，下次搞不好能开卡丁车把自己撞出赛道。这还算好的，她在国外读书，多的是陷入险境的机会。某些危险是成瘾的，还真不是闹着玩的，还不如他带着。

第一次带许沐子喝酒那天，他们从医院出来，邓昀被许沐子威胁了。她让他发誓，呼吸性碱中毒这件事，绝对不可以告诉别人。

邓昀打了辆车，送许沐子回家。别墅区门卫查得严，陌生车辆进去要登记车牌号和目的地。他们在小区门口下车，许沐子夸张地说："我爸妈要是知道你带我去哪里，可能会想杀了你。"

邓昀云淡风轻："法治社会了。"

许沐子忽然笑了，带着一点点余醉，依然是很标准的露八颗牙齿的笑容，挺漂亮。她说："我以前还以为你是个好学生。"

邓昀说："单论成绩的话，算是。"

许沐子直跺脚："你这个人怎么听不懂别人的委婉？"

邓昀说："又想骂我什么？"

酒吧去过了，医院也跑过了。酒劲一散，许沐子又开始馊："没有，本来想说以为你是那种无聊的书呆子，刚才想了想，被人说无聊应该很难受吧……"

雪已经停了，别墅区里很安静。过密的绿化植被覆盖着道路两侧，在天亮前的微光里显得张牙舞爪。天空是兑过牛奶的蓝莓酱颜色。

许沐子加快脚步，走到邓昀面前。

她开始摸他羽绒服的口袋，摸完，又开始摸他的裤兜。

邓昀握着许沐子的手腕拦了一下："找什么？"

许沐子抬起头，盯着他看："找烟，你不是会抽烟吗？"

邓昀说："别找了，没用，你需要的不是烟。"

许沐子问:"那你说,我需要什么?"

邓昀看着许沐子:"比烟更刺激的。"

比烟更刺激的事情,没经验的叛逆女孩一时没想到,在冷风里裹紧围巾走了几步。她忽然转过头,很认真地问他:"邓昀,你也有过我现在这种不开心的时候吧,为什么?"

邓昀可能怔了一下,随后淡淡笑着:"下次再告诉你。"

这些事邓昀不能想,越想越头疼。尤其是,前阵子邓昀刚刚得到消息,许沐子有交往稳定的男朋友,也是学音乐的,主修小提琴音乐表演专业,据说和她挺有共同话题的。

许沐子的几根发丝钩在他胸前纽扣上,像断藕时暧昧粘连的丝,拉扯着他的理智和道德感。

邓昀把手臂抽出来,食指轻轻一拂,那几根头发落回她脸侧。许沐子感觉到动静,颤了两下睫毛,到底还是没挣脱睡意,呓语着:"头疼……"

声音很小,显弱势,惹人担心。

所有冲动都在叫嚣,他的手不自觉地抬起,停在离许沐子不足寸许的地方。他在和自己的本能抗争。

这间房间,再待下去迟早要出事,邓昀呼出一口热气,起身准备离开,走到门口想起兜里的房卡,又折返,把房卡放在床头。

床头的静音电子钟显示着时间,上午九点四十二分。许沐子睡得很香。邓昀看着她,蜷着食指关节,在许沐子额头上轻轻叩了一下:"有男朋友还不知道收敛?下次我就不客气了。"

醉酒后的睡眠还算沉,许沐子是被 K. 的演唱者的嗓音吵醒的。

回国后,她没有及时调整手机时区和语言。闹钟按照国外的时间在工作,时差十二个小时。晚上十点四十分,是她从兼职的酒店出发乘地铁的时间,错过要多等十几分钟。许沐子坐起来愣了好半天,才想起从浴袍口袋里掏出手机。她关掉闹钟,顺便开了时区自动设置。

雨比之前小很多,滴滴答答地落着。

脑袋沉沉的,困意未消,许沐子几乎是闭着眼在床的另一侧找手机充电器,未果,只摸到了充电宝。她转头往床头桌上看,继续寻找充电器,先看见了客栈房间配套的马克杯,杯子底部残留着姜黄色的醒酒药液。

醉酒后遇见邓昀的场景重回脑海，她瞬间瞌睡全无，汗毛直立。是邓昀把她抱回房间的，还帮她冲了醒酒药。

　　许沐子僵着脖颈扫视自己的房间：房卡就在马克杯旁；房间里的椅子被挪过地方，在落地窗边；电脑桌上有一罐很可能已经喝空的凉茶罐子，被捏扁了一块，凉茶应该是冰镇过的，罐子底下积着一小摊水……

　　还好，邓昀本人已经走了。

　　许沐子努力平静地坐在床上，十几秒后，还是控制不住情绪，猛地倒回床上，手脚并用把自己深深埋回被子里当鸵鸟。为什么每次遇见邓昀总有丢脸的事？她那些比赛获奖的人生高光时刻，怎么就不能让邓昀撞见？

　　但仔细想想，邓昀本来对钢琴曲也没什么特别的兴趣，而她，除了钢琴比赛获奖，也没什么太得意的时刻。高光不够多，课余生活也乏善可陈。小学时为了救一只柯基，拦住电动三轮车算吗？应该不能算。她当时快被电动三轮车吓死了，整个人抖成振动模式，样子滑稽，实在算不了高光。

　　但起码，那只柯基让她抱了，不像楼下那三只流浪猫那样抗拒她，柯基可是对她又是舔、又是扑呢，还摇尾巴，提到扑……

　　她发散出去的思维，以急转弯后漂移的方式迅速掉头回来：她刚刚和邓昀抱过了？是谁先主动的？就邓昀那副总是四平八稳的德行，肯定不能是他主动吧？八成是她醉酒干出来的好事。

　　许沐子又把头埋进被子里，装死，后来想到没有发展到呼吸性碱中毒去医院那种丢人程度，也算是稍有释怀。

　　他只是抱她回房间而已，不算暧昧。她装断片、装忘记就行了。

　　做好洗脑般的心理建设后，许沐子终于肯从被子里钻出来。

　　房间里暗沉沉的，她按亮几盏灯，伸脚往床边拖鞋里探，光线明亮，她才发现自己脚踝上那道伤口上贴着创可贴。

　　许沐子看着脚踝上的创可贴，突然脸红了。

　　她想到以前。邓昀坐在她卧室窗台上，丢掉擦过血迹的消毒棉签，撕开创可贴，贴在虎口处的伤口上，然后抬眼，坏笑着问她，要不要跟他走。

　　以前许沐子有种直觉，邓昀一定在她之前经历过那些低谷和叛逆，才会异常了解她。许沐子问过邓昀为了什么事情不开心，邓昀的答复是"下次再告诉你"。

　　她喊了他一声，嫌他对刚刚一起翻过墙、喝过酒的同谋不够坦诚实在,话说得那么搪塞,居然说"下次"。谁知道"下次"会是什么时候?都不一定有"下次"呢。

许沐子没想到的是,在她回家后,仅仅过了十几个小时,"下次"就来了——

许沐子家里根本没人发现她的失踪,在邓昀的帮助下,她顺利地回到卧室,睡了整整一上午。

中午,许沐子被妈妈叫起来吃午饭。她浑浑噩噩地下楼,听见妈妈举着手机在和别人通电话:"阿姨脚扭伤了,行动不太方便,我要帮忙一起准备晚饭。哦,这样呀,那真是太好了……"

家里人包了汤饺。许沐子醉酒、熬夜、心情差,食欲不怎么好,只吃了几个。夜晚的叛逆像一场梦,她心不在焉地慢慢嚼着食物,忽然动作顿住,像被容嬷嬷用细针扎进牙龈,疼得她缩着肩好半天没敢动。

许沐子妈妈问:"沐子,怎么了?"

"好像是上火。妈妈,我不吃了,牙很疼。"

她去年生了一颗智齿,偶尔心事重或者作息不规律的时候,智齿会发炎。这次也一样。牙疼持续了一整天,晚上来了些叔叔阿姨在家里聚会,楼下最热闹的时候,她的牙疼已经发展成半张脸都在疼。

总要找事情分分心,许沐子百无聊赖地刷着手机,看动态。雅思班的男同学发了朋友圈,是昨晚聚餐时群里发过的合影,那时候许沐子还和长辈一起在楼上的包厢里,合影里当然没有她,就好像她从未出现过。

大学同学发了在音乐会后台抱着花束的照片,下面清一色的夸赞评论。这场音乐会,许沐子曾竞争过参会资格,最终还是没有同学表现出色。

坏心情又回来了。在她抹掉眼泪,打算为同学送上祝福时,手机铃声响了。

陌生电话号码。但许沐子知道,是邓昀。

她接起电话,邓昀的声音清晰地出现在耳侧,带着些调侃:"听我爸妈说,你身体不舒服,又是呼吸性碱中毒?"

呼吸性碱中毒这件事,绝对算是许沐子的黑历史了。她吸着鼻子,没好气地说:"不是!"

邓昀沉默片刻,问:"在哭吗?"

"同学演出顺利,我在替她高兴。"

"喜极而泣?听着不像。"

许沐子一只手握着手机,默默地转身,抽了张纸巾,把眼泪和鼻涕都擦掉:"邓昀,我要去练琴了。"

邓昀问:"需要听众吗?"

"手机收音效果不好。"

"我听现场。"

那天晚上长辈们的聚会依然吵闹,他们笑谈前一晚在饭店喝多了争执的事情。邓昀爸妈也在许沐子家里,甚至邓昀家的阿姨也在,是来帮脚踝扭伤的许沐子家阿姨分担备晚餐工作的。

邓昀做事非常狂,竟然真的背着十几位熟识的长辈,跑到许沐子卧室窗外,绅士地敲了三下玻璃窗。

许沐子打开窗,因为牙疼,说话不太清晰:"我怎么没看见你另辟蹊径?"

"大门开着,我干吗不走正门?"

许沐子眼睛都睁大了,想说,你真的不会被发现吗?还没问出口,庭院里传来说话声。可能嫌客厅环境嘈杂,有个叔叔走到外面来接电话。许沐子和邓昀同时往楼下看:那叔叔就站在庭院正中间,单手叉腰,只需要稍稍抬个头,就能瞧见露台上的邓昀。

许沐子吓疯了,心里惊出个叹号。她推开窗一把把邓昀拉进卧室,紧张得心脏都快跳出来。邓昀笑着说:"胆子这么小呢。"

许沐子关上窗,回头瞪邓昀:"你胆子这么大,要不要下楼和他们打声招呼?"

没想到邓昀根本不尿,起身就往卧室门的方向走去。急的当然是许沐子,她情急之下抱住他的手臂,用尽浑身的力气把人往回拽:"不是,你还真去啊……"

卧室里只开了夜灯,光线朦朦胧胧的,连影子都看不清楚。

邓昀睇了许沐子一眼,她赶紧松开手,想了想,又伸手抓住他的衣袖。

邓昀说:"逗你的。"

许沐子狐疑:"我不拦着你,你都要出去了。"

"琴房不是在三楼?"

"你怎么知道?"

"你妈妈说的。"

许沐子了解自家长辈的性格,没事恐怕不会提起琴房,试探地问:

"不会是……还讲了琴房装修的花费吧?"

邓昀答:"聪明。"

许沐子叹着气,打开卧室门。长辈们的对话声和笑声清晰地传上楼,她像个小偷,探头探脑好几次,才紧抿着嘴对身后的邓昀比手势,指了指他,又指了指楼梯,最后指了指自己,示意邓昀先上楼,自己来殿后。

邓昀就一直安静地看着许沐子,看完,拉着她往楼上走。他闲庭信步,跟回自己家了似的,许沐子吓得牙都不疼了。

那天晚上,邓昀坐在琴房地上,在许沐子弹完钢琴后,送了一只折纸蝴蝶给她。

"有两个地方,我弹得不够好。"

"很好听。"

"你听懂了?"

"不敢说懂,只知道是柴可夫斯基。"

许沐子掌心托着纸蝴蝶,有些惊讶,她弹的是《四季》钢琴组曲里的一首曲子。如果是影视剧里经常引用、被改编到流行歌曲里的《6月——船歌》,听过倒也正常,但她弹的是《4月——松雪草》。

想到邓昀家里那架昂贵的钢琴,许沐子问他:"你去上钢琴课了?"

他看着她,总像意有所指:"没有。以前有一段时间,我奶奶对会弹钢琴的人感兴趣,电视里讲钢琴相关的内容,她会看一看。我跟她一起看过柴可夫斯基的介绍片。"

说不上原因,许沐子难以保持和邓昀对视。她偏开视线,这才留意到邓昀手上有伤,伤在左手虎口处。她问:"你……怎么弄的?"

"家里的一个相框被碰碎了,捡碎玻璃时划的。"

他们回到二楼卧室。许沐子独自出去找医药箱,出门后弯着腰走了很多步,突然想起来这是她家。她出去找东西很正常,根本没必要偷偷摸摸的,让邓昀那个浑蛋看见,恐怕又要笑她。

她回来时,邓昀仍坐在窗台上。

许沐子把棉签和创可贴递给邓昀,看着他垂着眼睑处理伤口。

贴好创可贴,邓昀抬眼,看了她很久。久到许沐子脸皮发烫,打算借着牙疼扶脸的小动作,再次偏开视线。

邓昀忽然笑了,问:"要不要跟我走?"

卧室里仍然只亮着夜灯,房门紧闭,反锁了。窗外路上驶过一辆车,邓昀宽肩窄腰的漆黑影子随车灯在地上一闪而过。许沐子忽然听懂了邓昀的意思。跟他走,但今晚出逃后的内容不是去酒吧,也不是关于"下次再告诉你",而是"比烟更刺激的"。

楼下有十几位长辈在,而许沐子决定跟着邓昀去找刺激。

一回生,二回熟。她熟练地换了短款羽绒服,主动站上窗台,一副壮士赴死的模样,对她的同谋招手:"走吧。"

邓昀没动:"你家侧门没锁。"

许沐子没反应过来:"什么?"

"从侧门出去。"

许沐子跟着邓昀大摇大摆地从侧门走出家里,又跟着他大摇大摆地走进他家的庭院和正门。她知道他家里空无一人,连阿姨都被留在她家帮忙,但还是紧张,上楼梯时差点儿顺拐。

进到邓昀卧室里,看见他把羽绒服脱下来往沙发上一丢,她空白着脑子,也跟着脱掉羽绒服往沙发上一丢。

许沐子假装潇洒地转头,然后看见取衣架回来的邓昀,对着她露出调侃的笑意。

许沐子:"……"

邓昀对许沐子晃了一下手里的衣架,她哦了一声,又去把羽绒服拿起来,挂上衣架递给他。

这个夜晚本来该有令人期待的刺激,但许沐子太过紧张和兴奋,牙疼得更厉害了。起初她决心忍着,但忍到他给她倒水回来,实在疼得要命,不得不求助:"邓昀,我牙好疼。"

"带你去医院看看?"

"我不想去医院……"

哪有和人家出来两次,都往医院跑的?这算什么叛逆,太不刺激了。再这样邓昀得把她拉黑吧,她这种叛逆水准,估计配不上当他的同谋。

"智齿发炎?"

"嗯。"

邓昀出去片刻,拿了一支药膏回来,说效果还可以,让她试试。许沐子还在对着上面的外文研究用法,邓昀已经洗过手回来。他用消毒湿巾擦着手指:"我帮你?"

她也不知道为什么,鬼使神差就点头了。

邓昀把药膏挤在指尖，托起许沐子的下颌，和她对视着，把指尖探入她口中。药膏带着薄荷的清凉味道，窜入口腔。

按到她肿痛处，她皱眉，他眸色沉沉地问："是这里？"

万籁俱寂的夜晚，许沐子能感觉到药膏落在发炎的智齿上，是凉的。凉意沁入心底，身体里却腾起一簇火焰，火舌跳跃，燎过五脏。这种燥灼从何而来？明明她已经在进入室内时脱掉羽绒服，穿的针织衫也是薄款。

像幻听，空气里混奏着舒伯特的幻想曲。

药膏被涂抹在智齿周围，许沐子抖了一下，邓昀收回手指，问她："很疼？"

其实不是因为疼才发抖，许沐子不知道自己为什么要慌乱，手足无措地退开，摇头。

邓昀非常镇定。他又去卧室自带的洗手间洗了一次手，回来后靠在桌边，把那支药膏的盖子拧好，顺手放进许沐子的羽绒服外套口袋里："这个药只有消炎镇痛的功效，有空还是去医院看看吧。"

说着，他又按亮两盏灯。

许沐子顾着药膏，不敢闭合牙齿，点了点头，又匆忙移开眼，假装很忙地去打量这间卧室。

他们的卧室朝向和格局完全相同，只有装修风格不一样。许沐子的卧室是奶酪色调，偏暖色系；邓昀的则是暗色调，连床品都是黑的。他那部黑色的手机丢在床上，几乎和床单融为一体。

邓昀叫许沐子随便坐，她往沙发旁边走，越走越觉得奇怪。卧室里实在太过安静，静得像她的琴房。她几乎听到自己不正常的心跳声。她心里冒出一个猜测："你卧室也做了隔音吗？"

"做了。"

"为什么？你又不学琴……"

邓昀端着水杯。他这个人有种本事，盛了温水的雾面陶瓷杯在他手里，瞧着也像酒杯。他垂头喝两口温水，把陶瓷杯放在身后的桌上，一边伸出拇指，一边说着："有杂音会影响学习的专注力。"然后伸出食指，"嫌他们聚会烦。"

邓昀说，这两个原因她可以随便选一个信。

真正原因显然是后者。而且许沐子也知道，她妈妈一定在她之前就听说过邓昀卧室做了隔音的事情。大概是邓昀爸妈更舍得花冤枉钱，装修卧室的花费比她家琴房的更高，让她妈妈觉得好没面子，才闭口不谈。

他们两家有很多相同或相似的物件，都是长辈们攀比的结果。比如，许沐子爸爸有一段时间沉迷于装高雅，买了唱片机回家，平时是不听的，只在外人来家里做客时展示过几次。同样品牌的唱片机也出现在邓昀家里，现在在他卧室放着。

牙疼已经有所缓解，许沐子压着胸腔里翻腾着的奇怪感受，问邓昀："你平时真的听这个？"

"偶尔。"

黑胶唱片都在柜子里，许沐子选出一张纯黑色包装的，抽出来。名字陌生，不知道是专辑名还是歌手名，她读出来："Cigarettes After Sex（事后烟乐队）……"

这名字有点儿……简单的单词变得拗口，她越说声音越小。

房间里弥漫着淡淡的番茄藤的清香，她惊慌地转过头。

邓昀坐在他的电脑椅上，静静地看着她，垂头笑了："事后烟乐队的，还不错，要听吗？"

很久以后，许沐子才明白，那天晚上在邓昀卧室里心潮起伏的感觉，叫作心猿意马，也叫作"被引诱"。

那个夜晚，许沐子留在邓昀家，其实没做什么特别刺激的事，他们只是听着唱片、聊着天，连酒都没喝。但她就是心慌，比前夜醉酒那会儿心跳得更快。

她还被邓昀问："热吗，开一扇窗？"

他从电脑椅上起身，许沐子意外看见电脑主机上的冰箱贴。透明包装还在，系着浅粉色的丝绒蝴蝶结。她疑惑："欸？这个……"

邓昀拉开窗，回头："是冰箱贴。"

许沐子指了一下："我知道啊，墨伽洛斯的纪念品嘛，听说是你准备送给女朋友的，还没有送出去吗？"

"少听八卦。"邓昀把冰箱贴从电脑主机上取下来，递到许沐子面前，"送你了。"

许沐子耿直地啊了一声："你被甩了吗，所以送不出去？"

邓昀直接把手往回收。许沐子迅速伸手阻止，去拿放在他掌心的冰箱贴，指腹触到他虎口受伤处，创可贴布面干燥……

那天晚上他们到底都聊过些什么？聊过她没有参加音乐会的遗憾，也聊过她爸妈喜欢把她说成天才这件事……

忘记是凌晨几点钟，邓昀忽然拉许沐子起身。

一轮皎皎明月挂在夜空。他示意她往窗外看："这儿有一枚偷听过你心事的月亮。"

记忆里那时该是像今天这样湿漉漉的雨天，总有种周围空气潮湿涌动的印象。但其实那只是个干燥的暖冬夜。

许沐子把手从创可贴布面上收回来，被敲门声打断浮想。

她还没做好见邓昀的准备，迅速穿好拖鞋，理了理头发，在开门前深深吸了一口气。还好，门外站着的是邢彭杰。

当地的啤酒确实够厉害，邢彭杰的状态看起来比许沐子还要糟糕，他肯定吐过，也肯定头晕过，正掐着眉心："许沐子，没打扰你睡觉吧？"

"没有，刚睡过一会儿，已经醒了。"

邢彭杰说，许沐子离开后不久，他们也没再继续喝了。大家酒量都没有特别好，大部分人都回房间睡觉去了。

"也是邪门，我还觉得自己算能喝的呢，哇，刚刚简直头疼到要爆炸。幸亏夏夏那里有醒酒药，救了我一命。"说到醒酒药，邢彭杰敏感地察觉到许沐子脸色有变化，还以为她是不喜欢他提到其他女生，有些自喜地挠了挠后脑勺，"那个……我的意思是，刚才你是不是也是因为不舒服才先走的？要不要也喝点儿醒酒药？"

许沐子摇头，说自己已经喝过了。她醉酒后总觉得头脑不够清晰，又很渴，打算下楼去找点儿其他饮品喝。

邢彭杰说："那正好，我也下楼，一起呗。"

走廊里传来门响，许沐子顺着声音看去，邓昀正开门往外走。她视线在他身上停了两秒。邓昀扫了她一眼，没有要刻意打招呼的意思，只对着他们这个方向略颔首。

于是许沐子也没说话，跟着邢彭杰并排往电梯间方向走，一前一后进了电梯。她以为邓昀另有去处，没想到他也往电梯间这边来了。

邢彭杰是个外向的热心肠，挡着电梯门："快走两步。"

邓昀走进电梯："谢谢。"

邢彭杰说："嗐，客气什么。"

三个人站在电梯里，气氛诡异。许沐子不自然地用指腹蹭了蹭耳后，总觉得痒得奇怪，对着电梯里的镜面看，发现自己被蚊子咬了。

许沐子对蚊子毒液轻微过敏，别人被叮咬，可能痒几天，消肿了就好了。她被叮咬过的地方会皮下出血，迅速发展成紫红色，像被人下狠手拧过的瘀伤，也像吻痕……

皮肤颜色已经开始变深，她偏着头查看，在镜面里和邓昀目光相撞。他们对视着，谁也没有开口。很多话好像有其他人在场，就会变得无从说起。多一个人存在，就能封缄掉所有话题的可能性。

邢彭杰似乎察觉到气氛微妙，从电梯里走出来后也不断拉着许沐子聊天："我刚才去洗衣房看过，你的衣服还没烘干结束呢，时间真够长的。"

许沐子摸着耳后："你急着用烘干机吗？"

邢彭杰说："不是啊，我是帮你看的，想着给你拿回去来着。"

许沐子说："谢谢。"

这声"谢谢"，似乎和两三分钟前的另一声"谢谢"的语气如出一辙？邢彭杰茫然地看了一眼身后，邓昀停在前台和夏夏说话。

"对了许沐子，听说你之前捡流浪猫回来，是打算去浆果园来着。这会儿雨小了很多，我们也有几个人想去走一走，你来吗？"

许沐子同意了。

雨的确小了，星星点点，不带伞也能出门。

天色仍然阴沉，公共区域开着灯。几个刚才在放映室见过的熟面孔正拿着漫画版入住指南聊天，聊几句待会儿出去逛的事情，再吐槽几句当地的啤酒。

有人说："看天气预报，雨也就小一阵子，还是要下起来的。"

另一个人说："唉，还想着看星星呢。"

许沐子和他们坐在一起。

邢彭杰一听说看星星，来精神了，马上掏出手机给大家看他之前在沙漠里拍到的星空。

分享照片这种事，离太远看不清。许沐子也就顺其自然，跟着其他人一起往邢彭杰身旁凑了凑，听邢彭杰讲他们是怎么用手机 APP 预测观星条件的。

这事讲了好一会儿，有个年龄相仿的房客玩笑着打断："好了，老邢，别跟这儿孔雀开屏了，趁着雨小，我们快点儿出门吧，你手机里的星星什么时候不能看？"

邢彭杰神色慌张地收起手机："咳，对，对，对，先出门，还是先出门吧。"

耳后皮肤实在不舒服，许沐子和大家商量："不好意思，我想先回房一下，马上下来。"

邢彭杰挥手："等你。"

许沐子往电梯间跑，留意了一下前台。只有夏夏在那里，邓昀不见了。

都不用等她思考邓昀的行踪，已经看见他在电梯里，而电梯门正在缓缓闭合。许沐子情急，叫他："邓昀！"

邓昀看她一眼，在金属门几乎快要严丝合缝地关闭前，按了延时闭合键。电梯门重新打开，许沐子走进去。她依然摸着耳后，还是避开了最不知道如何开口的话题，抛了一句废话："朋友在等着……"

邓昀像是气笑的："朋友？你朋友想追你，没看出来？"

许沐子静了一下："看出来了。"

"所以，你现在是能接受异性示好的状态？"

起初许沐子没听懂，反应了一下，因为先前的醉酒事件，敏感地判断邓昀是在嘲讽她。她问："我为什么不能接受？"

就因为喝醉吗？就因为喝醉后抱了邓昀，所以这么久不见，自己看起来相比当年并没有长进？

电梯门闭合，阻隔掉客栈公共区域里邢彭杰他们的说笑声。

这种对话，算是在互呛吧。可当许沐子思考着"看起来没有长进是否会被判断为余情未了"这件事，隐忍着某种情绪，转头去和邓昀对视时，陷入他同样隐忍的目光里。

火药味瞬间散掉。丝丝缕缕的暖昧，如同窗外零星细雨，在电梯密闭的狭小空间里蔓延开来。

从一楼到二楼的电梯时长只有几秒钟。他的视线扫过她的眼睛，偏开，落在她耳后红肿的皮肤上，静观默察。

邓昀收敛起情绪，无奈地叹："带蚊虫叮咬的药膏了吗？"

许沐子心怀鬼胎，底气不足地瞪他一眼："要你管！"

说完，急吼吼地跨出电梯。

上午的小酌局几乎放倒一半住客，肯在零星细雨里去山里闲逛的只有几个人。邢彭杰跟在许沐子身边，滔滔不绝地找了很多话题来聊，多半是

085

能突显自己某方面能力的,费尽心思在其中穿插一些细枝末节。直到许沐子踩进泥泞的积水坑,邢彭杰才错愕地停下来:"许沐子,你……"

许沐子像梦游被唤醒的人。她看了一眼周围悬满雨水的松树,抱歉地说:"我刚刚走神了,你说什么?"

"哦,没什么,就是这雨下了这么久,恐怕是看不见松鼠了。"

"你想看松鼠?"

邢彭杰像被噎了一下:"啊,是想看来着……"

这地方生态环境很好,植被茂密,遍布青苔的石墩围着松树,松树都很粗壮,树干根部也生了青苔。几颗形状标致的松塔,落在铺满针叶的泥里。动物们都在躲雨,树杈间挂着的空蛛网像售卖钻石的橱窗,孤独地展示着晶莹的雨滴。

其他人都不在,许沐子问邢彭杰:"他们呢?"

邢彭杰挠了挠后脑勺:"刚才路过浆果园,他们几个说要留下采野草莓,我问你要不要继续往松树林这边走走,你还应过一声……"

许沐子完全没有印象。老实说,她脑子里乱七八糟的思绪都关于邓昀。

邢彭杰关心地问:"许沐子,你没事吧?是不是喝啤酒喝得不舒服了,感觉你看起来有点儿……打不起精神?"

许沐子蹲下去,用纸巾包裹着捡起一颗潮湿的松塔,揣进浴袍口袋:"没事。"

她只是想不通。连雅思班的男同学,他们都能发展成自然相处的朋友。和邓昀之间的相处,为什么没办法自然?

那年回学校,许沐子恰巧和雅思班的男同学买到同一趟国际航班。值机柜台前排队的人特别多,他们在托运行李时遇见,是男同学先打了招呼。几句"好巧"之类的寒暄过后,男同学很直接地问许沐子,聚会那天,她提前离席是不是因为听到他们结账时说过什么。

许沐子本就是个不擅长藏心事的人,抿唇的小动作被男同学捕捉到了,男同学一脸抱歉:"果然是这样。"

男同学和许沐子解释说,那天他心情不好,和自己正在追求的女生发生了不愉快。基于这个前提,朋友一直在八卦自己和许沐子的关系,自己的语气才会变得不耐烦。男同学双手合十:"许沐子,对不起,诚心诚意给你道歉。要是我说过什么让你不开心的话,希望你能原谅。"

好像真的能原谅,而且是很轻松就能原谅。

听说男同学有在追的女生，许沐子居然没有任何失落。

才过了不到一个月而已。雅思课堂上转头偷看的日子，在群里被"艾特"的慌乱和紧张，聚会时刻意解开衬衫领口纽扣的小心机……好像已经是很久以前的事，像李白诗里说的，"轻舟已过万重山"。

值机时，男同学问要不要选同一排的座位，许沐子也同意了。他们可聊的话题不多。大多数时间，许沐子都在听男同学纠结怎么能俘获那位"特别爱笑""笑起来很像小太阳""浑身正能量"的姑娘的芳心。

男同学的纠结倒是没白费，回学校后没超过两个月时间，男同学已经开开心心地和心上人谈起了恋爱。许沐子偶尔会在校园里遇见他们，停住脚步聊上几句。到假期，他们三个也会一起订回国机票。

许沐子还是那个疑问，和男同学都能毫无芥蒂地做朋友，为什么和邓昀不能？她想，也许是因为她从来没真正了解过他。

从他们最开始相处，她就看不透他。

那年寒假，许沐子还是去医院拔掉了智齿。

她刚拔完牙的前三天，脸肿得像嘴里塞满坚果的花栗鼠。她人都那样了，还坚持戴着口罩出行，在夜里跟着邓昀去爬山。他们在山顶用天文望远镜看偷听过她心事的那枚月亮，还看到了土星的行星环。许沐子在看到月亮和土星后激动得又蹦又跳，手舞足蹈，被邓昀评价说，像从人类退化成猿类。但她才不管这些。

几个小时后，他们在山顶看到了日出，她又一次展现了人类的退化行为，以倒带般的形式重新跳了一遍她的猿类动作。

她转过身，邓昀在录像。所以许沐子说，她想过的最叛逆的事情，是用铁砂掌送邓昀下山。

那阵子他们天天背着两家长辈私联，脸消肿的第一天，许沐子跟着邓昀去了游乐园。

到游乐园才知道，里面在和几所音乐学校联合做音乐主题活动。天气很热，主道路拥挤，很多人把羽绒服脱掉抱在手里。邓昀抽走许沐子怀里的羽绒服，怂恿着把她送上了展示区的钢琴舞台。

周围都是驻足的大人和小孩子，许沐子坐在钢琴前，紧张地抿着唇。邓昀用几支棉花糖把孩子们哄得团团转，那些举着棉花糖的孩子，竟然纷纷为许沐子喊起了加油口号，把这次临时弹奏渲染得有些热血。

有个年纪稍大些的男孩跳上舞台，一本正经地清了清嗓子，说："下面有请，许沐子小姐为我们演奏——"

台下掌声热烈，而那男孩下台后，在其他孩子们羡慕的惊叹声中得到了邓昀手里花样最复杂的棉花糖。

许沐子往人群里看去，邓昀隔着几米远的距离，对她做了个"请"的手势。

她弹奏的是之前被老师骂过很多次的曲子，也是她一年来的噩梦。从这首曲子开始，她知道自己并非天才。她弹得不够好，但孩子们很捧场，都在鼓掌。

许沐子亲耳听见有个孩子和妈妈说："那边有个弹琴很棒的漂亮姐姐。"

音乐主题活动有它背后的目的，各音乐培训学校当然也在趁机打广告招生。许沐子遇见一位年轻的家长，误以为她是钢琴老师，说："孩子刚才听过您弹钢琴，还挺感兴趣的，想问问您是哪个学校的老师……"

许沐子推荐了曾经学习过的钢琴培训学校，和邓昀一起沉默地走出几百步后，她蹲在人迹罕至的小路上，突然哭了。连日来的失眠焦虑、没能竞争到音乐会表演资格的郁闷、无法成为钢琴家的失落……都融在这些突如其来的眼泪里。

许沐子哭的时候，邓昀抱着他们的羽绒服蹲在她身边，安慰性地拍她的背。等她擦干眼泪，他才递给她一支棉花糖："刚用手机查过，过了前三天，应该能吃一点儿糖。哭完心里舒服些了？"

许沐子慢吞吞地吃着棉花糖："嗯。"

"叛逆期过了吧？"

"还没有。"

"正好，明天有个挺叛逆的比赛，你得来。"

"什么比赛？"

邓昀说，刚刚在台下，有两个孩子向他发起了挑战。孩子们约邓昀在市区公园外的河边见，比赛打水漂，还是双人赛。邓昀说他自己打不过，偏要拉许沐子做队友。

据说两个孩子还犹豫过：

"她弹琴那么厉害，打水漂让她赢了怎么办？"

"你傻呀，弹琴厉害不代表打水漂也厉害啊！"

经过一番讨论，孩子们勉强同意了。

许沐子本人不同意。她惊诧地问:"我们两个,堂堂大学生,和两个小学一年级的孩子比赛打水漂?"

邓昀憋着笑:"我都答应了,成年人得说话算数吧?"

许沐子反问:"比烟更刺激的,就是和小学生打水漂?!"

显然不是。

邓昀只是意味深长地笑了笑,没回答。

那场刺激的打水漂比赛,许沐子到底还是去参赛了。最终因为不够擅长,输给小学生,许沐子和邓昀各自掏钱给孩子们买了甜筒。

这样频繁的联系、见面,持续到许沐子拔掉智齿的部位彻底康复。她康复后,邓昀反而消失了,连着三天,他都没有联系过许沐子。这令她很不习惯,时时拿起手机查看,练琴都要带着手机进琴房,把手机放在身边。

该怎么类比这种不习惯呢?初中时钢琴老师因病不再带课,换了新老师后的不习惯?经常来院子里吃猫粮的流浪猫,突然有一天不再来的不习惯?发现自己天资平平的不习惯?又好像都不够准确。

许沐子梦到过邓昀。梦到他帮她涂消炎药膏的时候,梦里要比现实更暧昧一些,他用指腹缓缓抚过她的唇,揉按着她的唇珠……

她被这个梦惊醒,第一次主动给他打电话。

半夜三更,正常人早已经睡下,可许沐子有种预感,邓昀一定还没睡。

果然,忙音不超过三声,电话被接起来。

许沐子的沟通很直白:"邓昀,你这几天怎么没有联系过我呢?"

邓昀慢悠悠地反问:"希望我联系你做什么?"

许沐子一时语塞,没能回答,却在迷茫的沉默里,下意识用手背蹭了一下唇珠。

邓昀继续问她:"我可以陪你玩,也可以带你找刺激。但你要我联系你,到底想要做什么?过来示范给我看?"

床头柜子上放着邓昀折的纸蝴蝶。他用的是她抄错的废琴谱,蝴蝶翅膀上跳动着铅笔勾画的音符。上面大概是舒曼的曲子,应该很适合安眠静心。

但——

"我找你是想……"是想做什么呢?许沐子举着手机,被邓昀慢条斯理抛出来的几个问题问得发怔。但她也是聪明的,努力压下心慌,超常发挥出这样一句回答:"是想着,哦,对了,之前你答应下次告诉我的事,都还没和我聊过。"

邓昀沉吟片刻:"要今晚聊吗?"

"嗯。"

"在电话里?"

许沐子没吭声了。

顿了几秒,邓昀才又问:"那你想怎么聊?"

许沐子把手按在胸口,像要把乱掉的心脏跳动声挡住那样,被引导着说出心里话:"那……我们还是见面聊吧。"

"现在?"

"对,就现在。"

"我过去接你。"

两家长辈都不在家,去一位叔叔家了。许沐子听家里阿姨说,长辈们这次聚会是不喝酒的会议局,要谈正经事。

她不知道长辈们到底要商量什么,只在黑暗中摸索着,轻车熟路地跑出家门,出门前还从柜子里揣走一瓶红酒。家里红酒很多,没人记得清数量。只要不动最上面那排最贵的,少几瓶爸妈是不会发现的。

邓昀在大门外等着接许沐子。外面再暖也是冬天,他只穿了件宽松的黑色棉短袖,双手插在裤子口袋里,皮肤在月光笼罩下白得过分。

邓昀看见许沐子鼓鼓囊囊的羽绒服,问:"带了什么?"

"红酒。"

"可以喝酒了?"

许沐子想了想:"我觉得可以了,医生说饮食正常就好,一点点红酒应该不碍事。"

许沐子跟着邓昀回家,依然是去了他卧室。静谧的空间里氤氲着熟悉的番茄藤味道,房间主人应该是在晚上洗过澡,有一点点潮湿气息残留在空气里。她心跳得好快,只能掩饰地掏出衣服里的那瓶红酒,问他是否有酒杯。

因为梦里的片段,这种独处总令许沐子感到心猿意马。胸腔里像飘着氢气球,忽悠忽悠的。邓昀去拿了酒杯回来,抽走了她手里的红酒瓶。就这样平平常常的举动,也吓了她一跳。

他问:"怎么了?"

她慌张地摇头,声音猛然抬高:"没有!"

邓昀用开瓶器拔掉瓶塞:"不打算醒酒了,介意吗?"

"不……不介意。"

许沐子根本品不出红酒的好坏。而且不止她品不出来,她爸妈也是一样的,品不出来。尽管他们附庸风雅地买了昂贵的酒柜,收藏了一些好年份的红酒,喝酒前也会举着酒杯摇一摇,再高谈阔论一番"这个酒味道怎么样"的话,但没人真的懂,那基本只是暴发户想装高雅的虚荣心作祟。

倒酒时,他问她要不要吃点儿什么夜宵。她小声说:"不用了。"

许沐子知道自己的语气、声音,甚至表情,都明显不太对劲。

可邓昀竟然像毫无察觉。电话里那些模棱两可的问题,真的就算回答过了吗?见面后,他也没再追问过。

邓昀只在把酒杯递给许沐子时,问她:"又失眠了?"

许沐子过年前去理发店剪过头发,现在头发长度刚过锁骨处。她向后拢了拢垂在耳朵两侧的头发,避开荒唐的梦境,说:"本来睡着了,又醒了。"

他说:"你点名要听的故事,其实挺无聊的。"

许沐子拿邓昀说过的话堵他:"成年人得说话算数吧?"

邓昀捏着高脚杯,笑着:"坐吧。"

他们背靠着沙发坐在卧室地毯上,挨得很近,偶尔抬手拿放酒杯,手臂会在无意间碰到对方。起初许沐子有些不自然,但当邓昀真正开始讲他的叛逆开端时,她放下心里的杂念,始终听得很认真。

原来他真的有过非常不开心的时候,原来他是被奶奶带大的啊……

他们同样拥有喜欢炫耀、攀比和夸张地吹牛的一对父母,同样被父母用力过猛地塑造成"别人家的孩子"形象。

许沐子也有过相同的疑问,如果她不是像他们说的那样优秀,她就不配被爸妈提起了吗?有时候她是对爸妈有怨言的,怨他们从来不会陪她练琴,也不会关心她的学习进度,他们只想要用她会成为钢琴家这件事吹牛。

许沐子可以承认,到现在为止,她仍然对爸妈有所埋怨。

也许是因为两家经历的相似之处,许沐子很能感同身受邓昀的愤怒和不满。她像感受钢琴曲那样,认真倾听着邓昀和他奶奶刚搬到他爸妈身边时的不适应,不解着他当时的不解,愤怒着他当时的愤怒。

在家里，许沐子从来没有听过关于邓昀奶奶的事情。来邓昀家里时，也没听说过哪间卧室是老人在住着的，所以她心里有些不好的猜测。

她听到他平静地说:"老太太想回老家去，我爸妈和朋友商量过后，还是在这里买了墓地，说这边风水好。"

许沐子不知道该如何评价，只能问:"邓昀，你现在原谅他们了吗?"

邓昀笑了笑:"原谅谈不上，但确实没有以前那么大意见了。"

邓昀能释怀，大概是从邓昀家搬到这栋小别墅开始的。

搬家那阵子邓昀几乎不和爸妈讲话。他很想念老太太和惜福，会失眠，也会心情低落到什么都不想做。

生意人，总怕影响运势，做事总要做全套。搬家那阵子，邓昀爸妈找人算了搬家时间、新家哪里挂画、哪里摆花……搞了很大阵仗，还在别墅入户门处放了个矮梯，进门前要用左脚先跨过去，要这样才能步步高升，放了鞭炮，也办了乔迁宴。

这些所谓的仪式，邓昀通通以学业忙为由，拒绝参加。他只是会想:要是老太太也跟着搬过来，到底是会觉得别墅宽敞奢侈，还是会依然想念她那一亩三分地的老房子? 要是惜福还在，会不会喜欢别墅的庭院?

乔迁宴那天晚上，邓昀失眠，在窗边发呆，半夜三更看见司机开车载着他爸妈回来。他短暂地往卧室暗处避了避。

窗子开着，庭院里传来几句对话，随后司机开着车离开。

隔了一会儿，邓昀才下楼去。邓昀已经忘记自己当时下楼，到底是想要取什么物品。人都快走到一楼了，突然听见一声诧异的疑问:"你怎么还不睡觉呢?"

邓昀脚步稍顿。他之前答应过老太太，要尽量体谅爸妈赚钱的不容易，无论发生什么，都不可以和他们起冲突。他在回身前已经想好了借口，转过身却发现，光线昏暗的客厅里并没有人，只有那些搬家公司送过来的还没来得及拆封的纸箱堆在空旷处。

邓昀妈妈的声音是从一楼主卧传来的，然后是邓昀爸爸哽咽的回答:"你来看这个箱子，这都是咱妈的东西。这件衣服你记得吗? 还是我们第一次去大商场给妈买的，六百多块，最后还是咬咬牙买了……"

邓昀妈妈说:"唉，买了这么多年，妈也没舍得穿几次，还像新的呢。"

邓昀爸爸忍不住了，号啕大哭:"看房子的时候妈还在! 怎么就不能再让老人家多活几年? 老天不公平啊，不公平! 这么大的房子，她都没能住过呢,佳文啊,我妈这辈子还没住过别墅呢……"

"适寻,你小声些!让孩子听见该难过了,那孩子对奶奶感情本来就深……"

随后,主卧门被关上了,那些哭声和安慰声变得朦胧。

邓昀说,从那次之后,他和他爸妈间的关系才有所缓和。许沐子能想象到邓昀站在楼梯上听到那些话的样子。他大概仰着头,沉默地站了很久。应该是哭过的,只是没有对她讲起。

这件事讲完,酒也喝得差不多了。那瓶红酒大多是邓昀喝的,许沐子都是进过医院的人了,特别知道自己几斤几两重,也就没再倒第二次酒,只喝完了自己高脚杯里那些。

她觉得自己状态还行,还试图想出几句鸡汤安慰他。结果变成了邓昀来关心她:"还好吗?"

"我看起来很不好?"

"脸有点儿红。"邓昀这样说着,把手机屏幕滑亮,点开照相机功能,切换前置摄像头,"你自己照一下?"

许沐子对邓昀照相有阴影,两只手臂都抬起来,交叉挡着脸拒绝:"你是不是又要录我?"

邓昀停住递手机的动作,像突然想起什么,翻看手机:"之前的视频,要不要发给——"

许沐子没等邓昀说完,打断他,去抢他的手机。其实她也没多大力气,尤其是刚喝过酒,没料到他完全不反抗,唯一的动作就是笑着把手机举高,然后就被她按倒在地毯上。

他倒得太过意外,她失去平衡,扑进他怀里。这一扑,许沐子慌到极点,想起身又不敢用力按到他身上,只能披头散发地用手去撑地毯。

邓昀很从容,眼里甚至还带着笑。他抬手帮许沐子把遮挡视线的长发别到耳后,指尖轻轻刮过她的耳郭,然后把手机递到她面前:"看一下,我再删。"

视频里是山顶的日出。山下的城市道路还亮着串串灯光,天幕呈现出一种柔和的暖色调渐渐变色。太阳刚冒出来三分之一,她在金黄色的光线里跳着挥手。邓昀把她拍得不像猿类,加了慢镜头,还挺有氛围感的。

十几秒的视频结束,许沐子的视线从手机屏幕上移到邓昀脸上。她和他对视着,又目光下移,看到他的唇。

那种难以描述的奇怪感觉又回来了。她不止心慌，还觉得心痒。许沐子想，她一定是喝多了，脑子也坏掉了，不然她不会觉得，"比烟更刺激的"是和邓昀在他卧室里接吻。

意识到自己在胡思乱想些什么，许沐子脑子里轰一下炸开，脸皮烫起来，视线避开邓昀的眼和唇，无处安放。

最要命的是，她根本没办法控制自己在生理上的反应：在看到他凸起的喉结时，彻底乱掉呼吸，甚至……干咽了一下。

邓昀依然仰躺在地毯上，姿态过于松弛，身上宽大的短袖被她扑得领口歪斜，他承着她一半的身体重量，脖颈皮肤隐约露出一条淡青色的血管。

视线重新落回他的唇上。如果，如果她真的……

他举着手机，慵懒地微垂着眼睑看她，偏偏在问毫不相干的问题，笑着："视频留着吗？"

许沐子更慌了，完全忽略掉邓昀语气里的可疑部分，她像掉进热油锅里的水珠，只顾着手脚并用地从他身上起来，跳开。她太慌张，才刚站起来，小腿撞上矮几棱角，疼得又皱着脸蹲下去。

邓昀跟着坐起来："磕到了？"

"嗯。"

"腿，还是脚？"

许沐子揉着腿侧，连忙说："没事，没事，也就疼一下，很快就好了，你别管了，把视频……视频发给我吧。"

邓昀应过一声。

卧室恢复寂静，她忍不住转头去看——邓昀靠在沙发上摆弄手机，拇指在手机屏幕上点几下，伸长手臂，拿起地毯上的烟盒，动作熟练地敲出一支烟，叼到嘴里……

他叼着烟，忽然抬头看过来。目光交会，许沐子心虚地把头转回来。打火机的声音迟迟没有响起，等视频传到她手机里，她发现他已经把烟放到桌上。

卧室太安静了，邓昀每个动作带来的窸窣声都能清晰地传入她耳朵里。许沐子清了清嗓子，问："上次你放的那张黑胶唱片还不错，我们再听一听吧。"

"事后烟乐队？"

"嗯。"

邓昀把黑胶放在唱片机里。Cigarettes After Sex 柔和忧郁的声音缓缓流淌在静夜里。他们也聊了几句天，内容随意，聊到过这支乐队的风格和钢琴曲，也延伸之前的话题，谈起爸妈们的虚荣。

她说："我小学时还挺厉害的，在外面报的钢琴学校也重视我，还把我的照片做成过海报呢。"

那几年但凡有亲戚间的走动，许沐子爸妈都会订荣升酒家二楼的大包间。其实家里没什么人喜欢粤菜，但那家粤菜酒家的二楼包间窗子很大，刚好能看见十字路口上印着许沐子照片的海报。

许沐子坐在沙发里，问邓昀："你看见过吗？"

邓昀坐她对面的电脑椅上，敞着腿，笑着点头："看见过，挺漂亮的。"

许沐子思维卡了一瞬，被打断的小小邪念又滋生出来，只能拿了个沙发靠垫抱着，紧紧压在胸口，尽力藏匿着自己对邓昀的觊觎。

她这样安慰自己：刚刚那种冲动只是喝多了的胡思乱想，只是酒精作祟，等清醒了就好了。

她不记得那张唱片翻到 B 面后，有没有播放完所有歌曲。酒精引起困意，眼皮渐渐撑不住。在她的忐忑、欲望、不解都未消散前，身体已经陷入睡眠模式。

隔天早晨，许沐子被手机铃声吵醒，翻身摸到手机，像见光的吸血鬼，在一束刺眼阳光里迅速转身，把头埋进被子，迷迷糊糊地接了电话："喂？"

邓昀的声音在耳边响起："该起床回家了。"

许沐子安静了好几秒，然后一个激灵从床上坐起来，黑色的被子从身上滑落。她竟然睡在邓昀的床上，而打电话给她的邓昀，其实就在卧室里。

他一条腿支在地上，仰躺在几米开外的小沙发上，半个脑袋都陷在柔软的靠垫里。手机放在耳侧，他用手背挡在眼睛上，遮住晨光。

许沐子和邓昀待过几次通宵，但都是在外面。这是她第一次睡他的床，大早晨的，心跳就开始加速。更令人心跳加速的是室内过于明亮的光线。

许沐子后知后觉地看了一眼手机上的时间，已经早晨七点多了。完了，这个时间段，她爸妈肯定已经回家了。天亮后容易遇见人，她不可能大摇大摆地回去。昨夜出来她走的正门，没有反锁卧室门，不知道会不会被发现。

红着脸的人理着头发，嘀嘀咕咕小声埋怨："你怎么不早点儿叫醒我？"

邓昀懒洋洋地把贴在耳侧的手机按灭屏幕，保持着闭眼的状态："我也刚醒。"

在许沐子慌里慌张整理着身上的薄款毛衣、想回家办法时，邓昀才告诉她，昨天夜里他爸妈没有回来，所以，很可能许沐子爸妈也没有回家。

那天其实有些反常，长辈们经常熬夜喝酒，但不会不回家。局中人无法预知未来，眼下只觉得逃过一劫。许沐子坐在床沿听完邓昀的分析，给妈妈打了电话，委婉蹩脚地兜着圈子套话，两分钟后，得知爸妈真的没回家，她倏地松了一口气。

许沐子赶在阿姨出门买菜的时间回家，收拾好自己，叼了一片吐司跑去琴房。她反反复复弹着舒曼的曲子，却始终没办法真正沉浸进柔美宁静的氛围里，最终，颓丧地趴在钢琴上。

都这么久了，酒劲怎么也该过了，为什么昨晚的冲动依然在？

脑海里反反复复响起邓昀平静讲述往事的声音；想起她扑在他身上，不得不用手臂撑在他胸口借力，他轻笑时，手臂感受到的微幅振动。

为了分心，许沐子把能做的事情都做了。她订了回学校的机票，连行李箱也被拖出来，她收了些想带走的物品。

雅思班群里不断弹出消息。同学们也在讨论要开学的事情，有约着出去逛街购物的；有吐槽学校那边饭菜难吃的；也有学校在相同国家，一起订机票结伴走的。她兴致缺缺地看了几条消息，退出群聊界面时看见男同学的头像出现，毫无所动，把群消息设置成免打扰的模式。

她过去在雅思班课堂上偷看男同学，想看的心情也没有这样强烈。那种好感很轻松，看到会开心，看不到好像也还行。真遇上生病或者钢琴比赛，不得不请假，倒也没有过"啊，不能看到他"的感慨和遗憾。

这种遗憾，她现在有。比遗憾更扰人心乱一些，像在对什么上瘾。

在许沐子心神不宁的这一整天里，邓昀还是没有联系过她。

许沐子爸妈到傍晚时间才回家，带了一位陌生的阿姨来家里。当时许沐子刚吃完晚饭，听见玄关动静，放下手机去门口打招呼。

许沐子妈妈说："这是我女儿，沐子。沐子过来和陈阿姨问好。"

许沐子乖巧道："陈阿姨好。"

那个被称为"陈阿姨"的人，笑着说："小姑娘是有什么心事吗？看着心情不太好呢。"

许沐子答："没有……"

家里阿姨也在，帮客人备好新拖鞋后笑着和客人聊天："我们沐子就是这种长相，看着挺高冷，其实很小女生性子的，弹琴弹到感人的地方都会哭呢。"

许沐子爸爸换了套衣服，又出门了。

许沐子妈妈则吩咐阿姨备一点儿茶水和点心，招呼着那位陈阿姨："小陈，走，我们去房间里聊。"

长辈们各自去忙之后，许沐子也拿着手机回到三楼琴房。

以前有过很多次，她被误会是生气或者心情不好的时候，其实她只是没有做任何表情而已。在她家里工作久了，阿姨就像是她的家人，甚至比她爸妈还要更细心些。阿姨是知道她不喜欢自己的冷感长相，怕她伤心，才会帮忙解释。但其实那位陈阿姨没说错，她今天确实有些心情不太好。

至于原因……老实地承认也没关系，她想和邓昀见面、聊天，或者更多。邓昀发给她的那段视频，她已经看过好几遍，想见面，却发现没有见面的理由。她又想起昨晚他问过的那句话：但你要我联系你，到底想要做什么？

她握着手机出神时，意外接到邓昀的电话。他问她想不想去汽车影院看电影。许沐子整个人都活跃起来："想！"

那天的电影是春节贺岁档上映的一部烂片。他们去得算早，车子停在靠前排，幕布画面很清晰，车载电台的声音也足够清晰。不过，电影的剧情逻辑不够缜密，喜剧部分又过于夸张。

也或许，不是电影的问题？许沐子很难集中注意力，她的余光总是落在邓昀身上，甚至留意到他虎口处的伤口已经愈合，只剩下不明显的疤痕。

零点档的电影，看完回家已经凌晨两点多，邓昀把车停在距离许沐子家十几米的路边。车载电台在播放二十世纪九十年代的经典老歌，许沐子解开安全带，邓昀却没开车门锁。他问："快开学了吧？"

"嗯，白天刚订过机票，下周走。你呢，是几号开学？"

"比你晚两天。"

"哦。"

许沐子犹豫了一整天，总想到邓昀那句"过来示范给我看"。真这样做，会有什么后果呢？真有什么后果，也是他教唆她示范的吧？

"邓昀，我想到一件刺激的事情。"

"什么？"

许沐子难以说出口，厌了这么多年，也不知道那天晚上她是怎么有勇气，在完全清醒的状态下，突然凑过去亲了邓昀一下。

第四章

中午十二点钟

  凌晨的街道空无一人，街道尽头悬着明月。
  长风吹过，几片窝在路肩旮旯里的枯叶碎片，不安分地随风翻滚过一段距离，又渐渐止住，贴着路肩轻轻浮动。
  路灯守着冷清的夜色，有只橘色的流浪猫鬼鬼祟祟地钻出枝干光秃的矮乔木丛。它被关车门的砰声吓得停住脚步，警惕地转过头，竖起尾巴观望。许沐子以一种百米冲刺的状态埋头跑过去，橘猫被突然出现的两脚兽吓疯了，瞬间炸毛，钻回矮乔木丛。
  许沐子现在的行为，属于亲完就跑。别墅的庭院门敞开着，她已经顾不上"是否会被爸妈发现""被发现要怎么解释这么晚她出去做了什么""和谁出去的"这些考量。她红着脸按了入户门的指纹锁，一路小跑着上二楼，回到自己卧室，心脏快要从喉咙里蹦出来了。
  许沐子甚至怀疑过，自己会不会又要经历一次呼吸性碱中毒……还管什么中不中毒，她竟然亲了邓昀。
  其实，她去亲邓昀这件事，非常不成功。他们之间隔着汽车中控区，水杯架里放了两杯喝到快要见底的饮料，是加了姜丝的热可乐和加了柠檬的冰可乐。最大容量的一次性饮品纸杯阻碍了许沐子的发挥，匆匆一下，也不知道到底亲了人家哪里。
  许沐子慌乱退开。邓昀那双眼睛依然镇定，带着一丝笑意，静静地看着她。
  他会不会觉得她疯了？

许沐子此刻蹲在床边，心慌意乱。她摸到地毯上的平板电脑，打开微博，噼里啪啦地在屏幕上敲击了不知道多少个"啊"、多少个"好丢脸"，最后把看着都吵闹的十来行文字发出去。

这个账号只有十几个粉丝，粉丝的主页她都点进去看过，要么是引导进入不良网站的钓鱼号，要么就是没有头像、ID 是一串自动生成的数字的僵尸号。没有人会在意许沐子发了什么，所以她明目张胆地当这里是树洞。

卧室没开灯，家里也没有人发现许沐子半夜慌张跑回来的事情。发完微博，她抱着平板电脑发呆，脑子里像轰隆隆过了一列火车。

她无法平静，这比她旷掉钢琴比赛去墨伽洛斯靶场打枪、夜里偷偷跑去酒吧喝酒、和小学生比赛打水漂……刺激太多了。刺激到她胸腔里那颗心脏，撞得像靶场里的实弹发射，声音震耳欲聋。

但邓昀会怎么想呢？

蹲了很久之后，当许沐子茫然地回神，发现墙上投映着的不止她蹲在地上的一团影子，窗边靠着另一道黑影。他垂着头在看手机，身形挺拔修长，鼻骨很高，下颌清晰。

许沐子猛然转头，看见靠在她卧室窗外平台上的邓昀："你怎么……"

她想，完了，人家被突然亲了很不爽，都追到家里来了。

邓昀把手机屏幕按灭，放进裤子口袋里。他抬手叩了两下玻璃窗，示意许沐子把窗子打开。许沐子强撑着她的纸老虎假象，慢吞吞地走过去，推开玻璃窗。他说："人跑了，电话也不接？"

她是看到未接来电了，可她当时整个人都要疯了，接电话又不知道和他说什么。难道要说，她从昨晚就在觊觎他吗？

许沐子很懊恼。这阵子狐假虎威的次数变多了，还以为自己真的可以像邓昀那样又野又痞又叛逆，才搞出个这种大事。

果然还是不行，心脏承受不住，她还有点儿怕邓昀生气翻脸。

兔子都不吃窝边草的，她怎么可以觊觎她唯一的同谋呢？

邓昀弓了些背，平视许沐子，又问："方便我进去吗？"

许沐子点了点头。她不吭声，挪着身子让开些，乖学生平时立正挨罚的厌劲都出来了，安静地等着邓昀迈进来后审判她。

没想到，邓昀抱臂靠在窗边，居然还轻轻笑了一声，说："许沐子，是你对我耍流氓，我都没说话呢，你紧张什么，比兔子跑得还快？"

回家这么久了，许沐子连羽绒服都还没脱。她揪着衣摆垂下的装饰带子，一副认真在反省的模样，讷讷地问："我吓着你了吗？"

"不至于。"

邓昀的反应让许沐子感到意外。不像责备，不像愤怒，倒像是很平常的开玩笑和调侃，语气和说她像猿类时差不多，很纵容。

事实上，许沐子总也猜不透自己面前这个神秘的家伙，他的每一步都不按常理出牌。但今天做出令人费解的事情的是她自己。

许沐子看了邓昀一眼，又低下头。

邓昀又在笑，笑着问她："你所想到的一件刺激的事情，就是亲我下巴？"

对……嗯？不对！许沐子骤然抬头："你说我亲的是哪里？"

邓昀抬起食指和中指，并拢着指了指他自己的下颌右侧："这儿。"

许沐子怔了片刻，竟然老老实实地回答："哦，我是第一次来着，可能没有经验……"

有车开着照明灯驶入庭院——将近凌晨三点钟，许沐子爸妈在这个时间才回家。司机先下了车，开门搀扶着喝多了的许沐子爸爸进屋，又走回庭院，把下车后坚持趴在车窗上说醉话的许沐子妈妈也扶走了。

有个女人从车上下来，礼貌地和他们道别。许沐子妈妈穿着一双尖头细跟的小皮靴，迈着七扭八歪的步伐，操着醉音高声叮嘱："老胡啊，你记得把小陈送回家。啊，听见了没，安全给人家送回去啊！"

他们就站在二楼窗边，很容易被发现。

见邓昀一直在看庭院里的人，许沐子好心地解答了一句："是位姓陈的阿姨，四十岁左右，我今天也第一次见……"

正说着，院子里的两个人突然抬头往楼上看，邓昀反应快些，推着许沐子往暗处闪身。窗边是一处墙角，他们挨得很近，在没开灯的窗边角落，借一缕月光对视。

邓昀没有顺着许沐子的话去聊那位陈姓阿姨，他问了许沐子两个问题。

"刚刚亲我，够刺激吗？"

许沐子红着脸。她想，很够啊，刺激得她心脏都快跳出来了。

"那种程度的，就算你的初吻了？"

许沐子觉得算，点了点头。

"如果那就算初吻，未免太潦草了。过来，教你真正的接吻。"

那天凌晨，邓昀确实教了。他没有用手托许沐子的下颌，而是把手探

101

进她后脑勺的头发里,扶着被发丝遮着的后颈,垂头吻住了她的唇……

和邓昀接吻的滋味,足够刻骨铭心。哪怕时隔多年再想起来,许沐子也还是清了清嗓子,掩饰心悸。

还好身边有个话痨邢彭杰,说个不停,把她这些思绪打断。

几米之外,邢彭杰手里拿着一根不知道哪里捡来的笔直树枝,非常兴高采烈地对着许沐子挥手:"许沐子,快来看,天哪,这里有好多蘑菇!"

许沐子没在山里生活过,长这么大也是第一次遇见这么多野生蘑菇,黄白色的,个个都是很大一朵,被雨水冲刷得干干净净。它们像是在排队,有规律地挨着生长。

有关于蘑菇圈的记忆苏醒,许沐子短暂地放下心里对邓昀的纠葛困惑,也跟着兴奋起来。她说:"我以前在国外听同学说,蘑菇圈是精灵的足迹。"

邢彭杰则不放过任何一个机会,马上问:"你之前说你是学音乐相关专业的,在国外学的吗?哪个学校?"

许沐子蹲在蘑菇前,正打算给蘑菇拍照,闻言抬头看了邢彭杰一眼。

邢彭杰马上意识到许沐子并不想回答这样的问题。有时候邢彭杰会觉得,许沐子是特别好说话的性子,早餐被别人抢了菠萝挞不会说什么,喝酒喝到不舒服也不会抱怨;可有时候又觉得,其实许沐子没有自己想象中那么好接近,稍微能拉近关系的问题,许沐子都不会搭话。

也是,漂亮女生哪有那么容易搭讪。

邢彭杰马上换了话题:"要不然我给夏夏打个视频吧,问问她这种是不是能吃的蘑菇,可以吃的话,我们把这些蘑菇都带回去,加个餐。"

许沐子点头:"好啊。"

他们在夏夏那里得到肯定,夏夏说这些是当地人最常吃的蘑菇,可以采回去送到山下加工。

蘑菇太多了,许沐子采蘑菇采到不亦乐乎。不止许沐子,之前一起出来的几个住客从浆果园那边过来,看见蘑菇也是兴奋到又蹦又跳、手舞足蹈,那种感觉就像是……像是她第一次爬到山顶用天文望远镜看到土星的行星环,也像她在山顶看到日出。

她又想到邓昀。许沐子拍掉手上沾到的一小截枯草叶,心里有些盘算。

带出来的两个草编篮子装不下这么多蘑菇,有人想出主意,用撑开的雨伞倒过来做容器。大家平时都不太能接触到大自然,第一次遇见这么多大自然馈赠的食材，高兴坏了，早已经把夏夏叮嘱过的午餐时间忘到九霄云外。

许沐子也一样。她蹲在落满松针的泥土上，把一朵蘑菇从松软的泥土里拔出来，闻到泥土混合着松树的味道。

把蘑菇丢进雨伞里的瞬间，她看见一只小松鼠匆忙地爬上树干。之前邢彭杰念过，说这种天气恐怕看不到松鼠。许沐子转过头，叫邢彭杰看，等邢彭杰乐颠颠跑过来，松鼠已经不见踪影。

在这些大自然的疗愈里，许沐子突然想通了一些事情。她想着，总这样不自然也不是办法，待会儿回客栈再见到邓昀，不如找他谈谈。只是不知道眼下这种情况，她该不该把收到礼服的事情告诉他？毕竟已经过去那么久了。

他们这群人被蘑菇迷住了，还是夏夏拨了两次他们的电话，告知再不回客栈可能会错过午餐，他们才依依不舍地从松林那边回来。一路上他们都在讨论，说下午如果雨也这样小，必须再去采一趟蘑菇。

许沐子也很开心，她仰着笑脸："入住指南上说了，客栈有专业的采蘑菇工具，再出来时我们可以带上。"

另一个住客说："哦，我知道那种工具，一面是小型弯刀，一面是刷子，可以把蘑菇根部的泥土都弄掉，就不用带脏兮兮的蘑菇回来了。"

雨很小，他们都没有打伞，许沐子顺着这句话去看伞里兜着的挂满泥土的蘑菇。她低头，身旁的姑娘有些紧张地说："哎呀，许沐子，你头发上有东西。"

棕色的。

那姑娘不敢帮忙，邢彭杰自告奋勇凑过来，拿掉东西后，笑着往姑娘们面前递，吓唬人："怕什么，树枝而已。"

那姑娘捂着胸口："吓死了，还以为是虫子呢。"

许沐子也跟着他们笑。一群人说说笑笑地走进客栈，没看见二楼露台上的邓昀。

夏夏看见蘑菇也很意外："没想到有这么多。"

邢彭杰神采飞扬地描述着发现蘑菇的过程和松林的蘑菇圈。

夏夏笑着说："我已经约了当地的老师傅来取，到时候让人家帮忙再分辨一下可食用性。给你们留了饭菜，快去洗洗手，换掉湿衣服，下来吃饭吧。"

只有许沐子住在二楼,她在电梯间和他们分开,回房间换下潮湿的衣服,出门撞见邓昀。

电梯在下行,路过二楼没有停留。隐约能够听见电梯里吵吵闹闹的声音,那种兴奋劲像高中午休时的食堂走廊里的学生才有的。

许沐子本来捋清了思路,遇见邓昀也主动停下脚步。但他好像喝过一点儿红酒,唇色和那晚被她扑倒在地毯上时很像。她心跳漏掉一拍,之前计划好的说辞通通不灵了,遇见他脑子就糊成一锅粥。

还是邓昀先开了口:"采到蘑菇了?"

分不清不能像朋友般正常相处的到底是邓昀还是她自己,许沐子避开视线,尽可能平静地说:"嗯,松林那边有很多。我先去吃午餐了,你吃过了吗?"

"去吧,我吃过了。"

"那……我先走了?"

刚才穿衣服穿得急,许沐子没留意长发夹在胸衣里。

邓昀又是当年那副纵容地带着她叛逆的样子,他抬手,手背扫过她耳侧,撩着她脖颈上被衣领压住的头发,帮忙理出来。发丝柔柔地滑过她的皮肤敏感处,痒得令人想战栗。头发短暂地被撩起,又随着邓昀的动作落回颈侧和肩头。

面对邓昀,许沐子总是很轻易地被带回到过去的某种情愫里。这到底是她的问题,还是邓昀的问题?许沐子看着邓昀,欲言又止。

楼梯口那边传来对话声,听声音是邢彭杰逮着谁在问:"许沐子还没下来吗?"

回答问题的是夏夏:"还没有。"

邢彭杰说:"那你现在是要去二楼吗?看见许沐子帮我和她说一声,我在餐厅等她一起吃饭……唉,还是算了,我自己去吧,看看她是不是去洗衣房拿衣服了。"

许沐子有些尴尬,回头看了邓昀一眼,然后往楼梯那边走,果然在下楼时遇见夏夏和邢彭杰。邢彭杰还保持着采蘑菇时的神怪气愉,一见到许沐子便说:"还以为你去拿衣服了,刚想过去找你呢。"

许沐子说:"我先吃饭吧,吃完再过去拿。"

邢彭杰马上又跟着往楼下走:"那也行,他们都已经开始吃了,再不下去,好菜都得空盘。夏夏,我们去吃饭吧,你继续忙吧。"

身后有乱人心志的洪水猛兽，许沐子僵着脖颈没有回头，走到到达一楼前的最后几级台阶时，她才抬手不自然地笼了笼自己的一头长发。

　　公共区域放着音乐，许沐子踩着前一首歌曲的尾音下楼，走到餐厅又听到下一首歌的前奏，都是 Cigarettes After Sex 同名专辑里的曲子，勾着引着带她回溯时过经年的心跳。

　　她这趟出来，到底是散心还是给自己添乱？

　　她心乱如麻地想，都怪邓昀，叫他去小酌局他不去，自己在房间里喝什么红酒，喝完酒唇色那么诱人，让她怎么和他好好说话？

　　许沐子甚至想起家里长辈们喝多时，那些惨不忍睹的原形毕露。该不会酒品差也遗传吧？难道她是那种喝点儿酒就总想着和别人接吻的人吗？

　　"欸，许沐子，我们坐这两个位子行不？"

　　许沐子口中应着"好的"，抬手拍了拍额头，试图封印自己的胡思乱想。

　　吃饭时，夏夏提过的那位当地老师傅冒雨来了，细细察看了许沐子他们采回来的蘑菇，说是味道很不错的蘑菇，可以加工，做汤和蘑菇炒肉，但要晚餐时才能送来。

　　邢彭杰他们几个男生围在那边和老师傅说起当地的啤酒。老师傅笑呵呵地说，这种啤酒确实是很容易醉人，他们自己喝习惯了不觉得，但外来游客总这样说，还给这种啤酒起了"一瓶倒"的代号。

　　老师傅转头，对着夏夏说："你们老板喝这种啤酒也喝醉过呢。刚才接到的电话是他打来的，他没在山上吗？"

　　夏夏不知道在想什么，愣了一下，才说："老板不在。"

　　许沐子没过去聊天，偶尔听两句，慢慢吃着饭。

　　午餐的几样菜都很合胃口，她挺喜欢黑胡椒的味道，放这种佐料的食物她总能多吃几口。但今天她才醉酒过，哪怕喝了醒酒药，出去采蘑菇耗费了一些体力，也还是食欲不振，饭量比平时少一半。

　　吃过饭，有一部分人回房间睡觉去了，说现在雨又大了，等雨势变小的时候，再约着出去采蘑菇。

　　许沐子没上楼，想试着和流浪猫们玩一会儿。邢彭杰也没走，有心事似的跟在许沐子身边，偶尔找话题和许沐子聊几句。

　　沙发这边有一排木制小书架，里面塞着各类书籍，也在书的空隙里摆了小盆的多肉植物和迷你型号的树脂摆件。那部分区域物品很多，有些看起来像老物件,挨着挤着摆在一起,很有"极繁主义"的复古式风格,看起来蛮温馨的。许沐子之前就这样想过,这里不像客栈,像是哪位爱干净、性子温和的亲戚的家。

有位住客在沙发上坐了很久,许沐子记得他们出门前那位住客就在了。已经快要到下午一点钟,那位住客倦倦地揉了两下眼睛,打了个哈欠,举起手里的书问:"夏夏,这儿的书可以带回房间里看吗?"

许沐子看过去——那是一本叫作《叫魂》的书,书名下面用小字标注着什么妖术恐慌。她没看过,也没听过,以为是类似《山海经》的上古百科类书。

夏夏说可以,但也放下手里的事情,以玩笑语气,一本正经地过来叮嘱了几句:"在您退房之前记得把书放回来。尽量不要在吃东西、喝东西时看书,这些书是我们老板家的旧物,麻烦您多留心对待。"

那人拍胸脯保证:"放心吧,我可是老爱书人士了,自己家里的书连个折角都没有,别人的书肯定更精心呵护。"

夏夏笑眯眯地说:"那就太好啦,谢谢您。"

短短半小时内,总提到客栈老板。

邢彭杰从书架上拿起一个小摆件,瞧了两眼,挺好奇地问:"这种摆件,小时候我姥姥家也有几个类似的,这如果不是故意做旧的,可挺有年头。夏夏,你们客栈的老板多大年纪了?"

许沐子吃饭时嫌头发碍事,用一根发绳随意地把头发绾起来了。她肤色白皙,耳后被蚊子叮咬过的那片过敏的红肿很明显。紫红色的,位置有些暧昧。

夏夏无意间往许沐子耳侧看,不知道想到什么了,脸突然红透了。

夏夏用手在脸边扇了几下风:"我们老板和你们年纪差不多大。"

邢彭杰咦了一声:"才二十多岁?"

夏夏仍然顶着红脸蛋:"是的。"

邢彭杰往四周环视一圈,感慨道:"那你们老板家里肯定挺有钱的吧?"

有人附和着:"估计是,这地方本来占地面积就这么大,装修又好,起始资金得不少呢。"

这种阴雨天,没人来办理入住,客栈工作变得清闲,夏夏也能得空在这边逗一逗流浪猫,和大家闲聊几句。夏夏否定了邢彭杰他们的说法。听夏夏说,客栈老板家里是做生意的,投资遇到问题后亏损了很多钱。那时候老板是国内顶尖大学的保研生,但家里欠债太多,没时间去做研究,所以专注和朋友们去创业了。

有人问:"这地方是你们老板创业的啊?那算成功了吧?"

夏夏继续摇头:"客栈不是的。我们老板是某软件的联合创始人,具体我也不太懂,听说是很牛的,还帮家里把欠债都还了。"

难得流浪猫对许沐子不排斥,还主动往她身上爬。她正抱着猫咪逗得开心,听见另一个住客这样说:"哇,难怪你们这里的评价比其他客栈的评价好,吃的用的也都挺不错的,原来是因为有雄厚的资金支撑啊,有钱人做的生意就是不一样,大手笔啊。"

夏夏欲言又止,最后只说:"不是的。"

许沐子家里经历过从高处跌到谷底、又从谷底慢慢爬回地面的动荡,她懂得生意场上世事无常的无奈。客栈老板能逆风翻盘真的不容易,一定是位有能力的人。而且,并不是所有资金雄厚的服务行业生意都能做到好口碑。多少家背后有大集团撑着的上星酒店,实际上经营得一塌糊涂,不得不以倒闭收场。

有只小猫爬到许沐子肩膀上,去抓她的头发。她动作轻柔地把小猫用手托下来,替素未谋面的客栈老板说了句话:"我想,不止是资金充裕的问题。客栈能做成这样,还是用心了。"

夏夏眼睛一亮,脸更红了:"对的,我们老板对这里真的很用心。"

许沐子察觉到夏夏脸色的反常,问:"夏夏,你是哪里不舒服吗?脸好红。"

夏夏两只手分别拍着左右脸颊,笑着摇头:"没有,我就是很容易脸红的体质。"

许沐子笑了笑:"我也容易这样。"

两个女孩子聊得投缘,那位说客栈只靠雄厚资金的住客也起身准备走了,走之前问邢彭杰:"老邢,你不回房间睡一会儿?"

邢彭杰看许沐子一眼,支支吾吾:"我……我不怎么困,你先去吧。"

前台的座机响了,夏夏跑去接电话。听电话的内容,好像是帮流浪猫约的宠物医生快要到了。

许沐子对怀里的猫说:"马上就有医生来帮你检查了。"

好不容易遇见肯亲近自己的小动物,许沐子恨不能把所有东西都给它们。绾发的发绳解开给猫咪玩,刚才在外面捡的几颗松塔,她也从口袋里掏出来，献宝似的拿来逗猫。

可能是在外面流浪的生活里，松塔这类玩意儿见得太多了，猫咪们并不买账，嗅了几下，无惊无喜地甩了甩爪子，不再看了。怕弄脏沙发，许沐子把松塔放在茶几上，没想到三花猫又来了兴致，紧紧盯着茶几方向看。

许沐子不知道邓昫是什么时候下楼的，也不知道他就坐在斜对面的单人沙发上。她发丝垂在耳边，目光也柔和，她逗猫时会下意识用更软的语气。她低着头，问猫："你喜欢吗，想要吗？"

三花猫不回答，还在盯着松塔看，眼睛都盯得瞪圆了。许沐子伸手去拿松塔，指尖刚要触碰到松塔，发现猫一直在看的并不是松塔，而是从松塔里钻出来的一条黑色软体虫子。

她还挺怕虫的，尤其是这种软软的虫，条件反射地抱紧三花猫，整个人缩着往旁边躲了一下。非常不巧的是，许沐子旁边坐着的是邢彭杰，她这一躲，撞在人家身上了。她转头说："不好意思，我忘了你在这里。"

哪怕邢彭杰是小麦色的皮肤，都能看出来他脸已经红了。

邢彭杰本来就在找机会和许沐子独处，犹豫着怎么开口，好不容易等到许沐子的注意力从流浪猫身上转移开，赶紧说："那个，许沐子，我们要不要到那边坐一坐？"

邢彭杰指的地方，是许沐子凌晨三点钟在客栈初见邓昫时的那处桌椅。

许沐子明白邢彭杰要说什么，心下叹气，又觉得早点儿说清楚也好。长这么大，尤其是经历过家庭变故之后，她自觉有所成长，可能依然是有些容易内耗的性格，但已经不再觉得和别人沟通会是什么难题了。除了……

她把猫放回沙发上，站起来，刚迈出一步，忽然看见邓昫。

"曹操"果然是不能念的。

他靠在单人沙发的靠背上，垂着眼睑在看手机，一副事不关己的沉默样子。

这人什么时候来的？属猫的吗，怎么走路都没有声音？许沐子脚步稍顿，还是没有开口，跟着邢彭杰往大堂比较偏僻的角落走。

倒是夏夏急急忙忙开口，叫了一声："许小姐！"

许沐子回头。

夏夏还是红着脸，问她："待会儿宠物医生可能会把猫带回医院去检查，你……你要不要给它们起名字？"

许沐子有些意外，但也还是应着："好，我去说几句话，马上回来。"

手机被放在沙发上，正在用客栈提供的公用充电器充电。有系统消息跳出来，屏幕短暂地亮了几秒。钢琴键照片的屏保图案，显示着现在时间是下午一点十七分。

窗外有几株香芋色的紫罗兰，花瓣被雨水打落，在窗台上铺成一幅笔触细腻随意的油画。狗尾草浓密的毛上沾满雨水，像一串串水晶珠穗。

许沐子走过这样的窗边。她忽然想起什么，从口袋里拿出纸巾，撕开封口处粘着的贴纸，一边抽出两张纸巾，一边转身。

只是想想那条蠕动的黑色虫子，都会觉得头皮发麻，直起鸡皮疙瘩，但她还是硬着头皮，打算回到沙发那边……

流浪猫在喵喵叫着，茶几上被她捡回来的松塔挪过位置，可怕的软体虫子不见了。而邓昀，他依然懒洋洋地靠在单人沙发上，正在把一团捏皱的纸巾丢进沙发旁的垃圾桶。

许沐子和邓昀短暂对视。她把纸巾叠着塞回包装袋里，继续跟着邢彭杰走到几盆茂密的鸭掌木后面。

窄窄的餐桌上不知道是谁放了半杯饮料，许沐子把一次性纸杯挪开，坐下来。邢彭杰是个性子直爽的大学生，犹豫着，也才兜出去不到半个圈子就把话题拉回来。邢彭杰表示，如果许沐子目前没有稳定交往的男朋友，自己想要添加她的联系方式。

许沐子告诉邢彭杰，自己的确没有稳定交往的男朋友，且这次会到山里来散心，也是为了避开家里人对她感情生活的过分关心。

"不过，我也并没有想要和你以好感对象的身份有联系，抱歉。"

邢彭杰像已经料到答案，挠了挠后脑勺："其实我也明白，我们才认识几个小时，都还不熟呢，但我……"

邢彭杰并不扭捏，挺大方地说，他爸妈都是摄影师，拍风景的那种，在国外工作时认识的，是一见钟情，认识不到三个月就订婚了。

"他们的婚恋观，算是对我有那么点儿影响吧。我总觉得自己也能遇见一见钟情的对象。既然你没什么感觉，我们就当普通朋友相处吧，不过，你心里是不是已经有什么人了？"

因为对面坐着的不是邓昀，许沐子把椅子挪得很远，避免了桌下狭窄空间里有可能发生的肢体接触。她垂头想了一会儿，对旁人反而更能坦诚地说清楚:"之前是没有的,现在的确有个人,令我琢磨不透、时时在意。"

话都说开了,两个人都很轻松,沉默着去看窗外的雨。远处的山峦朦朦胧胧地隐在雨雾里,凌晨三点钟刚绽放的蛇麻花在雨中摇摇欲坠。

邢彭杰收到一条信息,是之前为了转账方便建的临时群的消息。有人发了一张雨中潦草的熊猫的表情包,问:这雨到底要下到什么时候?

表情包很幽默,邢彭杰把手机屏幕转过来给许沐子看。

许沐子一愣,然后笑出声。他们这边气氛轻松,谈笑风生。

隐约听见夏夏在叫人:"許小姐,我要去接宠物医生,手机——"

她说到一半,噤声了。

许沐子猜想,大概是夏夏要去接人,担心她的手机放在沙发上不够安全吧?她收起笑声,正准备站起来去拿手机,邓昀已经拿着她的手机过来了。邓昀拨开鸭掌木的叶片走过来,抬手按了一下她的肩膀。力道不大,只是无声地示意她不用起身。他把手机放在她面前的桌子上,没作停留,又离开了。

邢彭杰旁观着许沐子和邓昀无声的互动,总觉得这两个人有一些不为人知的关系,气场挺耐人寻味的。虽然,邢彭杰没见过他们之间有什么对话。

等邓昀走远了,邢彭杰才一分钟八百个假动作地掩饰着自己的八卦之心,旁指曲谕,往鸭掌木花盆那边撇嘴:"那个……你……刚才那兄弟,你以前是不是认识啊?"

许沐子问:"为什么这样问?"

邢彭杰答:"像刚才那种情况,要是我帮你递手机,你肯定会说'谢谢'吧?之前在楼上小酌,我感觉你和我说过十几遍。

"刚才你那颗松塔里钻出来的虫子也是他丢的吧,我看你也没说过'谢谢'……

"就感觉,你们俩挺熟的?"

许沐子微怔。仔细想想,好像她和邓昀从来没有特意说过"谢谢""不好意思""抱歉"这类客套话,连分开时,也没有认真说过"再见"。

至于他们熟不熟……接过吻,不止一次,算熟吗?

或者说,被邓昀教过接吻,算熟吗?

那天晚上,在许沐子没有开灯的卧室里,邓昀扶着她的后脑勺,轻柔地吻着她的唇。

窗子没关。家里司机重新发动车子，掉头，汽车驶出庭院的声音；许沐子爸妈对着汽车尾灯，扬着醉酒的调子，喊着拜托说辞的声音；夜风吹动窗边风铃的声音；入户门被猛然关上的声音……声声入耳，却又像一缕青烟，融在脑袋的一片空白里。

吻比她梦里更色气些。梦里的邓昀只是用指腹揉按过她的唇珠，在真正接吻时，他是在轻轻吮吸着的。

许沐子心跳加速，抑制不住地颤抖，抖得像要地震。

邓昀都笑了一声，把她揽进怀里，安抚地拍了拍她的背："刚刚偷亲我的时候，胆子不是挺大的吗，害怕了？"

纸老虎不肯承认，使劲摇头。

邓昀垂着头看许沐子很久，目光温柔地落在她唇上，问她要不要试着张开嘴。

试过了。其实邓昀动作一直非常温柔，但就是这种温柔才引人心悸。许沐子有种说不出来的感觉，也许还是紧张，整个人抖到不行，像被积雪压到极限的树枝，呼吸都在颤。当邓昀退开时，许沐子已经喘得连话都说不清楚了。

她给自己的丢脸找了个理由，颤着声音解释，说初吻没有经验应该很正常。还试图把自己的丢人表现甩锅给邓昀，说肯定是他吻技有点儿一般，所以她才会抖成这样。

邓昀这个人，他笑的时候也依然令人看不懂他眼里的情绪。被甩锅、被说吻技一般，他也没什么脾气，用她刚才找借口的话堵她："初吻，没有经验应该也很正常吧？"

刚接过吻，许沐子总觉得有微小电流在身体里漫无目的地乱窜，反应也慢，过了好一会儿才明白邓昀在说什么。这是邓昀的初吻？骗人的吧？

许沐子想反驳邓昀，想说绝对不可能，但她看到他撑在她身后柜格上的手。手臂肌肉绷得很紧，手背青筋明显。

"邓昀，你现在也紧张吗？"

"嗯。"

接吻这件事，果然是很刺激的。那个夜晚，许沐子辗转反侧，睡裙裙摆被她翻腾得皱巴巴，她仍然无法入睡。闭上眼睛，总能听到邓昀和她一样乱的呼吸声，也能闻到他身上清新的沐浴露味道。

当时许沐子还以为，这会是她人生里最叛逆、最刺激的事情。

仅仅隔了三四天,在她回学校的前夕,这个纪录就被打破了。

在邓昀的卧室里,他们有了第二次激吻。

那阵子长辈们有些反常,应酬或者是聚会总要到很晚才回家。倒是给了许沐子在夜晚出入自由的方便,只要在阿姨下班后的时间再出去,就可以安心地走正门。

开学前,许沐子答应了以前的钢琴老师,要帮忙去做两场招生演出。

在钢琴天赋问题上,她对自己并不满意,但她在读的那所音乐学院十分有名气,依然是对孩子有音乐期待的家长们心目中的理想殿堂。

出发前一晚,许沐子坐在邓昀床边,把印着自己照片的铜版纸折页递给邓昀看:"学校在郊区租了场地,挺漂亮的洋房酒店,连着两天有两场演出。后天下午,第二场演出结束,老师们会直接送我去机场。"

邓昀翻看着:"紧张吗?"

"其实我还挺紧张的,不过,我最近想通了些。"

月亮又在窗外偷听。许沐子告诉邓昀,像她这种古典乐器专业,根本就没有大器晚成这类说法。够不够资格成为享誉全球的大家,早在十几岁就能窥见端倪。可能是她从小被捧得太高了,对自己认知不是特别准确,突然知道真相,有些接受困难。她的天赋不足够支撑她成为她爸妈以为的那类天才,但她还是有权利喜欢弹钢琴。

"小时候,我在商场看见别人弹钢琴看入迷这件事,你肯定也听说过吧?我妈妈逢人就要讲起的。"

邓昀笑着:"略有耳闻。"

之前许沐子爸妈带她去看病,医生说是心理压力大。她爸妈很不解,钢琴是她自己选的,他们也都无条件支持了,她有什么压力?路是她自己选的,但是:"我应该也有一点点权利感到累、疲惫、迷茫或者失望吧?"

邓昀给许沐子的答案是:"非常有。"

摊开在地毯上的宣传折页,打开在某一面。照片里不是许沐子,是另一位被邀请来的学姐,在国内顶尖的音乐学院读研究生。学姐的展示照上是红色露背礼服。许沐子问:"这种礼服挺好看的,是吧?"

"是指颜色还是什么?"

"不是,就是露背这种款式,我穿不了。"许沐子翻到自己那页,"你看,我的演出礼服都是这种的,不能露背。"

"为什么?"

"我背上有一块烫伤的疤痕。"

"有疤痕为什么不能穿露背礼服?"

"因为丑呀。"

许沐子爸妈的生意一直很忙,在她小时候,他们也请了阿姨照顾她。那位阿姨有些粗心,总是趁她爸妈不在家时躺在沙发上和别人打电话,不太管她。某个盛夏的下午,许沐子感到口渴,去厨房找水喝时,踮着脚尖碰倒了橱柜上的保温瓶。开水顺着她的肩膀淌下去,在背上留下了巴掌大的疤痕。

卧室里没放音乐,很静,许沐子在给邓昀讲过这件事之后,问他:"你想看看我的疤吗?"

许沐子把高领毛衣脱掉,只穿着内衣坐在邓昀床上。她背对着他,感受到他的抚摸,身体战栗:"看到了吧,这样是没办法穿露背礼服的,对吧?"

话音未落,邓昀的吻落在许沐子的疤痕上。他说:"放心穿,非常美,如果有人反驳,是他们没眼光,不懂欣赏。"

卧室门是敞开的,能清晰地听到邓昀爸妈回家的声音,甚至,连许沐子爸妈也一起来了邓昀家。

长辈们在楼下聊天、大笑。而邓昀在楼上帮许沐子穿好毛衣,在她好不容易把脑袋从紧紧的毛衣领里探出来的瞬间,他偏头和她接吻。

毛衣堆叠在胸口,邓昀的手臂紧紧揽着许沐子的腰。她在第二次接吻时,还是会发抖,但已经学会了搂着他的脖颈,也学会了张嘴。他们背着两家又在互呛着的长辈们,下颌贴在一起,气息凌乱地纠缠着……

所以,许沐子和邓昀熟不熟这个问题,许沐子给邢彭杰的答案是:"不熟,但他吻技不错。"

邢彭杰眼睛猛然睁大,像第一次认识许沐子,随后又换成了满脸"我就说嘛"的表情,用专门聊八卦的口吻,想让许沐子再详细讲一讲。许沐子笑着摇头,拿起手机:"以后吧,我要在夏夏回来之前,先去找他谈谈。"

这个"他"说的是谁,不言而喻。

邓昀没在一楼的公共区域,神出鬼没,叫人摸不透踪迹。

许沐子上楼敲过门,也没找到人。

雨天的潮湿里,手上受过伤的关节隐隐作痛。许沐子回到自己的房间,拿出药油倒在不舒服的位置上,熟练地揉了几十下,又在房间里转了好几圈，最后才在浴室里找到她摘掉的金属戒指。

她凌晨入住时，夏夏还夸过她的戒指造型别致。其实这枚类似弹簧造型的金属戒指，是手指部位的按摩器。还是以前邓昀的朋友推荐的，物美价廉，购物软件上十块钱能买到五个，后来她大学同学也都买了。没事时在手指上来回滚一滚，可以缓解手指劳损或者关节炎引起的不适，适合他们这些每天练琴的人。

许沐子戴着手部按摩器出门，边按摩着边往楼上走。想来想去，还是决定要和邓昀说一下自己收到礼服的事情。本来觉得事情过去太久，贸然提起来两个人都会有些尴尬。也许他们都有这类顾虑，所以没有聊过任何叙旧的话题。只是这个"旧"，哪怕她刻意不去聊、不去提起，存在感也还是很强。强到许沐子忽视掉间隔的时间，生出一些勇气和冲动。

放映室里隐约有动静，她抬手敲了几下门，推开一道小缝隙，探头进去，和五六个同步转头直勾勾看着她的住客面面相觑……

光线呈现出诡异的蓝绿色调，幕布画面里暴雨天气的闪电和她身后窗外的天气倒是挺相衬的。

有位住客是中午采蘑菇小队的同伴，看见许沐子，从电影剧情里缓了两秒，兴奋地问："外面雨停了？是不是又要去采蘑菇了？"

许沐子把门敞开，指了指外面的大雨："没停，下得正大呢。"

那人觉得挺可惜，但马上邀请许沐子，问她要不要一起看电影。

许沐子又看了一眼幕布，主演正惊慌地跑过电闪雷鸣中的长廊，一扇扇巨大窗户前飞扬着幽灵般轻飘飘的白色窗帘，背景音乐也很压抑……

这一看就是恐怖片，难怪她推开门时，他们安静得奇怪。童年阴影又来了，许沐子赶紧摇头拒绝，说自己要去找人，又把放映室的门关上了。

邓昀不在楼下，不在房间，也不在放映室。

走到游戏室门口，许沐子也探头看过，只有一对没怎么接触过的中年夫妇在里面对打足球机，友善地问："你要玩吗？"

许沐子摇头。她初次接触这类娱乐设施，是和邓昀一起。

大概是那年寒假去爬山之前，那时候她口腔里拔掉智齿的部位还没有消肿，跟着他去了某家经营无酒精鸡尾酒的清吧，用吸管喝水果味冷饮。

清吧是复杂工业风，桌子与桌子间距离很近，在冬夜里显得格外温馨。

他们看了一场清吧驻唱乐队的表演，还意外地遇见了邓昀的朋友。

邓昀的朋友拉开空椅子坐下，调侃着："你不是说用脑过度，要早睡早起养养大脑吗,怎么大半夜的跑出来了?"

许沐子当时的内心想法是:这个人,怎么连朋友都诓?他明明是只叛逆的夜猫子啊。这段时间什么时候见他早睡过?

夜猫子往许沐子这边偏了偏头,竟然说:"陪她出来找刺激。"

许沐子脑袋上冒出一万个问号。难道他们不是一起行动的同谋吗,只有她自己失眠?只有她自己想找刺激?喊!今晚的记仇本上,必须得有邓昀的大名,还要黑体加粗。

邓昀的朋友笑起来:"好久不见哪,妹妹。妹妹还是那么酷,不记得我了?我们在墨伽洛斯可是坐过同一辆车的。"

许沐子顶着她的一万个问号,转过头。然后,邓昀的朋友愣了片刻,忽然笑起来:"妹妹怎么每次都肿着脸,又去玩实弹射击了?"

许沐子面无表情:"没有,拔智齿了。"

记仇本上再添一员大将,要黑体加粗,还要加下划线。再转头,她看见邓昀眼里闪过的笑意,决定给这家伙的名字下面也加一条下划线。

从清吧出来,许沐子跟着邓昀和他朋友去了附近的游戏室。多亏她多年苦练钢琴,手速和反应都特别快,当晚就把这两个人的"仇"报了。

玩足球机、桌面冰球、打地鼠,邓昀的朋友就没赢过。邓昀倒是赢过她几次,也是险胜。最终清算总成绩时,还是许沐子赢了。

但她本就是练过将近八小时琴才出来的,玩游戏玩得太投入,觉得手很疲惫,无意识地用揉着手腕和手指。

许沐子自己没太在意,是邓昀在他朋友和他勾肩搭背时,用肩膀撞了对方一下,问:"不是医学世家吗,她这种情况,有什么办法缓解?"

邓昀的朋友看起来有些无语:"我学软件的。不过,妹妹要是方便留个联系方式,我问到可以发她。"

许沐子看了看邓昀,发现他们没在开玩笑,是认真在讨论这件事,于是报了自己的手机号。邓昀的朋友认真存了号码,说:"反正天也亮了,走,去吃咱们高中门口那家生煎包吧?我请客。"

邓昀站在许沐子身旁,帮她取下衣架上挂着的羽绒服和围巾:"别馋她,她这几天只能吃流食。"

邓昀的朋友说:"看我这记性,我忘了,那这顿饭我先欠着,有机会再请你们。"

这个机会,许沐子也没等来。邓昀的朋友倒是发过一些养护手部的方式给她，包括这个手部按摩器，也是那位朋友推荐的。可是后来，许沐子和邓昀都没联系了，哪还能再找人家朋友兑现那顿饭呢？

许沐子慢慢往楼下走着，越是没找到邓昀在哪里，脑子里越是冒出过往回忆。断开联系前，反而是他们两个联系得最频繁的时间段——那阵子许沐子开学回学校，偶尔会掐着时差给邓昀拨电话，总是在国内夜里，被她称为夜猫子的人也总能接到。

许沐子记得，有一次她和同学发生了一些小摩擦。其实也不是什么大不了的事情。许沐子在和同学聊天时，分享过一段自己比较喜欢的变奏曲。有位同学为人比较犀利刻薄，说："Shirley，我喜欢你分享的曲子，但你的音乐表达，嗯……并没有弹出你说的那种朦胧美感。"

"这不就是在说我弹得一般嘛。"许沐子在电话里和邓昀这样吐槽，并放话，"我是真的很生气来着。"

邓昀在电话里笑："没当场反驳？"

"想反驳啊。可是呢，仔细想想，我真的没她弹得好。啊，越想越气，气死啦！要是你在就好了，我先练十小时琴，然后就可以去找你。"

"想找我做什么？"

"当然是……"许沐子想说"当然是去做点儿刺激的事情"，但在国内的最后一次见面，最刺激的是和邓昀接吻，话说出来恐怕有歧义，她又憋回去了。

邓昀应该是听懂了她的意思，没有刨根问底地继续追究，而是说："我不在，你想做什么？"

没什么想做的。许沐子走在去学校的路上，不知道为什么，无师自通了一些小心机。她说："想做的可多了，听说这边不远的地方夜里有飙车党，搞不好哪天我就跑去飙车了。"

"安分点儿，你没驾照。"

在这通电话的一星期之后，许沐子在琴房里接到了邓昀的电话。他报了个很耳熟的路口名字，问她，到这个路口之后，要怎么走才能找到她的琴房。

被她带在身边的纸蝴蝶好像活了，钻进她胸腔里扑扇着翅膀，又胀又痒。从琴房到邓昀所在的路口，将近三公里路程，许沐子几乎是一路跑过去的。

附近有家烘焙店,空气里飘散着麦香和奶香,有很多携带着乐器的校友在路口来来往往,许沐子一眼就看见街上的邓昀。

他穿了件长款风衣外套,举着手机正在和别人通话。

许沐子整天久坐,缺乏运动,跑得快要虚脱,张开双臂扑进邓昀怀里。邓昀眼里带着笑意,单手稳稳抱住她,举着手机对电话里的人说:"晚点儿再联系。"

"你怎么来了?!"

"来看看你有没有飙车被逮进局子。"

"我瞎说的,哪有空啊?练琴快要忙死啦。"

许沐子掰着手指数着,说自己这个星期还要参加独奏表演,5月份和6月份都有比赛。不过,6月初比赛结束,她就能回国待一段时间。

那天天气很好,许沐子数完这些,问邓昀到底来做什么。

她知道他和朋友们在研究什么项目,偶尔也会去其他国家,就像在墨伽洛斯的偶遇。她以为他这次也是恰巧到了附近的城市,才会顺路过来。

邓昀说:"来看你。"

最近机票涨价涨得不像话,许沐子狐疑:"真的假的?"

"真的。"

"你不会是把我说飙车的事情当真了吧?"

"有点儿吧。"

把人骗到千里迢迢折腾这一趟,许沐子有些过意不去,但邓昀真的来了。她一下子兴奋起来,又听见邓昀说,他只待到晚上,坐最晚的航班回国。

"那我请你吃饭吧,市区有家餐馆很好吃的。"

"不是说很忙,要练琴?"

"先吃午饭,然后……你陪我练琴啊!"

那天许沐子话出奇地多,像喝了酒,一路上都在和邓昀聊天。她说:"你想看樱花吗?我听老师说,公园里有一棵很漂亮的老樱花树,花开得正盛。你要是感兴趣,我可以带你去看看,比较顺路,半小时的时间还是有的。"

他们去吃了许沐子说的餐馆,结账时变成邓昀请客,去看了盛放期的老樱花树,也在春季舒适的天气里慢悠悠地走在街上,听邓昀讲上个周末他回家,许沐子爸妈和他爸妈喝了酒又开始攀比、掐架,吵得他在三楼露台都听到了。

逛完公园,他们回到许沐子经常练琴的琴房里,邓昀陪着许沐子练了几个小时钢琴。到晚上,许沐子达到练琴时长,终于揉着手指从钢琴前站起来。

她问他拿着手机在做什么,他说在和朋友沟通创业的事情。

邓昀很少聊到自己的事情,那次也只是随口提了一下,他说老太太生前总说他爸妈赚钱难,他就总想试试。试试赚钱这事究竟有多难,也试试不吹牛去搭建那些虚假的家庭背景、不搞整天喝来喝去的应酬,到底能不能赚到钱。

"那你不读研了吗?"

"读,边读边做。"

时间差不多,邓昀该走了,星期一他还有几节重要的专业课要上。

许沐子头发比过年时长了一些,她练琴时嫌碍事,很随意地用碎花丝巾发绳束起来,弹琴时太投入,动作幅度大,头发散乱开,不少头发都碎碎地落在耳侧和脖颈上。许沐子仰起头晃了一下,免得碎发遮在脸侧,这是她双手忙着练琴时的习惯性动作。她拿起外套,说:"那我去机场送你吧。"

邓昀没有同意。机场太远,时间又太晚,他担心她自己回来会不安全。

走前,邓昀说:"看起来你状态还可以。"

她答:"你不是教过我嘛,要学会屏蔽外界的嘈杂,享受当下。"

许沐子说完,总觉得哪里不对劲,好像她这样讲,邓昀就不会再来了。她和他本来就是叛逆者同谋,如果她不需要叛逆了,还能再联系吗?

她眼睛心虚地瞥到别处,她临时改口:"但,要是有怎么都屏蔽不掉的嘈杂呢?要是想找点儿刺激,你又不在,我怎么办,去飙车吗?"

邓昀抬手,叩了一下许沐子的额头,还挺疼的。许沐子捂着额头,惊慌不定地去看邓昀,不确定他是否已经看透她的小聪明。

许沐子这个专业设在学院的老校区,琴房里设施很老旧,有种中世纪的感觉。很多同学反映过,说灯盏光线不足,晚上练琴实在太累眼睛。

邓昀就站在这样昏昏的灯光里,伸手慢条斯理地拨开许沐子颈侧的碎发。他垂头吻着她的耳侧,辗转吻到耳后的颈部。

"这样,够刺激了吗?"

琴房没开窗,空气里弥漫着淡淡的木头味道。

许沐子想过要回答邓昀的问题,却又在开口时感受到落在颈侧的温热鼻息,她受不住地打战,在感受着吮吻的同时,喉间呵出喘息声。

这大概也算是一种回答吧。

邓昀停下来,垂眼看着许沐子,在她喘得最急的时候继续和她接吻。这个吻很漫长,强势地清空了她脑袋里的所有想法和逻辑。无论"去做飙车族"这件事是否出于真心,都消散得无影无踪。

在送邓昀到校门口后,许沐子折返琴房,试图用勃拉姆斯击退自己的魂不守舍。她在完成一曲肌肉记忆般的糟糕弹奏后,大脑终于开始重新思考音符时值、处理连奏和断奏,她却收到邓昀发来的信息——

下次接吻别哼唧。

别勾我。

许沐子把额头抵在钢琴上,re、mi、fa、sol 发出抗议的共鸣。

她想,到底是谁在勾谁啊?

也许是因为逐渐适应了不是天才这件事,也许是因为有同谋的陪伴,在寒假经历过一系列叛逆刺激的行动后,她紧绷的神经得到了放松。

许沐子依然是容易想东想西的内向性格,但那个学期,她的心态明显开始好转,已经可以把某些负能量和紧张拿出来自嘲。

在忙碌着准备独奏和比赛的时间里,许沐子和邓昀偶尔联系,大多数联系是在周末。他们有过关于许沐子生日的对话。

聊到这个话题的起因,是许沐子在 6 月份的比赛时间。她在通话时提起,说:"好巧,比赛时间在 6 月 8 日,和我的生日是同一天。"

邓昀问:"生日是 6 月 8 日?"

"对呀,你知道罗伯特·舒曼吗?是德国的一位音乐家,不知道你记不记得,我学校琴房墙上挂着舒曼的画像。我和舒曼是同天生日,都是 6 月 8 日。"

邓昀那边迟迟没有回音。

许沐子正走在去琴房的路上,还以为是信号不好或者路上嘈杂,对着手机叫过两次他的名字:"邓昀,邓昀?你还能听见我说话吗?"

"能,一直听着呢。"

"那你为什么没说话呢?我以为你是听不到。"

"刚刚走神了,我在想,要送份什么样的生日礼物给你。"

那天邓昀在家里。许沐子隐约察觉到，他这学期回家的次数比过去频繁很多。他并没说过具体原因，她也没有发散地多想过。

邓昀拿着手机走到他家一楼半的转角处，坐在楼梯上，给许沐子听客厅里爸妈们的大嗓门。

许沐子妈妈在教育邓昀爸爸："我和你说，你就是杞人忧天知道吗，投资哪有没风险的？"

许沐子爸爸附和："就是，有风险，但也不至于那么倒霉，风险就落到我们头上！"

邓昀爸爸据理力争："居安思危，居安思危你们懂不懂？"

邓昀妈妈当然是帮自家老公说话："没错，我觉得适寻说得对。"

邓昀这人特别坏，偷听长辈们喝多了的糗态，还要笑着问许沐子："听见没，他们又吵起来了。"

开学将近两个月，许沐子在异国他乡的清晨里，带着比上学期更重的思乡之情，去望窗外那枚轮廓暗淡的月亮。她轻松地笑着："听见啦。"

和邓昀的联系，依然是瞒着长辈的。

某个早晨，许沐子在琴房练琴，接到爸妈打来的电话。隔着时差，国内已经是夜晚。爸妈在聚会里喝醉了，肯定说起过许沐子前几日独奏会上的录像视频，问她方不方便给大家弹首曲子听。

许沐子答："手机听筒收音不好，很影响效果的。"

许沐子爸妈说："你就当成正常练琴，我们随便听一听就可以了。"

说是这样说，但许沐子太了解她爸妈的虚荣心理，选了一首非音乐相关行业的人也耳熟能详的曲子来弹。

她弹起曲子后，手机里果然传来其他长辈的附和声。长辈们在现实里听到了，所以比看她其他弹奏的视频时更加兴奋。

"这首曲子可厉害啊，八音盒里面都是这个曲子呢。"

"你家沐子真是出息啦，弹得真好，太好听了！"

手机开了扬声器，被放在椅子上。

弹完琴，许沐子听见爸妈在给朋友讲关于她的事情，反复说起她刚参加过的独奏会，也说起她后面的比赛。

在很多过誉、夸张的赞扬声里，许沐子收到邓昀发来的信息。邓昀这样说——*打算换个学校读研，给点儿意见？*

和这句话一起发过来的，是一条学校官网的介绍链接。其实不需要点开链接许沐子也知道,那是一所名校,哪怕是她爸妈那种和知性、书香完全不沾边的长辈们,也一定听说过,就像他们听过《致爱丽丝》。最重要的是,邓昀在考虑的这所名校,离她的学校很近,开车不到一小时。

许沐子的妈妈还没挂断电话,手机里还在不断传来"沐子经常早晨五点多就去练琴了"这类骄傲的炫耀声。也能分辨出其中某个声音,是邓昀妈妈的。长辈们不知道他们之间暗暗的私联,还在较着劲攀比。

邓昀妈妈说:"是的,是的,孩子们都不容易。邓昀平时也是五点多钟起床了,过年时还听他说过,想要申请本校的保研名额呢。"

许沐子握着手里聒噪的手机,在家长们你来我往的交锋中,怀揣着私心,脸皮发烫地给邓昀回了信息:**这所学校很好,百分之百支持你来读研。**

关于邓昀的旧事,关于那段时间的频繁联系,其实这两年许沐子忙于生活和学习,并没有经常想起。

家庭变故来得太突然,很多事情,无力到极致反而更容易放下执念。

许沐子没想过自己还能有和邓昀这样接触的机会。现在这个机会出现了。许沐子后知后觉地发现,十个小时前,最初在客栈里遇见邓昀太过突然,她并没有真正反应过来"机会"这件事。

时隔两年多的时间,几百个日日夜夜,其间发生过太多事情。她除了练琴,还要赚自己的学费和生活费,只能咬紧牙关往前走,不敢有所停留、回眸。

麻木得太久,许沐子差点儿忘记了,只要开始去回忆她最低谷的那段时间,怎么也无法越过邓昀这个人的存在。她还以为,又是"轻舟已过万重山"。但其实到客栈后的这十个小时里,脑子里总在闪现关于邓昀的过往。这些过往的溯洄,隔着时间,又把许沐子和邓昀联系在一起。

她甚至生出一些冲动和勇气。凌晨五点多那会儿,许沐子曾拍着脑门在心里告诫过自己。彼时,她认为自己没有立场去询问邓昀家现在的状态、邓昀的学业问题。但现在,许沐子改变主意了。

从开始相处,一直到断了联系,有很多问题许沐子都没找到机会问邓昀。比如,他考研的专业、他高中时期装乖戴过的黑框眼镜有没有度数、他和朋友一起打算创的业是关于哪些方面的、他的身高到底是他妈妈口中的"189"还是她妈妈口中的"186"……

他们不够熟吧。

但许沐子毕竟对他们的相处有过一些期待和云霓之望。这些旧事,再不提就没机会了。

许沐子从客栈楼上跑下来,没见到邓昀,先看到了夏夏。

夏夏站在门口收雨伞,和夏夏站在一起的是一位四十岁左右的戴眼镜的中年男人,大概是宠物医生。

夏夏把滴着水的雨伞放进门边伞桶里,推开门:"方医生,您请进……"

许沐子怀着满腔说不清道不明的激动情绪,视线越过他们,往一楼所有公共空间里张望,最终在门外看见了邓昀。

邓昀是和其他人在一起的。也不算是特别陌生的面孔,吃早餐时,他不是就在室外烟雨蒙蒙的浪漫环境里,和这位穿西服外套的长发美女聊天吗?还聊得很开心来着。现在又在聊了。

他们叫他去小酌、出去逛,他都没参与过,一副懒得折腾的样子,和美女聊天倒是很有精神。

那种烦躁感又回来了,许沐子开始有些明白,自己去小酌前为什么会不爽。这种不爽,不止是因为邓昀"帮忙"解围吃掉菠萝挞这件事,让她感觉自己没能够展现出两年多来的成长和进步,也是因为那位美女的出现——她看起来和邓昀很熟。

邓昀身边有新异性存在,就会提醒许沐子,他们之间有再多的旧事,都是曾经。现在的许沐子和现在的邓昀之间,隔着两年多的时间,物是人非。她犹豫了半天的旧事,可能根本就没有必要去重提。

许沐子脸色大概不好看,她皱眉,嘀咕:"还好意思说自己是一个人来的,怎么,难道她也是客栈的住客吗?"

夏夏没听清,但也闻声回过头,看清许沐子的表情后有些担心:"许小姐,你是哪里不舒服吗?"

"没有……"许沐子深深吸着气,压下心里的杂念,走到沙发那边去摸流浪猫。

只过了这么一会儿工夫,她去找邓昀谈的冲动被现实浇灭了,连流浪猫也不乐意和她玩了,纷纷躲着。

许沐子郁闷极了,夏夏却在旁边说:"您给它们起名字吧。"

余光里,两个瘦高的人影站在屋檐下,聊得正开心。西服美女可能要走了,邓昀从伞桶里拿了一把雨伞递给人家。许沐子闷闷地想:起什么名字,正好三只猫,干脆叫"白白""眼眼""狼狼"算了,或者"狼狼""心心""狗肺"也不错。

流浪猫们还很无辜,往方医生手上蹭着额头。

门外那位两年多不见的"陌生"的邓先生,就更离谱了。西服美女都撑着伞离开了,他还在望着远方出神。

可是不满的话,她总不能去说给夏夏听,牵连夏夏。许沐子勉强扯出笑容,说出口的是:"名字还没想好,我……再想想吧。"

邢彭杰从被鸭掌木遮挡着的桌椅那边过来,抱怨着屋里有蚊子,说被咬了好几个蚊子包,找夏夏借专治蚊虫叮咬的青草膏:"这山里蚊子也太毒了,我胳膊都肿了,欸?许沐子?"

许沐子抱着抱枕趴在邓昀坐过的沙发上,之前说"他吻技不错"时的酷女孩形象不见了,有种小女生吃醋般的郁郁寡欢。

她转变之快,搞得邢彭杰还愣了一下。八卦之心复燃,邢彭杰凑过来小声问:"你不是要找那兄弟谈谈吗,没去?还是谈得不好?"

许沐子把手机屏幕按亮又按灭,按灭又按亮,如此反复着,赌气说:"没的谈了。"

流浪猫的名字不着急起,方医生冒雨把三只小家伙带走了。

前台有座机的电话铃声响起,夏夏没能去送方医生,举起话筒前还在叮嘱:"雨天台阶很滑,方医生您慢走。"

接过两分钟的咨询电话后,夏夏茫然地站在前台工作区域里,先看看不远处凑在一起聊天的邢彭杰和许沐子,再看看门外的邓昀。来回看过几遍之后,夏夏更加茫然地愣在原地发起呆来。

邢彭杰手臂上好几个红肿着的蚊子包,刚涂过夏夏拿给他的青草膏,皮肤泛起一层油光。蚊子包再不舒服,哪能比八卦更吸引人哪?邢彭杰偷偷瞄了一眼门外的邓昀,觉这兄弟宽肩窄腰,长得又高又帅,可别是个玩弄人感情的骗子。他忍不住问许沐子:"刚才还好好的,怎么就突然没的谈了?"

许沐子冷着表情,幽幽地看着邢彭杰,没吭声。邢彭杰马上澄清:"我可没有别的意思啊,不是想趁你低落来没话找话、趁火打劫什么的。我之前说的一见钟情,那得是两个人同频地对对方产生好感,我可不上赶着。"

许沐子丧气地点头:"是啊,同频很重要。"

邢彭杰说:"我看你和那兄弟是有些默契的,也算同频吧?"

许沐子捏着手机的那只手松开两根手指,比了个"二"的手势:"两年多。"

"什么两年多?"

"我们已经两年多没联系了。"

许沐子想,也许是邓昀和她的相处太自然,又总在……该怎么形容呢,总在照顾她?总在纵容她?

反正是她想得太简单了,现在这种情况,跨过时间问题去叙旧不合适。尤其她希望的叙旧不仅仅是小学英语课本上那种标准的"How are you?(你好吗?)""I'm fine, thank you. And you?(我很好,谢谢。你呢?)",还带着些不算清白的目的。

或许不熟的邓先生已经"轻舟已过万重山"了,开始了新的感情生活,这时候她再去提那些有的没的,确实无趣。

邢彭杰也挺为难,啊了一声,陪着许沐子一起纠结:"也是,就算是我这种社交达人,突然间遇上两年多没见的朋友,估计也摸不准该说些什么。更何况,你们俩这情况……好像还更复杂些。"

许沐子叹着气,把头往怀里的抱枕上趴。耳后那片过敏的皮肤变成了深紫红色,看着特别明显,几乎和她身旁矮架上那盆花同色调了。

邢彭杰把青草膏递过去,问她是否需要。许沐子摇头,表示自己出去前已经涂过药,不需要再涂。

花盆里的花茎下系着植物名牌,看过才知道,这种花瓣蓬松的紫红色花朵名为黑天鹅洋牡丹。客栈里很多植物上都系着这样的名牌,她摆弄着小巧的金属牌,感慨着客栈的面面俱到,也惆怅着关于邓昀的事。

她不谈又不甘心,难道要她跑去和两年多没见面的人说"我想到挺多以前的事,要不我们聊一聊"?

在几分钟前,邓昀也产生过类似的疑问。明知道许沐子有稳定交往的男朋友,难道要他跑去想方设法引诱许沐子?

一星期前,邓昀会来客栈这边住着,也是为了散心。他进门时,夏夏还和他开过玩笑:"您怎么突然来了,也不提前打招呼。今天房间可住满了,一间空房都没有。咦,脸色这么差,失恋了吗?"

他当时嗯了一声。这声"嗯"把夏夏弄得愣住了,结巴半天都没找到安慰的话。最后夏夏给邓昀递了罐凉茶,灰溜溜地跑了。

他算不上失恋。只是他妈妈武佳文女士在电话里期期艾艾，比夏夏更结巴，说已经打探到了，许沐子妈妈亲口说过许沐子有稳定交往的男朋友，也是音乐学院毕业的。

拉小提琴的，邓昀知道。邓昀见过许沐子的男朋友，在她学校里。她男朋友拿着小提琴，是外国人，棕色卷发，个子挺高，算帅吧。他们在校园里追逐着，两个人笑得都挺开心。

这场雨淅淅沥沥，不间断地下了十几个小时，也没能浇灭邓昀的心烦气躁。会有些难释怀吧，也会有些邪恶的没什么道德感的贪念滋生。尤其是，当有男朋友的许沐子和她在客栈里新结交的异性走得特别近的时候，邓昀嫉妒得发疯。

"邓昀，我和你说话，你一句都没听是吧？"

邓昀回神："抱歉，走神了。"

站在邓昀对面的女人，是他朋友的妻子，叫程知存。

程知存爸妈刚退休，她想找个山清水秀的地方给爸妈养老，老早以前就觉得邓昀这地方好，跟着把房子买在了山脚，这阵子正在装修。

程知存了然地笑着，往玻璃门里瞧了一眼，调侃邓昀："人来了，就这么令你心神不宁？"

邓昀没说话，算是默认。

程知存说："那我先不给你添乱了，晚上再过来，把图纸拿给你看。"

邓昀把伞递给程知存，没急着进去，皱眉看着雨幕。

程知存说得对，他的确是心神不宁。关于许沐子的一桩桩回忆，像白熊效应，越是想要忽略，越是克制不住地往外蹦——

带着许沐子去游戏室那次，邓昀的朋友嘴欠，拿许沐子没消肿的智齿玩笑了两句，被她记仇了。发现自己居然擅长那些游戏后，许沐子用尽全力大杀四方。朋友输得惨极了，邓昀也没想赢的，谁想到纯输也难，一个没留意，把冰球弹进去了。

没防住冰球的许沐子可太生气了，趁着没人瞧见，她在邓昀背后狠狠给了他一掌。邓昀被拍得往前一倾，还垂头笑了，然后继续笑着挨打。那时候他想，老太太也没说错，许沐子是和她像的，但像的不是长相，是武力值。

他带着许沐子去爬山看日出。许沐子像个孩子，又蹦又跳，邓昀用手机录了视频，回家剪视频的时候，反复拉进度条看过挺多次。许沐子是真的非常可爱。

她在电话里和他说:"邓昀,其实我也知道你的生日,是1月9日对吧?"

许沐子说是因为邓昀总不正经,还诓过她,说驾照是刚拿的,她有些害怕他技术不行,把她连人带车撞成植物人或者小冰棍,所以偷偷看过他放在汽车手套箱里的驾照:"我还得弹琴呢,不能死太早。"

邓昀笑她,就这么丁点儿的胆子,还想着去当飙车族?

她就反驳说:"我不去了,飙车还没有……"

后面的话被许沐子慌忙咽下去,没再说了,但邓昀也听懂了,她想说的是,飙车还没有和他在琴房里接吻刺激。

这姑娘太会勾人了。夜太深,邓昀刚敲完代码,人有些懒倦,也说了一句荤话,问许沐子,有没有想过比接吻更刺激的事?许沐子顾左右而言他,支支吾吾。她声音很轻地说:"邓昀,我今天在去琴房的路上看见一朵不认识的花,特别好看,白色的,花瓣上的图案很像孔雀羽毛。"

邓昀躺在床上,把手机举在耳侧,安静地听许沐子说:"如果这些花草树木都能挂上名牌就好了,看一眼就知道它们的名字。"

台阶下面有几个小水坑,风雨晦暝,从屋檐上往下流的积水哗啦啦砸进水坑里。邓昀偏头,看见许沐子趴在怀里的抱枕上,正在和她那个新朋友聊天。不知道那位黑皮的男大学生怎么那么大魅力,能让许沐子表情变得丰富,还对人家露出一副蔫巴巴的表情。

许沐子也对邓昀做过这种表情。那天晚上她特别令人熨帖,想听听他不开心的原因,又怕触及他的伤心往事,竟然还主动带了红酒。夜里,她红着脸从他身上爬起来,小腿撞到旁边的桌角,疼得皱着脸蹲下去,脸上也是类似现在的小表情。

邓昀吸了一口潮湿的冷空气,试图把注意力从许沐子身上移开。

他朋友刚开始追程知存的时候,一个搞软件的理工男为了爱情,非要放下高数,神神道道地研究星座。朋友拿熟人练手,给他们这群人都解说过,说邓昀是水瓶座,感情运势比较一般,特别容易把一手好牌打得稀巴烂。

这话不准,他在感情上就没遇上过有一手好牌的时候。

邓昀发现自己在意许沐子的时候,许沐子心里有个暗恋了不知道几年的男同学。等许沐子对邓昀也有点儿兴趣了,好像一切都能顺理成章的时候,家里经济崩了。

老太太生前总念叨,说邓昀很小的时候生过一场大病,大难不死,必有后福。后福这事,也是够没谱的。家里一夜之间欠债八位数,爸妈没抑郁就不错了。但这些都无所谓,不是邓昀心乱的理由。

他还算聪明,学东西快,上学的时候从来不用死记硬背,上课偶尔看看课外书、睡一觉,也能考上老太太喜欢的名校。家里负债时,他确实吃过一些苦,但靠着脑子里的东西,也赚到一些钱给爸妈填窟窿。

邓昀看向客栈里——那个男生指了指自己耳后,大概是在给许沐子推荐青草膏。许沐子半个人被挡在沙发旁盛开的黑天鹅洋牡丹后面,轻轻摇头。

家里没出事前,邓昀整天被系里教授催着准备申请保研的相关事宜。他决定放弃本校的保研名额,申请去许沐子读书的国家读研,也没有过学业压力。邓昀没想到自己聪明了二十多年,遇见的最难想通的问题,是要不要去当许沐子现有感情的破坏者。

雨下成这样,十米开外的树木都模糊在浓重的凉雾里,没有人再惦记出去采蘑菇这件事。一楼公共区域里非常安静,只有夏夏在对着电脑忙工作,偶尔发出点按鼠标或者翻看纸张的清脆声音。

许沐子看一眼门外的邓昀,蔫巴巴地收回视线,有些打不起精神,准备回自己房间去。

临走前,她从书架里选了一本书。

身上的厚浴袍有些大,她拿好书起身时,衣角扫落了放在茶几上的松塔,有一颗松塔骨碌碌滚到最靠外侧的边几缝隙里。边几的造型比较艺术,架构细长,为了保证稳定性,底座是非常重的鱼肚灰色大理石。

许沐子尝试过,伸长手臂仍摸不到缝隙里的松塔,她本想用单手推着挪开边几,发现根本推不动,只好放下手机,站起来,改用两只手去搬。

天色阴沉,邢彭杰显然困了,毫无形象地摊在沙发上,瞧着撸起袖口的许沐子,发出旁观者的疑惑:"有那么沉吗?"

许沐子挽着袖口,敷衍地点头。

"是不是你手上那个……呃,大弹簧似的戒指碍事啊?"

许沐子有腱鞘炎,算是职业病,阴雨天手腕比平时多些不适。她刚开始用力已经感觉到骨头的刺痛,只好皱眉放弃,打算稍作缓解后再继续。

客栈的门被人从外面推开,一阵凛冽潮湿的冷空气趁机透进来。

127

邓昀走进客栈，把手机举在耳侧，语气平静地回应着电话里的内容："可以直接发我邮箱。"他说着这句话，走到许沐子身边，单手抬起那张边几，挪开足够她摸到松塔的距离，继续说着，"这部分我解决，你去更新代码……"

整个过程中，邓昀没有停下讲电话，也没有看过许沐子，只是侧身从她身边狭窄的空隙走过时，手臂无意间碰到了她的肩。

这个人，他本身的存在感就很强，还要动不动就跑出来搅乱人心。

许沐子蹲下去，捡起松塔，起身时，邓昀已经在前台那边了。他依然在接电话，从夏夏那里借到了便利贴和碳素笔，不知道在记些什么。

再转回头，许沐子发现邢彭杰正目光呆滞地看着她。

邢彭杰说："他刚才看我了。"

邢彭杰目光里那种震惊程度，跟有人回应过他人生的一见钟情准则似的。许沐子压下心底被邓昀牵起的某种情绪，心不在焉："谁？"

邢彭杰往前台方向斜了斜眼睛："那兄弟，他刚才盯我那一眼，感觉像在责备我没帮你搬桌子，是恐吓吗？"

许沐子没说话，某位"陌生"的邓先生的举动，已经足够惹她心起波澜，邢彭杰还在继续给她洗脑，压低了声音说："总觉得那兄弟对你有点儿……"

许沐子深吸一口气，抱起书和松塔，摇着头，单手捂着耳朵跑了。

她极度需要安静和分心，给自己找了些琐事做：去洗衣房拿了之前烘干的衣服，回到房间又简单收拾了其他物品。

她之前去采蘑菇，身上这件厚浴袍的袖口蹭到过泥土。但洗衣房的烘干机用时太长，担心频繁去占用机器，会影响其他住客使用，许沐子去洗衣房挤了些洗衣液，在自己房间的浴室里把袖口洗干净。

用吹风机吹干时，吹风机不知道怎么回事，突然不工作了，反复尝试几次都没用。她以为是被自己用坏掉了，叹着"屋漏偏逢连夜雨"，拿上吹风机出门，准备去找夏夏赔罪。

她还没走到电梯间，撞见邓昀手臂夹着笔记本电脑回来了。

邓昀问："怎么了？"

许沐子尽量把心态放平和，眼睛看着墙，像在对空气讲话："吹风机好像被我用坏了，去找夏夏看看……"

邓昀拿过吹风机，摸了一下："过热保护。你急用的话，我房间有。"

其实不算急用，但当邓昀和她对话的时候，她总有种错觉，觉得他们之间什么都没变过。一定是她想多了。

邓昀打开房门，看了许沐子一眼。

许沐子指了指自己房间的方向："我……去拿浴袍。"

许沐子拿了洗好的浴袍过来，邓昀的房间没关门，他坐在电脑桌那边，开着手机扬声器在通话。他们说的都是些许沐子听不懂的内容，什么程序、什么 API（应用程序编程接口）……连电脑上显示的一排排代码，密密麻麻，她也一个都看不懂，觉得像外星文。

许沐子敲了敲敞开着的门板，邓昀短暂回眸，指了一下洗手间的方向，然后继续忙他手上的事情去了。

邓昀的房间和许沐子的不是同房型，很明显他这边更大些，连洗手间面积都是她那边的双倍大小。雨天潮湿，尽管开着排风系统，之前邓昀洗过澡的浴室地面还是没有完全干燥。瓷砖上几摊积水映着灯光，许沐子不想影响邓昀的工作，主动把浴室门关上了。

那种熟悉的番茄藤味道萦绕在周围，被吹风机的暖风烘烤着，像他靠近了亲吻她时，她在他身上闻到过的味道，令她更加心乱。

洗漱台上放着邓昀的刮胡刀和洗面奶，许沐子站在镜子前，恍惚想到家里破产的那段时间。

最初，许沐子知道家里生意出问题，是从邓昀口中得知的。

那段时间许沐子隐约感觉到奇怪，爸妈联系她的次数不太多，但她在准备 6 月份的比赛，刚好很忙，并没有过多留意这件事。而且那时候，因为邓昀曾说起过生日礼物这个话题，许沐子心里总有些隐隐的期盼。她预感他不会用这件事和她玩笑，也预感自己会收到一份特别的生日礼物。

到 6 月 8 日那天，许沐子手机关机，随其他参赛选手一同入场。这次比赛前，她只是有些失眠，没再出现神经性疼痛的症状，比赛当天也还算顺利。

等许沐子结束弹奏，再次拿到自己的手机，长按开机，查看为数不多的未读信息，却感到非常困惑。国内时间比她所在的城市的时间早十二个小时，她早该收到各方生日祝福。但没有，没有邓昀的。

那些暴发户叔叔阿姨家的同辈没有发来生日祝福也很正常，怎么连她爸妈和其他亲戚也把她的生日忘记了？

许沐子心里很慌。她先拨了电话给妈妈，无人接听，她再拨电话给爸爸，忙音久到几乎要自动挂断，终于有人接起电话。许沐子爸爸声音里有种奇怪的温柔："是沐沐呀，怎么有空打电话给爸爸，今天课不多吗？"

沐沐？从许沐子上初中之后，许沐子爸爸就再没叫过她"沐沐"了，说她是大姑娘了，一直和妈妈一样叫她"沐子"……

电话背景音很嘈杂，像市场的声音，乱哄哄的。

许沐子说了给妈妈打电话没有人接听的事情，许沐子爸爸说他们在外面，忙着和人谈生意，可能她妈妈手机静音了，才没听到。

"家里没什么事吗？"

"你这孩子，能有什么事？好好上课，爸爸要去谈生意了，有时间再联系你。"

电话挂断，许沐子爸爸没有提起她的生日，也没有问起她的比赛。这太怪了。

很久以前许沐子就开始计划，打算在比赛结束后回国待半个月。刚好在比赛当天就有回国的直飞航班，不需要中转，她带了行李箱，离开会场可以直接去机场。

去机场的路上，许沐子始终难以安心，总觉得爸妈有事情在瞒她。

在机场托运行李时，她才突然想起什么，点开 APP 去查看银行卡的收支明细，发现上个月爸妈没有给她转生活费。

登机前，许沐子给走动得比较近的亲戚打过电话，没人接听，她只好打电话给邓昀。这种时候，她已经顾不上问邓昀为什么连一句"生日快乐"都没有说。邓昀接起电话，许沐子感觉自己终于找到主心骨，松了一口气，竹筒倒豆子般把事情原委都说给他听。

"邓昀，我感觉家里出了什么事，好担心。我已经在排队登机了，你在家吗，方便帮我问问邓叔叔他们，我爸妈是不是生病了？"

邓昀声音依然很稳："别急，他们没生病。"

那天深夜，许沐子落地国内机场。将近十六个小时的航程令她有些累，她推着两个大行李箱从出口走出来，却意外地在人群之外看见来接机的邓昀，然后，她慌里慌张地扯掉了头上毛茸茸的大眼仔发带。

邓昀没有调侃许沐子的绿色发带。他看起来有些疲惫，双臂搭在护栏上，把手机收回裤子口袋里，对她略抬了一下手。

"你怎么知道我几点到的？"

"上网查了你的航班信息。"

那天,许沐子坐进邓昀的车子里,足足等了半分钟,也没等到他系安全带和发动车子的动作。她困惑地偏头看他:"我们不走吗?"

邓昀舔了一下嘴唇,很正经地开口:"爸妈们的投资出了些问题,我想,你应该先知道些事情,做个心理准备,我再送你回家。"

那年许沐子爸妈一直都很高调,过年时,他们还给亲戚炫耀过和几位知名演员的合影。许沐子听到过爸妈憧憬着要把小别墅换成有几百平方米大花园的豪华别墅,所以她从来没有想过家里会突然负债。

"怎么会呢?"

"还记得那位姓陈的阿姨吗?"

邓昀说,姓陈的阿姨是做房产销售的,早期带着他爸妈和奶奶看别墅的就是陈阿姨。最初,邓昀发现长辈们在张罗估价、卖房,也以为他们是赚了钱想要换房,但事情总透露着诡异。开学后,邓昀每周末回家,终于发现他爸妈把房子抵押贷款了。

几位长辈不知道受什么人撺掇,接触到了影视行业的投资,他们那个生意联盟共同凑钱,花费几千万的高价投资了某部电视剧。制作方打着各类花销的旗号,在中间赚得盆满钵满,做出来的垃圾却无人买,最终以不到五百万的低价卖出去了。

许沐子哭了很久,问邓昀:"我爸妈到底欠了多少钱?"

"我也不清楚,可能需要你自己去问问,应该比我家少一些。"

"那你家呢?"

"八位数吧,具体的还没问到。"

突如其来的打击几乎压垮许沐子,之前她卡里存着攒起来的十几万比赛奖金,还被堂姐称为"小富婆"。现在呢?她的钱杯水车薪,恐怕连学费都难以负担。

那天凌晨一点多钟,许沐子回到家,家里灯火通明。以前见过的陈阿姨站在堆满各类物品的客厅,举着手机,对视频里气焰嚣张的某位新兴暴发户介绍:"您看这几款家居都是西洋古董,市面上很难买到的……"

许沐子看见哭肿了眼睛的妈妈。妈妈把一套陶瓷器皿搬出来,在身后碰了碰陈阿姨,动作里带着小心和讨好。

陈阿姨挂断视频,摇头:"不行啊,姐姐,人家不肯再加钱了。您也知道,肯来买这边别墅的都是生意人。做生意讲究风水,打听到您家是这种情况，还愿意出钱买都不错了……"

许沐子不敢想象，如果她在什么都不知道的情况下孤身回到家里，撞见这番场景会不会直接崩溃掉。幸好有邓昀。

眼下他的困境比她的困境更重，他却帮她擦了眼泪、安慰地揉了她的头发："他们没有想不开，已经是万幸。钱没了还能再赚，总能找到办法。"

邓昀的语气太过笃定，所以她也愿意相信，他那句"总能找到办法"是真话。

吹风机把浴袍袖口烘烤得滚烫，许沐子指尖被烫了一下，惊得回神。她走出洗手间。

外面黑云压城，下午两点多钟，天色却像是深夜般阴沉昏暗。风把露台上的绿植叶子吹成平行的斜线，雨水凶狠地拍打在玻璃窗上。

房间里没有开主照明灯，阳台玻璃门边立着一盏中古风格的落地灯。邓昀坐在电脑前，已经没在通话了，但依然敲着许沐子看不懂的代码。

房间门没关，走廊里有人趿拉着拖鞋路过。许沐子回头看了一眼，是陌生住客。邓昀认真工作时微蹙眉心，完全没有留意到门口的动静。邓昀皱眉的样子，让许沐子想到听到噩耗那天晚上。

汽车驶入别墅区前，她终于擦干眼泪，问："邓昀，你忘记我生日，也是因为这些变故吗？"

当时邓昀皱过眉，表情像在思考，但最终他什么都没有说过。

许沐子没有离开邓昀的房间。她还是决定要和他说点儿什么，没坐他的床，只坐到门口的换鞋凳上，想等他忙完。

邓昀是在半个多小时后才有动作的，揉着脖颈拨出去一个电话，对电话里的人简单交代了两句，而后撕掉笔记本电脑上的便利贴，团了团，丢进脚边垃圾桶里，挂断电话的同时也关掉电脑。

他起身，看见许沐子，略感意外。

许沐子也跟着起身："我想……找你谈谈。"

"谈什么？"

要感谢那件礼服，但她又不能暧昧地直接提起。毕竟他们都知道，他送她那件礼物是在什么样的情况下。许沐子兜着圈子，一连串提了很多过去邓昀对她的帮助。比如，感谢邓昀那时候愿意陪着她疯、陪着她叛逆，感谢邓昀去国外看她，感谢邓昀去接机时对她说过的那些安慰的话……

他们之间从来没有说过"谢谢"。这些话说出来，在邓昀听来，像是在发表赛后感言，也像道别。

外面炸了一声闷雷，整座客栈仿佛都跟着晃动。突如其来的声响打断了许沐子的话，邓昀也是在这个时候捏着眉心，问她："你是来和我谈这些的？"

"嗯，还有一件事要谢谢你……"

走廊里传来电梯运行的声音，邓昀背对着闪电刺眼的光芒，声音很沉地叫她："许沐子。"

许沐子抱着厚浴袍，停住口中的话。

他看了一眼敞开着的房门："我现在心情一般，不想继续谈了。"

许沐子感觉到邓昀心情差，也感觉到邓昀很想让她走。但她还没引到正题呢，如果错过这次，不知道会不会再有勇气，所以有些执拗地继续说："你再等我一下，只需要两分钟，说完这件事我就走。"

邓昀盯着许沐子："不走是吧，非要现在谈，是吧？"

他没等她回答，把房间门关上了。

砰——屋子里少了走廊灯光的照明，只剩下窗边那盏落地灯徒劳地散发着微弱的光线。邓昀走到许沐子面前，忽然抬手扣住她的后颈，垂头吻了她。

窗外电闪雷鸣，房间里伴着轰隆隆的声响，忽明忽暗。

这间房比许沐子的房间大太多，空间宽敞，但邓昀温热的掌心压在许沐子的后颈上，把她堵在整间房空间最逼仄的玄关里。

他只吻了她一下。结束这个吻时，邓昀的眉心是蹙着的，垂着一双情绪翻涌的眼睛，深深盯着许沐子。

这个突如其来的吻，把许沐子亲蒙了，之前脑子里精密盘算着的准备要说的内容通通化为泡沫。她的睫毛在颤，呼吸也很乱，她不知道该如何反应，只能怔怔地回看他。

过去他们接吻时，邓昀眼里总是带着些游刃有余的笑意。今天不太一样。他有点儿凶，也有点儿躁，正以一种思考的样子眯着眼睛，像要看穿她，更强势也更诱人。

他们目光胶着，沉默地对视十几秒过后，邓昀放在许沐子脖颈上的手动了，他的拇指在她皮肤上游走，指腹暧昧地摩挲着她颈部跳动着的动脉。

许沐子抿着唇，没有躲开。她被邓昀抚到脖颈的敏感处，白皙的肤色上浮起一层浅浅的岱赭，整个人轻轻一颤。

邓昀在许沐子发抖时，偏头靠近，近到鼻尖几乎相触，唇齿间的温热气息扑到她的唇珠上，他却停下来。

房间里门窗紧闭，暖风空调卖力地工作着，几乎把这方空间里的氧气蒸得灼烧起来。他们的呼吸像缺少氧气，急促、混乱地交织在一起。

邓昀近乎恐吓地问许沐子："现在知道我心情有多一般了？"

许沐子没吭声。

"为什么不躲？"

许沐子一脸茫然，看起来非常无辜，反应很慢地摇头："我不知道……"

是在说，不知道他要吻她，一时间躲不开？还是说，她彻底蒙了，不知道他在说什么，不知道怎么回答？这些问题，许沐子本人也没想清楚。

邓昀依然是皱眉盯着她看，好像轻叹了一声，又重新吻下来。

许沐子心跳很快，本能地张开唇，踮起脚，丢掉怀里带着吹风机暖风余温的厚浴袍，凭借身体记忆，熟练地抱住邓昀的脖颈。

浴袍口袋里揣着她两年多未换的旧手机，比市面上的新款更重，闷声落在地板上。他们对此毫无察觉，呼吸沉重地纠缠着，亲吻着对方。

这个吻太过刺激，令人沉溺且失控。许沐子身上只穿了一条拉链在背后的连衣裙，邓昀手指灵活地把她背后的拉链拉下去。她发髻上系着丝绸质地的发绳，原本就很松，发丝在他们的激吻中不断垂落。最终发绳掉在地上那件浴袍上，许沐子一头乌黑浓密的长发瞬间散落，披在肩头。

邓昀拨开她顺滑的发丝，也拨开她的肩带。

许沐子抖得厉害，紧张得像回到大一寒假尝试初吻的那晚。

她捂着连衣裙上身的布料，依赖地呢喃："邓昀。"

邓昀停下来，看上去情绪没比刚才平静多少，依然像压着火气，却没有继续再做什么，帮她把衣带拉回肩上："还打算谢我什么，继续谈？"

许沐子脑仁里像塞了一团棉花，她混沌地想，她是要和他谈什么来着？对了，是礼服。

许沐子是在去年年底收到礼服的。收到时，盒子外面的包装纸沾着一大块油污，缎带蝴蝶结也松散开，只剩下一个死结。

去年年底，消沉了许久的许沐子爸妈终于找到一些新的商机。

他们频繁出去应酬过几次，容光焕发地在餐桌上谈起，说通过某位贵人介绍，他们有了新的供货渠道，应该能赚点儿钱。关于那位贵人，爸妈当时没细说，许沐子也没想着过问。她谨慎地提醒他们，小心再被骗。言语中不留神的"再"字，戳痛了爸爸的自尊心，他闷声不响许久。

人生很现实，他们欠债时，亲戚、老朋友们都躲得远远的，冷眼旁观，生怕他们开口借钱。当欠债快要还清，并且许沐子家又展现出能赚些小钱的某种征兆，这些人又开始恢复和她家之间的走动。

好像过去的一切都不曾发生过。

在过年期间，许沐子见到许久不来往的一家子旧熟人。这家人过去总是在巴结联盟的几家人，想让联盟有什么好事带上自己家。现在恢复来往，还是那套类似的说辞："老许啊，要是有什么好事，可别忘了带带我们啊。"

那家晚辈比许沐子大两岁，和邓昀同龄，也是在国外读书，学校离她的学校不算远，只不过他们之间没什么往来。见面后，男生笑盈盈地和许沐子寒暄，还对她说了新年快乐，一副温润如玉的模样。

许沐子静默地想起，家里出事后，她回学校想尽各种办法联系能赚到钱的路子。常听那家人说儿子勤工俭学，她也给男生发信息求助过，想咨询兼职问题，信息发出去，她才发现，自己早已经被对方删除了好友。

大年初五，男生一家又去她家里做客。趁着长辈们谈事情，男生把许沐子叫到外面，从车子后备厢里捧出一个非常大的礼盒。

礼盒很旧，连蝴蝶结都散开了，像积压很久的旧物。

许沐子没明白对方的意思，直到男生避开她探询的目光，摸着鼻尖，讪讪地吐出邓昀的名字。

那是很久以前邓昀送给许沐子的生日礼物。因为忙着准备申请去国外读研的相关材料，和朋友研究创业，邓昀没能抽出时间亲自跑一趟，托和许沐子在同一城市的男生帮忙，代他把生日礼物转交给许沐子。

为什么时隔那么久，许沐子才收到？仔细想想，也能明白其中症结，大概是在邓昀把礼物交给男生之后，他们几家陆续传出破产、负债累累的消息。男生选择避嫌，删除了他们的联系方式，礼物的事情也不再帮忙。

男生忘了以前家里长辈对邓昀爸妈的恭维和讨好，竟然这样说——

"我也是替你着想，谁知道邓昀送你礼物是什么意思？

"他家欠那么多钱呢，比你家当时可惨多了，他们本来就不是本地人，房子和车子都卖了,爸妈也跑去南方什么地方打工,和他联系能有什么好事?

"你要是不稀罕要,直接丢了也行,不过,我把这东西给你的事情,可千万别和长辈说啊。"

也许是见许沐子没有要丢掉礼物的意思,男生特别好意思地邀功:"好歹也帮你保存了很久呢,不和我说谢谢吗?"

许沐子勉强抱住近一米高的大礼盒,最终还是对男生说了声"谢谢"。

许家搬出别墅后,他们租住的房子不大,许沐子常年在国外,卧室里被爸妈塞了很多杂物。她把礼盒放在地板上,拆开。里面是一件非常漂亮的冰川蓝色礼服,裙摆上绣着璀璨的水晶,露背设计,但背部有朦胧的一片薄纱,水晶刚好能挡住她的疤痕。

手写卡片上只有一句话:提前祝许沐子生日快乐,比赛顺利。

没有落款。

送礼物的人很自信,确定自己和收礼物的人之间存在某种默契。

许沐子收到礼服时,可能百感交集过。像突然发觉,明明谱子上是全音符,却被错弹成二分音符时,于事无补的慌乱。

但许沐子那时候要准备毕业论文,也要找工作养活自己,只能把礼服压在衣柜最深处,上面盖着几层冬季的厚衣服,生怕自己再看见。

她没精力也没资格停留在原地自怨自艾。

就像那年 6 月,许沐子在没有空调的出租房客厅里,满头大汗地忙着把刚在二手网站上卖出的几件陶瓷器皿打包起来。新家里充斥着刺啦的撕胶带声,在粘贴胶带的安静空隙间,她听见爸爸小声地和妈妈说着什么。

"听说邓适寻他们去南方朋友那边打工了。"

初听这样的消息,像某次在学校上台演讲前,把手探进书包,却没有在预料的位置摸到 U 盘,胸腔骤然一空。

那时候麻木着感情只求生存,很多情绪都要压在没钱这件事之下。当时没能反应过来的委屈、不甘、难过,在邓昀看似强势的攻势下突然爆发出来。凭什么邓昀的那些举动,就能轻易地牵动她的情绪呢?凭什么只有她在尝试叙旧?难道邓昀就没有过对他们之间关系的期待吗?过去没有吗?现在呢,也没有吗?

许沐子带着这些迟来的情绪,踮起脚,突然抱住邓昀的脖颈。

她拉着他低头,要他和她接吻。

邓昀被许沐子的主动搅得皱眉,两只手下意识扶稳她的腰,很快反应过来,变被动为主动,开始深吻她。许沐子被邓昀吻到节节后退,踩着地上的厚浴袍腰带,后脚跟踢到了玄关的柜子。他的手臂紧揽着她的腰身,把她抱起来,放在玄关柜子上,手掌抚摸到她背上不肯示人的疤痕。

外面有谁的手机铃声在响吗?

那段铃声响了很久,许沐子才听出来是她自己的手机发出来的。

手机被闷在浴袍口袋里,不停地响着,邓昀渐渐停下来。他把下颌落在她肩上,呼吸声乱了,每一声都清晰地响在她的耳畔。

邓昀问许沐子:"接电话,还是要我继续?"

手机铃声在邓昀的呼吸声里中断,但很快又重新响起,打破房间原有的静谧。邓昀看着许沐子,在等她做出决定。

许沐子的理智渐渐被铃声拉回来。平日里,除了销售人员和外卖员,是没有什么人会突然打电话联系许沐子的。但过几天她有场演出,挺重要,遂使她联想到这通电话也许是关于演出的相关事宜的。

先前唇舌纠缠的刺激令人脸颊发烫,停下来的这几分钟里,余温尚在。许沐子反应能力还没有恢复常态,她喘着气,一时无法回答,只有眼睛在往铃声方向瞟。

许沐子才刚看到地上的浴袍,邓昀已经读懂她眼神里的含义。他放开紧拥着她的手臂,甚至抬手用拇指帮她抹掉嘴角一点儿化开的淡色唇膏,然后才退开。

铃声是手机系统自带的,马林巴琴的简单节奏叮叮咚咚响个不停,催人接听。许沐子从玄关柜上下来,捡起浴袍,在口袋里找到手机。

预估错误,是许沐子妈妈的来电。

接听电话前,许沐子抬头看了邓昀一眼。不知道他是不是会错意了,对视过后,他径直往露台方向走去,拉开玻璃门,走进狂风暴雨声里,又把门关上,完全不打算听她的电话内容。她回过神才发现,房间里从来没安静过。雷声轰鸣,一道道青紫色的闪电像天空的裂痕。

许沐子接起电话,许沐子妈妈的声音传来:"沐子,现在在忙吗?"

许沐子举着手机,眼睛盯着邓昀的背影:"妈妈,我没在忙,是有什么事情吗?"

许沐子妈妈没有急事,在电话里说的内容和凌晨时堂姐发来的那些问题重复度极高。哪怕昨晚在餐桌边,许沐子明确说过自己已经删除了相亲对象的联系方式,妈妈还是又打来电话问了一遍。

许沐子妈妈也知道许沐子不爱谈这些,尽可能把语气放到话家常的状态:"妈妈记得,你还挺喜欢和同行接触的,身边也有专门拉小提琴的朋友。"

"妈妈……"

"妈妈没别的意思,就是问问。你看,周围人给你介绍过这么多男生,只有这个男生在经历上和你是最像的。难得你们都是音乐学院的留学生,又都打算回国发展,真的不再考虑一下了?"

"嗯,不考虑。"

许沐子还在盯着邓昀看。

和她经历最像的人,明明穿着黑色短袖在露台外面吹风。

每间房露台上种植的花草造型都不一样,这边种了更多小飞燕草和洋桔梗,它们随风雨飘摇,温馨又浪漫。木制躺椅被雨水打湿了,邓昀站在花丛旁,有种片叶不沾身的冷清,不知道是在想什么。

许沐子以为,邓昀也许会点一支烟。她也以为,妈妈会提一提之前在信息里说到过的"大好消息"。

可能激烈的接吻让人缺氧吧,许沐子这会儿脑袋不够灵光。两个猜测,没有一件沾边的。邓昀没有点烟。妈妈也没有提起要介绍给她的新相亲对象,随便说了几句,见她百分之二百确定对之前那位没意思,叮嘱一句雨天多穿衣服再出门,就把电话挂断了。

许沐子放下手机,屏幕上显示着通话结束,左上角的时间刚好停在"3:00"。许沐子后知后觉地反应过来,大概妈妈是在做最后的确认。看来新的相亲对象,她是一定会见到了。搞不好那位"大好消息"的爸妈,正坐在她家出租房的客厅里,嗑着在楼下买回来的刚出锅的炒瓜子,听着她妈妈挂断电话后吹的牛。

妈妈的大概话术她都能猜到,不外乎是"我家沐子呀,给她介绍那么多优秀的男生,她都没看上,真不知道她想找什么样子的,唉,只能让孩子见面试试,能不能行我可不保证",一定要搭配着对眼光高的女儿的无奈,一定不能承认心急找女婿的是他们自己。

昨晚从家里出来前,许沐子曾听见妈妈在和亲戚们抱怨。妈妈说她只知道练琴,从小到大都泡在琴房里:"前几年家里经济情况不好,她又在勤工俭学,一点儿接触异性的时间都没有。我们沐子到现在还没谈过恋爱,没经验,我都不知道她会不会和异性好好相处。"

许沐子想:自己的情商的确算不上高,自己也做不成八面玲珑的人。但说到和异性相处这个方面,她也不是全然没有经验的。就在刚刚,她不是还在和异性疯狂接吻吗?多激烈呢,亲到头发都散开了。

许沐子把厚浴袍抖开披在身上,又蹲下去捡起掉在地上的发绳。她思索着,动作缓慢地拢握长发,用发绳束起来。

和邓昀相处,就不需要有任何经验。他们是很默契的同谋,背地里密谋着的都是些上房揭瓦的鬼点子,在长辈面前一起装听话、装不熟。

过去有一次,他们出现在同一张餐桌边。

能容纳二十多人的酒店餐桌,菜肴也丰盛,许沐子垂涎其中一道鸡翅。她趁长辈们聊天的时候转桌子,好不容易把鸡翅转到面前,美滋滋地伸长筷子,刚准备去夹,不知道是谁那么没眼色,把鸡翅转走了。

许沐子举着筷子,扫视餐桌,发现转桌子的人居然是邓昀。她以为他是没看到她要夹菜,无心之举,没和他计较,等到无人夹菜的空隙里,又把鸡翅转回到自己面前。一伸筷子,鸡翅又被转跑了。

许沐子瞪向邓昀。邓昀嘴角挂着一抹笑,垂头按手机。

许沐子很快收到邓昀发来的信息:**又想催吐?鸡翅里有菠萝。**

行吧。

可是当许沐子去夹另一道菜,邓昀也还是转了桌子。椒盐排骨里能有什么她过敏的食材?!她马上拿起手机,发信息过去质问他:**你怎么回事?**

邓昀笑着回她三个字:**看错了。**

长辈们在聊电视黄金档的某几位影视剧演员,聊得正欢,没人留意到隔着七八个座位互动的他们。许沐子深吸了一口气,对着邓昀狠狠一歪头,意思是在说:邓昀!你!给我出来!

邓昀笑着垂头,给她比了个"OK"的手势。

许沐子借口去洗手间,起身离开餐桌,很快邓昀也跟着出来了。她雄赳赳气昂昂地问他,是不是在故意逗她。邓昀沉默地看向许沐子背后的方向,突然收敛起一身的不正经,礼貌地叫了一声"许叔叔"。许沐子吓死了,僵硬地转头,结果看见偏中式装修风格的走廊里空无一人。

又被诓了,她猛地转回头,看见他在笑,跺了跺脚,往他背上打了一下:"邓昀!"叫完又紧张兮兮地捂住嘴,连连询问,"我刚才说话声音大吗？他们在里面能听见吗？"

"合着我挨打还得给你放哨？"

"别闹了，问你话呢。"

邓昀笑着答："声音不大，打人力气倒是挺大。"

仔细想想，那时候长辈们会频繁地聊到电视剧和演员，应该是已经在做错误的投资了吧？在那之后，仅仅半年时间，大酒店包厢里满面红光、推杯换盏的生意人几乎都变成了无家可归的失意人。

从别墅搬出来那天，许沐子和邓昀有过最后一次见面。

他们已经雇不起搬家公司，全靠自己收拾，把一箱箱物品搬上好不容易借到的面包车，运往新租的房子。许沐子爸妈第一趟发车走后，只剩许沐子自己在物品杂乱的别墅客厅里整理、搬运。

邓昀来了，接下她手里的纸箱，还逗她："不是说等以后发达了，要学那些钢琴家给手上保险，现在舍得搬东西了？"

许沐子有些提不起精神："哪还有发达的机会。"

邓昀像在琴房那次一样，用指背关节处叩许沐子额头，然后问她："说说你的打算。"

许沐子说，她还是想继续上学，但奖学金还没发，凑不够学费，目前还在找赚钱的办法。

办法是邓昀找的。他像早料到她的困境，帮她投了简历给国外某家正在招聘钢琴师的酒店。许沐子获得过的奖项足够多，学校又知名，酒店发邮件回复，同意面谈。

"你什么时候帮我投过简历？"

"你回国前。"

"可是那些奖项……"

"你妈妈每次喝多了都要给人背一遍，我能知道也不奇怪吧？"

许沐子鼻子有点儿酸。

邓昀说："别这样，忍着点儿，你在我面前掉眼泪，我会失眠。"

那天邓昀说，再多的忙他也帮不上，只能许沐子自己加油。

许沐子爸妈回来前，邓昀就离开了。他们和之前每天约见的那段日子一样，像很快会再见，分开时，没有说"再见""保重"之类的正式告别的话。

他们那些背着长辈们进行的交流，无论是深夜的叛逆活动、不正经的插科打诨和嬉笑打骂,还是最后正经地探讨出路,从来都是十分自然的。不像现在,哪怕刚刚亲密过,还是有些别扭。

许沐子走到露台门边,敲了两下玻璃。她在邓昀回头后,把门推开一道缝隙:"我……接完电话了。"

邓昀进屋。他身上沾染了雨里的清新气息,走过她身边,坐在电脑桌前的椅子上。

两个人都已经恢复理智。

刚才心跳如擂鼓的煎胶续弦,像一时冲动。

邓昀平静地问:"刚才还要谢什么来着?"

许沐子头发绑得有些不舒服,头皮疼,她揪着一撮发丝调整几下,同时也在心里整理着措辞。她开口:"去年年底,我收到了你以前准备的生日礼物。"

她把和那位男生家里重新联络的事情讲了个大概,隐去男生对邓昀家不够尊重的话语,只说是因为她家生意失利,人家想着避嫌,她才没能及时收到礼物。

当年许沐子问过邓昀,是不是因为变故才忘记她的生日。那时候他什么都没说,没有提过礼服,也没有解释过任何话。

那件礼服是某小众品牌的秀款。在他们两家破产负债前,花费几万块钱买一条裙子,对邓昀来说也许不算大事。他有些赚钱的路子,自己手里有存款,顶多算一笔较常规稍大一些的开销,但绝对不过分。只是,他们都经历过生活变动,放在现在来讲,礼服价格显然过于昂贵。

"谢谢,礼服很漂亮。"

当许沐子把这份感谢郑重地说出口,忽然有种异样的感觉。这些感谢说出来,似乎很像告别?她有些慌了,不知道该怎么解释自己并不是那种意思。

到客栈后回忆起的所有关于邓昀的事情,以及刚才的吻……这些,一切,她都并不想要告别。

慌乱中,许沐子有些担心邓昀也说出类似的话,比如为刚才的冲动道歉。她很怕会听见"抱歉""对不起",匆匆抬眼看过去——邓昀坐在电脑椅上,非常平静。

明明接吻时还在皱眉的人,目光里的犹豫和迟疑都消失了,沉着冷静地看着她,像是已经做好了某种决定后的尘埃落定。

许沐子不知道邓昀心里关于道德层面的挣扎，只觉得他已经恢复到过去那种万事从容的状态。

邓昀没有对之前的行为表现出任何懊悔，坦然地提起见面以来他们都在避免的问题。他问："许沐子，这几年你过得好吗？"

这几年过得好吗？

其实不太好。

由奢入俭是很困难的过程。小别墅和汽车不必再提，家里其他能卖的值钱物件也都陆陆续续卖掉了，包括家具、电子设备、许沐子爸爸收藏的红酒和手表、许沐子妈妈买的包包和首饰，也包括许沐子的两架钢琴。

它们陪伴许沐子从幼儿园到大学，陪她走过最漫长难捱的苦练时光。她却不得不转手他人。

爸妈一夜之间苍老了许多，生出白发。他们睡不着觉，整夜叹气，总在出租房的小客厅里来来回回走着。有一阵子，许沐子非常担心他们会因急火攻心而生病，也担心他们会想不开，生出什么轻生的念头。

"穷在闹市无人问"，因为想要借钱周转，许沐子和爸妈接连被几位相对信任的亲朋拒之门外。他们听到过一些刻薄的话语，也受到过一些不耐烦的白眼。

许沐子爸妈爱吹牛皮，却也善良、心软。他们家里生意很好的时候，也尽力去帮助过一些人。可等到破产后，他们再去求助，却尝遍失望。

有人犹犹豫豫；有人闭门不见；有人嘴上说着帮忙，最后只拿出几百块钱打发他们；也有人拉黑了他们的联系方式。

那段困难的日子，许沐子曾因为午饭被撞撒在地上，蹲下身崩溃大哭过，也因为兼职时间过长，整夜手疼。

如果是大一时的"温室花朵"许沐子，她一定会把经历过的心酸和苦难全盘托出，一桩桩、一件件倾吐给邓昀听。但现在的许沐子已经长大了。她淡淡笑着，轻描淡写："最开始有过很多不适应，后面就还好，过得还不错。"

窗外乌云滚滚，把白昼变成子夜。

见面后的第十二个小时，他们开始坐下来叙旧。许沐子告诉邓昀，多亏他帮忙投出去的那份简历。她带着所有奖杯、奖状和证书去酒店面试，把塞到拉链几乎爆开的登山包拿给负责招聘的工作人员看，工作人员看得目瞪口呆。

没能成为钢琴家是许沐子的天赋不足,但只是在酒店做钢琴师工作,以她的能力,还是能够胜任的。试用期只持续了两天,经理找到许沐子,谈了长期合作。

兼职也有好处,反正她每天也要练琴,客人少的时候,可以自选曲目弹奏。又能练琴又能赚钱,不提辛苦,还是挺不错的。

她从每天下午五点工作到晚上十点半,节假日可能需要加班到夜里十二点,但会有一笔额外的加班费用。

邓昀一直静静地听着许沐子讲述,听她的苦中作乐。从前十指不沾阳春水的小姑娘生出些韧劲,聊天时想到值得高兴的事情,眼睛都亮了些。

她说,有段时间,一位老人住在她工作的酒店里。每天下午,老人都会坐在钢琴不远处的休息椅上听几首曲子。老人出手阔绰,她收到过很多次小费,退房时还收到过老人在前台给她留下的纸条:Your zest for life is contagious.(你对生活的热情很有感染力。)

许沐子坐在邓昀房间的沙发上,无意识地摆弄着手指上的手部按摩器,弹簧状金属环来来回回滚过指关节。

邓昀始终在看着许沐子,目光灼灼,随着她的小动作把视线落到她手上。片刻后,他关心地问她:"手伤严重吗?"

许沐子心跳漏掉一拍,摇了摇头:"不严重,小毛病,我同学很多都有。"

"还是劳损?"

"嗯,劳损和腱鞘炎。"

平时还好,练琴六小时以内只会产生酸胀感,超过六小时,尤其到八小时以上,或者遇见阴雨天,才会严重些。许沐子想,这些就不用告诉邓昀了吧。

邓昀向他右侧看过去,有一瞬的思考,似是在问他已经知晓答案的问题:"你爸妈他们还好吗?"

许沐子琢磨着邓昀那一瞬的神情,短暂沉默,然后才乐观地回答。过去她一直觉得爸妈喝酒、熬夜次数太多,健康的运动又太少,对身体肯定不好。没钱之后,酒局和应酬没了,爸妈不得不自己动手做家务、步行去周围市场买菜、扫码骑路边的自行车去谈事情……

"感觉现在这种生活,我爸妈的身体都变健康了许多。"

她说现在家里情况有所好转，最近爸妈他们心情也算不错。

许沐子一直认为，投资失败那件事，她爸妈的责任更大些，提起来心中有愧，但她还是问了："邓昀，你爸妈现在怎么样？"

邓昀说："还不错，和你家情况差不多。"

着装方面，邓昀和过去一样，身上的衣服没有特别明显的 logo（标识）。

许沐子只能从他住的房型和手机、电脑这类物品上判断他的经济能力。她之前就觉得，他现在的处境，应该是不需要太过担心的。但听说邓昀家里生意也有转机，她还是由衷地为他家感到高兴。

只是，他们在聊的虽然都是些关于生活、关于长辈的正经事，对视中也还是掺了些说不清的情愫。彼此不言不语地沉默下来时，隐晦的暧昧尤为突出。好像空气里勾着丝丝缕缕的蛛网，无形中网住心魄，牵得人神不守舍。

许沐子胸口起伏："那……你呢？"

邓昀目不转睛地盯着她："你指哪方面？"

"就……你现在过得怎么样？"

"事业还可以，身体也不错，感情不太顺利。"

他是什么意思？什么叫感情不太顺利？难道邓昀是在告诉自己，这个时候是她可以乘虚而入的最好时机？等等……许沐子，你醒醒！你在想什么鬼的乘虚而入！

原来邓昀有感情。许沐子感到失落，不自在地清了清嗓子，装不在意："你感情怎么不太顺利了？"

"你觉得呢？"

"你是……快要被甩了吗？"

邓昀忽然笑了，像是拿她没办法的样子："第二次这么问我了吧？"

许沐子恍惚间想起来，上次她从邓昀家把墨伽洛斯的纪念品冰箱贴拿走前，确实也问过他类似的问题。怎么她总能赶上他感情不顺利的时候？不过，这种旧事重提，总觉得彼此间有些亲昵。

窗外又炸起一声惊雷，震天动地，他们同时往窗外看了一眼。暴雨如注，雨水重重砸在玻璃上，万物模糊。天气恶劣，狂风怒号着呼啸而过，粗壮的树干紧拽着疯狂摇摆的蓬乱树冠。

这个时候，客栈停电了，房间霎时陷入黑暗。

许沐子原本坐着的沙发靠近落地灯，突如其来的黑暗令她感到紧张，眼睛无法适应，什么都看不见。她本能地站起来，伸手向邓昀那边摸索。

手在空气中探到第二下时,许沐子的手腕被邓昀握住。他说:"害怕吗?"

害怕倒是并没有,陷入黑暗的紧张只有瞬息,还不如被邓昀握住手腕时的紧张来得强烈。

邓昀不仅仅握了许沐子的手腕,他的手指滑过她的掌心,钩着她戴着手部按摩器的食指,改成十指相扣地牵手。

他就这样牵着她的手,带她往房间储物柜的方向走去。

十几秒钟的适应时间过后,许沐子开始能看清一些周遭物品的轮廓,也能看清邓昀走在前面的高大背影。他的肩很宽,令人很有安全感。

他走到柜子旁边拉开抽屉,从里面拿了几样东西出来,放在桌面上。

无论是拆纸盒还是擦动打火机的滚轮,他都是单手完成的。

火苗跳跃着燃起,邓昀点燃香薰蜡烛上的捻芯。自始至终,邓昀都没有松开过许沐子的手。

许沐子心跳怦怦地被邓昀牵着。她的注意力都在手上,她完全没有想过,为什么只打算在客栈住一个多星期的普通住客,随身物品齐全到连香薰蜡烛都有。

许沐子想着,自己刚才的问题应该没问错。肯定是这样,邓昀如果不是快要被甩了,为什么要来招惹她呢?

邓昀扣上打火机的金属盖子,按灭手里的幽幽火苗,把黑色玻璃盒的香薰蜡烛端在手里,转头看向许沐子。火光轻盈,熠熠地映在邓昀的瞳孔里。他回到刚才的话题:"没有快要被甩。"

许沐子怔着反应了一下,很快又听见邓昀补充说:"因为没有女朋友。"

流动的微小气流柔柔地搅动着烛光,烛光乱晃,像许沐子乱跳的心脏。她看着他,如同呓语:"那你上一次有女朋友,是什么时候?"

有人敲门,节奏急促。邓昀把蜡烛递给许沐子,依然牵着她的手过去开门。

房门打开,夏夏站在门口急急地喊:"老……"看见许沐子的时候,夏夏差点儿咬到舌尖,在许沐子不解的目光里,生生改口,"老邓!"

刚才的问题被打断,许沐子想,这几年,邓昀总归是会有些感情经历的吧。这个人双标得很,和男生就各种不熟、不爱接触,每次瞧见邢彭杰就沉着一张脸。和女生倒是蛮聊得来的,和之前的西服美女是这样,到夏夏这里,才一个星期就混熟了,人家小姑娘还叫他"老邓"呢。

夏夏手里提着应急照明灯盏:"不知道是哪里出了问题,客栈停电了。"

我已经给有关部门打过电话,外面风雨太大,工作人员说没办法现在赶过来排查……"

情况有些紧急,客栈里有些住客来前台找夏夏要胶带,可能是想要学习南方台风来临前的防范措施,用胶带在大片的玻璃窗上贴成"米"字。

但这会儿风已经很大了,离玻璃窗太近有一定的危险。夏夏负责全客栈住客的安全,分身乏术,是过来请邓昀帮忙的。

许沐子在夏夏说明情况时,把手从邓昀手里抽出来,说:"那我也下去帮忙吧。"

夏夏犹豫地看了邓昀一眼,才开口:"那麻烦许小姐帮忙去前台守着座机,有住客打电话过来就告诉他们锁好门窗,千万不要出门。"

他们三个步履匆匆地穿过走廊,邓昀问:"确定住客都在客栈?有没有还在外面的?"

夏夏答:"还不确定……"

现在要保证住客都在客栈里,有些房间住的是男性客人,夏夏不方便,邓昀去楼上敲门询问了。

在分道扬镳前,他又拉住她的手,凑在她耳边说了一句话:"没有上次。"

没有上次?邓昀没有过女朋友吗?

许沐子对着火光摇曳的香薰蜡烛,独自守在被狂风暴雨笼罩的一楼公共区域。她看着自己的右手掌心发呆。

如夏夏所说,果真有住客在这种极端天气里慌了手脚,打电话来询问。铃声打断许沐子的愣怔。她接起电话,学着夏夏的语气,对着前台张贴的安全提示语细细叮嘱住客,并告知对方马上会有工作人员上楼敲门,有什么需要可以和工作人员沟通。

座机电话还没接听完,许沐子放在前台桌面上的手机连着响了几声。屏幕在昏暗环境里莹莹亮起,有陌生号码发来信息——

谢谢说早了。

我没有那么好心,以前做的那些也都有目的。

许沐子,我是在引诱你。

第五章

下午四点钟

　　陌生号码的主人是谁,不言而喻。三条信息,尤其最后一条,内容不足十个字,却杀伤力极大。
　　电话另一边的住客已经挂断电话,许沐子紧握着接连发出忙音的听筒,盯着手机屏幕瞧。她感觉自己像是被香薰蜡烛上灼烧的火焰燎了一下,胸口滚烫。
　　火舌纠缠,丝丝缕缕点燃,又炸起灿烂烟花。
　　座机电话铃声很快又响起,电话里的人询问许沐子,客栈什么时候可以恢复供电。许沐子把夏夏说过的那套说辞答一遍,对方不满地嘀咕着,又无可奈何,最后说手机没电了,需要工作人员送应急灯,然后挂断电话。
　　许沐子拿起手机,一时间不知道该给邓昀回复什么好。
　　家里破产过后,总能接到奇怪的贷款电话,为了避免不必要的骚扰,他们都换过手机号码。她打下"你怎么知道我的电话号码",想了想,删掉,重新打下"你真的没谈过女朋友吗",删掉,又打"待会儿见面再说",又删掉……
　　最后,她在跳动的烛光里发了这句话过去:转告夏夏,309要应急灯盏。
　　邓昀没有纠结许沐子在对话内容上的转变,很快回复她一个"好"字,没再说别的。
　　之后许沐子又接到过一通座机电话,对方难免有所抱怨,她也用客气的语气应对了,跑着给住客送了一杯驱寒热饮。

天气糟糕透了,像有位身披狂风暴雨的巨人不断拍打一楼的玻璃门窗,很多花草被摧残得不成样子。

在国外读书时,许沐子也遇见过这样恶劣的暴雨天气。她和住客沟通时的语气和用词,也不全是和夏夏学习的,也有在酒店弹琴时,受酒店工作人员耳濡目染的影响。

那次,许沐子被暴雨困在兼职的酒店,反正她也走不掉,为了安抚客人情绪,经理找到她,问她愿不愿意加班。她给坐在酒店咖啡厅的客人弹琴到凌晨,在员工休息室浅浅眯了一觉,到清晨雨停了,才离开酒店回到学校。

那段时间还发生过一件事。学校筹备校庆活动,邀请了毕业的名人校友回来参加演出。许沐子在争取与优秀前辈合作的机会,她回宿舍简单收拾过自己,随便吃了几块粗粮饼干,垫了垫肚子,又跑去琴房练琴。

她去琴房的路上,遇见天赋比她好、为人傲慢的同学。同学问:"Shirley,听说你也报名了校庆活动?"

许沐子点头。

同学笑得极其夸张:"你该不会是希望,那些有名的前辈和你这个满身土豆味道的女孩同台演出吧?"

因为缺钱,许沐子经常会在合租公寓里煎蛋和土豆。她并不觉得这有什么丢脸的。而且,以前发生类似事情时,邓昀曾告诉过许沐子,无论她天赋是否出众,能定义她的只有她自己,其他人无权评判。他说:"再有人嘴欠,骂回去。"

许沐子淡淡地瞥了同学一眼:"所以,他们会喜欢和满身烟酒味道的女孩合作?"

那次校庆的演出机会,最终是许沐子争取到的。至于那位傲慢的同学,因为酗酒,在预选节目比赛时频频出错,被老教授批评不够尊重音乐。

许沐子想,刚才忆往昔时没发挥好,应该把这件事拎出来给邓昀讲讲的,还应该讲讲她和学小提琴表演专业的同学同台、在当地有名的音乐节上表演的事情。

耳后的蚊虫叮咬处不舒服,大概是时间久了,之前涂的药膏已经失效。前台有提供给住客自取的青草膏,许沐子见邢彭杰用过,她找到玻璃小瓶，拆了支棉签。

有小孩子的哭声从楼梯方向传来，像惊雷声，太过突然，许沐子动作一抖，棉签掉在地上，她只能捡起来丢掉，再重新拆一支出来。她撕开塑料包装，在烛光照亮的范围里四处巡视找镜子时，手机收到群消息，来自组织小酌局时面对面建的临时群。

有住客发了张照片在群里，许沐子点开，看见了邓昀。群里有人说：被小孩的哭声吵醒，开门就看见这哥们在帮忙哄孩子。

有人跟着说：牛，打雷时你都没醒，小孩把你哭醒了？

有人叹：帅哥挺有爱，但小孩家长呢，这天气，敢放孩子乱跑？

也有人在说：夏夏小姐姐好像忙不过来，睡不着的兄弟出来帮个忙吧，检查门窗什么的。

他们的讨论，许沐子完全没看进去，匆匆扫了一眼，又点开那张照片。邓昀蹲在光线昏暗的走廊里，手里拿着提灯，正在哄一个看起来五六岁的小女孩。小女孩大概是被雷声吓哭的，嘴张得巨大，哭得一点儿形象不剩，几乎能看见嗓子眼了。

邓昀被灯光照亮的侧脸上，神情十分温柔，他伸手在揉小女孩的头发。

他安慰人时，好像是会揉头发的。

许沐子盯着照片看了很久，甚至能够分辨出邓昀短袖背后有几道布料褶皱，那是他们刚才激吻的时候，她抓出来的。她放大图片看了看，脸红了，直到一抹暗影投在前台桌面上，她才猛地回神。

邓昀已经回来了："看什么呢？"

许沐子脸皮更烫，匆忙把手机扣在桌面上，不肯承认："没看什么。"下一句就自己暴露了，"那个孩子呢，哄好了？"

"没哄好，被家长抱回房间了。"

邓昀这样说着，目光落在许沐子手上。

许沐子没找到镜子，手里还捏着一支刚拆好的棉签。青草膏被拧开瓶盖放在蜡烛旁，草药香混合着淡雅的植物香薰味道，散在潮湿的空气里。

许沐子本来想要调侃邓昀的。她想说，以前在游乐场给小孩子买棉花糖的劲呢？不是对小孩子特别有办法吗？还和人家约打水漂比赛……可是，她被他看得喉咙发紧，捏棉签的指尖更用力了些。

邓昀问："不舒服了？"

"嗯，之前在放映室被蚊子……"

许沐子话没说完，因为邓昀抽走了她手里的那支棉签。

他用棉签在玻璃瓶里挖取一块青草膏，对她说了一句："过来。"

她偏着头靠近，感受到棉签触在耳后皮肤上的轻微摩擦感。棉签在打圈，清凉感蔓延开，耳侧皮肤敏感，总有半分说不清的痒凝在心尖上。

邓昀应该是把自己那盏照明灯送给309或者其他住客用了。一楼公共区域偌大的空间里，只有香薰蜡烛跳跃着的火苗照明。火苗把他们的影子投在墙壁上，影子带着虚虚的深灰色毛边。他拿着棉签的手和她头部的暗影重叠，只有手臂微动，像他在抚摸她的脸侧，也像下一秒就要托着她的脸吻过来。

"你手机一直在响，不用看？"

"是群消息。"

许沐子答完，棉签打着圈涂抹的触感倏地消失了。她转头，心跳异常，她有点儿不敢看他。偏偏邓昀伸手，用捏着棉签的食指指背刮了许沐子的耳郭。很轻、很痒的一下。他这样说："你耳朵很烫。"

许沐子突然就感觉邓昀在短信里和她说过的那句引诱不是空穴来风，他是真有这个勾她的能力。他们挨得很近，她很容易联想到先前在他房间里相拥和接吻的感受。那些感受牵着某种欲望，引人想要重新沉浸其中。

许沐子感到口干，又突然留意到楼梯间传来匆匆下楼的脚步声。是夏夏回来了。许沐子还惦记着自己先前和夏夏说过的"我和邓昀不是朋友"这句话，总觉得心虚，所以看见夏夏提着灯走过来的身影，马上慌慌张张地从邓昀身边退开了。

退开后，想到邓昀眼里那种笃定，她又转头去看他，却发现不知道为什么，对于自己这个举动，邓昀竟然没有丝毫不悦。之前在夏夏面前，她把手从他手里抽出来时，他好像也没什么反应，理所当然地接受了她的逃避。

要忙的事情很多，夏夏走路速度都快不少，她一阵风似的到了前台，手里还拿着手机敲敲打打，用客栈的工作号给住客发极端天气的安全须知。

楼梯上踢踢踏踏混着好几个人的脚步声，几张熟面孔也跑到楼下来，问夏夏有没有什么需要他们帮忙的地方。

这些人吵吵嚷嚷地挤在前台旁——

"也不知道停电要停到什么时候，没Wi-Fi，打游戏太卡顿了。"

"别玩手机了,待会儿没地方充电。"

"这都已经四点多了,停电了,客栈还能提供晚饭吗?"

"又是打雷又是闪电的,睡觉也睡不踏实,我说夏夏,干脆让我帮着做点儿什么算了……"

许沐子拿着自己的手机躲开些,把空间给他们腾出来。

邓昀把棉签丢进垃圾桶,然后看向许沐子。

他们隔着热闹的对话声对视,目光不清白地勾缠着。

隐约听见有人在讨论,风太大,客栈外面的鸟窝好像快要被吹掉了,需要去加固。他们叫了邓昀:"你个子高,一起来帮忙啊?"

邓昀偏开视线,应了一声,转身和其他住客去找工具时,他比了个电话的手势给许沐子。

许沐子会意,拿起手机打字。她发给他的问题,是她刚才受蛊惑时的疑问:

你真的没谈过女朋友?

以前那个冰箱贴我都看见过。

邓昀跟着人往外走时,低着头打字。许沐子收到了邓昀的回复:没谈过,晚点儿和你解释冰箱贴。

公共区域里安静下来,只剩下雨声,夏夏在忙活时感叹,说雨声稀里哗啦的,像她老家做油锅炸鸡蛋的声音。

许沐子还以为这就是邓昀最终的答复,刚刚和夏夏并排坐下来,手机又响了一声提示音。许沐子滑开屏幕,看见新的信息内容:上一次动心,还是在1075天前。

1075天前是什么样的日子?

这种糟糕天气,客栈不能开门窗,之前空调暖风开得太足,有种闷闷的潮湿感。在许沐子的余光里,夏夏抬手抹掉额角沁出来的汗,继续在手机上编辑通知内容。

许沐子也收到了一份夏夏群发的消息。内容全面,基本上解答了住客容易产生的各种疑问。后面加了一句,晚餐会照常供应。

座机在响,夏夏跑过去接听电话。许沐子红着脸,在夏夏富有亲和力的声音里,努力回忆着关于1075天前的记忆。

那段时间是他们都已经知道家里投资失败的时候吧?许沐子翻出日

历，把大约的日期推算出来，却怎么也想不起那天她做过些什么。

那时候家里被愁云笼罩，所有人都是浑浑噩噩的状态，不困也不饿，像忽略掉温饱需求的行尸走肉。唯一听过的好消息，是卖房子的陈阿姨带来的。

陈阿姨说，有对正准备归国的夫妻看中了许沐子家的二手小别墅，出价比其他买家稍高。而且，那对归国夫妇当时正在国外旅行，愿意不看房直接付款，回国时间又比较晚，许沐子和爸妈可以晚些搬走，能省下将近两个月的租金。

邓昀是在那个时候动心的？对她吗？但为什么是那种时候？

这一点许沐子没有猜透，只是直觉这个时间和自己有关系。

她没回复，想等他回来再谈。想着这些，许沐子脸更红了。

手机又在响，她以为是邓昀，心跳瞬间加速，她期待地看向屏幕，结果失望地发现，是堂姐在联系她。距离上次联系间隔了十个小时左右，许沐子猜测，住在国外的堂姐应该是刚刚吃过早餐，或者已经把小朋友送去幼儿园……

堂姐发的照片里，果然有背着书包走进幼儿园大门的小朋友的背影。

经过一夜睡眠，堂姐竟然还在惦记着许沐子的感情问题，问她爸妈有没有和她说过新相亲对象的事情。许沐子回复：没有。

堂姐说：你可以主动问问嘛。

许沐子回：没必要吧……

堂姐反问：问问怎么了？

堂姐又说：怕直接见面会尴尬的话，还可以先添加联系方式啊。

许沐子继续回复：不想加。

堂姐依然在劝，说只是随便聊聊天，又不是让她马上和人家结婚生孩子，还说她表现得过于消极抵触，总不能一直拒绝接触异性。

许沐子耳朵还在发烧。她总在想邓昀的事情，摸着发烫的耳郭，顺手就回了"有在接触"这四个字。

这句回复像捅了马蜂窝，堂姐那边源源不断地抛问题过来：

和谁在接触？

你背着家里谈男朋友了？

那为什么不早说？

她没谈啊，只是抱了亲了而已。但这话不方便和堂姐说。

许沐子没办法像躲避其他亲戚那样躲开堂姐的追问。以前她爸爸和她叔父性格不合,一见面就要互相阴阳怪气,来往得并不多。但在她家落魄时,只有叔父打来越洋电话,先是数落她爸爸投资不够谨慎,又带着担忧的哽咽问他们到底欠了多少钱。

叔父家主动借钱给他们救急。彼时堂姐刚结婚不到一年,和堂姐夫商量后,竟然愿意把婚礼收到的一大半份子钱也借给许沐子爸妈还债。

许沐子不想说谎,但总不能和堂姐说,她出来散心,偶遇一位过去有些暧昧情愫的旧相识,才见面十二三个小时,两个人就已经吻到一起去了……她真这样说,还不得把堂姐吓死?

许沐子只好打字:以后再和你说吧。

许沐子听夏夏说,几处在屋檐下的燕子窝,分布在客栈楼侧,窝里还有几只不会飞的小燕子。鸟窝一旦被吹下来,小燕子们肯定会摔伤,所以刚刚他们拿了木梯和工具出去,要用麻绳加固一下鸟窝,去了比较久的时间。

许沐子一直在楼下陪夏夏,还和夏夏商量着给三只流浪猫起了名字。她没养过宠物,对起名字这件事没什么新意。三花猫叫"来财",白色的那只叫"源源",橘猫就叫"滚滚"。

许沐子说:"客栈经营得这么用心,那就祝你们老板能财源滚滚吧。"

提到客栈老板,许沐子想起自己没看完的那段评价。评价里是不是提到过,这间客栈原本是老板准备送给谁做礼物的来着?

许沐子难得有八卦之心,把这个问题抛给夏夏。

夏夏似是一惊:"您听谁说的?"

"在客栈的早期评价里看到的,不好意思,我这么问,是不是冒犯到你老板了?"

"没有……"

座机又在响。夏夏也许是真的不方便多谈老板的事情,只在跑去接电话前,指了指窗外雨幕中那片郁郁葱葱的植被。

夏夏说:"那里原来种过玫瑰,叫伦敦眼。"

许沐子好奇伦敦眼的样子,用手机搜索。那是一种粉橘色的玫瑰,花瓣层层叠叠,很美,花语是初恋。看来客栈老板是位有故事的人呢。

手机电量不足,许沐子提着照明灯回了一趟自己的房间。她没关房门,刚跪在床上摸到充电宝,堂姐想要继续打探消息的来电铃声和楼下忽起的人声几乎同时入耳。楼下传来一阵火急火燎的嘈杂声,令人有种不好的预感。

许沐子没顾得上接电话,拿上充电宝,提着灯往楼下跑。离着大半层楼的距离,她就听见夏夏慌张地说:"稍等,我去找医药箱来。"

楼下公共区域里好几个人围在沙发旁。他们把雨雾的潮湿带回室内,晃动着的人影和植物的影子被几处不同方位的光源拉长,投映在四周墙壁上。

忽略掉对话声,会像恐怖片氛围。

许沐子在人影缝隙里,看见邓昀坐在沙发上。邓昀身上那件黑色的短袖,左侧袖口被卷起来,衣袖堆叠在肩膀上。他手里叠成方形的白色毛巾按着肩侧皮肤,毛巾布料和皮肤接触的地方,隐隐看到些暗红色血迹渗透。

许沐子心里一紧,又往前挤了两步。

一起去好心帮忙加固鸟窝的都是客栈里比较年轻活跃的住客,其中有几个人参加过上午的小酌局,也去采过蘑菇。他们或多或少和许沐子见过,不知道她和邓昀认识,不但没让路,还好心地把踮脚往沙发那边看的许沐子隔开了。他们说:"你晕血不?晕血的话,可别跟着凑热闹啊。"

有个和邢彭杰年龄差不多的男大学生正满脸通红地和邓昀道歉:"对不起啊哥,都是我的错。"

有人埋怨他:"你怎么拿个木梯还能松手呢?"

男生说,他是看见燕子飞回来了,怕自己在鸟窝下面举着木梯吓着它们,本想快点儿把木梯收起来……

许沐子站在人群外,拼拼凑凑也听懂了事情经过——木梯上有很多刺,男生不敢握紧,再加上打算收木梯的时候,有一阵狂风刮过,迷了眼睛,男生护着眼睛,手没拿稳梯子。邓昀在捡东西,木梯砸下去,侧边支出来的一截钉子把他划伤了。

男生捏着一截没用完的麻绳,内疚得几乎要悬梁自尽:"真的很对不起……"

邓昀为人随和:"是我走神,没躲开。"

男生着急地问:"可是哥……你流了这么多血,要不要去山下的诊所看看?"

折腾过这么一趟,男生们像患难兄弟,都在关心邓昀的伤口。你一句,我一句,显得许沐子像个外人,插不进话。

邓昀表示是小伤,稍微消毒一下就好了,说着,目光越过几个男生和许沐子对视。

夏夏这时候赶来,嚷嚷着:"让一下,让一下,医药箱来了。"

邓昀好不容易打发走了关心他的几个人,也没用夏夏帮忙,说是衣服被雨淋湿了,提着医药箱准备回房间换衣服。

许沐子很担心,想都没想,端上蜡烛,跟着他一起上楼。

两个人一路沉默。到房间门口,邓昀刷卡打开房门,居然问:"来看我换衣服的?"

许沐子气得想动手,又碍于他是伤员,深呼吸了一口气,忍住了:"我是来帮忙的!"

"怕血吗?"

"不太怕。"

"那进来吧。"

邓昀看起来像个没事人,进门也没有急着去开医药箱,居然先用玻璃杯接了一杯水,还有闲情雅致拉开房间里的小冰箱,慢条斯理地往玻璃杯里加冰块。他说:"送你个东西。"

她眼睁睁地看见他从裤子口袋里摸出一朵盛开的玫瑰,捏在指间,像变魔术。玫瑰被风雨打折了花枝,只剩下寸许长的茎干顶着蓬松的花朵。

和她刚才在网络图片上看见过的一模一样,粉橘色,花瓣层层叠叠。

许沐子接过水杯,下意识地说:"伦敦眼……"

"认识这花?"

"刚查的,听说是客栈老板种下的。"

许沐子手里很满。一只手里是手机、充电宝和香薰蜡烛,另一只手里拿着玫瑰。她本来琢磨着,想找个地方把东西放下,抬眼和邓昀的目光撞上。

房间里依然只有烛火,浮光霭霭。不到一小时前,他们还在这间房里举动亲密。所以,许沐子没好意思提起,这种玫瑰的花语是初恋。

邓昀也没继续聊这个话题。再对视下去,他可能又会做出什么刺激的事。

许沐子看着手里的蜡烛,嘟囔:"你……快去处理伤口啊……"

邓昀去了趟浴室。许沐子放下东西过去看时,他正在用生理盐水冲伤口上的血迹,冲完,撒了一层止血药粉。只是看着,许沐子都觉得非常疼,可整个流程下来,他愣是连眉都没皱过一下,非常平静,像个没有痛感的人。

其实伤口挺深的,血水和药粉溶在一起,触目惊心。许沐子帮忙缠纱布时,非常小心,生怕碰到:"你不疼吗?"

他笑着,只答:"许大夫,别紧张。"

只有简单的对话,然后又是沉默。

在短信里,许沐子勇气可嘉,还敢问他以前谈没谈过。现在面对面,又是近距离在相处,却心悸得什么都说不出口。

邓昀淋过雨,短袖布料潮湿地贴在他腰上。

那种黏腻、闷热、心律不齐的感觉又来了,许沐子总觉得手指不听使唤,用剪刀剪了好几次,都没能剪断纱布。

邓昀握着许沐子的手:"我来。"

他们合作包扎伤口的几分钟里,许沐子撂放在充电宝上的手机时常在响。许沐子感觉到,在某圈纱布绕过手臂的时刻,邓昀往声源方向看了一眼。

之前许沐子挂了堂姐的电话,堂姐肯定认为她是在逃避问题。她担心堂姐把她和异性在联系这件事,当成家里最大的新闻报告给其他长辈。

在贴好最后一条医用胶布后,许沐子匆匆对邓昀说了一句:"我去看一下手机。"

手机里一堆未读信息。堂姐好像误会了,以为许沐子结交了十分浑蛋的异性,所以才不敢和家人提起。堂姐句句都在叮嘱她万事小心,千万不要被坏男人占了便宜。

那……她刚才帮邓昀包扎伤口,手指隔着纱布碰到他手臂,胸腔里像腾起驱不散的水汽。那种很想要再和他接吻的心情,算不算是占邓昀便宜?

在许沐子打字和堂姐解释时,邓昀从浴室出来了。

他靠在浴室门边,问她:"在吵架?"

哪能和堂姐吵架?许沐子手上动作没停,她也没抬头:"没有,在解释。"

等许沐子把信息发出去,转头,看见邓昀单手拽着衣摆,脱掉了身上那件被雨水浸得差不多的短袖。短袖被随意地搭在桌上。他赤着上半身,从衣柜里拿了件差不多版型的宽松短袖,转过身和她对视着,把短袖套在了身上。

许沐子手里的手机又在响。

邓昀静静地看着许沐子,看得她呼吸一窒。

片刻后,她才听见他问:"还没解释完?"

许沐子垂眼看,这次不是堂姐的信息,是群消息。邢彭杰说自己看《名侦探柯南》的"山庄绷带怪人杀人事件",看到一半发现手机要没电了,问有没有人想去一楼打会儿牌。她摇头:"邢彭杰在群里找人打扑克牌。"

邓昀坐在电脑椅上,看了许沐子一眼。

他给她提的是二选一的问题,语气却不是那么回事:"去打牌?还是说,我现在给你解释冰箱贴的事?"

眼下有关邓昀的事情,显然更有吸引力,许沐子当然不会选择去打牌。而且,"解释"这个词让她有种被重视的感觉,就像她重视堂姐。

应该是有其他人响应了邢彭杰的号召,隔着房间门板,传来几声开门、关门的声音,也有人吵闹过一阵子。隐隐听见有人在说:"已经五点了,走,走,走,赶紧玩几局,到七点钟又该吃晚餐了。"

这群人真是停电了也不肯安生。

喧嚣过后,走廊又恢复安静。

下午五点钟。窗外不再电闪雷鸣,风声呜咽,雨势不减,雾霭砸在玻璃窗上强力冲刷着,仿佛开着汽车进了全自动的强力洗车机器。

客栈里还是停电状态,许沐子坐在邓昀房间的沙发上。

桌面上放着一闪一闪的烛火,把盛开在水杯里的伦敦眼映得颜色更暖。

在这样一方温情的空间里,邓昀慵懒地靠在电脑椅上。宽肩,袖口露出许沐子缠上去的纱布,柔软的短袖布料堆叠在窄腰处。

之前想要的叙旧,从接吻过后,越发往更加不清白的方向偏离开。

说不上到底是他们中的哪一个在引人深陷。

许沐子好热。她脱掉披着的厚浴袍,匆匆整理被浴袍刮落的肩带,焦躁地把浴袍胡乱叠了几下,放到一旁:"你有烟吗?"

"戒了。"

"哦……"

无关紧要的对话过后,邓昀开始讲述关于冰箱贴的事情。

他先抛了个问题给她:"不相信我以前没谈过?"

许沐子点头。

她瞥他那一眼,多少有点儿谴责的意味。又不是临时看对眼、一拍即合的情人,他们可是早就混到过一块儿的,连家里都知根知底。那个冰箱贴什么情况,她还能不知道吗?

许沐子那点儿心思都写在脸上,邓昀眼里才算有了些笑意。

他先叹了一句"谣言害我",才说:"让我想想怎么解释。"

片刻的沉默过后,许沐子听见邓昀这样说——在墨伽洛斯纪念品商店买冰箱贴那会儿,他只是注意到她了。事情经过和他妈妈猜想的完全不同,那次他并没有刻意给家人以外的谁挑选过礼物。但他在店里的确想起过她,不是普通的想想就算了,分心太重,冰箱贴是他无意间多拿的。刷卡结账时,他在地图上搜药店,付了款,才发现自己多拿了东西。从纪念品商店出来之后,他直奔距离最近的一家药店买了药膏。

邓昀说这些话时,始终在看许沐子。他问:"买了什么药膏,不用我解释吧?"

许沐子心里涌着起起伏伏的潮水,慌张摇头。

确实不用。因为在那之后不久,许沐子就接到酒店前台的电话,她顶着被滑膛枪后坐力打肿的脸,下楼取到了一支没有署名的消肿药膏。

许沐子想起听到"邓昀最近好像谈恋爱了"消息的那个傍晚。比起妈妈们品茶间头脑风暴,猜测、推断出来的各类情报,冰箱贴的真实来历实在过于普通。

可是她听完,悸动异常。好像房间里氧气被蜡烛燃尽,呼吸不够顺畅。

他买了冰箱贴,是因为她?所以……是在说,他格外在意她吗?

邓昀没起身,将电脑椅稍滑了半米距离,从小冰箱里拿了一罐凉茶。

冰箱门砰地关上。他抠开凉茶的拉环,滑着电脑椅回到她对面,把金属罐子放在许沐子面前的桌上。许沐子没有和邓昀道谢的习惯,拿起凉茶慢慢喝着,压下汹涌而来的各种情绪。

有人敲门,邓昀轻叹了一声,起身去开门了。

门外是之前负责拿木梯的男生。男生还在内疚,过来询问邓昀的伤势,也担心他动作不便,询问他有没有需要帮忙的事情。

邓昀大概是在说自己没有大碍吧？具体内容许沐子没有听清，她脑子里在想另一桩往事。

那年寒假，许沐子开学前，他们不知道怎么聊起一点点感情相关的话题。

邓昀仰躺在沙发上，用一罐冰可乐碰了碰许沐子的耳垂，在她凶凶地回头时，他问她："你那个眼光一般的男同学，后来怎么样了？"

按照常规流程，在低谷期遭遇类似于暗恋失败这种事情，该是雪上加霜的。但……许沐子那阵子整天背着家长和邓昀厮混在一起，开心了想找邓昀"哈哈哈"，不开心了想找邓昀去做叛逆、刺激的事。听见长辈们聊离谱的八卦，她要发信息和邓昀吐槽。在餐桌边瞧见喝多了的长辈出洋相，她努力憋着笑，第一时间也是看向邓昀。

她觉得邓昀长得帅、个子高、衣品好、很酷、很神秘、特聪明，鬼点子足够多，遇事又足够沉着冷静，能带给她刺激感，身上还特别香……

邓昀的存在感太强，成功把别人都挤走了。所以，许沐子其实好久都没想起过雅思班的男同学了，冷不防被问，还愣神片刻。

她琢磨了几秒，才耸了耸肩，在他的注视下轻轻松松地回答，说自己和男同学没有联系过。她说："我早就没放在心上了。"

那时候他们在邓昀的卧室里吃夜宵，外卖包装盒还是新年特别版，颜色红红火火，上面的图案也都是些喜庆的小福字。许沐子于是问邓昀，除夕时有没有许过什么新年愿望。他说没有。

他们见面太多，总在玩笑，总在闹。她坐在地毯上，想偷袭，也拿着可乐去冰他的下颔，被他识破，握住她手腕阻拦。她想转移话题，心虚地怂恿他补一个除夕愿望。他想都没想，笑着说，希望她刚才说的那句"我早就没放在心上了"是真话。

她当时还以为，那只是一句调侃的玩笑话。

也许，也许……

许沐子咽下一大口凉茶，感受着食道里滑过的冰凉，看向玄关的方向。来嘘寒问暖的男生刚走，邓昀关上房门，也在看她。

小插曲没有打断之前的谈话。他问："记不记得1075天前，发生过什么？"

许沐子捧着有点儿冻手的凉茶罐子，摇头。

"我们最后一次见面，是多久以前？"

"两年多吧……"

"具体点儿。"

许沐子不怎么确定:"好像是……两年零八个多月?"察觉他不认同,又改口,"那两年零九个月?"

邓昀看了她一眼:"是 1075 天,马上就三年了。"

"可是你说,你上一次动心……"

邓昀开始在意许沐子,的确是从墨伽洛斯靶场遇见之后。他也记不清到底是什么时候开始,自己开始变得时时在意她。

或许是他在发现她有喜欢的男同学,继而发现自己竟然有些微妙不爽的时候;或许是他在饭店外面,帮她扣好衬衫衣领扣子的时候;也或许是他开始和她接触,并且想方设法和她接触的时候……

邓昀坐回到电脑椅上,弓着背,把手肘搭在膝盖上,和许沐子对视着。

"对你有好感比较早,具体我说不清,大概就是在诓你出逃那几天的事情。后面从有好感变成喜欢,这之间有过无数次动心。"

1075 天前,他们最后一次见面。

他们站在许沐子家已经售卖出去的小别墅里,客厅狼藉,纸箱和杂物堆得人无处落脚。面对那片令人打不起精神的残败景象,他问过她对未来的打算。她伤心又迷茫。他说帮她投过简历,她抿着唇,眼睛红红地看着他。

邓昀非常坦然:"一直到最后的见面,我还在动心。"

"可是你说让我忍着别哭……"

"那时候很想抱你一下,但不能。让你别哭,是怕看见你掉眼泪,我会忍不住。"

玻璃杯里的冰块融化了。邓昀说完,抬手弹了一下装着玫瑰的杯子。很轻的一声脆响,像打开某种心锁锁孔的钥匙转动声。

那些藏在心底里,几乎因生锈而迟钝的好感,又开始蠢蠢欲动。

许沐子其实殷切地期待过邓昀的生日礼物,也期待过他们关系的转变。怕错过他的电话,她的手机总调成铃声模式。她也因为 6 月的回国计划,开始尝试着敷面膜。如果没有家庭变故就好了。

许沐子握紧凉茶罐子,始终有些不敢确定:"所以你是在说……"

"我在说喜欢你。"

心脏像被牵线提了一瞬,许沐子把手上的凉茶罐子握得咔嚓一声脆响。

她很开心,可是那些年错过的酸楚和委屈瞬间涌上心头。她鼻子一酸,眼泪扑簌簌落下去。

邓昀蹲到许沐子面前,抬手,用指尖拭去她眨眼间落下的眼泪。他安慰人还是喜欢揉人头发,哄了几次,她反而哭得更凶。

最后他说:"还哭?我就当作,你是在邀请我抱你了?"

邓昀把许沐子从沙发上拉起来,手臂忽然勾住她的腰,把她往怀里压。

他的手臂紧紧揽着她的腰,像要把她揉进骨子里去。她手里还握着凉茶罐子,却不由自主地搂上他的脖子。

这个拥抱持续了很久,心里空落落的难过逐渐被填满。

她的膝盖蹭到他的裤子布料,轻薄的布料淋过雨,潮湿,凉丝丝地贴在她皮肤上。她的情绪很复杂。"想要"和"想要喜欢邓昀",这两种情绪反复冲击着许沐子。

又忽然想起什么,她挣扎两下,声音里还带着哭腔:"邓昀,你有伤……"

他嗯了一声:"所以别乱动。"

凉茶罐子上凝结的霜化成冰凉水滴,从她指间滑下去,她眼睁睁地看着水滴落在他脖子上。应该很凉,他侧了一下头。

许沐子想要帮忙擦掉。邓昀不肯,依然单臂揽着她的腰,另一只手伸到颈后,接下她手里的凉茶罐子,直接利落地丢在地上。

他看她:"我要吻你了?"

许沐子胡乱点头。

邓昀吻的却不是许沐子的唇,他把吻落在她的耳朵上。

这个吻不像之前那样激烈。许沐子屏住呼吸,仰起头,感受到邓昀动作轻柔地一下下亲着她的耳尖,心口汇聚着难耐的痒。

她在等更激烈的纠缠,可他好像游刃有余,知道怎样才最撩人,慢悠悠地用鼻尖蹭着她的耳郭,把烫人的气息都印在她耳垂上。

欲念如同琴弦,丝丝缕缕,他却只肯拨动一根。

许沐子忍不住蜷缩身体,紧闭眼睛。她之前哭过,睫毛湿答答的聚成小撮,噙着的眼泪随闭眼动作挤出眼眶。

邓昀用拇指拂掉了许沐子脸颊的那道泪痕,把她抱到沙发上,拨开发丝,他又垂头,继续亲她的颈侧。像来财、源源和滚滚它们最初被她发现时那样,她微微发抖,颤着声音发出含糊的哼声。

可是这个吻,依然不够重、不够刺激,也不够持久。倒是越发让人贪婪、不知餍足。

察觉到邓昀退开,许沐子迷茫地睁开眼,条件反射般伸手攥住他的衣摆。她自己也没意识到,这是一种无声的挽留。本来邓昀已经仰靠在沙发上,发现许沐子扯着他衣摆,又撑着沙发坐起来。

他目光特别深,慢慢靠近,似乎想近距离看清她的眼睛,然后在她被看得无措时,偏头亲了一下她的唇。真的只有一下,一触即离。

太讨厌了,还不如不亲,搅得她心里不上不下。

邓昀问:"手机静音了?"

许沐子心不在焉地嗯了一声。

之前想要认真听邓昀说冰箱贴的事情,许沐子索性把手机静音了。昏暗里,手机接收到新的消息,屏幕频繁亮起提示字样。

邓昀只看了一眼亮着屏幕的手机,把许沐子揪着他衣服的手握在手里,指尖慢慢地敲在她掌心上,斟酌许久,问:"有没有给你带来困扰?"

他越慢,她心跳越快。

许沐子刚被告白过,哪会多想,以为邓昀说的困扰只是表面意思。困扰当然存在啊!因为她想要更多……

许沐子是感情经验接近于零的姑娘,过去的1075天里,不是忙着在琴房里弹琴,就是忙着在兼职的酒店弹琴。各类感情学习渠道闭塞,她连爱情电视剧都没有时间完整看过,因此有些矜持。她总不能说,她想继续吧?

许沐子尝试着把呼吸调整均匀,又总被邓昀一下下敲在掌心的动作扰乱。她蜷起手指,直言:"别敲,我快缺氧了……"

邓昀看过来的目光里隐含笑意,许沐子马上敏感地记起,自己以前也说过类似的话。她急急解释:"我不是在说呼吸性碱中毒!"

他答:"我知道。"

烛火把房间里的一切都染成摇摇晃晃的暖色调,包括他们。

喜欢这样和他待在一起。许沐子想,她应该早些发现自己喜欢邓昀的。

可惜那时候,无论是在家里的生意方面,还是在感情方面,她都没有过危机意识。就像她曾经理所当然地以为,她拥有的那两架钢琴会一直陪伴她,直到她白发苍苍。她也以为,她和邓昀可以永远像那个寒假一样,住在距离仅几百米的别墅里,随时可以见面。

"邓昀。"

"怎么了?"

"你是……你是什么时候……"犹嫌不够准确,她停了一下,换了个提问方式,"你是怎么……嗯,算了。"

邓昀抬眉。他真的非常了解她,眯着眼思考片刻,替她把她不好意思问的问题说了:"想问我是怎么发现喜欢你的?"

许沐子点头。

"是有个契机来着。"

邓昀说起他们连夜爬山那天的事情。那天许沐子第一次看清月球表面坑坑洼洼的环形山与月海,也是第一次看清土星环。她心情好得不得了,又蹦又跳得累了,裹着羽绒服坐在山顶观星台的长椅上,戴着厚厚手套的手撑在身子两侧,厚围巾几乎遮了半张脸,眼睛亮亮地仰望着星空,哼着歌。

许沐子很与众不同,哼歌也是哼古典钢琴曲。是巴赫的欢快曲调。

这个场景邓昀想起过很多次。有天下午,他本来收到朋友发来的信息,准备给人家回复,忽然又莫名其妙地想起许沐子。邓昀是被朋友的信息轰炸着催促着,才回神的。他发现自己拇指悬在手机屏幕上,愣神了将近三分钟。

邓昀捏了捏许沐子的指尖,轻笑着说:"如果不是喜欢,那就是有病了。"

"我那时候,脸应该还肿得很难看吧?"

"是还肿着,不难看,可爱。"

许沐子惆怅地叹着:"那几天说话都不利索,我还哼歌了?"

"嗯,可爱。"

许沐子脸红透了,抽回手,在脸边扇风。过了一会儿,她又忍不住问他:"可是,1075天这个时间,你怎么记得那么清楚?"

邓昀没答,忽然问:"你第一次参加青少年音乐交流会,是什么时候?"

"初中二年级,开学前一周,8月25日。"

"和查尔斯教授同台呢?"

"初中三年级，2月，同台排练是2月13日和15日，正式演出在2月16日。"

邓昀反问："这不是记得挺好？"

"可是那时候，家里情况那么差，我心里面可乱了，怎么可能记得住……"

"应聘钢琴师被酒店录用，转正的日期？"

许沐子脱口而出："8月18日。"

邓昀比了个拇指。

许沐子本来抱着腿蜷坐在沙发上，说不过他，干脆蹬过去一脚："你不讲道理，就算我记得日期，谁会每天数日子啊？"

她的脚踝被握住，邓昀说："我。"

在这种互相拌嘴间，许沐子突然反应过来，问题已经有答案了。

足够在意，才能记得清楚。

心跳猛然提速，心脏几乎要被引爆了。她忽然想到看过的海洋动物纪录片，异想天开，她觉得自己像海参。她是这样想的，也是这样和邓昀说的，觉得像的原因是：海参遇见危险，会把内脏排出来误导敌人，然后跑掉。她现在也总觉得有心脏超负荷的危险，很想把心脏拿掉，避免被炸死。

许沐子被自己幼稚的想法逗笑了，注意到邓昀的目光，抬手臂挡住连衣裙前襟："看什么？"

"你衣服上的凉茶。"

胸口不知什么时候湿了一片，或者说，不知凉茶什么时候洒到过衣服上，她完全没有知觉。感到有些丢脸，许沐子起身："我回房间换件衣服吧。"

她慌得丢盔弃甲，厚浴袍、手机，还有充电宝都没拿。

她走到黑乎乎的玄关才折返，也只想到要拿蜡烛照明。客栈里应急灯不多，住客们手机电量不够或者有孩子不方便点蜡烛，借走了一些。之前许沐子用过的那盏是夏夏的，上楼时她没再拿来，已经留在前台了。

"我把蜡烛拿走，你怎么办？"

"摸黑。"

一方面，许沐子担心邓昀没有照明会不方便；另一方面，从各种意义上来说，许沐子现在都算是处于欲求不满的状态。

她还有很多事情想要和邓昀聊一聊。比如,这些年他们分别在做什么,她给流浪猫们起的名字,邓昀为什么会想要来客栈住着散心,她奇奇怪怪的相亲对象们……

也还有很多事情想要和邓昀做。比如,继续接吻,做比接吻更亲昵暧昧的事情……

许沐子不想回房间独自待很久,于是问:"那你待会儿要做什么?"

"换衣服。"

许沐子看了一眼那件被邓昀脱下来的搭在桌边的短袖:"你刚刚不是换过了吗?"

"裤子。"

"哦……"

也是。

雨水是无差别攻击的,不会因为他们那群人是好心在帮忙加固鸟窝,就不淋他们。他的裤子也是潮湿的,只是因为颜色深,看不出来。可能因为她在,不方便,所以他一直没换。

邓昀把香薰蜡烛递给许沐子。她看见沙发上亮着屏幕的手机,想说她充电宝里电量还剩百分之七十,至少还能给手机充两三次电,其实用手机照明,也不用担心电量耗尽。话到嘴边,心里微动,她接过蜡烛,什么都没说,也没拿走手机,给自己留了一个可以回来的借口。

值得庆幸的是,邓昀也没发现她遗落的东西。

许沐子端着蜡烛回房间,从行李箱里翻出另一条连衣裙。换好裙子,她披散着一头乌黑的长发,坐在床边发呆。可能因为光线不足,四处幽幽暗暗,她总觉得特别不真实。在邓昀房间里发生过的一切,都像是做梦。

刚刚意乱情迷,沦陷在他的温情里,现在冷静下来,许沐子蓦然想到一个问题。邓昀他……他知不知道,当年几个家庭一起合伙做影视类投资,投资失败,继而破产、欠债,其实这一系列的问题,由她家而起?因为最开始接触怂恿他们进行影视投资的骗子的人,是许沐子爸爸。

本来许沐子不想显得自己太过急切,打算拖延二十分钟或者半小时再过去找邓昀。这个疑问一出现,她顿时坐立不安。

在房间里转了几圈,许沐子打定主意,准备立刻去敲他的房门。

她拢着头发,背对着烛火,在黑咕隆咚的环境里四处寻找发绳。不知道刚才脱裙子时,发绳掉到哪里去了。还有一根,之前穿着厚浴袍时箍在袖子上,肯定掉在邓昀那边了。发绳这种东西,许沐子有很多各类材质和样式的,结果平时马马虎虎,到需要用的时候,经常一根都找不到。

走廊里传来声音。开门声,还有不太熟悉的男生的说话声几乎同时响起:"Hi,bro.(你好,兄弟。)我们都在楼下打牌呢,你来不来?"

然后是邓昀的声音:"不了,你们玩吧。"

许沐子拢着头发走到门边,手搭在金属门把上,正准备按下去,有人叩响门板。她瞬间拉开门。邓昀站在门外,大概没料到她会这么快开门,还在垂着头看手机。

他手里没有照明设备,只有手机屏幕亮着光。见到她,他按了一下屏幕,暂停视频,把另一只手里的东西拿给她瞧:"都不要了?"

许沐子放下拢在手里的长发,接过邓昀手里的厚浴袍外套、她的手机和充电宝,已经顾不得刚才留下的"借口"被对方抢占先机领用了这件事,急着拉他进自己房间:"邓昀,我有话和你说。"

邓昀举了一下手,手腕上箍着许沐子掉在他房间的发绳:"在找这个?"

许沐子一愣:"嗯……"

她完全没察觉到对方的意思,把发绳从他手腕上撸下来,一边绑头发,一边问他知不知道影视投资这件事是怎么开始的。

许沐子心里很慌张,邓昀却一副什么都了然的样子:"知道,那人不是许叔叔的同学嘛。"

"那……叔叔阿姨一定在怪我爸爸吧?"

"投资决定又不是别人用刀架在他们脖子上做出来的。自己贪,想怪谁?"

"你呢?"

"我像是在怪谁的样子?"

许沐子绑好头发,倏地松了一口气,一屁股坐在沙发上。她碰到他亮着屏幕的手机,原本暂停的视频又继续播放起来,好像是电影。

声音放出来,许沐子吓了一跳,赶紧又按成暂停:"你在看什么?"

邓昀说了个电视剧的名字。许沐子对影视剧是不了解的,但他说的那部剧在她的同学圈子里比较有名。电视剧的主角是钢琴相关行业的,里面的很多曲子也都是古典钢琴曲目,还涉及四手联弹的灵魂共鸣。她听同学们谈论过的。只不过,电视剧感情线比较混乱……男主角算是女主角感情里的第三者。

许沐子纳闷地问:"你对钢琴曲感兴趣了?"

"一般。"

"那你,喜欢背德的题材?"

邓昀说:"不喜欢,但目前没什么办法。"

邓昀说没办法时,语气无奈,但又不是特别无解的那种无奈,给人一种"事情仅仅是棘手,不算疑难杂症"的感觉。所以许沐子理解成是工作需要或者朋友盛情推荐类似这样的理由。

邓昀的手机屏幕暗下去。关于背德题材的电视剧,他们并未多谈。

许沐子自己住的时候,还觉得这间房空间足够宽敞。有邓昀在,突然感觉拥挤,氧气都不够用。担心过的危机已经解除,心里那些小小的渴望重新滋生,隐匿在比房间更暗的角落,张牙舞爪,心痒痒。

邓昀已经自己拎了一把椅子,放在许沐子正对面的位置。他敞着长腿坐在上面,问:"想起个事,什么时候知道那人是你爸爸同学的?"

许沐子想了想:"具体时间我也不记得了,就是刚出事不久的时候吧。"

那天很热,许沐子带着查到的价目,背着巨大的编织袋出门了。她在网上找到一家二手奢侈品回收店,据说出价还不错,比商场里的店面出价稍高些,于是由她帮忙把妈妈整理出来的包和首饰送去卖掉。

等她满头大汗地回到家,有位叔叔在拥挤、杂乱的客厅里哭诉。长辈们一定不想被旁观负债时沮丧和难堪的模样,许沐子打了招呼,匆匆躲回自己房间。

出租房不隔音,她还是听到一些内容。那位叔叔言语间藏不住抱怨:"那个不要脸的骗子要不是你同学,我们谁能接触得到他。"

"老许啊老许,我真是不该信你们。"

"也怪我,没有好好了解清楚,就跟着你们……"

许沐子渐渐想明白了,原来爸爸才是那个最开始做错抉择的人。她心里难免埋怨过,也痛苦、焦虑过。一想到那些长辈,包括邓昀爸妈,都是因为她爸爸才会接触到所谓的赚大钱的机会,她内疚到不行,却无能为力。

没人了解许沐子的这段经历,所以也没有人问起过这些。只有邓昀,家里因为这件事而负债过八位数的邓昀,他完全没有说过"咎由自取""智商税""与智商不匹配的财富终会流回市场"这类打击人的话。

167

邓昀皱着眉在听，听她讲完这些经过，他抬手揉了揉她的头发："当时很难受吧？"

语气太温柔，许沐子差点儿又哭出来。沉静好久，她才压下酸涩，坚强地说："是很难受，可还是挺过来了。"

许沐子有过和邓昀极其相似的释怀经历。也是在一个夜晚，也是无意间听闻。租住的老房子里没有卧室附带的独立卫浴，一家人只有一间洗手间可用。她夜里失眠，去洗手间时无意间听见爸妈的对话。

妈妈说："怎么办？能卖的都卖了，连沐子的钢琴也卖了……"

爸爸嗓子哑了半个月，还没好，声音像被砂纸打磨过："你快睡吧，别瞎操心，我来想办法。"

夫妻俩感情很好，哪怕过去在酒桌上吹牛，也是一唱一和，喝多了步伐不稳地回家也会互相搀扶和照顾，平时极少有争执。但连日来的压力快要把人压垮了，妈妈声音一下子高起来："你能有什么办法？！"

"都说了你别管！"

妈妈又在哭了，哽咽着说："那张卡里还有一点点钱，要不然……"

主卧里传来响声，好像是爸爸拍了桌子或者什么，站在门外的许沐子都被吓得一激灵。爸爸语气很严肃："不行，那些钱不能动，那是给沐子准备的学费。沐子不能退学，把钢琴卖掉已经够对不起她了……"爸爸也哭了，呜咽着，"是我不好，都是我不好，让你们跟着我受苦了。"

那个夜晚许沐子跟着哭过，哭完默默回到自己房间，绞尽脑汁，思考能独立支撑高昂学杂费用的办法。

"邓昀，在那之后，我没有再怪过我爸妈了，真的一次都没有过。"

之前家里人给许沐子安排相亲对象，她添加联系方式后，对方就尴尬地躺在通讯列表里，她总觉得没什么可聊的。

邓昀不一样，他们有太多共同话题可说。他们在许沐子房间里聊了很久，东聊几句，西聊几句，总也停不下来。她感觉室内闷，还找马克杯倒了矿泉水喝。

邓昀喝加冰的水，摇晃杯子时，冰块撞击在杯壁上发出脆响。这时候，他们聊到三只流浪猫的名字。许沐子说，她和夏夏商量过，给流浪猫们起的名字是来财、源源和滚滚，希望用心把客栈做得这么好的老板可以财源滚滚。

邓昀问："喜欢这儿？"

"很喜欢啊,而且我和这里特别有缘分。"

邓昀似乎感到意外,问:"怎么说?"

"我有个微博账号……"

许沐子的微博账号没什么人关注,算是树洞,她偶尔在上面发些日常、感慨和吐槽。家里出事后,她大概有两年多没用过,今年想起来,登录账号,发现里面有个僵尸号粉丝在很久以前给她发过私信。

那是个关注她很久的僵尸号。因为粉丝少,她又经常点进去看,连大串数字的初始 ID 都眼熟了。过去失眠无聊的深更半夜,她还会进去逛人家的主页,瞧瞧僵尸号靠什么赚钱。对方倒是没有发过不良网站的信息,还给她点过赞。

私信内容是这家客栈的广告,里面有很多客栈的照片,也有订购链接。许沐子点进去来回看过几次,当时觉得客栈风格很合她喜好,看着就十分养眼、舒适。但她那时候在准备毕业论文、毕业表演和争取各种回国后的工作机会。人忙成陀螺,没有任何出行计划。

许沐子说:"这次临时出来,突然想起这家客栈,在 APP 上居然真的搜到了。"

邓昀眸光里闪过一瞬笑意:"那是挺有缘分的。"

"是啊,我也觉得不可思议,可是那个账号粉丝比我的还少。我还问过夏夏,是不是客栈买的广告,夏夏说她不是初代员工,对老板的推广计划不了解……"

香薰蜡烛已经燃掉厚厚一层,烛光一跳一跃地映在融化的黑色蜡油上。

邓昀坐在许沐子对面,始终认真盯着她看,也听着她讲话。

许沐子被看得不好意思,说话声音都小很多。然后,她的肚子叫了。午餐那会儿,她刚喝过酒,食欲不太好,只吃了平时一半的饭量,下午虽然没做过什么,却也没闲着,或许接吻也会消耗体力吧,现在感到有些饿了。

邓昀伸长手臂,拿走放在她身旁的手机,按亮屏幕看了一眼时间,很自然地牵起许沐子的手:"走吧,晚餐是七点钟开始,也快到时间了。"

还是十指相扣的牵手方式。

许沐子带上房卡,被他牵着往外走。

蜡烛被端在邓昀手里,烛火因气流不稳定而晃动得十分厉害。他们的影子朦朦胧胧地跳跃在墙上、地板上和楼梯上。

雨小了很多,淅淅沥沥地砸在楼梯转角的窗外石台上。

挨得近,许沐子能闻到邓昀身上清爽的味道和肩上的药味。

他们带着光源,走向昏暗中的另一片光源。

还没走到一楼,已经能听见邢彭杰他们那群打牌的人的说话声。

在迈进热闹的一楼公共区域前,他不着痕迹地松开她的手,和眼尖的迎过来关心他伤势的某位住客打招呼。

有两个女生在帮夏夏给餐桌点照明蜡烛,她们笑着说:"这样借着烛光吃晚餐,还挺浪漫的。"

许沐子心善,也跟着过去帮忙。

临近餐点,住客们陆陆续续下楼,邢彭杰他们的牌局也散了,几乎所有人都聚在餐厅这边。

许沐子擦亮火柴,点燃一支白色蜡烛,转头没看见邓昀的身影,四处扫了一圈,才发现邓昀在和夏夏对话。邓昀告诉许沐子,抢修电路的人已经在尽量赶过来,顺利的话,夜里就会来电了。

人多力量大,准备工作完成得很快,晚餐在七点钟前开始。

食材有他们出去采的那批蘑菇。蘑菇汤味道鲜美,蘑菇炒肉也特别香,几个采过蘑菇的人在给没出去的住客讲采蘑菇的经历……

正吃着饭,许沐子听见有人叫邓昀,是之前见过的西装美女,手里拿着一卷纸,对邓昀挥动着:"我把图纸带来了。"

起身时,邓昀用手碰了一下许沐子的肩:"我去一下,马上回来。"

许沐子往他们那边看了两眼。她鼓了鼓腮,心想,饭后再聊天的话,应该和邓昀讲讲自己后来参加的比赛。她甚至调侃地想:要是妈妈在就好了,要是妈妈和邓昀妈妈还是能够经常见面的关系就好了。这样在邓昀心里,她的高光时刻就不会仅仅停留在过去,不会停留在她小学时登上音乐学校海报、初中那几次比赛得冠、高考结束后顺利进入国外音乐学院……

坐许沐子另一边的女生聊着天,伸手想要夹一块蘑菇,不小心碰掉了许沐子手里的餐具。女生连忙道歉,想要弯腰去帮忙捡起来,被许沐子阻拦了。许沐子几乎钻到桌下,自己捡起餐具,又拿了双新的筷子拆开:"没关系的,别放在心上。"

女生之前和许沐子一起采过蘑菇,聊起天:"最开始见面,你也不太说话,还以为你很不好接触呢。"

许沐子说:"那时候我在想事情,不好意思。"

"这有什么不好意思的,不过你性格很好欸。明天有时间,我们再一起出去采蘑菇呀。"

"明天我要走了。"

女生说:"明天就走了?"

邢彭杰隔着两个人问道:"明天就走了?之前我听夏夏说,你凌晨那会儿才来,只比我早到客栈两三个小时,怎么这么快就要走了?"

因为知道点儿内幕,邢彭杰还往邓昀那边撇了撇嘴,对着许沐子挤眉弄眼,抛了几个眼神,意思大概是在问:是不是邓昀总和别的异性接触,把她气走的?

许沐子笑着摇头:"我本来也只剩今天和明天两天假期,这趟出来是临时决定的,出来散心、透透气,就该回去工作了。"

"和男朋友吵架了吗?"

"不是。"许沐子下意识看了邓昀那边一眼,意识到他们之间的关系还没有明确的转变,"我还……我还没有男朋友,只是被家里催烦了。"

两个女生对这个问题感同身受。她们很自然地就顺着话题聊下去,吐槽家长们胡乱操心,也吐槽遇见过的奇葩相亲对象。

邓昀和程知存聊完图纸,又被程知存瞄着许沐子的方向,逮着他调侃了几句。

他回来时,许沐子正坐在餐厅的烛光里。她像在进行古老的仪式,郑重地举起三根修长的手指,目光幽幽:"三个。"

旁边的两个女孩同时倒吸冷气:"三个?"

这画面挺有意思,弹钢琴的姑娘像个兼职大仙,只不过在说的都是她自己的事情。许沐子惆怅地说:"今年我爸妈已经给我介绍过三个相亲对象了。刚拒绝掉一个,听说过几天还有一个,要命……"

聊到相亲的话题,许沐子有点儿郁闷,用筷子尖戳着餐碟里的一块蘑菇,听身旁有同样苦恼的女生抱怨。女生说自己家里的长辈更夸张,居然说因为她不谈恋爱的事失眠,天天睡不好,还抱怨说邻居的女儿都怀二胎了,她连个男朋友都没有。

女生愤愤地吐槽:"没有男朋友肯定是因为没遇见合适的人呗。难道要我找个人凑合,天天吵得鸡飞狗跳,他们就能睡着了?真不明白老人到底是怎么想的。"

许沐子像个乖学生，举起手："同意。"

邢彭杰搬出自己的恋爱观："我是觉得啊，谈恋爱千万不能凑合，要找就得找真心喜欢的，还得是互相都真心喜欢对方的那种。"

许沐子继续举手："同意。"

晚餐是家常菜，吃起来也不费时间，十几分钟就已经吃得差不多。几个人意犹未尽地商量着，反正供电没恢复，干脆别回房间，凑一起玩点儿什么，还能打发时间。

许沐子还在细嚼慢咽刚才夹的蘑菇，本来没想着要和他们玩的，也一直提醒自己不要往邓昀和西服美女那边看。

但她仔细想过，自己在邓昀心里的形象应该是不怎么样的，不是被枪砸到，脸肿了，就是拔智齿，脸肿了，还有催吐、醉酒、呼吸性碱中毒，和小孩比赛打水漂输冰激凌……实在没什么魅力可言。

许沐子能想到的几个高光时刻都和钢琴有关，和当下环境完全不契合。且不说有没有钢琴，就说这些事贸然提起来，难免会被人觉得刻意吧？可是，该怎么自然地说起这些呢？起码要让邓昀知道，她找到的工作也很不错……

餐后娱乐活动参与的人数蛮多的，不能再打扑克牌了，邢彭杰说要搞点儿简单的互动游戏，互相增进了解。也许，应该拉邓昀跟着他们一起玩点儿什么？

七点整，音乐钟响起来，餐厅里的对话声被音乐短暂地打断过。许沐子脑袋里还在琢磨着她的小计谋，无意识地顺着音乐声转头——邓昀已经回来了，正悠哉地坐在椅子上喝凉茶。

她吓得差点儿掉了手上的筷子："你什么时候回来的？"

邓昀举起三根手指。许沐子蒙蒙的："什么意思，发誓？"

"在你说今年被家里介绍了三个相亲对象，并且可能还会有第四个的时候。"

"那你回来怎么不说话，坐在这里吓唬人？"

邓昀端着杯子笑："看你聊天挺投入的，没打扰。"

"对了，邓昀……"

"怎么了？"

许沐子犹犹豫豫，最终还是挪着椅子凑近些，用手遮在唇侧，拉着邓昀说悄悄话:"刚才他们提议要在一楼玩游戏,你呢,想一起玩吗?"

她原以为邓昀不会答应的,毕竟之前的小酌、采蘑菇、打牌,他都没有参与其中的意愿。

邓昀把杯子放在餐桌上,最近的一支蜡烛顶端的火焰忽然一闪。他竟然随口就应下来了:"好。"

刚好邢彭杰问到他们这边:"许沐子,你们两个参加不?"

许沐子看了邓昀一眼,发现他满眼笑意,转回头举手和邢彭杰说"参加"的时候,没忍住,又看向邓昀,他仍然垂着头在笑。

"你心情好像很不错?"

"确实不错。"

许沐子心里打翻一小坛醋,心说,亲她、抱她时都没见他这么高兴过,不知道西装美女有什么魔法,能让他心情好成这样?

客栈有专门做餐厅工作的人员,夏夏见他们已经用餐结束,叫了同事来清理。杯子、盘子叮叮当当地碰撞着,许沐子他们则去公共区域的沙发那边,找来更多的椅子,围坐在一起。

邢彭杰比较仗义,之前见过许沐子愁眉不展的可怜样子,总有点儿想要帮忙撮合的心思。见许沐子和邓昀挨着坐,眼珠子一转:"那我们先玩转瓶子,玩熟了再搞狼人杀。"

听这些话时,许沐子明显看见邢彭杰给她使了个眼色。

她瞬间把背挺直,有种和人串通的心虚。

转瓶子的问题都是其他住客从网上搜出来的,最开始大家还挺人模人样的,提了些学历、擅长什么、最出糗的事这种温和无害的问题。许沐子被转到一个擅长什么的问题,眼睛瞬时变得亮晶晶的。

邢彭杰大军师般坐在斜对面,猛使眼色,意思让她支棱起来,往牛了说。

许沐子答:"擅长弹钢琴。"

鸡窝头小哥也在,在狂风暴雨里睡了整整一下午了,肿着眼睛附和:"许沐子学音乐的,还有绝对音感,可厉害了。上午在洗衣房按那个洗衣机还是烘干机的按键,都能弹出'太阳当空照'呢。"

晚餐时聊过天的女生问:"许沐子,你是专门学钢琴的吗?"

许沐子毫无防备,点了点头:"是。"

"那你现在还在学吗？"

"没有，今年毕业了。"

有人问钢琴专业是不是不太好找工作，被身边的人打了一下，说"哪壶不开提哪壶"。许沐子坦然地说："是有点儿，我算比较幸运的。"

她本来就不是像她妈妈那样的人，无论好事、坏事都不习惯整天挂在嘴边上。

但……既然话都说到这里了……她心一横，目不斜视地加上了一句："我被学校教授推荐，进了国内的交响乐团。"

还好大家都比较捧场，一声声夸夸得许沐子耳朵发烫，还有人问她，能不能要到音乐会门票。

目的达到，邢彭杰马上举起空酒瓶，说："犯规啊，你们这都问过许沐子多少个问题了？给人家脸都问红了，重新来，重新来。"

后面几次转瓶子，都没轮到许沐子和邓昀。

邓昀身高较为优越，坐下来也很突出，遮住放在柜子上的一片烛光，半个身子隐在摇摇晃晃的阴影里。他手里转着手机，他忽然用手机碰了碰许沐子的手臂，对她说了一句："恭喜。"

"恭喜什么？"

"恭喜你找到喜欢的工作。"

许沐子转过头，和邓昀对视。她很想问问他，现在所做的工作，他自己是不是满意。但突然有人说："嘿！别聊了！转到你了，bro（兄弟）！"

邓昀很从容，把目光从许沐子这边挪开，自然且大方地问："什么问题来着？"

大家玩熟了，问题已经逐渐"缺德"起来。

有个男生说："这轮的问题是有没有喜欢的人。"

邓昀把目光又转回到许沐子身上，深深地看了她一眼："有。"

许沐子耳朵更烫了，心悸。她拿起桌上的水杯，借着喝水的动作掩饰。可能是低眉垂眼的动作让邢彭杰误会了，邢彭杰竟然耍赖，说邓昀这问题太简单，答案就一个字，擅自给问题加码了。

邢彭杰说："刚刚那个拿图纸来的美女，是你喜欢的人吗？"

旁边的人笑骂："邢彭杰，你像个情窦初开的小姑娘，怎么问人家这么详细的问题？"

也有人看热闹不嫌事大地起哄："这可问得太刺激了。"

邓昀没怵，干脆地说："不是，根本不挨边。"

邢彭杰马上对着许沐子挤眉弄眼——先挑眉两下，意思是"你看你看，他不喜欢那个女生"，又往邓昀的方向撇了一下嘴，意思是"该上就上，别犹豫"，最后自信地闭眼睛点了点头，意思是"放心，看朋友我把他老底给你扒出来"。

关键是，邢彭杰动作幅度实在太大，生怕别人看不见似的。许沐子都听见邓昀轻笑的声音了。邢彭杰浑然不觉，还沉浸在自己的作战计划中。

而且许沐子严重怀疑，邢彭杰还串通了鸡窝头小哥他们，下一轮的问题竟然是：喜欢的人名字几个字？

她摇头，再摇头，最后还是说："那个，要不我还是不玩了……"

邢彭杰恨铁不成钢："不是，你怎么不玩了？待会儿我们还要狼人杀呢，真正的智力博弈，不参加了？"

许沐子略背过些身，暗地里疯狂摆手，示意对方收手："我也就钢琴弹得还行，智力上也展现不出什么，还是不玩了吧……"

许沐子刚站起来，邓昀也跟着起身。他说："我智力也不行，你们玩吧。"

还好邓昀对这些游戏兴致一般，不然许沐子就算自己离开，也要悬着心，因为不知道邢彭杰他们还会问出什么。

邓昀问她："去窗边坐一坐？"

许沐子点了点头："好啊。"

他们拨开茂盛生长的鸭掌木叶片，走到角落处的桌椅旁。公共区域的转瓶子游戏越来越劲爆，他们都听见有人在问："你上次接吻是什么时候？"

许沐子脑子转得倒是快，刚想完上次接吻是一个多小时以前，发现接吻对象就坐在自己正对面，马上飘开视线。她脸还红着，她也不是能藏住事情的性格："其实我是想和你说说我的工作，也想问你那个美女是谁……"说不下去了，垂头丧气地趴在桌子上，"你会不会觉得，我这样太有心机了？"

邓昀和许沐子对视几秒，突然偏开头，开始笑。

"邓昀！"

"咳，不笑了。"

他脸上还带着轻松的笑意,但眼神很正经:"刚才那女生叫程知存,和我算朋友,没发现她总和什么一起出现吗?"

许沐子还趴在桌子上,撇嘴:"发现了,总和你一起出现。"

邓昀又在笑,看样子像是被气笑的。

"一天三餐,程知存来了三次。"

邓昀说程知存是他朋友的妻子,在山下给家里老人买了房,正在装修,人是过来蹭饭的。许沐子哦了一声。

雨已经很小了,滴滴点点落在玻璃窗上,心里也湿漉漉的。

早说过,这方空间里的小餐桌过于窄,桌下空间也十分局促。许沐子的膝盖碰到邓昀的大腿内侧,想挪开,又碰到他的另一条腿。她抬眼去看他,而他好像在晚餐过后,心情一直特别好。

邓昀眼里带着笑的时候,眉眼温柔,特别勾人。目光交会,那种心痒痒的感觉又出现了。十米之外的地方热热闹闹,他们这边安静、氛围暧昧。

有个大嗓门的男生在那边说:"这轮的问题是,你做过的最刺激的事情是什么?"

有个人说:"我用洗手液刷过牙。"

那边迸发出一阵爆笑声,大家笑着问答话的人怎么会用洗手液刷牙。

他们这边,丝毫没有被笑声感染。邓昀说:"这问题我倒是可以答。"

他说着,点开浏览器里的搜索记录,把手机放在桌面上,往许沐子那边轻轻一推,给她看。浏览记录里只有一条:喜欢的人有男朋友,该怎么办?

许沐子看着浏览记录,想到之前邓昀在放的电视剧。她还没说什么,邓昀先用指背叩了叩桌面,提醒着:"别往程知存那边想。"

香薰蜡烛放在他们之间的桌面上,火焰忽长忽短地变化着,颜色温暖,像他们一起在山顶看过的日出。

可是,不往程知存那边想的话……许沐子盯着邓昀的手机屏幕,几乎要盯出一朵花来,琢磨不定地问:"难道,你之前以为我有男朋友吗?"

邓昀手肘搭在餐桌上,他懒洋洋的,像刚睡饱的狐狸,眼里映着摇曳的火光。他逗她:"是啊,想拉你做点儿坏事来着。"

那的确是很坏!

许沐子脸又发烫了,两只手左右捂在脸上,看着邓昀好半天,才憋出两个字:"可是……"她往鸭掌木后面的热闹处睇了一眼,小心翼翼地压低些声音,"你为什么会那样想,该不会……觉得邢彭杰是我的男朋友吧?"

邓昀答:"那倒真没有。"

邓昀的说法居然是,以为她是在和男朋友吵架,跑出来散心,散着散着,遇见一个挺顺眼的男大学生,打算顺便撩一撩。

许沐子瞠目结舌。但她脑回路不太一般,想来想去,竟然觉得他是在高看她的段位。原来在他心里,她形象没有那么糟糕,还能撩男大学生。

老实说,刚刚为了脱身,许沐子说出自己"智力上展现不出什么"这种借口,事后都是有些后悔的,生怕邓昀真信了。

唯一令许沐子感到不解的是:"我哪里像有男朋友?"

"太久不见了,消息又是从你家长那边听来的。"

"什么意思,我爸妈说的?"

"嗯,说你有稳定交往的男朋友。"

许沐子脑子有些转不过来,穷思极想,突然感到很惊喜。她亮着一双眼睛问邓昀,他刚刚那话的意思是不是他们两家的长辈已经恢复联系了。

"他们没和你提过?"

"完全没有!"

说完她又觉得自己失言,怕被他误会,赶紧解释了几句——投资失败之后,许沐子爸妈有些变化。大抵是没钱之后,不顺心的事情总比顺心的事情更多。他们话少了许多,不再有兴趣和谁家攀比,几乎不开玩笑。长达两年多的时间里,爸妈总在叹气,要不然就是因为许沐子在家里,刻意装出轻松的模样。

暴雨之后,客栈全面封锁门窗,总令人闷闷的。许沐子用指尖拨开一绺被潮湿汗意粘在颈侧的头发,说:"去年年底,生意开始有起色,他们心情才好些,说遇见贵人什么的,听起来挺有干劲的。"

过去那些三天两头聚会的长辈,几乎都断掉联系了。各有各的苦处,各有各的摸爬滚打,说是互相怨恨也好,说是没空闲聊也罢,反正是走着走着就散掉了。她上一次在爸妈口中听到邓昀家里的消息,还是出事后不太久,听说他爸妈去南方投奔朋友了。她当时装作没听到,麻木地拉扯着胶带往纸箱上缠,余光里,爸爸坐在沙发上用力搓着脸,说现在这种下场都怪他自己。

许沐子解释:"邓昀,他们不是因为家里负债数目不同,怕受连累才

177

不联系的。"

许沐子说话太急,邓昀安抚地看了她一眼,提醒她:"慢慢说。"

"我爸妈他们应该是对叔叔阿姨感到很愧疚。"

"我知道。"

在这件事里,邓昀清醒得像个旁观者。许沐子明白,他愿意以旁观者的姿态来听,其实已经算得上对她和她爸妈偏心了。毕竟在她家出租房客厅里哭的那位叔叔,后面还报过警,明知道只是识人不清的投资失败,和诈骗根本无关,还要对警察说,搞不好许沐子爸妈和那些人是一伙的。

就像过去,当许沐子遇见事情,转述给邓昀听的时候,他总是毫不犹豫地站在她这边,评价和她算是对立的一方"眼光一般""他们傻""是他们没眼光,不懂欣赏"……

这次也一样。他只在关心她的心理压力:"长辈的事情别操心,你的感情八卦都传到我耳朵里了,他们关系还能差到哪里去?"

许沐子动容地点了点头。

说完这些,他们安静下来。这些消息,许沐子消化了好一会儿。意料外的相遇、邓昀的喜欢、爸妈们的和解……一个人突然间就遇见这么多值得欢喜的事情,是不是太过顺顺利利了些?

仔细想想,如果两家长辈恢复联系,她妈妈的确可能会为了面子说她有男朋友。她和拉小提琴的那个相亲对象联系超过三天的时候,妈妈也迫不及待地告诉了亲戚。

邓昀都说了,没有过女朋友,还说过喜欢她呢。

许沐子觉得有必要把这事说清楚:"你了解我妈妈的性格,她说话有些夸张,我没有过稳定交往的男朋友,从来都没有过……"本来是在说她的感情状态的,可她一下子反应过来,不解地问,"你是真的以为我有男朋友?"

"是。"

"我都有男朋友了,你为什么不祝福我?"

"做不到。"

"你还想拉着我做坏事?"

"没办法,忍不住。"

"你还吻了我!"许沐子正义极了,手握着拳,用手指上的手部按摩器敲了敲桌子,"邓昀,你想当第三者?"

邓昀就很不正经,他说他奶奶最注重品德教育,他要真这么做,以后他死了,到下面遇见,老太太准是不肯认他,嫌他给老邓家丢人……

后面应该还有个转折的"但是",她没让他说完,伸手挡住他的嘴:"说什么死不死的。"

制止了邓昀不吉利的话,许沐子才察觉到他们的肢体接触。她太急着倾身靠近他,膝盖挨着他干爽的休闲裤布料。裙摆交叠在膝盖边,有点儿痒。而这样强制对方噤声的动作里,许沐子的手指遮着邓昀的鼻尖和唇。

他停下来,没再说什么,目光往她手指上扫了两秒,然后他抬眼,视线越过幽幽烛火去看她。

温热的鼻息落在许沐子手指上,邓昀目不转睛地盯着她,抬手握住了她的手腕,带着些力道,不让她撤离。他的唇是软的,从她掌心一路吻到指尖。手掌传来的喘息和吻,如同带电流,顺着手臂一路攀岩。像窗外被雨水冲刷过的蛇麻花藤蔓,潮润地勾缠着每一处神经,最终侵入胸腔,濡湿她的心脏。

许沐子快要疯了,呼吸也跟着变了频率。

丝丝缕缕的痒刚聚集起来,他的唇已经离开她的手掌。又是这样!她焦躁地想要把手抽回来,却被他握得更加牢固。

许沐子在桌下踩邓昀,到底还是没用力气。他笑着挨了这一下。

公共区域里转瓶子的游戏还在继续,问题尺度变大了,他们回答的疯狂程度也在变大。

问:"最满意自己身体的哪个部位?"

答:"肠胃吧,因为从来没有便秘过。"

答题的人在一片哄笑声中批评,说这问题太刁钻,自己要做善良的人,换个简单的问题,问下一个人:"最近一次开心,是在什么时候?"

空酒瓶应该是转到邢彭杰了。

邢彭杰说:"就刚刚啊,听你说你胃肠好、没便秘过的时候。"

那些对话声音极大,许沐子本来是没有在听的。她掌心麻酥酥的感觉还没退散,鼎沸人声也都是左耳进右耳出,模模糊糊。但邓昀重复了这个问题,拇指指腹摩挲着她腕间动脉,问她:"最近一次开心,是在什么时候?"

身旁的玻璃窗上映出她的身影,也许是被烛光的暖色影响,她看上去连脖颈都是红的。

许沐子以为邓昀是在拿这件事调侃她，觉得他不怀好意，又跺了他一脚。她以牙还牙，反问他：“那你说啊，你最近一次开心是什么时候？”

反正刚才的亲密是他们一起完成的，一个巴掌拍不响。

邓昀用另一只手碰了一下手机，屏幕亮起来，还有几分钟就要到八点了。他给了一个出乎意料的答案：“十几分钟之前吧。”

他们已经聊过好几个话题，许沐子不记得十几分钟前是在说什么。她疑惑地看向他。他说：“那时候某个姑娘在吃醋。”

正常遇见这种事情，许沐子是不会吃醋的。她有底气。在过去将近三年的时间里，她没有破罐子破摔地堕落、没有放弃学业、没有因自怨自艾耽误过时间。她一直在拼命向前，靠着自己，硬把难关挺过去了。如果过去的她值得被喜欢，那现在，只会更值得。

但和邓昀这么久没见过，许沐子觉得他是不够了解这些的，所以有些敏感，又很急切，总在担心他看不到她的成长。

正当许沐子想要对邓昀这个答案表示不满时，邓昀吻了吻她无名指的指腹。他说：“许沐子，别担心。”

他说，他认识的她，不仅仅是会在夜里失眠、哭鼻子、醉酒的可爱姑娘，也是在家里出现变故后，一言不发扛下压力、想尽一切办法努力生存下去、完成学业的坚强姑娘。

"你在酒店兼职时间最长的一次，几乎通宵，坚持弹了十个小时琴。

"参加过学校的校庆演出，和著名的电影配乐大师合奏了海顿的曲子。

"被专业教授破例带去参加了四校交流活动，担任音乐剧伴奏，和其他学校的博士生同台演出。

"也参加过当地有名的音乐节，和⋯⋯一个拉小提琴的男生一起演奏了贝多芬的曲子。"

⋯⋯⋯⋯

邓昀比许沐子本人记性更好。跟着教授去参加四校交流活动的事情，因为紧接在校庆演出之后，她那段时间忙得没时间睡觉，几乎快要忘记了。她先前惦记着想要诉说高光事迹时，都没想起来要说这个。

她做过的事情，他一件件数给她听。

许沐子甚至都想不明白，他们已经 1075 天没有联系过了。这个人到底是怎么知道她的所有事情的？在她身边安装了监控吗？在她身边安排了卧底吗？

最后，邓昀说："你在我这里，近乎完美。"

许沐子耳根微烫，想自谦几句，又思维沉滞，只能胡乱摇头，不知道说什么。

邓昀说："没诓你，哪怕我奶奶在世，就她那种爱往自己脸上贴金的老太太，半夜睡不着觉都要琢磨一下她亲孙子是否能配得上你，知道吗？所以别总乱想。"

第六章
晚上八点钟

　　许沐子大学时期,有几位关系很要好的同学,其中一位是小提琴表演专业的男生。他们都修了二重奏的课程,所以经常合作。
　　刚刚邓昀提到的、她参加过的学校当地有名的音乐节,合作的小提琴演奏者就是这位男生。男生家里也遭遇过小变故,没有许沐子家那么糟糕,但生活花销方面也比较拮据。
　　听到为人刻薄的同学在背后夸张地说她身上有土豆味道时,男生一跃而起:"哇,原来 Shirley 会做土豆,我要去向她请教。"
　　这件事情,许沐子也听说过。在音乐节同台演出结束的当天,她问男生,为什么会帮她说话?男生耸了耸肩:"倒也不是刻意帮谁解围,单纯是看不惯而已。有钱那么了不起吗?为什么要在背后议论别人吃什么?"
　　平时他们上课、排练和演出,谈的都是音乐方面的问题,没什么私人内容。那天音乐节效果不错,许沐子在现场遇见过很多同胞,还和别人合了影,心情自然是好的。两个拮据的人也算偶尔奢侈,买了比较有名的老店的比萨,漫步在校园里,一边走着,一边分着纸盒里的比萨吃。
　　他们聊到低谷期。许沐子说:"现在这种情况,只能算是我物质保障最低的时候,其实已经不算是最低谷的时期了。"
　　气氛轻松,她和男生讲起,在真正低谷期那段时间,陪伴她又疯又闹的邓昀。
　　男生托着比萨纸盒,若有所思:"所以,你的意思是,那时候有人一直在陪你?"

许木子往纸盒里伸手，撕下一块比萨，点头。

"那很幸运啊。"

"的确很幸运。"

"Shirley。"

"嗯？怎么了？"

"他一定很帅。因为，你脸红啦，哈哈哈！"

男生边说边调整小提琴收纳包上的背带，把话都说完，端着比萨纸盒就跑。许沐子梳着利落的马尾辫，正仰头咬掉比萨的尖角，满嘴的番茄酱和芝士，她差点儿呛到，迅速嚼着，拔腿就去追。

当时她生活得很吃力，那天边吃着比萨边闲聊的时刻，算是连日辛苦后的唯一休闲时光。

那时候的许沐子从来没有奢望过，会再遇见一个像邓昀那样的同谋。她知道她要孤军奋战很久。也知道这种孤军奋战，在日后也并不会和谁提起来。因为就算提起来，也不会有人真的能感同身受。

可是在这个雨夜，当许沐子坐在客栈的这方小小空间里，听见邓昀清清楚楚地把她那点儿成绩数出来时，她心里在浸着另一场雨，雨滴温暖，雨声轻轻。她像在烈日下孤身跋涉太久，把这场雨当成幌子，终于卸下重担，在躲雨时歇息。

许沐子压下哽咽，问邓昀："可是这些事情，你是怎么知道的？"

"留意过，打听过。"

邓昀说，他知道关于她的消息还有很多。比起刚刚提到过的这些，他其实更在意另外两件事。

该不会是她身上有土豆味道的事情吧？再或者，会不会是她的什么糗事？

许沐子忽然很紧张："还有什么？"

其中一件，发生在家庭变故后不久。他们都认识的一位叔叔，难以接受投资失败的事实，报了警，说许沐子爸妈联合他人实施诈骗。

警察上门了解情况的当天，只有许沐子一个人在家里。后来许沐子爸妈去派出所配合调查，走前对许沐子说他们绝对没有违法。

许沐子留在家里，等看中她家某样家具的买家来看细节。她和对方讨价还价，最终以预期的价格把家具卖出去。

她在夜里买了简餐，跑去派出所门口等爸妈。

那阵子，邓昀刚把爸妈送去南方安顿好，在老家处理奶奶留下的老房子。他听说这件事时，已经过了好几天。

邓昀说："我在意的是，警察上门时、在派出所外面等到半夜时，你是否感到害怕？"

许沐子刚压下去的哭腔，一下子控制不住，涌上来。她努力眨了几下眼睛，抿了抿唇，没哭。她应该是害怕过吧？她胆子不算很大，人生最出格的两件事，除了翘掉比赛去靶场，就是背着家长和邓昀接吻。她开门后看见警察叔叔，明明什么都没做，小腿也开始发抖。

爸爸拿着材料去派出所前，说："沐子，爸爸投资失败是愚蠢，但爸爸绝对不会做违法乱纪的事情。放心吧，啊。"

她那时候咬紧牙关硬撑，现在终于可以倾诉了。

许沐子小声说："我当时真的非常害怕，家具卖出去以后，打电话约物流公司上门，手指都是抖着的，按错好多次号码。我害怕爸爸对我说谎，也害怕真的出事……"

邓昀的手臂越过烛光，手掌轻轻地揉了揉她的头发。

第二件事，是许沐子在国外读书的时候。邓昀听说，许沐子所在的区域某街道发生枪击事件。她酒店兼职的简历是他帮忙投的，他太了解她的每日路线。所以他问："那天的枪击事件，吓到你了吗？"

许沐子摇头。她那天比较幸运，乘坐更早的一班地铁提前去了酒店，还是事后同学们谈论，她才知道有这件事的。

"邓昀，你经常关注我那边的新闻吗？"

1075天的牵挂和思念，轻描淡写，只汇成这么一句话："每天都在看。"

公共区域里传来的声音很清晰，能听见电力部门已经派人上门，夏夏接待了他们，并带领他们去了电表箱那边，也能听见住客们的转瓶子游戏已经结束，几个人正商量着，要玩十二个人的狼人杀。

可能缺人，有人提了许沐子和邓昀的名字。邢彭杰马上拦住了："我们再找找别人，他们都说了自己智力不行，不能强人所难。"

刚刚转瓶子时，邢彭杰就露馅了。

邓昀知道邢彭杰是在帮许沐子，揶揄她："你朋友说话，听着像在骂人。"

许沐子本来还在仰头压眼泪，听完没忍住，笑出声。

她转念想了想，又明白过来，难怪邓昀要对邢彭杰阴阳怪气，问她

"你现在是能接受异性示好的状态",他问过的不止这句,他还问过她"有没有给你带来困扰"。之前种种,都是因为他以为她有男朋友吗?

许沐子捧着脸:"邓昀,原来你也在吃醋。"

"没少吃,醋了十几个小时了,你才发现?"

"那……菠萝挞是什么味道?"

邓昀秒懂:"酸的。"

他们的相处模式很神奇。

好像过去就是这样,明明在开始做同谋前,他们也没有过太多接触。可他带她去酒吧那天晚上,竟然没有过丝毫的不自在。

许沐子呼吸性碱中毒,被他背着进医院。她还趴在他背上哭哭唧唧、絮絮叨叨,把遗言都交代给他了。

"邓昀,我要是死了,你记得告诉我爸妈,我银行卡里还有钱没花完。"专柜欠我一个付过款却没到货的背包挂饰,还没给我,很贵的……"

当时邓昀怎么说的来着?哦,对了,他当时背着她的步子很稳,说的话却挺浑蛋的。他说:"眼泪别往我脖子上蹭。"

那些记忆如此鲜活,而眼下,他们又如此亲近。她总觉得不舍得离开。

邓昀似乎和许沐子同频地想到一处,忽然问她:"明天什么时候走?"

"应该是上午吧。"

原本来客栈时,她是想着要待到明天吃过午饭再离开的。但来的路上只在最后的路段遇上下雨,也用了四个多小时。如果雨一直不停,回程用时会更久,只能提前些赶回去。

许沐子有很多话想说,总觉得哪怕不眠不休说到明天她离开客栈,也没办法把话题尽情地聊完。

公共区域有人在找夏夏,有人在凑狼人杀玩伴。

两方人凑到一起,聊得驴唇不对马嘴。

"老邢,瞧见夏夏了吗?"

"你来得正好,玩不玩狼人杀?"

"不玩,不玩,我找夏夏。"

"修电路的师傅来了,夏夏忙着呢,你和我们打狼人杀多好。"

不过,找夏夏的那位住客感觉很急,找夏夏是真的有事。其他人也渐渐察觉到,问是怎么回事。那位住客说,之前借过书架上的书看,归还后,在房间捡到了音乐节的门票,不知道是其他住客遗漏的,还是书里的。

"音乐节的票?那可能是许沐子的吧?她学音乐的。"

"啊?会吗,我可是在我房间捡到的……"

"之前她也看过这里的书,还拿回过房间,万一是她夹书里的呢?"

"也是。"

"反正夏夏不在,先问问许沐子呗?"

那边几个人在喊许沐子的名字,许沐子和邓昀只能暂时终止对话。她不记得自己出来时带了什么票,却也不得不站起来。

许沐子知道不可能是自己的东西,又惦记着等在鸭掌木后面的邓昀。她没细看,应着"是不是你的票"的问题,摇头否认了。

"那肯定就是书里的了。"那位住客还挺沮丧的,说之前答应过夏夏好好保管书,"夏夏说过的,这些书是老板家的旧物,估计这张票也是。主要是停电了,我没瞧见地上的票,从浴室出来穿着拖鞋踩了一脚,把票踩湿了……"

票确实脏兮兮、皱巴巴的。仅仅说"踩了一脚"和"踩湿了",应该算是心虚的说辞了。估计这位住客是真没看见,来来回回在上面走过好几次。

许沐子是个面冷心软的人,犹豫两秒,只能暂时让邓昀多等等。她想帮忙,拿了根蜡烛,往住客举着的门票上认真看。票的背面印着的都是密密麻麻的英文,日期是去年的,一看就是用过的票根,除了留作纪念,应该没有其他用途。

但她翻过来正面,上面的图案十分眼熟。

许沐子以前作为表演者,是不需要门票的,突然看见这张票根,意外到有些愣神。这竟然是她参加过的音乐节的门票,会不会太巧了些?

有种冥冥之中的神秘感觉。

好像从她走入这间客栈起,有些命运的齿轮就在暗中转动。

狼人杀组局成功,玩家们已经发好牌,担当法官的人在说:"天黑请闭眼。"

玻璃门外出现新的光源,是夏夏提着应急灯回来了,她收起雨伞,推门进来。住客马上愧疚地挪步过去,挠着耳朵,对夏夏解释起来。

夏夏用纸巾托着皱巴巴的票根,往鸭掌木那边看了一眼。夏夏说:"这个的确是我们老板夹在书里的,但您不用太过在意,交给我保管就好。"

许沐子问:"你们老板在国外生活过吗?"

夏夏摇了摇头:"不好意思,许小姐,这方面的问题我也不是很清楚。不过,有个好消息,检修人员说问题不大,再有两三个小时就可以恢复供电了。"

许沐子回到鸭掌木后面的空间,把这个好消息说给邓昀听。

邓昀反问:"好消息?"

"对啊,要来电了,不算好消息吗?"

许沐子过来时,拨动过鸭掌木的枝叶,一簇簇茂密的叶片轻轻晃动着,光影落在邓昀身上。他靠在椅子上,手指摆弄着桌边装着巧克力糖的南瓜造型玻璃罐子,问她:"既然是好消息,为什么你看起来心事重重?"

"我有吗?"

"都写在脸上呢。"

许沐子知道自己藏不住事,坐回邓昀对面时,神神秘秘地说:"刚才那个人拿的票不是我的,可是又和我有很大的关系……"

邓昀从罐子里摸出一颗巧克力糖,不紧不慢地剥开玻璃纸,发出窸窸窣窣的声响。这个声音引得她分心,她按住他的手,才肯继续说:"你敢相信吗,客栈老板夹在书里的票根,竟然是古典音乐节的。"怕邓昀没听懂,许沐子又加了一句,"就是我参加过的那场,你不是知道嘛,我和拉小提琴的同学同台演出。"

邓昀垂着眼睛在笑,特别有阴谋家的味道。他说:"是吗?好巧。"

"真的太巧了,我和这间客栈缘分好深啊,都感觉像在做梦了。"

尤其是在这种环境下,只有部分陈设笼在微弱烛光里,大部分空间都被黑暗笼罩着,连落在窗上的雨水也变得神秘。

许沐子想,也许她只是在吃饭时不耐烦听亲戚们八卦她的感情生活,所以回房间睡着了,这一切都是梦。

但邓昀打破了许沐子的臆度。他继续剥开那颗糖,把裹着巧克力涂层的椭圆形糖块放入她口中。梦里没有味觉和触觉,而糖是甜的,他的拇指轻轻刮蹭过她的唇珠,引起一阵战栗。

被邓昀这样一打断,许沐子含着那颗巧克力糖僵住几秒,反应过来,她瞪他。

邓昀笑着收回手，摆弄糖纸玩："梦醒了吗？"

"我只是打个比喻。"

"就像看时间时，偶然间遇见"08:08"或者"18:18"这类数字，会多看两眼。"

巧合总能引人注意，耐人寻味。

音乐节票根的出现，让许沐子对客栈老板感到好奇，邓昀来客栈的天数更多，所以她问他，有没有听说过关于老板的什么事情。

邓昀把手里的玻璃纸抹平，问："关于哪种方面的？"

"各种方面啊。"

她得到一句懒洋洋的回复："啊，没听说过什么。"

"那你还问。"许沐子有些失望，双手托着脸，"你怎么还没有我知道得多啊？"

对面的阴谋家淡淡笑着，问她："才来十几个小时，你能知道什么？"

她答："我就是知道很多啊！"

邓昀递给她一个"何以见得"的眼神。许沐子含着巧克力糖，把自己掌握的情报，掰着手指数给邓昀听。她之前听夏夏说过，这间客栈的老板也就二十多岁，和他们年纪差不多。公共区域那片极繁主义风格的旧物，包括书架里的所有书籍和摆件，都是从老板家里挪来的。

"夏夏还说过，伦敦眼，就是你送我的那朵漂亮玫瑰，也是老板种的。"

邓昀还在摆弄玻璃纸，薄薄的糖纸上印着镂空的蕾丝花边图案。暗影被烛光拓印在他手上，像指尖缠着细细的深灰色蕾丝带。他的手指修长，指节性感，很好看。玻璃纸又是脆脆的质感，总是在他手里发出声响。

连正在好奇客栈老板的许沐子，也顿住口中的话语，走神地想：当年邓昀妈妈给邓昀买了钢琴，也许是对的。他的手指那么长，如果真的去学琴，也许能像李斯特那样轻轻松松连续跑十度……

许沐子脸颊悄悄升温，又用手部按摩器敲了敲桌子，但完全不提自己刚才走神的事情，只叫了在折玻璃纸的邓昀："邓昀，你有没有在认真听？"

"有，你继续。"

为了让彼此都不走神，许沐子把在客栈预订软件的评价里看来的小小八卦说给邓昀听。她说，好像这间客栈最开始是老板准备送给什么人的。够浪漫吧？够新奇吧？

邓昀对这个话题的感兴趣程度,似乎远不如他手里那张粘着香甜巧克力的玻璃纸。他指尖沿折痕按压着折叠玻璃纸,他随口说:"原来是这样啊。"

许沐子问:"你就这反应?"

他好笑地问:"不然呢?"

许沐子想了想,说:"根据这些,我们就能猜到一些东西啊。比如说,客栈老板有很多书籍,可能……可能……"

客栈老板的书籍类型实在太杂,什么都有。之前有其他住客借过《叫魂》,而她带回房间的是一本自然百科类的书,叫《果实种子图鉴》。

这也太难分析了,许沐子腹诽,自己又不是侦探,可她刚刚起了个挺大的范,现在有点儿"可能"不出来了,潦草地结束了推断:"可能……老板是个喜欢读书的人。"

邓昀开始笑。他说,如果客栈老板只是在比赛时无意间得了一张金额较大的购书卡,不能兑现,干脆都用来买了书,总不能说多喜欢读书吧?

许沐子不赞同:"什么比赛还能得购书卡?"

邓昀答:"不知道。"

既然邓昀会有这种想法,说明他接触过,她以前又总听长辈们说他参加比赛,于是问:"你得过这种奖?"

邓昀说:"差不多。"

"是什么类型的比赛得的?"

"墨伽洛斯,靶场最强枪王。"

许沐子埋怨地瞥了邓昀一眼:"你不正经!"

邓昀问许沐子,他怎么就不正经了?许沐子撇着嘴说,她那天都看见了,工作人员丢出去十个飞盘,邓昀只打中了八个,最强枪王哪能有失手打不着的时候?

邓昀笑起来是真的帅,还有点儿坏坏的,无形中透露出勾人的感觉:"偷看我?"

"我就看了一眼!"

"一眼就能看见我打完十发子弹?行吧。"

邓昀手里的玻璃纸已经变成六边形,他指出她的分析错误。他说,客栈老板的书虽然多,也不一定每本书老板都看过。

"角落里那本《牡丹亭》,瞧着就挺新的。"

也是，的确是有人喜欢买书却并不爱看书。许沐子承认自己的推论牵强附会，但……

"亲手种玫瑰花，把客栈打理得如此温馨，又想过把这里送给别人……这些事情，总可以说明些什么吧？"

"比如？"

"比如，我觉得老板是很浪漫、很细致、很有格调、很有故事的人。"许沐子想了想，又加上一句，"还很神秘。"

邓昀眯了一下眼睛："评价很高啊？来说说我是个什么样的人？"

背地里，她是有判断的，要是换个人问，她肯定能说出很多。

可是由他本人来问，许沐子不好意思地说："哪有人这样的，你这么看着我，我根本说不出口啊……"

邓昀竖了个大拇指："夸别人就能说出口。"

"我刚刚还想到一个。"

"评价我，还是评价客栈老板？"

"客栈老板。"

其实许沐子有点儿刻意，她好喜欢看邓昀带着点儿醋味冲她眯眼的样子。她装模作样，继续分析："客栈老板能去听我参加过的音乐节，说明他品位好。"

说完，邓昀果然哐了一声。

而且细细想来，过去就有过类似情境——他们在酒吧里遇见过会变魔术的调酒师，给许沐子调酒时，调酒师在她耳侧打了个响指。她眼睁睁地看着调酒师手里凭空多出两片玫瑰花瓣，加进她的鸡尾酒里。

许沐子当然兴奋，拉着邓昀的手臂又蹦又跳："天哪，邓昀，他好厉害，他会魔法。"

酒吧里人很多，邓昀猝不及防被许沐子拽得有些晃。他哐了一声，说："简单，入门魔术，也就骗骗你这种没心机的小姑娘。"

许沐子常年练琴，心机最多也就这么些了，诓他一点儿醋意而已。

她倒是有很多耐心，连吃糖也喜欢一直含到最后，从来不在中途咬碎糖块。但她急着说话，牙齿碰到了嘴里的巧克力糖。硬糖最外层甜甜的白巧克力涂层早已经融化，只剩一层薄薄的硬壳，牙齿一碰，硬壳碎了。最里面的百分之百纯黑巧克力液溢出来，苦得许沐子直蹙眉。

她捂着嘴唔了一声，心想，做人果然不能太得意啊，刚刚嘚瑟这么一小下，就要遭灾。

邓昀察觉到不对劲，皱眉，直接把手伸到许沐子面前："吐出来。"

许沐子勉强把糖咽了，举起手："我收回客栈老板品位好的评价，巧克力糖实在太苦了！"

这个时候，夏夏举着工作手机跑过来，从一片鸭掌木间的昏暗里探身："不好意思，我要稍微打扰一下，来财它们有消息啦！"

工作手机里的视频电话是宠物医生打来的。

山下没停电，视频里亮亮堂堂，三只流浪猫在方医生的医院里走来走去，到处探头嗅着，看起来精气神不错。方医生说："我检查过了，放心吧，它们的身体没什么大问题，没有外伤，也没有猫藓，就是缺营养。"

方医生建议观察几天，再打疫苗。

三只流浪猫还没适应它们的新名字，许沐子对着手机屏幕徒劳地逗了它们半天，都没有猫理她。

挂断视频电话，夏夏有些遗憾地问："许小姐，你明天真的不续住了吗？"

"嗯，我明天上午就得走了。"

"它们可能要在方医生那边观察一阵子，等送回来，你就看不到了。"

许沐子想了想："有机会我会再来的。"

夏夏离开后，许沐子还在琢磨着以后再来客栈的事情。和夏夏说的那句话并不是客套话，她是真心觉得这里舒服，想找机会再过来。

许沐子还没见过这里晴天时的样子，山顶的夜空一定很璀璨，野生小动物也一定更常出没，还有浆果、茂密的植被……

可能人就是没办法太过一帆风顺。来客栈已经遇见太多顺利且令人留恋的事情，再看手机时，许沐子发现，她错过一条乐团同事发来的信息。

同事说，因为多地暴雨，南方航班有延误。其他乐团要晚些到，所以原定给他们本地乐团的彩排时间要空出来，让给其他乐团。许沐子他们乐团的彩排提前到明天下午，她明天上午再离开已经来不及了。

她默算了一下时间，可能明早五点钟就要从客栈出发。只剩下不到十小时的时间，饶是她再有耐心，也觉得时间紧迫。

客栈老板再神秘，也是陌生人，还是留着以后再研究吧！

许沐子扣下手机，马上进入紧张模式，如同交卷前几分钟总想着争分夺秒再多写几笔："邓昀，你现在在哪里生活？"

她很高兴听到邓昀说，他毕业后仍然留在他们生活过的城市。不只是这样，他爸妈也已经从南方回来，正准备看看有没有价格合适的房子，打算定居。

许沐子很怀念过去他们两家做邻居的时候，迟疑着，也还是开口："其实我爸妈也在看房子……"

邓昀会意："我促进一下，看看他们愿不愿意住得近些。"

"真的可以吗？"

"我觉得差不多。"

这场雨虽然提前了她回家的时间，但又好像滋养着很多好事情的发芽、生长……

许沐子本来想要问问邓昀什么时候回家，转念想了想，突然想到一个问题。基于她爸妈和邓昀爸妈性格的相似性，她家情况有所好转后，她爸妈那么热衷于给她介绍对象……邓昀还比她大两岁，他爸妈从来没给他介绍过吗？

"邓昀，你爸妈就没给你介绍过相亲对象吗？"

"之前有过这个苗头，不过都被我扼杀在摇篮里了——"

邓昀手里那张脆脆的玻璃纸，不知道什么时候不见了。许沐子连他折了什么都没看到，眼下他用拇指和食指握着她的指尖，一边说着，一边在她掌心写字。

"至于原因……"邓昀的指尖不疾不徐地点触在她掌心敏感的皮肤上，一笔一画，滑过错乱的掌纹，写下"心有所属"这四个字作答案。

"属"字笔画好多，痒到心眼里。可是最后一点落在掌心时，也落下一只玻璃纸折的蝴蝶，和当年他在琴房用废弃乐谱折出来的是同一种。

雨意充沛，到处积水，窗外是波光粼粼的夜色。在半明半暗的空间里，小小的玻璃纸蝴蝶落在许沐子手中央，好像那句"心有所属"生出了翅膀。

她当然知道他在说谁，脸颊红扑扑的，讶异着托起蝴蝶来细瞧："你学会那个魔术了？"

邓昀漫不经心地笑了笑，还是那句"简单"，随后又说："很早以前学的，没来得及展示。"

以前邓昀折的那只纸蝴蝶，曾被许沐子带到国外去。她把纸蝴蝶放在装有乐谱的随身小背包里，独自在琴房练琴时，偶尔拿出来，放在钢琴上，也算是寄托过某些少女情怀。

只是后来生活陷入忙碌焦灼中,什么都顾不上太多。她每天匆匆奔波着,不知道是自己粗心放在钢琴上忘记带走,还是拿东西时不小心弄掉了,等她发现时,那只纸蝴蝶已经丢失。

有过遗憾吧。

但在冷雨夜的煦暖烛光里,许沐子又得到一只新的纸蝴蝶。

公共区域里的狼人杀如火如荼,不知道正在分析情势的那位玩家到底是狼人阵营的还是好人阵营的,语气倒是挺激动的,状态很亢奋地指点着江山……

相比之下,许沐子和邓昀这边像另一个世界。连风声都已经偃旗息鼓,只剩下微乎其微的点点雨声,他们屏蔽掉吵闹,在雨声里,聊那只纸蝴蝶。

许沐子私下接触过的异性不算多,也没见过有谁擅长折纸。

尤其是她爸爸,小时候美工课本上有折纸动物的示例流程,老师布置了作业,让家长陪伴学生一起做。她爸爸手拙,对着课本琢磨过很久,额头上的汗都滴在学习桌上了,还是折得一团糟。

许沐子托着玻璃纸蝴蝶,犹如托着戛然而止过却又失而复得的一段情缘,欣喜地问邓昀:"你这个蝴蝶,是在学校美工课上学的吗?"

邓昀说:"还真不是。"

折纸蝴蝶是他奶奶教的,以前他在老家和奶奶生活的时候,过母亲节,人人都送康乃馨,他想给妈妈邮寄一份特别些的礼物,奶奶便教他折了蝴蝶。

"老太太心灵手巧,在破洞的布料上打补丁,都能绣成五瓣花。"

"那你还会折别的吗?"

"可能会几样吧,小动物什么的。"

"会折纸玫瑰吗?"

"怎么,不好奇你那位神秘的客栈老板了?"

许沐子这才把手机举起来给邓昀看,告诉他自己明天要早起回去。

她不知道自己叹着气表达可惜的样子格外招人喜欢,还在自顾自地吐槽着:"就剩下这么点儿时间,陌生人的事情还是先放一放吧……"

无论怎么听,都有种还是你重要的意思。

邓昀浅笑着,把视线从许沐子噘着的唇上收回,喉结滚动了一下,他还是打算先说正事。

山下居民的生活都比较安逸,比不得大城市那样生活节奏快,出租车需求多，自然车也多，出门随时能打到车。在这里打车，需要提前和司机师傅预约，不然临时去打车，很难遇见过分好的运气。

邓昀这次出来时心情极差，没开车，客栈也有些事情还没处理完。他起身后，对许沐子的说辞是，要帮她去问问夏夏，看客栈有没有熟识的出租车司机。

许沐子连忙拉住邓昀："你别去……我之前和夏夏说过，和你不熟。"

邓昀戏谑地往他手臂上瞥了一眼，许沐子的两只手牢牢地抓在上面。他逗她："你说的不熟，是这种？"

她松开手，嘀咕："是之前说的，现在又不好解释。"

"夏夏都看见你在我房间了，那肯定是以为我们'不熟'。"

许沐子和别人没有动手的习惯，只有和邓昀，不知道从什么时候开始，她说不过他，就会往他背上打。这次也是一样。许沐子说不过他，下意识举起手，看见他手臂上缠着的绷带，想起他现在算是病号，又把手放下了。

倒是邓昀犯坏，在许沐子临走前，让她把手机也带上，用来存司机师傅的电话。这句提醒，他是凑近了耳语给她的。

她本来就心痒痒，他还要这样，搞得她贴着几片鸭掌木叶子出去，在昏昏暗暗的空间里走了十几米，耳侧还在麻酥酥地过电。

许沐子捂着这只发烫的耳朵，路过沙发旁。

玩狼人杀的那伙人围着的桌上只有两根燃掉半截的细蜡烛，烛光摇摇晃晃，四只"狼"在夜里睁着眼睛和队友打着手势。闭眼的好人邢彭杰龇着大牙傻乐，还在臭美，说无论狼人"刀"谁，这局好人阵营都赢定了。

下一秒，许沐子听见法官说"狼人请杀人"，然后睁着眼的狼人们齐刷刷地把手指向了龇着牙傻乐的邢彭杰。

许沐子："……"

许沐子怕泄漏天机，忍着笑，加快步子走过沙发旁，去前台找夏夏帮忙。夏夏果然有办法，举着座机的话筒拨出去两个电话，中途问了许沐子出发时间和手机号码，最终敲定，明早五点钟会有司机在山下接她。许沐子再三道谢。

夏夏笑吟吟地端起果盘，邀请许沐子品尝当地人家自己种的新鲜番茄。番茄个头不大，但仅在应急照明灯的光线里，也能看出来颜色鲜亮、诱人。许沐子一口咬下去，味道很清甜，比超市里买到的香气更浓。

夏夏端着番茄，也去分给其他住客："不好意思各位，本来应该能吃到各种浆果的。但天气不好,可能你们也没采到什么,番茄是住在山下的伯伯自己种的,可以多吃些……"

这里的番茄真的很好吃,许沐子走出去几步,转头又回去找夏夏拿了一个,打算带给"不熟"的邓昀。许沐子回到邓昀身边,把番茄放在桌上:"出租车搞定啦。你尝尝这个番茄,当地的伯伯自己家种的,味道很好。"

邓昀说:"尝过,你说的伯伯,我也认识。"

许沐子以为是因为邓昀比自己来得早,所以知道的更多。她手里还拿着咬过两口的番茄,往落满晶莹雨滴的玻璃窗上看了一眼,问:"你来的时候天气应该还不错吧?"

"嗯,没下雨。"

刚才夏夏说,这地方土壤肥沃,产出来的很多蔬果都味道极好。不止番茄,还有甜杏、甜瓜,天气好的时候有很大的概率能遇见有人挑着担子出来售卖。

真是好地方,难怪邓昀的那位朋友程知存会选择在这边买房子给家里老人养老。而许沐子以为的顺序是这样的:邓昀想要出来,程知存作为他的朋友,向他推荐了这边的客栈。

毕竟程知存对这里很熟,还能来客栈蹭饭。真好啊,真羡慕。

许沐子向往地去看外面的雨幕,天黑黑的,蛇麻花早已经看不清了。她说:"等以后有机会,我还想再过来住几天,最好能赶上晴朗的好天气。你呢,你还想来吗?"

"陪你一起。"

许沐子挺高兴的。她之前觉得不真实,像梦。但听闻邓昀爸妈已经从南方搬回来,又听他说会陪她再来客栈,心里踏实不少。

许沐子在邓昀面前总是特别放松,闻了闻手里的番茄,口无遮拦地和他说,她以前就觉得他身上总有这种清新的番茄藤的味道。

"不止是你身上,你以前卧室的床上也有,还挺好闻的。"

说完,她啊呜一口咬在番茄上,番茄新鲜极了,汁水也足,咬下去又不能立刻离嘴,还要防着果汁滴在衣服上。

许沐子边嚼番茄边抿唇,想问问邓昀,这么好吃的番茄他真的不再尝尝吗,怎么能忍得住?她抬眼,却撞上他沉静的目光。她突然觉得自己说完那些话,再嚼着番茄,好像有些……幸好说的是"床上",没说"被子里"。慌张间,她把嘴里还没认真嚼过几下的番茄囫囵咽下去,噎得嗓子难受,站在桌椅旁,隐忍地闷声咳嗽着。

邓昀给许沐子拍了拍背,抽了张纸巾,躬了些身子,和她平视着,帮她擦拭嘴角。

因为他的靠近,空气里番茄藤的味道更明显,引人意乱,她的心跳频率霎时和在邓昀床上睡醒的清晨同频。

许沐子和邓昀对视。目光缱绻纠缠着,呼吸也越来越乱。

她有点儿摸不清喜欢到底是怎么回事,也不知道恋爱要怎么谈,只是迫切地想要做点儿什么,就像她在大一那年冬天坐在邓昀的车子里那样,按捺不住。

邓昀把帮许沐子擦过嘴的纸巾团成一团,丢进垃圾桶里,然后扶着她的脸侧,偏头靠近。错乱的呼吸近在咫尺,许沐子闭上眼睛。

还没等吻到,公共区域突然炸开了锅。大概是狼人杀那边有了输赢结局,好几个好人阵营的玩家玩笑着抱怨,而狼人阵营的玩家则在击掌庆祝。法官也在说着什么,带着笑腔,可能是看到过游戏中哪位玩家的失误操作吧。不知道是谁激动到狂拍沙发,连夏夏阻止的声音都加入进去。人声鼎沸,几乎要掀翻屋顶。

这就有些影响气氛了。许沐子忍不住睁开一只眼,看见邓昀嘴角的一抹弧度,干脆把两只眼睛都睁开。邓昀也已经停下动作,捏了捏许沐子的脸,往茂密的鸭掌木影子那边瞥了一瞬。

那边的吵嚷分贝被夏夏压下去一些,但依然能听见邢彭杰被评为本场最佳菜鸟的玩笑话。

他们额头相抵,眼睛里都有笑意。

邓昀浅浅亲了一下许沐子的唇,问:"太吵,要不要换个地方?"

许沐子明白换个地方的意思。不是换个地方聊天叙旧,而是要继续刚才那个被打扰的吻。她点头。心跳扑通扑通的,比砸在玻璃窗上的雨点还要密集似的。她任由他牵着她的手,带她离开。

许沐子走几步发现,是往和鸭掌木相反的角落更深处去。

许沐子还没来得及疑惑,邓昀已经推开了一扇暗门,里面被更浓重的黑暗笼罩着。邓昀举着香薰蜡烛先迈进去,提醒许沐子小心脚下门槛。

借着烛光依稀可见门里是类似消防通道的空旷空间,两侧不算宽敞,是一条狭窄的没有窗子的密闭长廊。

"这里是……"

"没什么用处,勉强算是员工通道吧。"

他们秉烛夜行,在昏暗里慢慢走着,仍然能听见一些公共区域的吵闹声。好像是邢彭杰在为自己游戏中的某个行为大声辩白,声音听起来比窦娥还冤枉:"我那是战术!"

这种背开所有热闹的单独行动,过去也有过,且经常发生。

和这次最像的,就是在邓昀第一次折纸蝴蝶给她的那天晚上。

那晚,邓昀问许沐子"要不要跟我走",楼下客厅里是他们双方的家长和经常碰面的其他长辈,酒过三巡,沸反盈天。他却说不用翻窗,可以走侧门。

许沐子在自己家里还要偷偷摸摸的,远不如邓昀那样从容不迫,全程屏着气随邓昀走到楼下侧门前,稍有点儿风吹草动,肩颈就会僵一下。

她正准备打开侧门,邓昀忽然抬手用食指的指背关节轻叩她鼻尖。突如其来的动静差点儿把她吓死,心脏都跟着一紧。

他却气定神闲,问她:"怎么不呼吸?"

许沐子妈妈支使她爸爸拿酒的话,一字一句清晰入耳,犹如近在咫尺。许沐子肺活量并不好,憋不住,开始喘气,声音小小的,像是蚊子在嗡嗡:"我怕我太激动,犯那个呼吸性碱中毒的毛病……"

邓昀笑了一声,替她按下侧门的门把手:"所以你就打算不呼吸了,要把自己憋死?"

思及过往,没想到一千多天的时间,没有令许沐子在这种方面有所长进。幽闭空间里充斥着滴滴答答的落雨声,她走在邓昀斜后方,还是屏息凝神,紧张兮兮。

她紧张之余,还有一连串的疑问和担心:"员工通道不许外人进的吧?我们要是在这里做什么,被客栈的工作人员知道,他们会生气吧?也不知道这地方有没有安装监控……"

邓昀端着蜡烛,忽然轻笑出声,气息冲得火光更加摇晃。他们的影子在墙上乱舞,他打趣她:"想法还挺野,打算在这里继续?"

"你说换个地方,不是要在这里啊?"

"是不是想多了?"

"哦,那我们为什么不走公共区域呢?"

邓昀一路和许沐子十指相扣，牵着她的那只手轻轻握了一下，说："你不想让夏夏看见，我又不想松开你，只能换条路了。"

许沐子方向感不好，凭感觉判断，他们应该是绕过了餐厅。

邓昀的手机响了一声，手机屏幕在他裤子口袋里亮起微光。

想到邓昀之前在电脑上敲出来的一行行代码，许沐子盯着他的背影，问："邓昀，你现在做什么工作？"

"怎么，想管账？"

这句话好暧昧。许沐子噎住，挺不好意思地用手指戳邓昀，在他肩膀后面指指点点："我在和你说正经的呢。"

"和两个朋友一起做软件开发。"

"那你喜欢这份工作吗？"

"挺喜欢的。"

邓昀说他本来也打算做这个，只不过最初没有经济压力，也不着急，想着先读研，读研以后再慢慢开始试水。家里投资失败，算是促使他把创业提前了。

许沐子对软件类工作完全没有了解，只是想问问邓昀工作是否开心，听他说喜欢现在的工作，她心里也跟着高兴了一下。

"那你的身高到底是186，还是189？"

"这数据哪里听来的？"

"186是以前听我妈妈说的，说你看着没有我叔父高。189是你妈妈说的。"

"没一个是对的，我187。"

他们都知道各自家长谎报数据的目的，也都无法理解那或多或少的一两厘米带来的虚荣，又感慨家长们竟然相像到连数据都要谎报。

两个人边走边笑，但这地方笑起来有回音，阴森森的，许沐子说吓人，让邓昀憋着，不准笑了。

"不能笑，话也不让说？"

"嗯，别说了，快走，快走，好瘆人。"

结果忍不住想说话的是许沐子："你以前戴着装乖的黑框眼镜，有度数吗？"

他答："没度数，防蓝光的。"

绞尽脑汁努力想了想，她又问："那你是不是最喜欢黑色？"

邓昀又在笑:"在这儿跟我练习相亲呢?"

他笑完,像早有预判,往旁边躲了一下。所以她的手没戳到他的肩膀,她反而被他拉着手腕往怀里带。

她气恼道:"练什么练,哪壶不开提哪壶!"

场面一度很混乱,许沐子在邓昀怀里挣扎,额头撞到他的下颌,她捂着脑袋也不肯吃亏,还是打到他一下。

他们这么折腾,动作幅度又大,香薰蜡烛上顶着的小小火苗忽然熄灭了。一缕植物清香飘过,空间里完全陷入黑暗。

两个人在黑暗里沉默几秒,开始笑。许沐子推着邓昀的肩:"快走吧,现在可更瘆人了,总感觉背后有东西要钻出来了。"

其实问那些问题,许沐子多少有点儿"一朝被蛇咬,十年怕井绳"的后怕。以前他们太容易见面,太容易就有机会厮混到一起。很多事情哪怕这次见面忘记问,也总是还会再有下次,下次见面忘记问,还会有下下次……

就是因为什么都太容易,所以关系戛然而止后,想起邓昀这个人,她才发现她真正了解的只有爸妈在餐桌上说过的那些成绩。

这次有经验了,她要把想知道的都先问好。

但邓昀拉着许沐子在黑暗里慢悠悠地走着,忽然说了句"不用着急"。起初她以为,他是不着急出去。可他说,现在他们家里做的都是小本生意,经历过磨难,谁都不敢草率地投资,也算是比以前稳定很多,不会再有意外。

"我们有的是时间,不用急着问。"

有的是时间吗?也对。这里不通风,空气溽热,走在"大珠小珠落玉盘"的昏暗空间里,许沐子总觉得心每跳一下都蹦到嗓子眼。和叛逆期那阵子夜里偷溜出去做刺激事时的悸动大抵相同,又比那时更令人心潮起伏。

长廊有尽头,嘎吱——邓昀推开了暗门。刚刚吃过新鲜番茄的甜润感消失了,跟着门发出的声音,许沐子喉咙一紧。

门外有一扇映着应急灯光的玻璃窗,总比密闭空间光线好些,空气也更清透。许沐子往四周看,惊讶地发现,原来他们已经绕过前台和公共区域,到了楼梯这边。他们走上楼梯,在二楼与三楼交界处有了意见上的分歧。

199

邓昀继续往三楼走，许沐子没跟上。三楼能有什么，不就是放映室、游戏室那些地方吗？许沐子不情不愿，也不想去。她是很想跟着他回房间的，心直口快道："我们为什么不回房间？"

邓昀站在更高几级的台阶上回眸，垂着视线看向她。光线幽暗，香薰蜡烛早已经在出通道时就被他随手放在一处窗台上。他这个人无论在哪里，总有种如同在自己家里的松弛感。只不过，他此刻目光里掺着某种思考。

许沐子也在思考。她有时候觉得自己在邓昀身边时，脑子会更好用些，竟然想出这样的理由："之前，你带回来的那朵伦敦眼不是说送我嘛，我忘记带走了，还在你房间里。"

邓昀有点儿不解风情，把事情挑明了说："许沐子，我本来是想带你回我房间的。"他往楼下方向侧头，意有所指，"但你刚才说话的时候实在太可爱，我可能克制不住，你真跟着我回去，就不只是接吻那么简单了。"

许沐子有点儿偏。她想，邓昀不是说喜欢她吗？多巧呀，她也挺喜欢邓昀的。既然互相喜欢，发乎于情，为什么要克制？

两个人对视着，僵持片刻。邓昀懂许沐子。他一看这姑娘闷不吭声的样子，就知道她脑子里想的是什么。碰见她，他就没克制成功过，现在她满脸无辜纵容，他快疯了。

邓昀肩宽，身高本来就高她很多，又站在上面的台阶上。他往下走的每一步都很有压迫感，也很撩人。

许沐子看着邓昀一步步靠近，也听见他几乎叹息着无奈地说："你这种性格，遇见坏人很容易吃亏。"

"你是坏人吗？"

"不算特别好，但应该也不坏吧。"

邓昀这样评价着自己，然后彻底放弃了去三楼的打算。

他从裤子口袋里摸出房卡，夹在指间把玩。在路过她身旁时，他拉起她的手腕，带着她往二楼走，直接走过她的房间，到他房间门口，把房卡贴在感应锁上。

嘀——房门打开。邓昀拉着许沐子进门，把她堵在玄关的墙边，捏着她下颌的手稍带了些力道，示意她张嘴，然后偏头吻住她。

黑暗里，许沐子背靠玄关墙壁，在邓昀的唇缓缓覆下来的那一刻，隐隐听见楼下传来的音乐钟报时的声音,是节奏舒缓的 Silent Night。

音乐被闭合的房门夹断,变得模糊不清。

邓昀身上有她熟悉的味道,干净、清爽。气息闯入,唇舌激烈地纠缠,脑海里像腾起蒙蒙雾霭,却又明澈地知道自己想要更多。

这种"想要",过去就存在。在背着长辈在他房间里脱掉高领毛衣的时候、在琴房里感受着他吮吻的时候、在她期盼着他到国外读研的时候,还有很多个夜晚,她披散着长发趴在宿舍床上不肯睡,在黑暗里,眼睛发亮地和他发信息的时候……

在这场连绵不绝的雨里,漫长的吻点燃了所有之前积攒起来的贪求,引人沉沦。邓昀双手捧着许沐子的脸,她仰着头,被吻得节节后退。她一步步从玄关退到房间更幽暗的深处,也许碰掉过什么东西,有金属落地的清脆声音。

吻游走到脖颈处,邓昀索性拉开许沐子连衣裙背后的拉链。像刚才在楼下剥开巧克力糖的玻璃纸那样,把她从连衣裙里剥离出来。

她的舌吻是跟他学的。到后面动作有点儿乱了,她咬到了他。

邓昀抚摸许沐子的疤痕,问她:"知道我要做什么吗?"

许沐子点头。乖得像那年她穿好羽绒服,准备跟着他逃出家门时的样子。

许沐子被邓昀抱到床上。床上依然是番茄藤的味道,让人思维混乱,分不清此刻的时间,仿佛回到一千多天前在他卧室睡醒的清晨。

过去和现在的心动交织在一起,进门的借口早已经被抛诸脑后。

哪还能记得那朵伦敦眼?

邓昀拆掉许沐子绑着头发的发绳,在她长发散落的时候,把手臂撑在枕侧。她睫毛颤动,呼吸混乱,但眼睛已经适应昏暗的环境,在胸腔的剧烈起伏中,她担忧地看了一眼他肩侧的白色纱布。

许沐子什么话都没来得及说,邓昀的吻重新落下来,吮住她未出口的关心。

许沐子努力保持冷静。尽管邓昀掌心温暖,所有动作都十分温柔,唇比雨滴更轻地吻在她紧紧闭着的眼皮上、鼻尖上。她还是抖得厉害,连牙齿都在哆嗦。

他很有耐心,没有丝毫急躁或者不耐烦的情绪。哄她放松的声音就在她耳侧,带着极力忍耐克制的哑,压住本能的冲动。

没有电，空调和换气系统都停止工作，门窗紧闭的房间里很闷。汗湿透了许沐子的脖颈，发丝粘在颈侧。他们尝试良久，还是不行。她很急，眼睫湿润，甚至都带了些哭腔，决绝地说她可以。

邓昀什么都没说，沉默着用手指撩拨她，强制性地分掉她的心神。

他送给许沐子一份刻骨铭心的战栗。在她涣散失神时，他用指腹抹掉她碎发里藏着的潮湿汗意，在她眉心落下一吻。

许沐子紧紧抱着邓昀的脖子，感受着他的手轻轻拍在她背上，埋头缓了很久。之前她在心里偏执地反驳，不明白两情相悦为什么要克制，现在懂了。她忧闷地往他怀里钻："可是，你怎么办……"

邓昀气息不稳。他额角分明紧绷着，但还是那句话："别勾我，我缓缓就好。"

夜里十点三十七分，客栈还在停电。许沐子穿着邓昀刚才脱掉的那件短袖，坐在床上摸索手机，声音迷茫地问："香薰蜡烛去哪里了？"

邓昀在喝一瓶冰镇过的矿泉水，喝完才回答，声音不像刚才那么哑："忘了。"

他那么聪明，一向没有什么事情是搞不定的，现在竟然和她一样健忘。这也许能够说明，他并没有表现出来的那样镇定自若。

房间里唯一的光源是邓昀的电脑屏幕，借着淡蓝色的微弱光线，许沐子跪坐在床上给邓昀换手臂上的纱布。

邓昀立了个枕头在床头，赤着上半身靠在枕头上面。血渗透好几层纱布，许沐子担心，嘴上也就有些埋怨："你怎么不小心些？"

"怎么小心？"

许沐子回想起刚才的动作，自己整个人都攀附在邓昀身上，让邓昀一个人承受着两个人的体重。许沐子不吭声了，闷头把纱布一层层往邓昀胳膊上缠，一不留神缠多了几圈，被他调侃，问她是包扎伤口还是包粽子。

客栈的医药箱里什么都有，许沐子把纱布和医用胶布都放回去，感慨着客栈的经营模式，说这地方周到得像是家里。

邓昀靠在床头，侧目，问："不觉得熟悉？"

完全不觉得啊。许沐子摇了摇头，表示自己没有住过这种类型的客栈。连她说的"家"也是形容词，她家里还不如客栈里细致入微。她爸妈实在是两个马虎的人，过去有阿姨帮忙照料还好，破产之后，夫妻俩半斤八两，每次许沐子从国外回家，总能在冰箱里发现过期的酱料和罐头。

她想起早餐时,自己打算给客栈写一份好评,她从地上堆着的一团连衣裙布料里抖搂出手机,点开客栈的订单。真正到评价时,又后悔出去采蘑菇时没有多拍些照片。现在手里只有两张照片,一张是漫画版入住指南的照片,另一张是凌晨的驱寒热饮的照片,连九宫格都凑不够。

论起来,这事还是要怪邓昀。她脑子里总想着关于他的事情,辜负了客栈老板的用心经营和夏夏的悉心照顾。要是没有邓昀在这里让她分心,自己肯定是会拍很多照片的,不至于没照片用。

于是她转头,去问始作俑者,有没有存过客栈的照片,要他将功补过。这样问着,手也往邓昀的裤子上摸。她暂时处于身心满足的状态,真的没有别的意思,只是知道他的手机放在裤子口袋里,想着去拿。

手被捉住,邓昀让她老实点儿,也让她别胡闹。

许沐子反应过来,收回手:"那你有照片吗?"

邓昀把手机拿出来,说可能有。结果手机电量不足,他才点进相册就自动关机了。

凑不够照片,许沐子又不想敷衍了事,只能把评价的事情往后延,想着等恢复供电后,从邓昀那里拿到照片再说。

其实充电宝在她的房间,走一遭去拿也不是什么麻烦事。但她身上只穿着邓昀的短袖上衣,腿是软的,人有点儿犯懒。

她靠在床上没动,点进评价区,也就想起早晨没看完的那条长长的评价。她往下翻着,说有东西给他看。她早晨大概看到这里:听说,这家客栈本来是老板准备送人的礼物……

许沐子继续往下看——

只不过后来阴差阳错,没能成功送出,这里才改成了客栈。

工作人员说,这里有一间琴房。琴房不对外开放,别说看了,我和朋友找了好几圈,连门在哪里都没发现,倒是意外地发现一条密道。

问过才知道,是客栈老板设计失误,留下来一段利用不上的废空间。无端觉得老板很有意思,哈哈哈。

许沐子喃喃细语,看见什么就实时对邓昀转述什么:"这里还有琴房?刚才我们走过的地方,好像真的没什么用处……"

她的眼睛还在瞅着手机屏幕。评价的最后一段是祝福,客人说感觉客栈老板有一段爱而不得的故事,因此祝老板生意蒸蒸日上、感情顺利。

这世界上好像总有很多遗憾。而像他们这样可以久别重逢,大抵是很少数人才能有的幸运。

邓昀又在喝冰过的矿泉水，塑料水瓶发出的声音在黑暗里特别明显。许沐子心里一动，转头，看见他滚动的喉结。

在和其他人相处时，许沐子并没有这么多冒险精神。连家里人放烟花爆竹，问她要不要试试自己点燃引线，她都会后退到三米外的地方去。

在酒店兼职时，她遇见过一个相貌算不错的男人。男人把房卡插在一束鲜花里，放在她身旁。她不觉得刺激，也完全没有兴趣，结束兼职后，把鲜花和房卡一同丢进酒店大堂的垃圾桶。

和邓昀在一起不一样。他在那边沉默地缓和情绪，她却又腾起些勇敢。好像喜欢一个人，身体会更先知道，会期待着更多接触。

刚才紧张成那样，许沐子心有不甘。她自己拿了主意，慢吞吞地下床，摸索着往冰箱那边走过去。邓昀问："想找什么？"

"我们去采蘑菇时，你喝过红酒吧？"

"你想喝？"

"嗯，酒还有吗？"

红酒还剩半瓶。

许沐子不讲究口感，也不介意自己"牛嚼牡丹"，连酒的品牌年份都没仔细看，拔掉瓶塞，找了个大玻璃杯给自己倒满酒。

黑暗里看不清，酒差点儿满溢出来。她小心地凑近，沿着玻璃杯沿抿了两口。她本来想要问邓昀喝不喝，房间里的落地灯却忽然亮起来。

空调嘀的一声，恢复工作。摸黑了好几个小时，终于恢复电力，隔着门板都能听见外面其他住客鬼叫着的欢呼声，快赶上以前长辈聚会喝酒的场面了。

许沐子在光亮里兴冲冲地转头。她脸颊上还铺着一层没完全消退的晚霞色，她举着红酒瓶，唇上沾着红酒，唇红齿白。她对着邓昀笑："邓昀，来电了！"

落地灯刚好是偏向床那边的，邓昀被晃得眯了一下眼睛。他起身去调整灯光，路过她身边，揉一下她的头发，眼里都是温和的无奈："都说了别勾我，还冲我乐呢？"

许沐子在心里高高兴兴地想：没准儿等她喝完酒，她又行了呢？

她把酒杯端到床头，趴在床上催促邓昀给手机充电。

邓昀发给许沐子的几张照片，有偷拿走果盘里的水果的松鼠，有落在野草莓上的蜻蜓,也有顶着露珠的铃兰……这拍得也太好了,能当宣传照用。

她想起他以前录她的视频,随口说:"你要是不做软件开发工作,去做摄影师,一定也能赚到钱。"

"你打算给多少?"

"什么?"

"用摄影师的照片,打算给多少钱?"

"我只是想夸你技术好。"

邓昀笑着问:"哪方面的技术?"

许沐子竟然听懂了,把枕头砸进邓昀怀里,说他不正经。他接住枕头,瞥了她一眼,有种看透不说透的感觉,像对她的小心思了如指掌。

的确,沉思细想,不正经的人好像也不只是他。是她要跟着他回房间的,现在借红酒缓解紧张,跃跃欲试想着下次的,还是她。

许沐子自知理亏,不再说话,把邓昀的几张照片放在评价图片里,喝了一大口红酒,含在嘴里,慢慢咽下,编辑评价。

之前还觉得那条早期评价能写那么多字数,实在太厉害了,没想到轮到她写,也是越写越多,有些收不住。她写客栈像能收留疲惫的人的家,写夏夏的热情和细心,写其他住客的可爱,也写到客栈老板的用心经营。

来客栈这件事,是好运的开端,所以她也认认真真写下来,说自己遇见了意想不到的人和事。为了这份好运气,许沐子毫不吝啬夸赞。她把之前当着邓昀的面夸过的话又夸了一遍,噼里啪啦打字,通通写在评价里。

她说客栈老板用心又细致,审美在线,还很有格调……评价的最后一句也是祝福,她写下"祝老板财源滚滚",然后按了发送键。

邓昀也在看手机。不知道他看到什么,眼里噙着一抹笑。

许沐子写完评价,也喝掉半杯红酒,自我判断了一下,觉得晕乎乎的程度刚刚好,于是把手机丢到一旁,心痒痒地从床上坐起来,戳了戳邓昀的手臂。

邓昀在打字,感受到触碰,抬眼看她。

她听见自己手机响了两声,没有理会,有点儿害羞地捂着脸,轻声说:"我准备好了,我们……要再试试吗?"

她不管不顾地说出口,好像打断了他做什么事情?算了,管不了那么多了。

邓昀看许沐子半天,眼里有一种完全拿她没办法的、认栽的情绪。

他把手机扣在床边柜上面,单臂搂住许沐子的腰,利落地抱起她,把她抱到他身上,揉捏她的耳垂:"用心又细致?"

许沐子痒得缩了一下肩,疑惑地发出声音:"嗯?"

他继续抚着她的耳朵,也继续问:"审美在线,还很有格调?"

这几句话许沐子很熟,在两三分钟前,都出自她之手。但她把事情想得太过简单,单单以为他是去看了客栈的评价:"你是在吃醋吗?"

邓昀眼里闪过笑意,去吻他抚过的地方:"没有,我在代表我的客栈,感谢住客夸奖。"

第七章

晚上十一点钟

　　许沐子慢一拍地反应着邓昀说的那句话,刚开始思忖"我的客栈"的意思,他的吻就落在耳侧和脖颈处……
　　他特别坏,完全不肯留给她思考的余地。
　　之前没能成功的尝试像彩排,这次她很轻易就接受了触碰带来的欢愉,也会有些抖,尤其是当邓昀扶在她手肘的那只手游走着摸进衣摆,手臂箍住她的腰。还好,不像刚刚那么严重,只是睫毛轻轻颤着。
　　他脱掉了她身上的短袖,她脑袋里弥漫着的轻飘飘的微微醉意轰然炸开……
　　她还小声地问过他,从床头抽屉里拿出来的是什么东西。塑料包装被撕开,他们没关灯,许沐子想要低头看,被邓昀吻着唇阻碍了视线。
　　许沐子躺下来,长发散在枕头上,他帮她理到一旁,手肘撑在她耳侧,很认真地亲吻她。
　　接吻的感觉真好。犹如在冷雨天的饥肠辘辘里,遇见一盅小火煨着的汤。所有难耐的贪心都能在激吻中得到餍足,然后又从身体里蹿起更多的"想要"。爱欲和贪欲交汇,涓涓流淌在胸腔里。
　　他太耐心,这样的体恤对他来说是一种折磨,她感受到他额头落下来的汗,温暖地砸在胸口。
　　许沐子在邓昀安抚的亲吻中,舒缓掉紧张,连睫毛都不再颤了。
　　许沐子昏头昏脑地想:刚刚忘记提醒邓昀,把空调暖风关掉了。邓昀这个人好讲究,出门还自己带了床品四件套吗?哦,不对,这好像是邓昀

207

的客栈……等等，邓昀的客栈？

掌心紧握，心潮起伏，就像潮汐被月亮牵引，淹没仅剩的一点儿思考。

邓昀也有失控的时候。他的温柔、克制、隐忍，这些都在许沐子皱着眉却压抑不住闷哼时瞬间失效。许沐子最后什么话都说不出来了，更紧地抓住他的手，叫了一声"邓昀"……

夜雨绵绵，落地灯静静亮着。那朵粉橘色的伦敦眼绽放，露出淡绿色的纽扣花心。之前在黑暗里碰掉的打火机，依然躺在地板上。

许沐子被拥着，安静地把汗津津的下颌靠在邓昀肩上，慢慢平复心跳。

视而不见、听而不闻的失重滋味消失，五感逐渐恢复。重新听到雨声，是在夜里十一点多，许沐子浑身乏力。

她小时候不好好练琴，扒着门缝偷偷看家里的电视机，不知道是在电影还是电视剧里，听到过一种武功，叫作化骨绵掌。也许中招后就该是她现在这种样子，每根骨头都变成棉花糖，软软的，眼皮也打架，最终疲惫地睡着了。

可能神经太过兴奋，她睡得并不太沉，身体偶尔痉挛，总有某些片段入梦而来。比如，邓昀的手臂托起她腰部的瞬间、他们下颌紧蹭着接吻的瞬间、在浴室里扶着邓昀的手腕被温水淋湿的瞬间，又或者，一切开始之前他那句"我的客栈"。

许沐子昏昏沉沉地眯了一会儿，醒时，电脑上显示的时间不到十二点钟。落地灯光被调到最低亮度，朦朦胧胧，她睁开眼睛就看见邓昀近在咫尺的下颌。

意识不算清醒，许沐子回味着邓昀皱眉的模样，又在惺忪渐消的过程里捡回理智，把之前忽略掉的蛛丝马迹和被撞散的思绪拼凑起来——

原来邓昀就是客栈老板。这样对照着想，竟然毫无违和感，他的确像是能够搞出这样一间神秘又舒适的客栈的人。难怪夏夏在停电后来敲他的房门，而不是去找更活跃的邢彭杰他们；难怪他会知道自己的手机号码；难怪他只是来住了一个星期，房间里却物品齐全，可她连行李箱都没看见……

思维混沌地发散出去，她甚至想到过去很随意的一段对话。

那大概是她离家回学校前？是了，是她在他的卧室里脱掉高领毛衣，给他看她背后的烫伤疤痕的夜晚。

那天晚上，许沐子离开前，邓昀帮她穿好毛衣。她的脑袋从紧密的针织领口里钻出来，头发乱七八糟，看见被逗笑的他，她羞愤地跑开，去照镜子整理。

镜面映出邓昀的面容，他坐在电脑椅上，垂着头在看手机。窗户开着缝隙，他夹着烟的手搭在窗外，让风把烟味带走。

那是在他们经常见面之后，邓昀第一次在她面前抽烟。他神情怪严肃的，让人看不透在想什么。

许沐子理好头发，和邓昀说话。他若有所思地把烟头沉进可乐罐里，没听见，她于是凑过去，打了个没成功的哑声的响指，问他在想什么。

邓昀抬起头，意气风发。他说放在手上的闲钱有些多，正在考虑怎么用。许沐子只懂古典钢琴曲，对那些问题实在是不在行。她以为他在筹谋理财问题，没有多问过。

后来她在国外和他通话，倒是提起过一次，问他钱的事情解决好没有。他好像找到了很称心的理财方式，声音也透露着好心情，轻笑着答："解决好了。"

那时候邓昀所说的解决，就是做了这间客栈吗？所以，那位网名叫Creampuffs0319的住客，才会在早期的长评里说，客栈是老板亲自设计的。所以，夏夏在聊起老板的经历时，才说老板是顶尖大学的保研生，因为家里负债，放弃了保研机会……

她严重睡眠不足，脑海里堆积了太多信息，一时间感到思维凝滞，想要快速想清楚，却又不知道该从哪里切入，总觉得没有想到最该想通的核心环节。

要再去看看那些客栈评价吗？手机就在枕头下面，本来是被她随便丢在床上的，但刚刚过程中许沐子被手机硌到，是邓昀帮忙放在枕下的。

许沐子去摸手机，稍动了动身体，感到每一寸筋骨都酸软无力。

邓昀没醒，只是感觉到动静，放在她腰际的手臂收紧了些。他的睡相很好看。长长的睫毛安静地垂着，鼻梁高挺，嘴唇看起来很好亲。脖颈处的细细的一道瘀血痕迹，是她仓皇失措时，不小心用指甲抓的。

看着那道浅红色的痕迹，她忽然想通了些。

评价里提到过，这家客栈本来是老板准备送人的礼物。而客栈老板，曾亲手栽种过花语是初恋的玫瑰。客栈里有一间神秘的琴房，不对外开放。

209

所以，这间客栈，其实是他打算送给她的吗？她可以这样揣测吗？如果可以，他又是在什么样的情况下，准备送给她的呢？

总不会是在断掉联系之后。

也许这样的揣测太过自恋，可是……

许沐子把手机握在手里，屏幕触碰到皮肤，亮起来。

两条未读信息，是在他们亲密之前收到的。信息来自她没来得及备注姓名的陌生号码，她点开来看，是两张照片。

第一张，是陌生的琴房。琴房很漂亮，是复古风格的实木色系。墙壁边的高矮桌柜上摆满了水晶花瓶，鲜花盛开，隔着屏幕都能嗅得到馥郁芬芳。

第二张，是盛放的玫瑰花丛。阳光明媚，粉橘色的伦敦眼开了好大一片，漂亮得像一幅油画。草木葳蕤，角落里有只橘色的猫蹲在客栈窗台上。

他既然把照片发给她……客栈打算送给谁，答案昭然若揭。

眼前睡着的人，性子很傲，从来不肯诉苦，那年许沐子认定邓昀把她的生日忘记了。他没有辩解。

她以为她的生日礼物只有昂贵的礼服，却怎么也想不到还有这里。

几小时前，他们在这间房间里谈心。邓昀也只是简简单单地说过："那时候很想抱你一下，但不能。"

"但不能"，就这么利落的云淡风轻的三个字，邓昀揭过了他自己的用心斟酌和准备。

许沐子比邓昀动心晚，或者说，她比他糊涂。分开时，她只是被迫地掐断了一截刚刚萌芽的情愫，却也会耿耿于怀时不敢再想起。

那邓昀呢？他有过更多关于他们的规划，有过更多用心和在意。被突然打断时，他心情如何？

许沐子眼眶一下就热了，她有点儿哽咽，又怕吵醒邓昀，紧紧攥着手机，压抑着情绪吸了吸鼻子。

她想抬手去触碰他的鼻骨。指尖突然被攥住。

邓昀睁开眼睛，声音温柔得要命："怎么哭了？"

总觉得这个人有很多事情都没有和她说过，许沐子眼泪止不住地流："邓昀，你给我讲讲这间客栈……"

邓昀把许沐子往怀里抱紧。他帮她擦眼泪："哭什么。喜欢你，也想要追求你，哪能一点儿准备都不做？"

许沐子哭得很凶,眼泪比窗外的雨还要汹涌。

自从家里出事后,她经常苦中作乐——

她安慰自己,如果没有这些挫折,可能她现在还困在不能成为天才钢琴家的憋闷里,揪着一点点失落和不甘心不放。来来回回,如同鬼打墙地撞着,不会有现在这么多的成长。

她也安慰爸妈,如果一切都过分顺利,他们也改不掉之前的那些恶习。四体不勤、喝酒、熬夜,搞不好他们已经折腾成酒精肝或者高血压。起码现在身体好,健健康康,平平安安。

她整天给自己洗脑,乐观地用孟子的话激励自己——天将降大任于是人也,必先苦其心志,劳其筋骨……

可是现在,许沐子已经不敢去想,如果没有投资失败后的破产、负债,原本她的二十岁生日应该有多么令人欣喜。也不敢想,他们到底错过了怎样一种有可能的人生。

"邓昀,你有没有很失望过?"

"有。"

一腔自己的委屈和替邓昀生出来的委屈,混合在一起,像生着刺的玫瑰花茎在胸腔里乱搅,她难过得要命,又无处发泄。怎么能释怀呢?

最终她只能举起没什么力气的手臂,埋头往他身上打,问他当时为什么不说。

邓昀没拦着,挨下许沐子的拳头。他这次没有揉她的头发,只是抱紧她,吻掉她的眼泪:"当时那种情况,不方便说吧。"

睡前他们从浴室出来,是穿过衣服的。那时候淋浴的水汽弥漫开,房间里更闷了。雨势不大,星星点点,所以开了扇窗户通风。山里气温低,又是阴雨天,担心她着凉,邓昀从衣柜里拿了套面料柔软的睡衣出来。短袖上衣套在她身上,长裤他自己穿着。

短暂的睡眠里,许沐子可能因为身体酸软和偶尔的痉挛,不安地活动过,总之睡姿不够老实,衣摆已经快要卷到肋骨了。现在她被邓昀拥在怀里,毫无遮挡可言,皮肤亲昵地触碰着,传递着彼此的体温。

身体有记忆。被亲吻着,她很快软下去,刚沉静下去的敏感又被勾起来一些。他们就这样一下下地接吻,不知道过了多久,许沐子眼泪终于止住了。

邓昀用手探了探,逗她:"想什么坏事,心跳这么快?"

许沐子不承认。她喉咙干巴巴的，有点儿缺水，极不好意思地推掉邓昀的手，说渴，想喝水。

邓昀起身，去帮许沐子拿矿泉水。她看着他赤着的上身，看着他手臂上的纱布，在他走到冰箱前躬身拉冰箱门的时候，提了个小小的要求："想喝冰的。"

邓昀声音里带着笑，评价她："挺难伺候。"

这么说着，也还是有求必应。

之前给玫瑰花换水时，把冰箱里的冰块用光了，他随手套了件短袖出门，三四分钟后，不知道从哪里拿回来一小桶冰。

许沐子捧着一杯加过冰的矿泉水，慢慢抿着，听邓昀讲这间客栈的来历。

客栈是准备送给许沐子的礼物。但最开始邓昀并没有想过要经营，只是觉得这地方景色宜人，远离闹市，能看日出日落，也能看漫天星辰。以后再遇见许沐子情绪低落的情况，开车几个小时，就能带她来散心。

他知道她热爱钢琴，哪怕再灰心时，都没放弃过练琴。思量再三，他觉得散心的地方也不能少了给她练琴的设备，所以又开始研究钢琴的品牌和型号。

那时候邓昀要兼顾学业和其他事情，准备生日礼物的时间并不算宽裕。其他房间都是空的，只来得及布置好一间琴房，种下一片玫瑰花田，想着，其他的有时间再慢慢来……

后来家里投资出现问题，负债数目不小，情况艰难，和许沐子家一样，他家稍值点儿钱的东西都卖掉了。不但奶奶在老家的房产没能留住，连邓昀手里的健身房年卡、整套电脑装备都走二手交易平台出掉了。

这个地方能留存下来，是因为当初只是一份没来得及送出的生日礼物，还没有人想过要把它做成客栈。对外人来说，没商机，所以并不值什么钱。

许沐子捧着水杯，难以苟同："可是这里的装修，还有那间琴房，一看就很贵啊……"

邓昀说，装修风格这种东西，见仁见智。有人喜欢极简主义，有人喜欢法式浪漫主义……琴房装修花费再大，普通人留着也没用处。没用处，也就一文不值。

倒是也有买家来看过几次，不合拍，没谈拢。而邓昀私心里又比较想把它留下，最后干脆借了些钱，把这里改成客栈。

刚才在照片里，许沐子看见过客栈最早期的样子，除了那片伦敦眼，房子的确是没有现在看着精致。她眼睫挂着湿意，仍然偏执地愤愤不平，不讲理地站他的队："怎么会一文不值呢？肯定是那些买家眼光不好！"

邓昀就笑着听许沐子喋喋不休，听她为了帮他说话，并不十分擅长言辞，也像个能吃到回扣的销售人员那样，说这里多么好，那里多么吸引人，还说买家们不够高瞻远瞩，这钱就该是他赚。

她越说越义愤填膺，喝着冰水也没消掉怒意，脸都红了。

邓昀怕真把许沐子气着了。他往她唇上亲一下，挡了挡她的火气，说这地方的房价就明摆着呢，又不是旅游景区，当地人不肯出高价也是正常的。

"那还是他们眼光不好，不懂投资，我就非常喜欢呢。"

"不一样。"

许沐子下意识反驳："有什么不一样？"

手里的水杯返潮，有霜汽凝结成水珠，掉落在床上，在深色床单上留下一滴水痕。小动静分了心神，她看向水痕，脑袋里呈现出另一桩事，所以没听见邓昀后面说的那句："本来就是按照你的喜好来设计的。"

她在想的事情是，客栈是邓昀的。不难猜测，楼下书架里的书，真的是他在什么比赛里赢得了大额购书卡，才一口气买回来的。而那张被水沾湿过的皱皱巴巴的古典音乐节的票根……

许沐子猛然抬头："邓昀，你去看过我吧？"

邓昀轻轻地啊了一声，眼睛里的笑像狐狸的笑，他说去看过，还看见她和一个拉小提琴的外国男生在校园里追逐打闹、吃比萨。

"那只是我的同学。"

"知道。"

"你没想过要叫住我吗？"

"想过。"

邓昀还是那句话，但不能。倒不是说，因为她和别的男生走在一起，赌了气才不能叫住她。醋是多多少少吃过一点儿的，毕竟那天她的笑容真的很美。只是大事上，他还不至于那么幼稚。

不能叫住许沐子，最重要的原因是：那时候他和朋友创业还没什么水花，正处于入不敷出的阶段。每个人都穷得叮当响，整天窝在出租房里，没日没夜地敲代码。他们几个既然敢创业、敢做软件开发，肯定是对正在做的事情有信心。但世事难料,谁也说不准这件事什么时候能有收获、具体能有多大收获。

去看古典音乐节的机票钱是省吃俭用凑出来的,在邓昀看来,当时叫住许沐子没有任何意义。他家负债更多。他可以吃泡面,可以熬夜,但不能连累她一起。创业已经是借钱在做了,恋爱不能借钱谈。

也许换作是别人,还能说出"有情饮水饱""真正喜欢的人是不会分开的"这类天真的埋怨。许沐子却说不出口。他们拥有相同的经历,她太能理解他当时的感受。

许沐子自己也曾有过一个从来没有和别人说起过的想法,暗处私心——

如果她在更早的时间收到他送的那件礼服,家里没还完债,她可能会因为缺钱,选择把它卖掉换钱。但这并不表示,自己不够喜欢邓昀。都是些人穷志短时,面包与爱情不可兼得的迫不得已而已。

这个话题多少有些沉重。许沐子咬着玻璃杯沿,甚至不敢开口问邓昀,那间琴房还在不在。他察觉到什么,看过来,她就拣了个轻松的问题搪塞,问他这间客栈现在是不是很抢手。

他答:"还好。"

是有人来谈过转让和收购,出价还算不错。如果许沐子真有交往稳定的男朋友,在这几年里和别人办了婚礼,邓昀心灰意冷,真有可能选择把客栈卖掉。不过,邓昀没提这个。

他足够了解她,看了她一眼:"许沐子,你不是想问这个吧?"

其实在看照片的时候,许沐子就已经认出来,琴房里的那架钢琴是名牌。钢琴价格不菲,她猜测,在情况最困难的时候,它应该已经被卖掉了。就像那片曾经盛开的伦敦眼花田,现在也不再种植了。只有几株生命力顽强的根系,还会生出新枝,还会开花。它们存在过,就已经很令她感动了。

这种事情,问出口对邓昀来说是一种打击,像在揭人伤疤,可能会伤到他。无论邓昀怎么盯着她看,许沐子都打定主意把问题烂在肚子里,不肯说实话。

遗憾还是有的。她怀着满腔遗憾,往嘴里含了一块冰。

许沐子平时很少吃冷饮,冰块一入口,她就已经后悔了,含着它哼了一声,浅浅蹙眉,不想嚼碎,又不好当着邓昀的面吐回去。

冰块缓缓融化着,渗出丝丝凉气……

邓昀托起许沐子的下颌,把食指探进她口腔,钩出那块冰。冰块掉下来,落在她的小腿皮肤上,冷得她一个激灵,又滚落在床上。

他的手指还在,被她轻轻咬了一下。她感觉到他沉沉的视线,心跳瞬间加速。他的指尖不怀好意地搅了两下,才肯离开她的唇。

敞开的窗口吹来一阵清爽的、带着潮湿土壤气息的夜风,头脑却不清明。

邓昀拿开许沐子手里的水杯,勾着她的脖颈,吻下来。

她早就说过,这个人非常坏。

无论她是不是在叛逆期,论带给她刺激的程度,没人能比得过他。

这是个很深的吻。在许沐子几乎失神的时候,邓昀偏偏退开了,用食指的指背帮她抹掉唇边的水痕,笑着问:"想不想去看看你的琴房?"

床单上有冰块融化的水痕,邓昀动作利索,把整套床品撤掉,换了新的。

许沐子没有回自己房间拿新衣服,在邓昀换床单的时候,她换上连衣裙。连衣裙是夏装,透气的奶油色棉麻面料,两条细细的肩带挂在消瘦的肩上,在夜里出门恐怕没那么保暖。

可是,折腾一晚上,许沐子早已经忘记夏夏拿给她的厚浴袍究竟被她放到哪里去了。许沐子倒也有办法,不客气地从邓昀衣柜里选了件外套披上。

之前贴在脚踝伤口上的创可贴,在去浴室清理时沾湿了。她粗心,自己没留意到伤口被潽着。还是邓昀调亮灯光,从医药箱里拿了新的创可贴。

许沐子坐在床边,邓昀坐在电脑椅上,握着她的脚踝。看见她身上的深色外套,他调侃道:"不是和我不熟吗?"

"我和夏夏说话时,你就听见了对不对?"

"嗯。"

许沐子晃了晃腿,说:"你吻技还可以,算是熟了一点点。"

邓昀撕开创可贴包装,懒懒地哦了一声:"只是吻技?"

脑海里浮想出一堆画面,许沐子抿唇,不好意思了,把脚往回收,又被邓昀紧紧握住。他把创可贴中间的海绵对准伤口,指腹暧昧地在布面上轻轻一抚,贴完,起身:"走吧。"

他们走出房间时，是夜里十二点钟。

细雨几乎停歇，暗夜里腾起些雾气。走廊里静悄悄的，估摸着楼下公共区域里玩狼人杀的那群人也散了。几扇窗都以内倒的形式留着缝隙，清新湿润的风闲游在幽暗的空间里。

客栈里一点儿声音也没有，许沐子随口说："这个时间了，不知道夏夏会不会还守在楼下。"

竟然得到了回复："她下班了。"

差点儿忘了，身边的人是老板，所有事情都知晓。

外套的长袖布料堆叠在手腕处，许沐子的手从里面伸出来，被邓昀牵着，跟着他上楼。他们穿过环形走廊，走进三楼的放映室里。

放映室已经被清理过。小酌局堆放的零食和酒水已经不见了，蘑菇造型抱枕也整齐地排放在沙发上，浅绿色矿物扩香石散着柠檬草的味道。和她凌晨三点钟第一次走进来时一样，整洁又温馨。

"放映室就是以前的琴房吗？"

"不是。"

"那我们……"许沐子正想问，看见邓昀绕过茶几，按了墙壁上的密码。

之前在这里参加小酌局，有人喝了酒，也把墙上的密码锁当成灯的开关按过。那时候他们还以为，密码锁锁住的是普通的储物空间或者什么地方。

八位数的密码。许沐子看见邓昀在输入她出生的年份，接着是她生日的月份，"06"，再然后，她已经能猜到最后两个数字，"08"。

6月8日。

她曾经在电话里告诉他，自己和著名的德国音乐家罗伯特·舒曼同天生日。

邓昀输完密码，侧目，笑着看向许沐子。是和过去他考虑闲钱用处时极其相似的笑容，意气风发。

不会那么简单……他好像不会在深夜里带着她来看一间已经卖空掉物品的琴房。许沐子胸口起伏，心里冒出一些荒谬的猜测，慌慌张张去看邓昀。

他知道她眼里的疑问，拉着她的手，把她的手掌覆在暗门上。门板光滑、微凉。她预感到惊喜，紧张到不能呼吸，只能紧闭上眼睛，试图平复情绪。视觉通道关闭,在一片黑暗里,许沐子感受到背后属于邓昀的体温。

他扶她的肩,大概是垂着头的,呼吸声落在她耳侧,他带领着她推开掌心下的暗门。他说,为了防止她失望,要提前和她说一下,照片里那架钢琴,在某种情况下已经被他转手卖出去了。

"现在里面摆放的钢琴,没有那个贵。"

可许沐子的心仍然狂跳不止。说不上原因,她总觉得事情没有他说得那样简单。

琴房应该是很久没有人来过了。推开门后,神秘的密闭空间里,弥漫着淡淡的木制物品的味道。暗门在身后轻声关闭——邓昀的手短暂地离开她的肩膀,咔嗒,许沐子感应到灯光,慢慢地睁开眼睛。

好美的琴房。哪怕没有照片上那些鲜花,也是美的。琴房宽敞、宁静,打过蜡的实木地板铺着一层柔和的反光,明窗净几,高高矮矮的几十个桶型空水晶花瓶也亮晶晶的……

但还是没有三角钢琴的黑色抛光漆体耀眼。

许沐子几乎一眼认出它,不敢置信地转头看向邓昀。

她跑过去,伸出手。指尖有些发抖,她足足顿了十几秒钟,才深呼吸着掀开键盘盖子,把指尖落在琴键上。是它。

许沐子曾经拥有过两架钢琴。

第一架钢琴,是她三岁多的时候,在商场里看见别人演奏钢琴,看得入迷,非要学钢琴,爸妈给她买的。最开始他们什么都不懂,家里生意也没好到变成暴发户的地步。一家三口都是门外汉,听琴行的人介绍几句,选了一架价格适中的立式钢琴买回家里。

到许沐子上小学的时候,她在钢琴上的刻苦令她展现出不错的成绩,受到钢琴老师的赏识和爸妈的重视。钢琴老师说,许沐子的旧琴声音发闷,有条件可以换一换。那时候家里生意已经有起色,钢琴老师惜才,愿意把一架闲置的三角钢琴以十分划算的价格出售给许沐子。

三角钢琴真的很美。琴身线条优雅,漆体锃亮。许沐子放学回家第一次看见那架琴,高兴得跳起来,丢掉书包冲过去抚摸琴键。

而现在的许沐子也坐下来,抚摸着琴键。她第一次遇见它时,弹了一段肖邦的《幻想即兴曲》。那时候,她还不能行云流水地完成那首曲子,弹到中段的降 D 大调,转过头,高兴地咧着嘴冲着爸妈傻乐。

和钢琴久别重逢，许沐子依然弹了这首曲子。她把左手缓缓落在琴键上，感受着琴键带动琴内精巧的弦锤、琴弦，也感受着它的音色，鼻子隐隐发酸。她闭眼，陶醉地弹完这首曲子尾声的低音部，含着眼泪转头。

邓昀依然是深色系穿搭，他穿着黑色短袖，抱臂靠在装了隔音材料的暗门上。他将食指的第二个关节指背抵在鼻尖，眼里盛着灯光，他笑问："开心吗？"

许沐子重重点头。

这架钢琴陪伴她最久。它陪她度过了十几年每天埋头苦练的时光，见证过她指下每一首钢琴曲的生疏到熟练，见证过她的进步，也见证过她的郁闷崩溃……

她曾经练琴到指甲受伤，在琴键上留下血色，也曾趴在琴盖上失声痛哭。

它陪伴许沐子走过太多的路。决定卖掉它的那天，她却只能忍着不舍，麻木懂事地对爸妈说，没关系，以后再要练琴，她还可以去外面找按小时收费的琴房。

买下许沐子这架钢琴的人，是许沐子的钢琴老师正在带的新学生。是女孩，比她小很多，大概就是许沐子换新钢琴的年纪，也是刚崭露头角，正是需要一架趁手的好钢琴的时候。

女孩家人不做生意，不介意许家是否破产。听说许沐子如愿考上了有名的音乐学院，钢琴又是保养得当的名牌，很愿意买下来。后来许沐子听老师说，女孩在比赛中拿了不错的成绩，觉得那架钢琴能带来好运，很爱惜。

学乐器的人都比较念旧。除非情不得已，或者有能力购置更高段位的乐器，不然不会换掉最珍视的伙伴。这一切都发生在断联之后，邓昀是怎么知道的？也许因为他妈妈给他买过一架钢琴，也在负债后转手卖掉，他又很聪明，所以很轻易能联想到她家的情况，知道她守不住自己心爱的物品。可是，他又是怎么说服那家人，把钢琴买回来的？

从来没想过还会有失而复得的一天，许沐子眼眶红红的："你怎么找到它的？他们不可能愿意卖掉……"

邓昀出了更高的价格，足够让人买下更好的全新的钢琴。交涉过好几次，女孩家长最终同意把琴让给他。具体如何交涉的，邓昀没说。

琴房安静得没有丝毫杂音，他只说："凡事心诚则灵吧。"

"你是因为它,才卖掉了之前放在这里的钢琴?"

"差不多。"

许沐子又不傻,知道邓昀有所保留,不认同地摇了摇头。

她眸子里潋滟两汪眼泪,嘴上埋怨着,说他一定在这件事上花了不少冤枉钱,也一定为此大费周章过。

邓昀还是那个问题:"看见它,高兴吗?"

钢琴静静立在琴房中央。许沐子看看它,抚摸着琴键,由衷地答:"高兴。"

他轻松一哂:"那就值了。"

许沐子好不容易忍住的眼泪夺眶而出,扑簌簌落在邓昀的外套上。她用衣袖去抹,越抹越多,干脆捂住眼睛。

邓昀走过来,拉下她捂在眼睛上的两只手:"别哭。"

他逗她,问,就这么几个小时里,她都已经哭过几次了?怎么这么爱哭?她心直口快地回答,说在床上那次不能算。那次是生理性流泪,不是真的在哭。

说这话时,许沐子睫毛挂着泪,一副楚楚可怜又过分可爱的模样。

邓昀滚了一下喉结,眸色微敛,到底没在这种时候占便宜。他把她那滴摇摇欲坠的眼泪擦掉,问她,要是再哭一会儿,眼睛肯定要肿,几个小时后,肿着眼睛回家,怎么和爸妈交代?

两家长辈的关系具体恢复到什么程度,许沐子还不知道,肯定不能贸然提起邓昀。要是把他们做过的事情都抖搂出来,得把她妈妈吓出心脏病……

想到回家,就想到那个"大好消息",许沐子吸着鼻子,腹诽:自己多哭一哭再回家也是好的,到时候眼皮水肿,颜值下降,她爸妈嫌她拿不出手,可能就不会给她介绍新的相亲对象了。

邓昀点了点许沐子泛红的鼻尖,问她眨巴着眼睛想什么呢。她说:"可能我回家,今年的第四个相亲对象就坐在家里等我呢。"

邓昀低声笑了,本来要去帮忙擦眼泪的手指换了个方向,蜷起指关节,往她额头上一叩:"还惦记你那相亲对象呢?"

当然惦记啊。她耿耿于怀呢,要不是因为这些事,也不会跑来客栈散心。

提起相亲对象,许沐子颇有微词,不明白长辈们怎么会认定,这样牵强的安排就能让她遇到好的缘分。而且堂姐报信说，这次的第四个相亲对象，还是她爸妈知根知底的人，很可能是老朋友家的孩子。

以前在小别墅住着，家里又生意兴隆，爸妈和老朋友们走动得频繁。哪怕许沐子练琴再忙，那些长辈，她也或多或少见过几面。至于那些长辈家的孩子……过去，许沐子和他们勉强算是点头之交吧。长辈在时，见面打个招呼；长辈不在时，在街上遇见，面对面走过去，他们也会当没看见。

而且她家破产后，还和爸妈有联系的长辈只有那么一两位。记忆里那两位长辈家的孩子，一个是已婚的大哥哥，一个是刚上大学的小妹妹。

许沐子蹙眉，心想：该不会又是像去年才把邓昀送的礼服交给她的那男生一家人一样，断交好久，听说她家生意有起色，才说着"有好事可得想着我们"的谄媚话，恢复了和她爸妈的来往……上梁不正，下梁也容易歪。在这种家庭里长大的同辈，人能好到哪里去？何况还有个事事优秀的邓昀在眼前作比较，喊，还说是什么"大好消息"。

邓昀去外面放映室拿了抽纸盒回来，许沐子自己擦掉眼泪和鼻涕。她的手流连地抚摸在钢琴琴键上，随意按动几组旋律，把相亲这事详细和他说了："那人感觉没有我爸妈说得那么好，搞不好你也见过。"

许沐子眼皮还有点儿红，苦着一张脸："不会是以前长辈们聚餐时，头挨着头，总凑在一起打游戏的那几个男生吧？"

看样子，邓昀根本没有印象。琴房里只有两张进口的头层牛皮钢琴椅，他坐在她对面，眯眼思考几秒钟："哪几个？"

"你记不记得有一次聚会，饭店包厢里摆放了围棋盘，有几个男生坐在一起打手机游戏，后来因为游戏闹别扭，互相推搡，把围棋盘都撞撒了？"

"不记得。"

"奇怪，你怎么记性这么差？"

手机响了一声。邓昀滑开屏幕，垂头看了看，边打字边说，他们两个能同时出现的饭局，他多半是为了见她才特地去的。

"注意力都在你身上，对别人没印象也正常吧？"

许沐子张了张嘴，没想到什么反驳的话，反而因为邓昀的直接，有点儿脸红。

邓昀打完字，把话题拉回来："是他们的话，你想怎么办？"

"就说不合适呗。"

"这么干脆？"

"对以前的相亲对象，我也是这样的态度啊。"

"拉小提琴的那个？"

"哦，那个啊……那个稍微联系得多些。"

拉小提琴的那个相亲对象，最开始见面是在长辈们攒局介绍的餐桌边。席间，他和许沐子聊过几句古典音乐，被长辈们撺掇着加好友，也没提感情上的事情。

她想着也许双方都没有这方面的意思，那还挺不错的，又都是学乐器的，当个普通朋友也行。结果，她练琴，几个小时不回复信息，对面就说她不礼貌。对方打电话约她出去，她既没空，也没兴趣，委婉拒绝，对方就破防，在电话里起争执不说，还要告状到许沐子家长那边去。

所以许沐子对相亲这事，印象更差，都快有应激反应了。她在心里打定主意，这次无论见谁，都不打算留联系方式了。

忽然想起一件事，许沐子抬手拍了拍额头，为难地想，她爸妈这次生意有转机，是遇见了贵人帮忙的，第四个相亲对象要是那位贵人家的晚辈……

邓昀不知道在和谁联系，手机被他拿在手里，响了几声。他看起来像是在回信息，打字速度飞快。

打完字，邓昀把钢琴椅挪到许沐子身边，手搭在钢琴上，竟然弹出一段旋律。许沐子太熟了，稍听一听就知道邓昀弹的是柴可夫斯基的曲子，《四季》钢琴组曲里的《4月——雪松草》。

这首曲子，许沐子第一次给邓昀演奏钢琴时弹过。邓昀弹得很业余，用专业眼光来看，是有些生硬的，他估计是忘掉了后面的谱子，只弹出十几个小节。

许沐子还是感到意外，把相亲对象的事都抛到脑后去了。他以前说对钢琴没兴趣，家里那么贵的钢琴都只当摆设，只有她被妈妈带着去弹过一次，恐怕之后再没人碰过。

"你学琴了？"

邓昀说他只会弹这么一首，算是死记硬背才练会的，还钩着她的指尖，说让许沐子老师点评一下。

许沐子老师端起派头，一本正经地清了清嗓子。她不提节奏问题，摇了摇头，像个大音乐家，只说邓昀这株雪松草不够鲜嫩，还有点儿欠修剪，很杂乱……

她都把自己说乐了。点评完,许沐子问:"你这曲子练了很久吗?"

"想你的时候就练一练。"

至于为什么要练钢琴,都不需要再问,邓昀就轻轻笑着,带着醋味调侃许沐子,说是羡慕人家学乐器的和她有共同语言。

"那你应该学小提琴。"

然后听见邓昀轻轻地哑了一声。

许沐子刚哭完就被邓昀逗笑了。他好像不喜欢她沉浸在感动或者感激这类情绪里,更喜欢她把这些当成平常事。

这间琴房真的很舒适。许沐子看着那些空空的干净的水晶花瓶,想象着它们装满鲜花的样子。照片里的花布置得很美,她没带手机出来,戳了邓昀一下,要他翻出照片给她看。

手机被递过来。许沐子挨在邓昀身边坐下,趴在钢琴盖子上,看那张照片。大飞燕、绣球花、玫瑰……还有很多她根本叫不出名字的花,像把莫奈的油画搬进琴房。

这么美的布置,都能开一场音乐会了。

手机屏幕上方跳出消息栏,与此同时,微信提示音接连响起——邓昀收到一条新消息,两条、三条、四条、五条……

"你先看消息吧。"

邓昀看了几眼,打字回复。

许沐子依然趴在钢琴上,她身体懒懒的,腰肢酸软,胸腔里却填满愉悦。她懒洋洋地讲述着,说她曾有过一点点期待,期待能在未来某天里和他不期而遇。最好是在古典钢琴音乐会上,舞台布置很美,就像照片里那样,被鲜花包围。邓昀无意间买到音乐会的票,去看演出。最好是他因故耽误,去迟了,没有来得及细看入场时发的目录手册,灯光就已经暗下来。

"演奏开始,你才惊讶地发现,台上把曲目弹奏得清晰、灵动、富有情感的人,是我。"

许沐子眼睛很亮。笑容是从小拍照片、泡在各种比赛里练出来的模样,露八齿,很美,是个柔嘉维则的姑娘。

即便是在憧憬重逢,她也不忘记加一点儿小聪明在里面,用想要被夸的语气,试图不着痕迹地彰显自己的进步。

邓昀停下打字的动作,目光柔和地看着许沐子,听她继续说,演出顺利结束后,观众应该会非常热情,而希望 encore(返场演出)的热烈掌声里，也有他一份。

许沐子不好意思地笑了笑："我过去还以为，也许我们会是这样重逢的。"

说到这句，刚好看见邓昀垂下握着手机的手。直觉他的表情像有话要说，她眨了一下眼睛，洗耳恭听。

阴谋家上线。邓昀的目光饱含深意，看了许沐子片刻，却含笑摇头，兀自否定，什么都没说。

许沐子十分纳闷，揪着不放，问他，刚刚是准备要说什么？

她明显感觉邓昀换了个话题："想不想看月亮？"

"下雨天怎么会有……"许沐子转头，窗外零星小雨，竟然真的有一轮皎月挂在云间，明亮得像灯盏。

邓昀说，这叫月亮雨。

琴房角落里有个特别大的黑色箱子，样式和体积陌生，许沐子倒是留意过，却也没猜到是什么物品，见邓昀抬起箱子，也差不多明白，里面大概是天文望远镜。

邓昀说琴房窗户有树枝遮挡，拉着许沐子的手带她回房间。

房间的露台视野果然更开阔。

许沐子不懂调试方法，坐在沙发上，拿着天文望远镜的说明书研究。她还没分清那些什么赤经轴、赤纬轴，邓昀已经把三脚架和各种微调杆都组装好了。

房檐滴答，偶尔落下几滴雨。露台地板是潮湿的，花盆里土壤泥泞，那些种植在露台的花枝淋过雨，叶片翠绿，却有些垂头丧气。

许沐子看着邓昀动作熟练地把望远镜筒连接在托架上，心想，他这间房间真的好宽敞啊，比她那边面积大太多了。在订客栈的软件上，根本没有看到过他这种房型的展示图片。

许沐子收起说明书，说他这个老板好糊涂。要是能把这个房型挂出去，再多加一张一米八的双人床做成家庭房，肯定是抢手的，应该能赚到更多钱。

他没回头，问："喜欢这种房型？"

"喜欢啊，比较宽敞嘛，露台也大……"

"别回去了，留下睡吧。"

许沐子握着说明书的手一紧。虽说，离五点钟也没几个小时了，她想到要和邓昀一起睡，还是感到心悸。

邓昀换了合适的目镜，用红点寻星镜找到月亮。他眼睛还在看镜头，背对着她，勾手。

许沐子凑过去，邓昀把位置让出来，让她去看月亮。

就像那个冬天，他们连夜爬山，最终在山顶看清了月亮的面容。

月亮亘古不变。她还记得他那年冬天讲给她的那些，环形山和月海，哥白尼坑和第谷；也记得她那天亲眼看清月亮后，兴高采烈地转过头，和他面对面，距离不过寸许，呼吸间的白色霜气混在一起。

他们也没有变过。

雨夜的空气微凉，许沐子找到哥白尼坑的大概位置，转头，心潮涌动地对上邓昀的目光。

明月皎皎，夜风湿冷。

风掀起许沐子的发丝，吹鼓她身上的外套，他们在露台边安静地接吻。

这次没有借助任何外力，连红酒也不需要。

许沐子完全清醒，清醒地心跳加速，清醒地被邓昀亲吻，清醒地配合他脱掉身上那件宽大的男士外套和面料透气的连衣裙……

通往露台的推拉门被关上了，窗帘间透着巴掌宽的一条缝隙，月光犹在。

许沐子趴在新换的床单上，身体是软的，呼吸是乱的，侧着头，安静地看着邓昀跪在床上，单手扯着衣摆把身上的短袖脱掉。

他们没说话，他始终在看着她，俯身帮她把乱在颈侧的长发理开，然后吻上来。漫长地接吻，缱绻地纠缠着，久到外面几乎歇下的阵雨，又淅淅沥沥下起来。

天文望远镜静立在露台门边，窗帘与窗帘之间的缝隙里，划过一道紫红色的闪电。雷声闷闷，月亮躲去云层后面，一场新的雨落下来。许沐子也像身处一场雾气蒙蒙的雨中，耳边只剩下彼此的呼吸声和商量的情话。

汗水沁湿了床单和枕套，头发粘在背上。

她脸颊很烫，灵魂如露台上的花茎，摇摇晃晃。

许沐子声音很虚，问邓昀："凌晨三点钟，你在楼下用白菊花煮茶，真的是在等蛇麻花开吗？"

"不是，我是在等你来。"

前天晚上，许沐子刚提交订单信息，夏夏就在后台看到了。夏夏期期艾艾地跑到楼上敲响邓昀的房门，把许沐子的名字报给邓昀听。

盛夏暑热，来山里避暑的人不在少数，这阵子客栈一直满房。亏得一场突如其来的暴雨，上山不便，有人临时取消订单，才在前晚空出那么一两间房。但许沐子提交订单已经是前天晚上十一点多，邓昀也知道，山雨倾盆，她恐怕要折腾到昨天凌晨才能抵达客栈。

如果许沐子在凌晨抵达，那间房她只能用到中午十二点钟就必须退房。后面已经有其他住客订过了。按照常理，夏夏打电话给许沐子，是该劝她申请退订的。是邓昀亲自打电话给那位预订房间的住客，答应赔付三倍房费，争取来的。

这场重逢，有一部分天意缘分。也有人为。

许沐子蹙眉，眼泪顺着眼角滑进被汗水打湿的鬓间发根，她紧攥住枕头一角，闷声与邓昀交颈，刚才的话题拖延到这场运动结束……

他们缠绵的时候，外面大雨滂沱。走进浴室的时候，外面雷霆闪电。

许沐子坐在浴缸边沿。她披了一条宽大柔软的浴巾，等着邓昀把水温调好，清凉的水溅落在她脚上，她抬头冲他笑。

他好笑地叩一下她的额头："睡完我，高兴了？"

她把浴巾往上移，像戴帽子那样盖着自己的眼睛和鼻子，仰起头，只露着一张唇红齿白的嘴在外面，点了点头："嗯，高兴。"

折腾到凌晨，两个严重缺乏睡眠的人相拥着躺在床上。风声雨声里，困意一阵阵袭来，许沐子总惦记着自己要离开，不肯轻易入睡，身上半点儿力气也没有，迷迷糊糊地嘀咕："我没来的时候……你就想着拉我做坏事了吗？"

邓昀说："倒也不是，你没来之前，我还是有些理智和道德的。"

他最开始误会许沐子有男朋友，也是想着要保持些距离的，只是想亲眼看看她过得好不好。

邓昀的掌心滚烫，握着许沐子的手腕，手腕上有不知道是没擦干净的水还是汗，湿浸浸的，他吻她的指尖："看见你，就克制不住了。"

意识越来越模糊，许沐子在困意里挣扎着："琴房我很喜欢，以后归我了。"

邓昀在笑,没能迅速回答,被许沐子催了一句,问他怎么不说话,是不是不乐意?

"我想想要怎么说。许沐子老师能看得上,是琴房和我的荣幸。"

"那你不能反悔。"

"嗯,不反悔。"

许沐子的额头碰到邓昀下颌,她有点儿像在午后的课堂上犯困,有一阵没一阵地清醒,隐隐约约听见邓昀的话。他说,不止琴房,这间客栈以后也归她,等她忙完过两天的演出,随时可以再来住着,以后客栈想要怎么经营,或者说,想不想再继续对外经营,都是她说了算。

许沐子没有那么大野心。她最多贪恋一点儿这地方的景色,脑海里浮现那三只小流浪猫,彻底睡着前的最后一句话,是她问他,等她再来,来财、源源和滚滚是不是已经从宠物医院接回来……

许沐子没等到答案,也许是自己连问题都没说完,就沉入睡眠。

这个雨天里发生了太多事,许沐子梦里也有过与邓昀相关的场景。

那时候许沐子在国外上学,要早起练琴。早晨起床后的时间总是非常紧张,她匆忙地洗漱、穿戴整齐,拿上装乐谱的包,跑到门口刚蹬上一只鞋,又单腿跳着折返,叼了一片吐司才出门。在路上接到邓昀打来的电话,她那边是阳光明媚的早晨,他则在国内刚刚忙过了整个下午,已经入夜了,连晚饭都没吃。忘记是聊到什么话题,他笑她胆子小,调侃她那么丁点儿的胆子,还总想着去当飙车族。

许沐子走在去琴房的路上,没想那么多,随口就把心里话往外说:"我不去了,飙车还没有……"

还没和他在琴房接吻刺激,后面的话,她堪堪收住,差点儿咬到舌尖。

邓昀却听懂了。他声音倦倦的,调子慵懒,问她想没想过比接吻更刺激的事情。吐司已经吃完,她心怦怦跳,举着手机顾左右而言他,强扯话题,和他聊路边种植的不知名的白色花朵。其实心里无比慌乱、紧张,因为……她的确有过那方面的想象。

后来断掉联系,许沐子再路过那片白色花丛,看着花瓣上孔雀尾羽般漂亮的斑块图案,已经不再惦记着知晓花朵的名字,只觉得胸腔里淤堵着驱不尽的酸涩惆怅。

那些过去没来得及实现的情感,都在这个雨夜发生过了。

许沐子懒懒地睡着,不知道是在几点钟的时候,她醒过一次,房间昏暗,睁开眼先看到窗帘缝隙里的闪电。

雨越下越大,有昨天下午停电后的趋势。

许沐子已经习惯性地转变成了右侧卧的姿势,而邓昀在她身后,手臂环在她身上。许沐子并不十分清醒。只是乍一从梦里脱身,心酸伤神的感觉还没有散去,她想起来,在断开联系之后,对他也有过想念。而这份想念,自己还没来得及认真地对邓昀表达过。

她怕吵醒他,动作很轻地把手探进枕头下面,摸出手机,又悄悄按亮了屏幕,想要去翻微博。她在里面发过仅自己可见的动态,想找出来给他看。

屏幕停留在聊天软件的界面,最上面的几个对话框分别是乐团同事、堂姐和妈妈的。许沐子没多看,在屏幕光线的刺激下眯着眼,退出聊天软件。

太久不用微博,要重新下载APP和登录账号。

屏幕长亮,邓昀也醒了。他下意识地收手臂,把许沐子揽得更紧,用鼻尖蹭她的后颈,发出表示疑惑的声音:"嗯?"

他这个懒洋洋的声音,惹得她颈后一痒,肩也跟着缩紧。许沐子在邓昀怀里翻了个身,握着手机和他面对面:"你睡吧,我只是想找个东西……"

邓昀睁开眼睛,看许沐子一眼,吻她汗津津的额头:"热?"

外面雨太大,没办法开窗子,室内是有点儿闷的。许沐子把脖颈处粘着的头发往后理,轻轻地在黑暗里嗯了一声。邓昀起身去玄关,找到墙壁上的开关,把空调打开,清爽的冷气习习吹来。

再躺回来时,邓昀把手臂穿过许沐子颈侧的长发下面,拥她入怀:"眼睛都熬红了,你要找的东西,睡醒再弄来不来得及?"

许沐子答:"来得及。"

邓昀抽走许沐子手里的手机,撑起身子,把手机放到她身后的床边矮几上:"再睡会儿。"

对话只有这么简单几句,两个人又相拥着沉入睡眠。但怎么睡也睡不安稳,许沐子再次醒来,是因为口渴。邓昀帮忙去倒了水,许沐子撑着床坐起来些,没接玻璃杯,直接埋头喝水,喝完也不擦嘴,晕乎乎地卷着被子往床上倒。邓昀轻声笑着，在许沐子湿漉漉的嘴唇上抹了一下。

天昏地暗的，也没人看时间。重新找了个舒适的姿势躺着，她反而没那么困了，头脑短暂地恢复了些清明。

之前堂姐追问，她自己也什么都没理清楚，不方便多说，只能保证没有接触到坏人，让堂姐不要担心。如果这次回家，爸妈硬要把贵人家的同辈当成第四个相亲对象介绍给她，她是打算提一提和邓昀之间的事情的。

许沐子翻身，手臂撑着床垫，趴起来，问："邓昀，你现在，算不算是在追我？"

邓昀手背挡在眼睛上，嘴角勾着笑意。他都没有思考，反问："你说呢？老板娘，你现在，算不算是睡完不想给名分的意思？"

第八章

另一个雨天

窗外是朦胧的暗蓝色。

这两天睡眠太少,许沐子其实就是有点儿犯懒,什么都不愿意思考,得到邓昀一句无奈又宠溺的反问,她揪着被子,埋头偷笑。

这一点点轻微的笑声,把懒洋洋挡着眼睛、准备睡觉的人惊动了。

许沐子被邓昀卷在被子里亲。她的手都压在蚕丝夏被里,笑着,身体往左又往右,像蚕蛹,扭来扭去,怎么也躲不开。好不容易挣出一只手臂,原本想要去推他,手落到他身上,眼睛对上他的目光,她鬼使神差地松了力道,反而环上他的脖子和他接吻。

亲这几下,她算主动。她也被叫过老板娘,却对名分这件事情绝口不提。

许沐子怀着一点儿故意使坏的心理,带着一点儿傲娇的高兴,在噼里啪啦的热闹雨声里,钻在邓昀怀里又睡了一觉。这次许沐子睡得有点儿沉了,是被手机闹钟吵醒的。许沐子迷迷瞪瞪,凭借肌肉记忆,没睁开眼睛就按掉闹钟。她顺手把手机往枕头底下一塞,再往邓昀怀里拱一拱,秒睡。

邓昀醒着,但多少有点儿助纣为虐的意思,也没有多认真叫她起床,轻轻地拍着她的背,调侃着问她:"老板娘,还回不回家了?"

凌晨四点零七分,许沐子一个激灵,瞬间从床上坐起来。

和司机师傅约的是五点钟山下见,她身上穿着他的短袖,慌慌张张地把他的手臂连同被子一起推开,跳下床。

"完了，完了，邓昀，我要迟到了！"

邓昀坐起来，帮忙按亮几盏主灯光，笑着："只多睡七分钟，别慌。"

许沐子在邓昀的房间里直转圈圈——把连衣裙从沙发上捞起来，捡起掉在地毯上的发绳，又从枕头下面摸呀摸，拿出手机……

她跑去浴室换衣服，忘记拿内衣，又折返，正手忙脚乱的时候，转眼就瞧见邓昀神清气爽地坐在床边，连衣服都穿得整整齐齐。

邓昀一定起得比她早，许沐子钻进浴室，边换衣服边问："你是几点起的？"

"三点半。"

许沐子一只手臂背在身后，捂着连衣裙敞开的拉链口，跑过去打他："你起来怎么不叫我？"

"看你困，想让你多睡会儿。"

"那我……"

邓昀帮许沐子转了个身，拂开遮在她背后的那些长发，把连衣裙的拉链拉上来："来得及。"

邓昀这边没几样许沐子的东西，他陪着她回她的房间，让她先洗漱，他来帮她整理行李箱。还真是来得及，等一切都收拾妥当，把行李箱扣好、锁好，才刚刚到四点半。

许沐子的房间，门窗紧闭地空了一夜。室内闷着属于她的甜扁桃味道，床单上几乎没有褶皱，放在床上的漫画版入住指南也还是崭新的。

走出房间，她的语气有些可惜："早知道是这样，不如把房间留给其他住客了，还能多赚一点儿钱。"

许沐子说完，在邓昀噙着笑的眸光里发觉，自己这语气真的有点儿像老板娘。她往他背上打一下，不好意思地闭上嘴，任凭他怎么逗她，都不肯再讲话。

雨还在下，雨势不小，估计又是一下一整天的状态，暗沉沉的天色叫人打不起精神来。

时间太早，客栈的公共区域里很安静。昨天邢彭杰他们玩过狼人杀的身份纸牌还放在茶几上，没来得及清理；垃圾桶里塞满了饮料瓶和零食包装袋；书籍和摆件静静立在书架上，有一本书躺在最上面，书页里露出一截音乐节票根。

气温较低，许沐子穿着邓昀的外套，把头发拢起来，用发绳缩住。她素着一张脸，坐在行李箱上发呆。

手机里有司机师傅发来的短信，提醒她，要在五点钟准时到山下。

昨天的一切都匆匆而过，只剩下雨声连绵，潮湿地布满耳畔……

她心里突然生出许多不舍得，很想再回邓昀房间里睡一会儿。

邓昀在前台操作电脑，给许沐子办理退房手续。

身后传来一道不算清醒的声音："许小姐，您好早啊。"

许沐子转头，看见夏夏披着薄毛毯从走廊尽头走出来："早啊，夏夏。"

"不好意思，久等了，还以为您要临近五点钟才下楼，怎么下来没叫我……"夏夏大概也是惦记着许沐子退房的事情，看见邓昀和许沐子都在，顿了顿，眼睛又往许沐子身上那件袖口堆在手腕处、明显宽大很多的外套上多看了两眼，夏夏脸红了，"老……嗯……那个……邓……欸？"

在夏夏还没搞清楚状况的时候，邓昀站在电脑前淡定地开口："正常说，她知道了。"

"哦，那……老板，我来吧。"

许沐子脸也有点儿红。昨晚听邓昀那些话的意思，夏夏是知道她的名字，甚至，在她抵达客栈之前就知道她。她还在人家面前装不熟……

邓昀把开发票的工作交给夏夏，带着许沐子去了餐厅。

冰箱里的比萨几乎被住客们吃光了，保鲜盒里只剩下两块金枪鱼虾仁的。她过敏，不能吃。新的补给食物还没送到，只有些简单的食材，邓昀取了鸡蛋和培根，煎好装进餐盘。

许沐子问："你不吃吗？"

邓昀摇头："我等七点半。"

也是，他又不走，可以等到客栈早餐时间，和其他住客一起用餐。

许沐子自己独享着煎蛋和培根。其实邓昀手艺不错，煎蛋蛋黄不是溏心的，也不是熟过头的噎人状态，熟度刚好。只是她食欲并不好。可能是因为睡眠不足又起得太早，也可能是因为马上要离开。她话不多，人也闷闷的。

夏夏把开好的发票送过来，还带来一个小小的帆布袋子。袋子里装着新鲜的番茄。夏夏红着脸，说是感觉她挺喜欢的，带给她在路上吃。

许沐子这才开口，对夏夏的番茄表示感谢，也感谢夏夏的照顾。

夏夏答："哪里，哪里，应该的……"

时间还早，夏夏隐忍地打了个哈欠，说了几句期待许沐子有空再来的话，很有眼色地把空间留给他们，回房间睡回笼觉去了。

夏夏走后，客栈里安静下来。他们依然坐在被鸭掌木遮挡着的这方空间里，帆布袋里的番茄散出阵阵清香，两个人的腿在桌下触碰着。

邓昀倒了杯果汁，放到许沐子面前的餐桌上，收回手前，敲了敲她的手背："心情不好？"

许沐子知道邓昀走不开。客栈管理前台事务的工作人员原本不止夏夏一位，另一位家里有老人过世，刚好邓昀在，便请了一个星期的事假。极端天气突发情况比较多，比如昨天的停电、住客临时退订或者预约、下山接送……夏夏就算忙成陀螺也分身乏术，邓昀总要留下来盯着客栈的事情。

小小的煎蛋只吃掉一半，蛋黄边沿还留着许沐子的牙印。

她放下筷子，不答邓昀的问题，人萎靡地往餐桌上趴。

邓昀没再问，只说："这两天不太方便，大后天吧，我就能回去了。"

许沐子反应一下，眼睛亮了，直起身子："大后天……你大概几点能到？"

"下午。"

她像泄了气的皮球，又软塌塌地趴回餐桌上："我是上午演出，看来你赶不上了……"

想一想，她又觉得算了，赶不上就赶不上吧。

这是她到乐团工作后的第一场大型演出，她爸妈老早就买了票，还送给过几位走动比较频繁的朋友，估计现场熟人挺多的。就算邓昀去了，他们也不方便表现得太亲密，可能想独处聊天都难。堂姐也说过，她爸妈想在演出结束时，让她见一位老朋友家的孩子。

许沐子这边愁云惨淡，十分看不惯邓昀云淡风轻的平静。

她有点儿挑衅地清了清嗓子，不看他，装模作样地把玩笑开得一本正经："你回去那么晚，名分的事情可能要有变化。"

邓昀把手机往餐桌上一撂："什么意思？"

许沐子怀揣着小心思，又对邓昀提起她那素未谋面的第四个相亲对象，说，也不知道她爸妈到底安排她在哪天见人家。小表情里透露着：要是人家比你高、比你帅、比你优秀、比你讨人喜欢，你可要小心喽！

邓昀竟然像看不懂，气定神闲地说："见一见吧。"

这句话把许沐子惹生气了，她收敛表情，低头一言不发地喝起果汁，心里吐槽了一万句，她听见邓昀笑着问："搁心里骂我呢？"
"对！"
乌云滚滚，窗外的紫罗兰花瓣落尽，几乎变成光杆司令。
雨滴没完没了地砸在玻璃窗上，惹人心烦。
当许沐子瞪向邓昀，却发现邓昀眉眼间也漫着极度不爽的情绪。他一向沉稳，不像他表现得这么明显，在这个阴雨阵阵的凌晨，却也皱眉看着窗外，黯然地说了这样一句："怎么二十几个小时过得这么快？"
许沐子心里那点儿焦躁的火气忽然就消失了。原来有人和自己一样不舍得。
邓昀问："等大后天我回去，去约会吗？"
她答："看情况吧。"
他逗她："怎么，有了相亲对象，约你得排队？"
她食欲又好了一点点，喝光果汁，抽了纸巾抹了抹嘴："是呀，是呀。"
许沐子把早餐吃光，有点儿不过瘾，从旁边的南瓜造型玻璃罐子里摸出一颗巧克力糖，特地避开昨晚吃过的糖的糖纸颜色，剥开糖纸放进嘴里。
"不嫌苦了？"
"换了其他颜色的，也苦吗？"
"嗯，这糖只有一种味道。"
许沐子含着巧克力糖，批评眼前的老板："那你为什么非要选这种？"
这颗巧克力糖的苦味夹许沐子没吃到，因为糖被邓昀吻走了。
温存也只到这个吻，音乐钟上的时间显示，已经是四点四十几分，该下山了。邓昀站在门边撑开一把雨伞，另一只手轻轻松松提起许沐子沉重的行李箱。许沐子迈出门槛，最后回头看了客栈空旷安静的公共区域一眼。她钻进伞下，和邓昀一起走入雨中。

天空像浸满水的暗蓝色海绵，雾霭氤氲。路灯照亮每一个积雨的小水坑，落叶和落花贴在石阶侧面的青苔上，一派引人忧郁的景象。
到山下正好是四点五十五分，比约定时间提早了五分钟。本来以为要等一等，但司机师傅也提前到了。他们刚找到合适的地方站好，一辆出租车就停在面前。司机师傅降下车窗，用当地口音问："您是不是姓许？"
许沐子仓皇点头，报了手机尾号。
司机师傅确定过尾号，打开后备厢，邓昀把许沐子的行李箱放进去。

这一切都发生在几分钟内。离别在即,她坐进出租车里。

他们都不习惯在陌生人面前过于亲密,所以她只是降下车窗,干巴巴地说:"那我走了啊……"

"手机给我。"

"我的吗?"

"嗯。"

许沐子不明所以,把手机递过去,看邓昀在她手机上迅速打字。手机再被递回来时,停留在通讯录界面,那串陌生的号码有了备注,"邓昀"。她以为他只是做这个,没多想,握着手机看着他。

邓昀撑着黑色的雨伞,抬手,用指背碰了碰许沐子的脸颊。

他手指微凉,声音温柔:"路上睡会儿。"

司机师傅发动了车子。出租车沿着公路行驶,邓昀撑着伞的身影逐渐消失在一片聒噪雨声里。

这两天许沐子严重缺觉,下午还要去彩排。其实是该按邓昀说的,趁着路程遥远,在车上睡一会儿的。何况司机师傅很安静,车里开着暖风空调,环境也适合补眠。可是她强迫自己闭眼好久,根本睡不着。

许沐子盯着车窗外的雨幕发呆,忍了好半天,还是摸出耳机戴上,打电话给邓昀。邓昀接得挺快。忙音只响了两声,他的声音就清晰地传入她耳朵里:"没睡?"

"嗯,你已经睡了吗?"

"没有,睡不着。"

许沐子终于笑了一下,声音小小的:"我也是,根本睡不着,你回房间了吗?"

"嗯,回了。你的手部按摩器落下了,等我回去带给你。"

邓昀这样说,许沐子突然就觉得,下次见面的时间也不远了。不开心的情绪散掉不少。她趁机提出来:"那个糖纸折的小蝴蝶,我忘记拿走了。"

"在哪里?"

"好像是玄关,我不知道……"

"回头我找找,一起带给你?"

"嗯。"

她和邓昀这样有一句没一句地说着话,好像更安心些,也更催眠些,说了十几分钟，渐渐起了困意。

对环境的熟悉，让她很轻易能想象到他此刻的样子。雨这么大，邓昀房间里一定没有开窗。他大概会脱掉送她下山时穿的那套着装，只穿着宽松柔软的黑色睡裤，立起一个枕头靠在床头，举着手机和她讲电话。

想到那张床，许沐子隐约记起来，之前她在夜里醒来翻自己手机，好像是想找什么东西发给他看。对了，是微博。

她说："邓昀，你等一下，我有东西要发给你。"

耳机里传来一声"嗯"，带着慵懒的腔调，很撩人。许沐子下意识抬手，搓了搓耳朵，才把下载好的微博点开。她昨晚点过下载后，邓昀就醒了，她没登录过，但一进去就顺利进入到动态页面。

最开始，许沐子还没反应过来，耳朵听着邓昀若有若无的呼吸声，拇指无意识地在屏幕上滑了两下。

她后面才感到不对劲，她点到用户信息，发现登录着的根本不是她的账号。头像是浅灰色背景、白色人形轮廓的初始头像。ID是一串数字，却也不算陌生。好像是在她粉丝列表里躺了很久的僵尸号，还给她发过客栈的广告。

许沐子身边只有过邓昀，今早碰过她手机的也只有他了。哪怕她并不算十分机敏，又已经是昏昏欲睡的状态，也能猜想到，这个账号究竟是谁登录的。只是……

许沐子点开私信记录，里面只有发给她的那条客栈广告。她想起自己和他说过这件事，还说过她和客栈特别有缘分。

原来她以为的缘分里，不止机缘巧合，也有几分是邓昀的念念不忘。

许沐子睡意全无，心潮起伏地确认："邓昀，这个微博账号是你的吗？"

邓昀笑着承认了，说账号是他的。许沐子清晰地听见耳机里传来的他笑时忽然加重的一声呼吸声，心脏也跟着飘忽了一瞬。他这样突然承认，她反而有些糊涂了："可是……你是怎么知道我微博的？"

"你给我看过。"

许沐子艰难地回忆着，完全想不起来自己会在什么样的情况下，把如同树洞般藏满胡言乱语的微博主动拿给谁看。她很纠结："什么时候的事？"

"以前，你喝多了的时候。"

许沐子在外面几乎滴酒不沾，只有在邓昀面前可以放心地喝一点点。

但那次之后，她对自己的酒量也是有数的，总不会是昨天喝多的时候，所以，是呼吸性碱中毒去了医院的那次吗？

果然，邓昀提示说："第一次喝酒——"

就知道是那次！许沐子亏心，马上出声，语速飞快地打断："好了，好了，我知道了！"

邓昀的笑声入耳，许沐子敏感地威胁他，让他不准笑，随后又问起，他为什么不换头像，也不改个ID？

他答："懒得弄。"

邓昀以前没有微博账号，是在看见许沐子的微博之后，才下载注册的。至于私信，也是他不死心，明知道不可能、不应该，还是联系她了。

那条客栈广告的私信，其实已经发了很久，是去年的事情了，只不过许沐子今年才看到而已。她就说嘛，发广告的僵尸号怎么有些奇怪？别的账号都是关注列表里一大堆人，无论负责宣传哪方面的广告内容，为了引流，都是要频繁发布动态的。主页怎么会如此冷清干净，完全没有动态？关注列表里也是个位数，除了一些官方账号，就是她的账号。

家里破产之后，又忙又没有心情，许沐子也没怎么登录过微博。以前她每天发很多动态，尤其是低谷期失眠的那段时间，接连发十几二十条的时候也不是没有过，又仗着没有熟人关注，很多发泄都是没有隐藏成仅自己可见的。

许沐子深感自己的账号拿不出手："我的动态你都看过了？"

"嗯。"

她不死心地追问："那么多呢……你都看了？"

"差不多。"

但邓昀并没有提及许沐子那些脆弱的宣泄，也没有提及她看起来歇斯底里的文字。他没有揭短的打算，只问她，路程遥远，睡不着的话，想不想听一听客栈的灵感来源，用来打发时间。

闷沉的云层间闪过一道细细的青色，雨刮器不断摆动，刮掉风挡玻璃上的雨痕。雨声噼里啪啦，有点儿吵。

许沐子把耳机声音调大，简短地嗯了一声。

这两天邓昀睡得比许沐子还少，事情多，他正处于节能状态，说话带着些懒洋洋的倦音，很像凌晨某场运动结束后、入睡前的样子。她作贼心虚地瞥了一眼驾驶位上的背影，又默默调小一格耳机音量。

他说，在最初打定主意做客栈后，其实他并没有太多关于客栈的构思，对这方面事情也不够了解，还和朋友协商过。他们都知道，想做事，得有自己的想法；想赚钱，得有自己的特色。怎么装修、怎么布置，这些都是棘手的问题。

最开始有蓝图，是因为邓昀在失眠的时候，叼着烟，翻看了许沐子的微博。邓昀不擅长经营客栈，但如果想要送给她一份拿得出手的礼物，他的确会用心琢磨。

路上有水坑，出租车颠簸了两下，许沐子抬手抓住车窗上方的吊环把手，勉强稳住身形，把从腿上滑到座椅上的手机捞回来："你的意思是？"

"客栈的灵感，全部来自你的微博。"

许沐子百思不得其解。她还发过能启发邓昀经营客栈的动态？她这么高深吗？她明明记得那些动态的内容都不怎么样，不是发一串"啊"，就是发一串"丢脸""许沐子傻子"，再不然就是失眠时的絮絮叨叨……毫无营养可言。

总觉得邓昀是在哄她，她嘟囔："我怎么不记得发过那样的动态？"

"去看看。"

"那……你要挂断电话了吗？"

邓昀问，充电宝和手机电量是否够用。许沐子翻出充电宝看，估摸着还能充两次多的电，坚持到家还是很充足的。她答："够用。"

他说："不挂，打着吧。"

道路两侧都是田地。雨水模糊了窗外景象，沉闷昏暗的底色下，翠绿的农作物在许沐子的余光里一闪而过。

许沐子心里感到熨帖。邓昀做决定，总会先为她考虑。就像刚刚要不要挂断电话这件事，他考虑的是她的手机电量是否足够，而不是其他的。

分别时的不舍得和不舒服，得到安慰。

"那……我要开始看了？"

"看吧。"

"你呢，你要做什么？"

"敲代码，等你看完。"

许沐子找到邓昀的关注列表，很轻易看见她自己的 ID，是她的英文名字，Shirley。头像是很普通的乐谱和琴键的照片，点进去，最先看见的是自己两年前的最后一条动态。她大概是遇到什么不顺遂的事情了吧，现在已经记不清了。只有一句：长风破浪会有时。

这条动态，他的账号点过赞。

她有几千条动态，不知道该从哪里看起，所以求助他："你说的灵感来源，大概在哪一年的动态里呢？"

"每年的都有。"

"这也太多了，我到家都看不完……"

"偏早期些吧。"

她仍然一头雾水："哦。"

许沐子按照时间来查，先去看了她注册微博的那一年的动态。她不是个时髦的姑娘，没有浏览过论坛和贴吧这些东西，也不玩游戏，最早使用微博，也已经是微博流行起来很多年之后了。

初次接触，应该是她上高中的时候。许沐子滑动年份选项，随口和邓昀说起来，好像还是无意间听见几个雅思班里的同学讨论，感到好奇才下载的。

邓昀在电话里颇有深意地啊了一声。

许沐子完全没反应过来："你'啊'什么呢？"

"下载微博的契机，跟暗恋过的男同学有关？"

好像……还真是啊……

"那都是过去的事了，我们现在只是朋友。"

"朋友，挺好。"

感觉邓昀要是在，会给她比个大拇指。许沐子抱着装了番茄的帆布袋，笑起来，故意嗅了几下空气："已经闻到醋味啦。"

他们又聊了几句，许沐子才继续看。她从注册账号伊始看起，错愕地瞧见，自己第一条动态居然是这样的——

Shirley：大家好，我是未来的钢琴家许沐子。

她脑子里瞬间嗡了一声，这也……太羞耻了吧！

她甚至都有些怀疑，邓昀是不是故意诓她，想看她尴尬才那样说的。

她强忍着尴尬和好笑看下去，却逐渐看得入神。像是背井离乡的人，在回家路上遇见曾经熟悉的道路和房屋，平时不会想起，冷不防看见却又觉得有种半生半熟的怀念感。

她刚注册微博那阵子，运用不熟练。动态里都是些吐槽李斯特的曲子太难练的话，以及偶遇的小猫、小狗的照片。

许沐子点开照片:"我真是喜欢小动物啊。"

邓昀显然对她那些动态内容十分清楚,完全不需要思考,就能轻而易举地接住她的话:"你经常拍到的那只拉布拉多,叫'饼干'。"

"你认识它?"

"认识它主人。它很亲人,喜欢社交。"

她看着拉布拉多蹲在家门口、爱搭不理地吐着舌头的照片,表示疑惑:"是吗?"

邓昀那边有清脆的键盘敲击声,他说那只拉布拉多经常蹲在门外,他路过时,它就会摇着尾巴找他摸头。许沐子从来没有过这种待遇,有点儿嫉妒,感叹自己果然是没有小动物缘。

"因为药油。"

"什么?"

邓昀说,它们不是不喜欢她,是不喜欢她身上含有薄荷或者红花成分的药油味道。许沐子恍然大悟,她练琴时间久,经常要在手部关节和肩颈涂一些药油缓解疼痛。难怪昨天洗完澡之后,三只小猫反常地对她那么亲近。

她心情好了一瞬,语气也有些期待:"那我下次再去客栈,不涂药油,就可以和小猫玩了。"

邓昀就在这时候忽然问了一句:"下次是什么时候?"

许沐子卖着官司:"等你回来再告诉你。"

他们就这样通着电话,偶尔聊一句。大多数时间里,两个人都不说话,各自做各自的事情。

翻动态翻到注册账号的第三四个月,内容越来越多了。许沐子也开始回忆几乎被遗忘的几年前自己的样子。那时候她还真是多愁善感、内心戏十足啊——

Shirley:跟着老师去参加比赛了,耶!

Shirley:比赛结束,可惜是第二名,唉。

Shirley:被老师带着去看了画展。

这条文字动态的下一条动态,就是画展照片的九宫格。现在点开来看,许沐子竟然惊讶地发现,她发的九张照片里面,足足有六张都是克劳德·莫奈的油画作品。有非常出名的《睡莲》,也有《日本桥》和《白杨树》……

也许是许沐子有一会儿没有说过话，邓昀那边敲击键盘的声音停下来。他问她，看到哪里了。

她带着新奇的心情回答："好神奇啊，原来我还喜欢过莫奈吗？"

许沐子不懂美术方面的事情，当年跟着老师去看画展，也是图新鲜，随便看看。可能有过"真高雅""好有艺术氛围"的感叹，但她其实并不了解那些画家和作品，是完完全全的门外汉。

现在看来，审美倒是没有变化。不懂莫奈的光和影，一眼看过去，潜意识里却还是最喜欢莫奈的颜色。温柔，有种烟雾笼罩的柔和感，看起来十分舒心。也喜欢莫奈画里郁郁葱葱的花园。

盯着被放大的照片，许沐子灵光乍现。一个多小时前，她不是还待在绿树成荫、繁花盛开的山里吗？客栈外植被茂密的小径、浆果园外蓝色的木制围栏、墙根处的大面积种植的各种花卉，甚至邓昀那张琴房照片里的鲜花色彩，都和莫奈的画作何其相似。

许沐子惊呼："是莫奈！"反应过来自己是在出租车里，她匆忙抬眼，看着后视镜里司机师傅的目光，抱歉地摆了摆手，又压低声音，"你看到我发的画展照片了，是不是？"

"看到了，也参考过。"

邓昀所说的灵感太笼统，千头万绪。

可许沐子沿着蛛丝马迹找到其中一丝后，也渐渐地摸到门路。

原来这样的线索真的有很多——

Shirley：今天去郊区看以前的钢琴老师了。老师自己在院子里种了瓜果蔬菜，琴房外山清水秀，景色真好。

Shirley：等我退休，我也要像老师这样归隐山林。

这是什么时候的事情？她竟然幻想过山居生活吗？

Shirley：和爸爸妈妈回奶奶家过年。

Shirley：爸爸妈妈好像不喜欢奶奶家，偷偷丢掉了很多奶奶的东西，还有奶奶攒的纸袋和广告单。

Shirley：其实我觉得奶奶家里挺好的，很多小时候常见的旧物都还在，挤在不算大的房子里，像是时光被按了暂停键，很温馨。

Shirley：小时候就喜欢奶奶家的糖罐子，像百宝箱，里面总有各种糖可以吃。

Shirley：翻到几种喜欢的糖，开心，开心，开心。

Shirley：白兔奶糖好像过期了……

Shirley：找到小时候的玩具啦，真开心。

Shirley：我好恋旧啊，哈哈哈！

Shirley：喜欢看起来有年代感的旧东西。

Shirley：奶奶做排骨用了炸虾的油，又过敏了，哭。

　　这条动态里，还包括一张皮肤起红疹的照片。看到这里，许沐子对自己感到无语。觉得自己这个唠唠叨叨的碎嘴程度，快要赶超昨晚被住客们评为"客栈第一话痨"的邢彭杰了。

Shirley：堂姐带来的漫画书好像很有意思，想看，想看，想看！

Shirley：算了，今天还是练琴十小时，加油。

Shirley：阿姨每天都会给琴房里的鲜花剪枝和换水，鲜花和透明花瓶真是绝配。

Shirley：练琴停下，就能看见花朵盛开，玻璃瓶里的水清澈地包裹着花枝，好漂亮。

Shirley：要是有一座能够躲开一切的无人岛就好了。

Shirley：泉水的白噪音加上安神香薰，好像可以缓解失眠和神经疼痛。

Shirley：试过了，没用，唉。

Shirley：想要一个只属于我的世外桃源。

Shirley：最好环境宜人，能遇见对我友善的陌生人，不用再听别人谈论我天赋到底好不好，以后能不能当钢琴家……

Shirley：希望我的钢琴能够陪我到九十九岁！

Shirley：如果我能活到九十九岁的话。

Shirley：beef！beef！beef！超级喜欢牛肉！

Shirley：羡慕像小太阳一样总是笑着的女生，不像我笨嘴拙舌，想和这样的女生做朋友。

Shirley：在墨伽洛斯的商店里看见一个好漂亮的音乐钟，像古董。

Shirley：据说整点报时的声音是音乐声，赶航班，没等到，有点儿小遗憾。

…………

　　许沐子慢慢翻看着这些，经常遇见一连好几条动态都是单一的"啊"单字排列，一"啊"就是激动的十几行。她自己翻起来都有些没耐心，像在绿豆里面挑芝麻。无法想象，邓昀是怎么在一堆疯狂又吵闹的动态里，留意到占比如此小的这些内容的。

但邓昀说的灵感,没诓人。客栈里的细枝末节,处处有迹可循。明明是在看自己的旧动态,许沐子却看到眼眶湿润。一滴眼泪掉在手机屏幕上,被她慌忙擦掉。

她曾有过关于电影的遗憾。为此连着发了好几条动态,说同学们都约着去看新上映的电影了。课间她听到讨论,感觉电影挺有意思。可是自己要上钢琴课,下课要回家练琴,不能去。

当时是有些难以释怀吧,勉强乐观地给自己画了几张大饼——

Shirley：等以后功成名就,我要在电影院里看一整天的电影。

Shirley：不对,要看一整个星期的电影！

邓昀的客栈里,恰好就有一间放映室。她在国外发过一张照片,照片里是白色的不知名花朵。配文是吐槽——

Shirley：为什么不能给花花草草们都挂上名牌呢？

而现在,邓昀的客栈里,每一样植物都挂着小巧的金属名牌。

难怪他的账号发给她广告时,她只是随便点进去看一看照片,就觉得客栈的风格特别合眼缘,总在心里惦记；难怪客栈门外悬着的复古铜铃,都令她格外喜欢；难怪坐在鸭掌木后的餐桌边时,会觉得像到了亲戚家,那么亲切。

有人揣摩着她的喜好,把她随手打下的牢骚和感慨,变成了实物。胸腔里像被温暖的水流填满。可是,许沐子转头看窗外,出租车翻山越岭,马上就要驶出高速公路进入市区。距离客栈已经十分遥远。

幸好耳机里的键盘敲击声始终没有停过,许沐子若有所失地轻轻唤了一声："邓昀？"

"在呢,别哭啊。"

她不肯说实话,只答："我看完了。"

高速出口汇聚着车流,红色的尾灯在细语中时亮时暗。耳机里传来的声音,像亲密耳语。邓昀这样说,服务行业不太好做,做讨人欢心的事情,他也实在没什么经验。好在,在能够取悦她的事情上,他还算上心。索性就当成她早晚会来,客栈就是这么慢慢做起来的。

许沐子听着,吸了吸鼻子。邓昀大概是听见了。他总有法子逗她,说,你看,信你也没错,客栈生意兴隆,下次软件开发那边再有什么紧要的事情,叫同事请你吃饭,就当是拜关公了。

许沐子想到关公的影视形象:"你才关公,我哪有那么黑。"

"关公不黑,人那是枣红色。"

"那我也不像!"

远处有几块绿色的路标,标示着抵达市区的公里数。邓昀当然不在身边,但许沐子有种感觉,好像灵魂在耳鬓厮磨,亲密,欢愉。

她也总有点儿想落泪。

十几分钟后,出租车进入市区,这一路好几个小时的时间竟然就这样过去了。已经快要十一点钟。手机一直插着充电宝的线,保持通话,又被她翻看着,机身发烫,也还是不想挂断电话。

下雨天的周末,市区堵车。出租车走走停停,许沐子手机里进了妈妈打来的电话,邓昀也要离开房间去帮夏夏,通话便没有再继续。

许沐子妈妈知道许沐子提前回家,问她车子开到哪里了,也问她想不想出去吃火锅。这种凉飕飕的天气,在沸腾的滚水里烫新鲜的牛肉片最好吃了。可她有些心不在焉,说,还是不出去了。

许沐子妈妈的心情好像很不错,她哼着歌:"那就不吃火锅了,在家里吃吧,妈妈给你煮粉丝丸子汤。"

挂断电话过后,许沐子依然无法平静。

趁着出租车驶入相对通畅的路段,她登录了自己的微博账号,找到一些设置过仅自己可见的动态。

许沐子发过冰箱贴的照片,也发过两支药膏的合影。一支是她在墨伽洛斯时收到的,一支是智齿发炎时收到。冰箱贴和两支药膏,都是邓昀给的。大概从这个时候开始,邓昀在许沐子生活里的存在感逐渐增加。

她想告诉他,很久以前,她的动态里就有他的存在了。

后面还有一条动态,是许沐子凌晨就想找给邓昀看的。动态发布的时间在他们断掉联系之后,内容依然是国外不知名的白色花朵照片。花瓣上有特别的彩色斑块,像孔雀尾羽。

其他的那些她都记不清了,只有拍下那朵花时的心情,她记得清清楚楚。明明在心里想着某个人,遗憾着某段突然终止的情愫,配文却非常简单。她没有像以前那样"啊"来"啊"去的,只是平静地写道:**还是不知道这种花的名字。**

许沐子把这两条动态截图,保存。

这个时候，司机师傅开口问："快到了，家住西区几号楼？"

租住的房子在市区挨着学校的老居民区，没有地下车库，很多私家车都停放在楼下路边，导致小区里过道拥挤。许沐子说里面不方便掉头，很难走，没让司机师傅开进去，在小区门口下了车。

给对方看微博账号这件事，邓昀和许沐子属于是思想"撞衫"了。和他的一比，她的想念，好像略逊一筹，有点儿小巫见大巫的感觉。但感情里没有输赢，只有在意不在意。

下车前，许沐子把截图发给了邓昀，然后扫码支付了车费。

这边的雨没有山里的大，点点滴滴，连雨伞都不用打。

许沐子拖着沉重的行李箱，走进小区，快到楼下时，接到邓昀的电话。

他应该是在客栈楼下的公共区域里，她能听见周遭熟悉的热闹声，还有 Cigarettes After Sex 慵懒的歌声，是 K。和她早起闹钟的铃声是同一首，正唱到："Holding you until you fall asleep...（抱着你直到沉沉入睡……）"

有个男人精气神十足地嚷嚷着，打破歌声带来的宁静，说是看了实时天气，下午雨会小很多，号召其他人一起出门采蘑菇。

邓昀大概拿着手机走开了些，推拉门滑动的声音隔断热闹。

许沐子呼吸着潮湿的空气，有种错觉，好像再走几步，就能重新走回那片热闹里。她带着怀念，问："刚才是邢彭杰的声音吗？"

邓昀答："嗯，他喊得太激动，喷了几粒饭，正在被其他人教育呢。"

推拉门又被拉开，唰的一声，邓昀应该是把手机伸回室内了，许沐子果然听见几个不算陌生的声音在吐槽邢彭杰，让他食不言寝不语，不许浪费粮食。

许沐子跟着笑了两声。

邓昀问："到家了？"

"刚走到楼下，你是在我身上安装监控了吗？"

原来是夏夏刚才和司机师傅通过电话了。邓昀说："听说今天的乘客情绪不太好，有点儿忧郁，一会儿抹眼泪，一会儿又在笑，夏夏让我打电话安慰一下老板娘。"

"我没哭，只是眼睛痒。"估计爸妈都在家，许沐子没急着上楼，她躲到楼道门口的房檐下避雨，坐在行李箱上，忍下犯困的哈欠，"邓昀，我发的截图你看见了没？"

"看见了。"

许沐子本来还有些担心，截图太隐晦，不知道邓昀能不能体会到她发动态时的心情。可是当她问他，在做什么，是不是又在敲她看不懂的代码。他是这样回答的："做不下去，很想你。"

通话几分钟后，手机又开始发烫，电量也快耗尽了。许沐子不得已结束这通电话，拖着沉重的行李箱走进楼道。他们住的是顶层，七楼。

老居民区的房子没有配备电梯，听说原房主就是因为年纪太大了，爬楼梯不便，被儿女们接走照顾，才把房子空出来出租的。

在国外这么多年，许沐子已经习惯了凡事亲力亲为，哪怕手腕在阴雨天里并不舒服，也还是自己提着行李箱，一阶一阶地慢慢上楼。

她走到六楼半，门打开了。许沐子爸爸穿着拖鞋迎下来，说："还是你妈妈耳朵好使，她说听见走廊里哐啷哐啷的声音像拖行李箱，快，给爸爸，爸爸帮你拿。"

许沐子才离开一天多，家里已经有了变化。几个大大小小的纸箱子堆在一起，像是要搬家似的。问及原因，爸爸一脸喜气，说是昨天跟着中介去看了房子，早晚也是要搬的，提前把不用的东西收拾一下，免得到时候手忙脚乱。

许沐子妈妈端着砂锅从厨房出来，迈过一个小型空纸箱："沐子，洗洗手吃饭了，提的什么？"

她把帆布袋递过去："是客栈那边的当地人种的番茄，味道很好。"

许沐子知道邓昀的爸妈也在看房子，邓昀说他会促进一下，看看两家能不能像过去那样住得近一些。她心里惦记着这档子事，其实还挺想听爸妈继续说说关于买房、搬家这类话题的。

结果，这件事爸妈没有多谈，反而提了"大好消息"。

砂锅热气腾腾地放在餐桌正中央，妈妈给许沐子盛了满满一碗粉丝丸子汤，说最近得知老朋友家的孩子也单着，想安排他们见见面。

时间已经约好了，就在许沐子演出那天。

担心她有抵触情绪，爸妈像唱双簧，你一言我一语地劝。说知根知底的人接触起来更放心，也就是让他们一起吃顿饭，要是实在不喜欢就不联系，要不要继续接触，都看她自己的意思，他们不干涉。

不爱聊这个，许沐子闷头喝汤："妈，你好像忘记放盐了。"

许沐子妈妈还是不擅长做饭,拿着汤匙尝了一小口:"哎哟,还真是没放。"

许沐子起身:"我去拿盐。"

走到厨房,拉开橱柜抽屉,隐隐听见爸妈凑在一起小声嘀咕——

爸爸说:"好事是好事,就是那孩子的性格……以前我瞧着就不怎么喜欢……"

妈妈说:"性格是有点儿怪,但也是挺优秀的,再说人家已经问过好多次了,总不好一直拖着,先见见吧。"

许沐子拿着盐罐,心想:这到底是给她安排了个什么样的人啊?

下午要彩排,时间紧。吃饭时,许沐子背着爸妈把充着电的手机挪到餐桌下面。她给邓昀发信息,问他有没有打探到他爸妈看房的情报。

她低着头,被妈妈看见了,妈妈问:"沐子,你耳朵后面怎么了?"

以为是吻痕,许沐子心里一惊,把手机充电线都扯掉了。

充电线吧嗒一声落在餐桌上,她用手指去碰耳后的皮肤,微痒,才反应过来:"蚊子咬的,过敏了。"

妈妈很关心:"涂过药没有?"

许沐子答:"涂过了。"

爸爸也问:"沐子脸怎么这么红,喝汤喝热了?"

她含糊道:"可能是吧。"

这件事情,许沐子在去彩排的路上打电话和邓昀说了,描述得惊心动魄。邓昀的回复是:"那行,我继续努力。"

许沐子问:"努力什么?"

他笑着,说当然是努力追她。还问她,等他要到名分,要不要和家长们公开一下。

许沐子没答,顾左右而言他,说市区的雨没有山里的那么大。

但她怀着一腔甜蜜,容光焕发地完成了下午的彩排。

她傍晚回到家里,爸妈都出去了。家里只有雨声,她一个人安安静静地吃饭,精力到底是有限的,吃着吃着眼睛都快要闭上了。洗过碗回房间,才六点多钟。本来想发信息和邓昀聊几句,聊完早点儿睡,结果晕乎乎地握着手机,睡着了。

夜里十二点多,许沐子在黑暗里睁开眼睛。她梦到了邓昀。把她抱在腿上，亲吻她，用手抚摸着她的腰线且逐渐下滑的邓昀。他眼睛里弥漫着欲念，下一秒，闭上眼睛重新吻上来，汗滴在她的小臂上……

许沐子卧室的空调坏了，她也在流汗，爬起来喝了点儿水，端着水杯回来，在卷成团的被子里翻到手机。

手机里有几条未读的信息，是客栈的工作号发来的小视频。

手机提示音竟然没能吵醒她。

第一条小视频是七点多发来的，就在许沐子睡着后不久。几片鸭掌木的树叶后面，一盏灯静静亮着，邓昀坐在落雨的窗边敲笔记本电脑。

他依然穿深色短袖，工作时神情很专注，但也敏感地有所察觉，眯了一下眼睛，看过来，语气淡淡的："偷拍？"

画面剧烈晃动，然后是夏夏勉强镇定的声音："我是给老板娘报备！"

摄像头重新对准邓昀，他垂头一笑："那拍吧。"

第二条小视频，时间是一小时前，十一点多的时候。

公共区域里又有人在玩狼人杀，邓昀也抱臂坐在沙发上，姿态慵懒，侧着头在看其他狼人同伴的手势。在法官说"狼人请杀人"之后，他笑着，往闭着眼睛的邢彭杰那边，抬了抬下颌。

许沐子明显听见录视频的人没憋住，泄出一丝笑声。

视频就到这里，匆忙结束了。

第三条视频是邢彭杰录的。邢彭杰比窦娥还冤："救命啊，许沐子，你看见了吧？我就和你搭讪过那么几句话，邓昀今天晚上已经'刀'我三局了！"

邢彭杰举着手机，在镜头前捶胸顿足地喊着"公报私仇啊、假公济私啊"……在他身后，邓昀坐在沙发上，坦然自若地放下手里的凉茶罐子："她在睡觉，别吵她。"

这个客栈工作号的上一条文字信息，还是夏夏在停电后编辑的注意事项和叮嘱，礼貌客气，完全公事公办的机器人语气。

现在画风突变——**报告老板娘，老板很老实。OVER!（完毕！）**

许沐子嘴里的水还没咽下去，又想笑，呛得咳了好几声。她很想见邓昀，但她醒来太晚，她想，这个时间他应该睡了，还是不要吵醒他了。

许沐子在不算宽敞的卧室里转悠，反复看了几遍视频。她做了个决定：在钢琴独奏演出的时候，她要穿邓昀送给她的那件礼服。

许沐子打开衣柜，搬走铺在礼盒上面的一层层旧衣物，把它从衣柜深

247

处挪出来。

掀开有些旧的盒盖，卡片还在，邓昀字迹洒脱地写着：**提前祝许沐子生日快乐，比赛顺利。**

礼服崭新，水晶在灯光下闪闪发光。

收到礼服后，许沐子只是百感交集地看了看它的样式，并没有真正试穿过。衣柜旁有一面年头很久的落地镜，是房东留下来的，她脱掉身上的衣物，把礼服换好，站在镜子前面，半背过身去。薄纱上的水晶花饰，刚好覆在疤痕的位置。

邓昀自己的衣品就很好，穿着很简单很随意，却又特别帅气。他给她选的这件礼服也好看，精致得都能去走红毯了，却又不会过分夸张。

许沐子总觉得腿上碰到什么，凉凉的。礼服有自重，又点缀了那么多水晶，许沐子以为是吊牌，没在意。等她把礼服换下来，才意外地发现，裙摆里面用水晶线坠着一把钥匙。古铜色的金属钥匙，上面用礼服同色的冰川蓝缎带绑了蝴蝶结。钥匙上还刻了字，是她的英文名字——Shirley。

许沐子眨了眨眼睛，几乎在瞬间就明白了这把钥匙的用途。

这是客栈的钥匙。

所有事情连成一条清晰的线：那年，邓昀托了熟人，把礼服带给在国外读书的许沐子。卡片上写了"提前"这两个字，说明他很确定，她会在生日和比赛前收到这份礼物。

礼服是送给她比赛穿的。而里面的钥匙，她收到后一定会询问他用途。如果没有后来的家庭变故，在许沐子回国后，她就会随邓昀到客栈，亲手用刻着她名字的钥匙，打开客栈的门。

原来有人在她二十岁生日之前，就已经在用心喜欢她了。

许沐子攥着钥匙，心脏像被窗外细密的雨丝浇淋过，潮湿地怦怦跳着。这份心情无处表达，她想起微博，把系着蝴蝶结的钥匙照片更新到微博里，配文只有一个钥匙的表情符号。

两三分钟后，邓昀打来电话："睡醒了？"

许沐子问："嗯，你看见我动态了？"

邓昀说看见了。许沐子问他怎么没睡觉，他说，下午时睡过一阵子，想等等看，她会不会联系他。

许沐子坐在床边，把钥匙举到眼前看，怎么看都看不够。她说她收到了很喜欢的礼物，心情特别好，也问了他玩狼人杀"刀"邢彭杰的事情。

邓昀在电话里笑。他说，你那朋友藏不住事，和你一样，有点儿什么情绪都写脸上，拿到神职牌就龇着大牙傻乐，肯定要挨"刀"。

"你是不是……拐着弯骂我头脑简单？"

"没有，想多了不是？你很聪明。"

"那你说说，我哪里聪明？"

"能不看乐谱弹钢琴的人，还用我夸哪里聪明？"

爸妈都睡了，卧室里过分安静。他一笑，喘气声就从手机里清晰地传过来，惹得她指尖一缩。

"邓昀，你这个大嘴巴。"

"我怎么了？"

许沐子红着脸："我们的事情，是不是客栈里所有人都知道了？"

"夏夏早就知道，邢彭杰不是我说的。"

"哦……是我说的。"

"邢彭杰告诉了所有人。"

"要是再玩狼人杀，你拿女巫牌毒他。"

许沐子趴在床上，把两只脚跷在空气里一晃一晃的，和邓昀闲聊。她说她卧室的空调坏了，闷闷的，脖颈处流汗了。

他大概听到了一些窸窸窣窣的声响，问她在干什么。

许沐子说话特别直接，说太热了，她刚把头发绾起来，之前穿的睡裙材质也不透气，领口有点儿闷汗。她还细细描述了睡裙的样式，吊带的，哪里有刺绣图案，都说了。她把睡裙脱下来，套上另一件，脑袋从衣领里钻出来："你等一下，我换衣服。"

邓昀在电话里安静片刻："许沐子，你是不想让我睡了？"

后面的两天，他们偶尔通电话，也偶尔发信息。

许沐子和夏夏联系过。她开玩笑，在工作号上问：今天的老板动态呢？

对面秒回：老板很好，但很想你。食不知味，夜不能寐。

这不正经的样子……

许沐子愣了两秒，打字问：怎么是你？

邓昀说：刚好我在，还想知道老板什么，我说给你听？

许沐子听说，邢彭杰和鸡窝头小哥他们已经退房离开了，客栈又住进了新的住客。

　　山里的雨势依然比市区的大很多。夏夏抽空去山下宠物医院看过三只小猫，托邓昀发了照片过来，小猫们一个个精神饱满，干净又可爱。

　　许沐子每天坐公交去付费琴房练琴，时间过得也算快。

　　到演出当天，天气依然阴沉沉的，早上还下过阵雨。

　　许沐子爸妈特别激动，是因为满意她的乐团工作，也是因为她的相亲活动。许沐子起得很早。她出门时，妈妈正对着镜子往耳朵上比耳饰，爸爸正在往衬衫上打领带。

　　她很久没见过爸妈这样了，很像过去他们频繁组织聚会时的样子。她很高兴看见爸妈这样有精气神，但还是不喜欢提到相亲的话题。

　　在妈妈第三次打算叮嘱她，演出后记得早点儿出来和他们会合的时候，许沐子穿好鞋子，悄悄从家里溜走了，关门时还听见妈妈错愕的声音："嘿，这孩子！"

　　许沐子比其他同事更早抵达演出场地，刚换好礼服，准备给自己化个淡妆时，接到快递员的电话，让她去楼下收发室拿快递。

　　她收到一大束粉橘色的玫瑰，是伦敦眼，没有卡片。

　　许沐子打电话给邓昀，心情很好地开玩笑："收到你送的花了，是祝我相亲顺利的吗？"

　　邓昀气笑了："到了收拾你。"

　　"你已经回来了？"

　　"嗯，在见你的路上。"

　　许沐子是乐团的新人，没好意思开口和团里要音乐会的票。许沐子爸妈的票，以及送给其他长辈的票都是她爸妈自己在线上购买的，买了十来张，座位号码没和许沐子说过。

　　她表演钢琴独奏，是倒数第二个上台，上台时倒是留心往台下观众席寻过，没寻到。

　　她只能走到钢琴前，鞠躬，抚着身后的裙摆坐在钢琴凳上，静下心，演奏她的钢琴曲目《降 E 大调夜曲 Op.9 No.2》。

　　这首钢琴曲曲调温柔。许沐子曾听老师说过，肖邦本人在沙龙和朋友们聚会的时候，也喜欢演奏这首曲子。而在这首曲子被创作出来的近二百年后，她也有幸含着一腔柔情，以音乐会友。

演出很顺利，许沐子穿着冰川蓝色的礼服，鞠躬致谢，台下掌声热烈。

如果邓昀在就好了。这是她一直想要向他展现的一面，如果他也能听见她在台上演奏，就好了。

打破音乐厅里优雅氛围的，是一个突然站起来拼命鼓掌，并且不合时宜地叫了一声"好"的男生。这种叫好声在古典音乐会里并不和谐。许沐子和其他听众的反应一样，目光略带讶异地看过去。

男生已经被身边的长辈拉着坐下，要命的是，他的长相有点儿眼熟。男生周围的两三个人的长相都眼熟。许沐子甚至能够看清，妈妈最终选了珍珠耳环来戴。

许沐子保持微笑，步伐从容，礼貌退场。

走到后台，她拍着额头缓解尴尬，偏遇见同事和她讨论刚才的叫好声。

同事很无奈："好傻呀，第一次来听音乐会吗？"

许沐子忧郁地看了同事一眼："但那个人，极有可能是我爸妈带来和我相亲的……"

同事投来同情的目光。

许沐子只能摇了摇头，感到丢脸，耳朵都红了。

那个男生，许沐子以前见过，是她爸妈朋友家的孩子。印象里，他也特别没眼色，在长辈夹菜时转桌子、在长辈说话时候嬉笑，是爸妈镇压不住的皮猴子类型，和同辈在饭店包间里因为打手机游戏推搡起来、撞翻围棋棋盘的，也是这个男生。

她没记错的话，男生应该比她小三四岁呢。现在的大学生，这么早就出来相亲吗？

许沐子回到休息室。这场音乐会没有返场节目，在所有演出都顺利结束后，同事们开始收拾随身物品，准备在观众散场后离开。

还好有邓昀送来的伦敦眼，她看着花束，心情又好了一些。同事们也喜欢这束花，走过来拍照，打趣地问她是不是男朋友送的。在邓昀面前，许沐子没松口过。但同事问起，她还是脸颊微红地点了点头。

想到邓昀，许沐子拿出手机，把静音关掉，给他发信息。她想问他什么时候到。

她一边打字，一边听见同事们的对话。

她们说：

"许沐子这性格,和长相真的不符。"

"刚见面时,瞧着挺高冷范,还以为是难接触的人呢。"

许沐子把信息发出去,转头,不好意思地冲她们笑了笑,酷女孩人设崩塌得稀里哗啦。

同事马上说:"这小脸红扑扑的,可爱死了。"

有一位之前去洗手间的同事从外面进来:"许沐子,有人找你呢。"

心知是爸妈他们找来了,她有点儿磨蹭,也有点儿回避情绪。

她拿上手机,慢吞吞地提着裙摆走到门口,探着身往门外走廊里张望——以为会是糟心的场景,以为会见到"大好消息"本人,却见到了不可思议的"海市蜃楼"。

邓昀姿态松弛地靠在消防通道的门上。他和其他观众一样,着装偏正式,宽松的休闲白衬衫,袖子卷在手肘处,黑色西裤做工精湛,裤型很衬他,显得他那双腿更长。

许沐子这还是第一次见邓昀穿得这么正经。

他眼里噙着一丝笑,安静地看着她。

周围的声音都消失了。许沐子呼吸停了一瞬,眨了眨眼睛,不敢相信自己的眼睛。邓昀则从裤子口袋里抽出手,张开手臂。提起裙摆冲着邓昀跑过去的时候,许沐子心里特别激动,心花怒放,连身处何地都忘记了,直接往他怀里扑。

在熟悉的番茄藤味道里,她惊喜着,也一连串地询问着:"你怎么来了?

"不是说下午才能到吗?

"怎么进来的?

"是提前买了票,还是……"

却听见邓昀这样说:"你好许沐子,好久不见,我喜欢你的《夜曲》。"

她几乎是立刻反应过来了。

那是在客栈的琴房里,许沐子亲口说过的话。她曾期待过,在未来的某天里和邓昀不期而遇,最好是在古典音乐会上。而邓昀,他把她的话听进去了,特地赶来听了她的演出,配合她完成期待的场景。

"我弹得好吗?"

"全场最佳。"

"我今天漂亮吗?"

252

"哪天都漂亮。"

他单臂揽着她的腰,另一只手背着,好像藏了东西。她往他身后摸索着,碰到了包装纸:"是什么?"

邓昀不答,拉着许沐子的手臂,把她带进无人进出的消防通道里。门哐当一声关上,阻隔掉外面休息室里隐隐约约的说笑声。她抬头看他,他则把她堵在厚重的门板后面,迅速垂头吻住她。不是蜻蜓点水,是深吻。唇齿相依里,连日来的想念得到安慰。

许沐子的口红花了,心跳比上台前更快,目光也有些涣散。她扶着邓昀的胸膛微微喘着,继而看到他手里的花。

很特别的花束,用的是法翠色和余白色的包装纸,缎带柔柔地垂着。里面包裹着的十几朵鲜花,和她在国外街边看见的一模一样。白色的,花瓣上带着如同孔雀尾羽的漂亮斑块。

许沐子曾经发过博文表示遗憾和想念:还是不知道这种花的名字。

到今天,有了相宜的答案。

邓昀的呼吸和许沐子一样乱,声音轻轻落在她耳边:"这种花的名字,叫肖鸢尾。"

惦记了这么多年,终于,终于。

许沐子揽着邓昀的脖颈,踮脚,主动凑上去吻了他一下。在他勾着她的后颈,想要把这个吻加深时,她的手机响了。邓昀用鼻尖碰了碰她的鼻尖,拇指抹掉她嘴角晕开的红色:"折磨人啊。"

看见来电显示,电话是许沐子妈妈打来的。

她在铃声里,往他的怀抱间埋头,声音有种突然被拉回现实的郁郁寡欢,说自己看见第四个相亲对象是谁了。

邓昀似乎有些意外,顿了一下,问:"是谁?"

"就是沈叔叔家的儿子,大学还没毕业怎么就出来相亲啊……那次撞撒棋盘的就有他,啊,不想见。"

"电话也不接了?"

总觉得邓昀语气过于轻松,许沐子打了他一下,接起电话。

"妈妈。"

"沐子呀,你那边结束了吧?我们已经到地下车库了,D区21-30这边,收拾完就过来吧,叔叔阿姨们也在,都等着你呢……"

完了,敌人已经在下面了,要攻城了。挂断电话,主帅拔剑四顾,目光无神,怔怔地说:"我爸妈倒是挺时髦,怎么还给我安排姐弟恋?"

邓昀都被逗笑了。

许沐子有点儿想和邓昀腻歪,但长辈已经约好的相亲,她总不能直接拉着他一起出现,太不给长辈面子了。况且,事情发展成这样,有很大概率,沈叔叔就是那个帮助过爸妈的贵人。锦上添花易,雪中送炭难。家里出事后受人多少白眼,难得有人肯把爸妈当真朋友,她不能那么不懂事。

可是,邓昀好不容易回来,她却要去相亲。虽然他早就知道,但这种行为会不会太伤人了?

"邓昀,你回来住在哪里?"

"我家。"

"你……是和你爸妈住吗?"

"自己住。"

许沐子说:"那我晚上去找你!"

邓昀笑着拆穿:"是要去相亲了,怕我吃醋,哄我呢?"

许沐子脸和脖子红成一片,强调着,说她就是去打个招呼,再和长辈吃个饭。

邓昀看了一眼手机上的时间:"逗你呢,去吧,正好我也有事。"

许沐子下意识问邓昀有什么事。

邓昀说:"相亲。"

总觉得这个人是在含沙射影调侃她,她没当真,转身走出去两步,猛然转头:"你不许相亲。"

"啊,只许州官放火啊?"

她看他,他笑着举起花束,像投降。

邓昀应该是真有事,手机的来电铃声也在裤兜里响。他没接电话,拿出手机看了一眼,说该走了。

许沐子把那束肖鸢尾带走了,回到休息室里,同事都走得差不多了,她深呼吸两次,还是打算委婉地把相亲推掉。邓昀都回来了,她哪有心思见别的男人。

乐团的前辈过来拿东西,看见她怀里的花,神情很惊讶:"花束很特别呢,是真的鲜花吗?"

"嗯,是真花。"

"我还是第一次见肖鸢尾的花束呢。"

"您知道这种花？"

前辈是位大提琴家，语速不紧不慢，有种不俗的气质："我对球根植物很感兴趣，百合、郁金香、朱顶红这些都喜欢，也在花园里养过这种肖鸢尾……是男朋友送的？"

许沐子点了点头。

前辈提上手袋，莞尔一笑："不错，你男朋友是个有心的人。"

就因为她喜欢鲜花，一天里送来两束，还不是随便买买，都是很有含义的花束，的确是很有心。可是她总觉得，前辈对肖鸢尾做花束的惊讶，以及那句有心人的评价，更像是出于其他原因。

许沐子换掉礼服，认真叠好，收进袋子，把两束花也放进袋子里。

她挎着五十多厘米长的礼服收纳袋，一边往电梯间走，一边艰难地用单手打字，搜索肖鸢尾的相关信息。

预感没错。肖鸢尾这种花，根本就不是花店常备花材。它虽然漂亮，花期却只有一到两天，没办法保存和运输，极易枯萎。所以造价昂贵，不适合做花束。像邓昀这样打破常规，硬要把不适合变成适合的行为，不知道费了多少周章。

电梯里还有其他人，许沐子退到角落，按着手机屏幕，给邓昀发语音信息，询问他在哪里找到的花。

邓昀回复很快，也是语音信息。他的语气轻松至极，说以前筹备客栈的时候，结识过几位园艺老师。刚好打听到其中一位老师在种植肖鸢尾，早起开车跑了一趟，现剪花枝、现包装，得到这样的花束。

昨晚他们通过电话，十二点钟，许沐子要睡觉的时候，明明邓昀还在忙。

许沐子打字问：你是几点起床的？

邓昀回复：四点左右。

电梯抵达地下停车场，许沐子打字：就为了一束花？

邓昀回：怕你被相亲对象拐跑了。

一听就是诓人的理由，刚刚她说相亲的时候，也没见他多吃醋。离开时他走得还挺快，好像比她还忙。许沐子继续打字：你才不怕呢。

他回复：开心吗？

和在客栈琴房里一样的问题。是问题，也是答案。

开心吗？开心的话，就都值了。

许沐子没说自己打算拒绝相亲,连饭都不准备和他们吃了。这股劲是和邓昀学的。只做,不说。她还在想着,等事成之后再告诉他。

没想到自己这点儿小算计,完全落入狐狸阴谋家的计划里。

走到 D 区,都不用着意去找 21-30 在哪边,许沐子已经听见爸妈的说笑声。

家里的车子是二手老款车,平时主要运送货物用的,被爸爸他们戏称为"货拉拉"。车身很大,遮住了部分视野。

许沐子循着声音走过去,只看到爸爸腆着肚子的半个侧影。真正看清在聊天的长辈们时,许沐子惊讶到说不出话,感觉手臂上已经起了鸡皮疙瘩。

是邓昀的爸妈?将近三年时间,历经磨难,两位长辈比以前养尊处优的时候肤色黑了些,也和她爸妈一样,生出不少白发。

值得庆幸的是,四位长辈神采奕奕。

邓昀妈妈看见从汽车后面走出来的许沐子,说:"哎呀,沐子真是大姑娘了,越来越漂亮了,还记得我们吧?"

许沐子妈妈赶紧说:"沐子,快过来打招呼。是邓叔叔和武阿姨回来了,以前你还去邓叔叔家里弹过琴呢,忘了?"

当然没忘。她刚刚还和人家儿子在楼上消防通道里抱着亲,口红都亲花了。

怎么会是邓昀的爸妈?那……相亲对象一家人呢?

许沐子搞不清楚眼前的状况。她愣了好一会儿,才强迫自己回神,和长辈们打招呼,恭恭敬敬地说"叔叔好""阿姨好"。

邓昀爸爸说:"你家沐子啊,钢琴弹得是越来越好啦,哟,还收到这么多花呢?"

眼前的场景太让人意外,许沐子大脑早就宕机了。她蹦出一句:"普通朋友送的。"

话音未落,许沐子看见自己妈妈往身旁招手。

许沐子妈妈热切地说:"邓昀回来了,沐子,还记得邓昀哥哥吗?"

邓昀妈妈也在说:"他本来在外地有事的,临时推掉,就为了赶回来听你的演奏,刚刚是去洗手间了……"

现在是什么情况?许沐子是蒙的,满脑袋问号,她只能看向邓昀。

显然邓昀之前和她爸妈见过,把孤僻好学生的人设也丢了,敛了在她面前的一丝痞气,特别有礼貌也特别绅士。他引着许沐子爸妈往里侧站:"叔叔、阿姨,小心有车。"

一辆车子驶过来,短暂地在他们身边停了停,车窗降下来,露出沈叔叔笑呵呵的脸。许、邓两家长辈极力劝说,热情地叫人留下,待会儿一起出去吃饭。那位沈叔叔拒绝了。

沈叔叔往许沐子和邓昀身上来回看了两眼,意有所指:"今天我们就不跟着添乱了,改天再聚,让孩子们好好接触,啊。"

这语气,一看就是局外人。连之前她认定的准相亲对象,都变成一眼既定的局外人二号。男生坐在后排举着手机打游戏,满脸不耐烦,催促着:"听什么音乐会,谁能听明白啊?就不该来,赶紧走吧,我快饿死了……"

许沐子算是看明白了,这男生在音乐厅里叫好,估计也是不满意家长的行程安排,故意丢脸的。

趁着长辈们在告别,许沐子继续看邓昀,用眼神询问他:这就是你说的有事?

邓昀向许沐子这一侧斜了一下身体,用特别狡猾的悠哉语气说:"和你说过,相亲。"

"我的第四个相亲对象真的是你?"

"是啊,不满意?"

她瞄着长辈们的动静,打他:"满意死了。"

邓昀倒打一耙:"刚刚说什么来着,花是普通朋友送的?"

"我应该说是垃圾桶里面捡的。"

沈叔叔的车开走了,两家长辈同时回头。许沐子马上往旁边躲开半步,一副和邓昀不熟的样子。邓昀挑了一下眉,她当没看见。

长辈们热热闹闹地张罗着,要去订好的饭店里再聊。

分别上了自家车子后,只剩下他们一家三口,许沐子爸妈开始讨论邓昀,一会儿说这孩子比以前长高了、更帅了,一会儿又说比以前礼貌不少,性格看着好像也没那么古怪了,挺沉稳的……

许沐子有些猜想,于是问:"爸爸,我们家生意上有转机,是邓昀家帮忙的吗?"

毕竟是曾经的死对头,一路互相攀比了那么多年呢。

许沐子爸妈有点儿尴尬,别别扭扭半天,车子又开过一个红绿灯路口,他们才说,邓家的确是帮了他们不少忙。

这样就能说得通了。之前爸妈对贵人鲜少提起,换成别人还好,是邓昀爸妈的话,他们就算是心悦诚服,也放不下面子出口夸赞。

爸妈会错了意,以为许沐子是没看上邓昀,才会这样问。夫妻俩马上表态:他们和邓昀爸妈也说好了,生意是生意,两个孩子的事能不能成,还得看孩子们自己的缘分,不勉强。

"我们绝不勉强。"

"沐子,你也别有这方面压力。"

这些劝说里,仔细听起来,竟然还带着些"我女儿看不上"的小骄傲。

许沐子正埋头在手机上打字,一边问邓昀,到饭店要不要找个水瓶把肖鸢尾养起来,一边回应爸妈的劝说:"好的,好的。"

到饭店后,局面比较混乱。家长们硬是要代替两个"矜持""害羞""放不开"的孩子,把各方面情况都互相介绍一遍。

许沐子妈妈还是老样子,拿着手机,给邓昀爸妈展示各种视频片段,说自家女儿参加过某某比赛、某某音乐节,和某某同过台。可真是优秀得不行。

邓昀妈妈不甘示弱,也拿出手机,点开一个近期走红的APP,全方位展示,说看见没有,这软件是我儿子开发的,都上过网络新闻的,特别牛,而且赚了很多钱!

窗外斜风细雨、槐枝轻摇。包间里漫着菜肴混合的食物香气,长辈们针尖对麦芒,互相攀比。许沐子和邓昀坐对面。圆桌中央摆放着一道架了酒精炉的酸汤牛肉,橘色的汤汁咕嘟咕嘟冒泡。他们隔着水汽,目光纠缠着。

两杯酒下肚,两方家长原形毕露,又成了过去互相抬杠的损友。许沐子家这边说,孩子们的事情得慢慢来,以前给沐子介绍过好几个,她都看不上。那意思是,你家儿子是能赚钱,但我女儿也不可能轻易就看上他,得慢慢培养感情。殊不知,两个小辈正发短信讨论,晚上甩开长辈们之后,要去哪里吃好吃的。

邓昀家这边则说,以前邓昀从来不相亲,男人以事业为重,想让他谈恋爱比登天还难。意思是说，你女儿是优秀，但我儿子也不差，慢慢培养感情就慢慢培养，有什么了不起的。殊不知，两个小辈的信息内容逐渐升温，变成了吃过饭要不要一起过夜……

两家长辈你来我往，把他们相处的基调定下来了。他们的关系一时半会儿还真公开不了。

许沐子找了个去洗手间的借口，溜出来，邓昀也跟着出来。她拉他往一棵高大茂密的天堂鸟后面躲，征求餐桌边几乎没对话过、不怎么熟悉的相亲对象的意见："要不，我们表面上装一装，就当是他们介绍相亲之后，才日久生情的？"

邓昀不太关心表面上的事情，抬手拨了一下她的耳垂："私下里呢？"

"私下里，就还是像之前那样啊。"

"哪样？"

"就那样……"

"就那样是哪样？"

他们背着四位互不相让地斗嘴的长辈，在走廊绿植后面接吻。

却没想到这顿饭格外漫长，从午餐吃到下午茶，又从下午茶吃到晚餐。长辈们一边嘴上不饶人，一边又希望让两个孩子多相处，晚餐足足吃到晚上九点半。好不容易等到长辈们不胜酒力，饭局才散了。

邓昀开车送他爸妈回家。许沐子叫了个代驾，到楼下左拽一个，右拽一个，把自己爸妈带回顶层的出租房里。

许沐子妈妈靠在她爸爸身上，醉得耳钉都摘不下来，还不忘记操心她的事情："沐子，你觉得邓昀哥哥怎么样？"

许沐子心里挺多评价，怕说出来吓坏她妈妈，正措辞着，在这时候接到邓昀打来的电话。她问："你在哪里？"

他答："你家楼下。"

许沐子顾不上回答，拿上包包飞奔出门："我去朋友家，晚上不回来啦！"

邓昀的车停在花坛边，开着双闪，许沐子打开车门，钻进副驾驶座位里。

他单手扶着方向盘，转身看她："想去哪里？"

"去你家，邓昀哥哥。"

许沐子这个脱口而出的称呼，令邓昀操控汽车准备驶离的动作一顿。

他偏头看过来,她无辜地说:"怎么了,长辈们不都让这么叫吗?"

"让怎么叫?"

"就是让我叫你……"许沐子反应过来了,不上当,把安全带的锁舌往锁扣里用力一按,"你不正经。"

不正经的人轻笑了一声:"夜不归宿没问题吗?"

许沐子声音小了不少,但坦诚得可爱:"嗯,我和他们说了去朋友家住。"

邓昀家离许沐子家有一段距离。

马路上车辆不算多,汽车在淅淅沥沥的小雨里行驶着。

一路上,他们像在克制着某种不安分的悸动和贪婪,谁都没有说话。

车载音响音量很低地播放着歌曲,是他们都熟悉的 Cigarettes After Sex 唱的,主唱性感慵懒的嗓音淹没在雨声里,若有若无。空调口散出来的清爽微风,吹不散暧昧。两个人的掌心在盛夏的潮热里变得潮湿。

一路都是直行,很少有转弯的道路,车子义无反顾地往夜色更深处行驶。

她想,早该是这样的。那年她在二十岁生日当天参加完比赛,乘坐历时近十六小时的航班回国,就该是这样。

湿淋淋的马路映着两侧商户的灯光,高大的树木被风雨打落几片新叶。他们路过钢琴培训学校的十字路口,早年挂过许沐子人像海报的位置,换了新面孔。新面孔应该也被挂上去很久了,海报边缘有些褪色。

车停在路边,邓昀没撑伞,冒着细雨下车,进了一趟灯火通明的底商。回来时,他的白衬衫被雨水打湿,肩上有些部位变成半透明的状态,发顶和额头挂着零星雨滴。

她从包里拿了纸巾,帮他擦拭。他配合她的动作侧着脑袋,却从西裤兜里拿出一个黑色的盒子,放在中控区的水杯架里。

许沐子低头看了一眼,盒子上面用金色印着"001""水性""六只装"的字样。一定是雨中空气不够湿润,很快,她又喉咙紧紧地看了第二眼。她举着沾看雨水的纸巾,打破沉默:"这个东西要怎么挑选?"

他降下车窗,把她手里的纸巾丢进垃圾桶:"不知道,拿了最贵的。"

邓昀发动车子前,把许沐子的手握着,和她十指相扣了一瞬。

路口红灯,他们在三十五秒的倒计时里安静地对视,能清楚地看见对方眼中灼灼的欲和念。这个夜晚要怎样度过,彼此心知肚明。

汽车驶入陌生小区的地下车库,倒车入位,熄灭发动机的车厢里寂然无声。

邓昀解开安全带,俯身过来,轻吮许沐子的唇。她被缠着亲出感觉,胸腔起伏,用手攥着他淋过雨的衣领,意乱情迷地哼出声。

邓昀手机在响,接连进来两条语音信息。在提示音之后,又过了几分钟,他们才微微喘着停下来。

语音信息是邓昀妈妈发来的。这位长辈用和许沐子妈妈差不多的带着醉意的腔调,操心着相亲的事情:"不知道沐子对你满意不满意,要不然,明天妈妈再约一约?去周边旅行两天?"

中午和晚上吃饭时,长辈们都没少喝酒,明天一准要断片。现在说什么也没用,邓昀没回复。

这个问题留给了许沐子。他用指腹摩挲她的唇,问她,对今年见的第四个相亲对象是否还算满意。

许沐子的手压在胸口,她平复着心跳和呼吸,拿腔拿调地点头:"还可以吧,要再考察一下。"

"回家再考察。"

邓昀牵着许沐子的手带她回家。

他工作时不爱有人打扰,这处住宅鲜少有人来过,没有女性的生活用品,邓昀在鞋柜里翻出一双新的男士拖鞋。他转头问她:"凑合一下?"

她点了点头。

拖鞋是邓昀的码数的,蛮大的,许沐子穿起来踢踏踢踏的,还没趿拉着走出去两步,被他拉着手腕,带回到怀里。

她的背抵在墙上,碰到灯盏开关。灯倏地灭了,人前不熟悉的相亲对象,人后在没开灯的玄关里紧拥着吻在一起。

邓昀亲吻许沐子的额头,辗转吻到鼻尖。短暂地停了一瞬,他把她抱起来,紧接着偏头吻上她的唇。拖鞋掉在地上。越是吻得紧密、缱绻,越是有种难耐的空阆感从心脏蔓延到小腹。

他们就这样不肯停歇地纠缠,穿过客厅,走进卧室。

许沐子坐在床边,解开邓昀的衬衫扣子。

她自己穿着薄款的针织短袖,胸前也缀着一排珍珠扣。他吻着她,拇指和食指不紧不慢地把扣子一颗颗捻开，又把衣摆从她的高腰牛仔裤里抽出来。邓昀的手伸到许沐子背后，搭扣开了，胸前一松……

邓昀的衬衫沾染夜雨水汽，许沐子的衣服在拥抱时也被染上潮湿。他的指尖虚触着她的掌心，引起心脏一阵麻酥酥的痒。他拉着她的手向下……

呼吸交缠在一起，许沐子在颤抖时把沁着汗的额头侧开，连同湿润的眼睫一起埋进枕头里。长发滑落，她难挨地蹙起眉心，在最难以招架的时候，失声叫了他的名字。

在这之后，他们相拥着缓了片刻，邓昀起身去浴室给浴缸放水。

许沐子像被拆掉骨头，趴在床上，声音里还带着未消的哭腔："我还不知道你家什么样子……"

"带你看看？"

"好……算了，我不想动。"

邓昀有他的办法，从隔壁推来一张底部有滑轮的电脑椅，给她套了件衣服，抱到椅子上。

许沐子感到口渴，捧着一杯水，慢慢喝着，蜷腿坐在电脑椅上面，被邓昀推着把他家完整地参观了一遍。

"你家还挺宽敞的呢。"

"我妈不是说了嘛，我是创业成功的青年才俊。"

许沐子想起什么："阿姨说的话，都能信？"

"差不多。"

"那她说，好多女生排着队追你……"

邓昀在身后笑了一声："这就别信了。她为了和你妈妈抬杠编出来的，以前我和他们关系一般，有没有女生追我，他们能知道？"

许沐子把水都喝完，举起胳膊，把空水杯往身后一递。

邓昀把它拿走了。

"邓昀，我们是在谈恋爱吗？"

"我是在谈着呢，你的话，随你心意。"

许沐子仰头，往电脑椅后面看他："那我们以后要过纪念日，就从今天算起？"

"行，听你的。"

温水放满浴缸，他们在浴室里又折腾了一个小时，才重新回到卧室。

两个人躺在床上,亲密地拥着,聊外面的雨势,也聊相亲的原委。

是邓昀托他爸妈帮忙打听许沐子的感情状况的,然后,听说了她有稳定交往的对象。但这件事,仔细想想,可能只是许沐子的妈妈碍于面子的回复。所以他们在客栈碰面的那天,邓昀又联系了他爸妈,想确定消息的准确性。晚上才得到回复。听说许沐子爸妈那边又有些松口了,说许沐子和之前的交往对象断掉了,真想撮合的话,见见也可以。

"我这边,大概就是这么个过程。"

许沐子说好险。要是她爸妈再要面子些,或者,她没有选择去客栈散心,他们岂不是就要错过了?

"不存在你说的情况。"

"为什么不存在?"

邓昀说,听说她谈恋爱,他的确失意。但郁闷一阵子也还是不可能放手,哪怕许沐子没有去客栈,他也忍不了多久,指不定哪天就出现在她面前。他说,许沐子,我们没有其他可能,早晚是要见到的。

"什么意思?"

"他们在看哪里的房子,你知道吗?"

许沐子摇了摇头。

"小别墅。"

"又看上哪里的小别墅了?该不会⋯⋯"

邓昀含笑点头。于是许沐子很高兴地听到一个真正的大好消息:两家长辈又和卖房子的陈阿姨联系上了。

陈阿姨听说能同时出手两套房子,算是用尽了浑身解数,带着许、邓两家长辈又是去看房,又是请吃饭的,好说歹说,最终锁定原来他们住过的别墅区里的两套房子。

邓昀说:"那位陈阿姨,真不愧是销冠,你爸妈和我爸妈都动心了,搬家大概率是搬回以前的别墅区。"

"这是什么时候的事?我怎么完全没听说过?"

"你在客栈那会儿。"

许沐子感到意外,她爸妈之前只想过买普通住宅,而且以前住小别墅的时候,也嫌庭院小、层高低,怎么会突然又对小别墅动心呢?那位陈阿姨真的那么厉害?

邓昀轻飘飘说了一句:"可能是价格划算吧。"

那边是老旧别墅区了，没有新兴起的别墅区设计得好看。大面积户型不是刚需，物业费、取暖费高，不如住宅好卖，所以降价也多。现在购置，比当年他们卖的时候还便宜不少。

许沐子明白其中的道理，又觉得没有那么简单。尤其是想到邓昀刚才说的那句"早晚是要见到的"，再看看他嘴角的坏笑……

"邓昀，搬回小别墅，是你的主意？"

"我只是促进了一下。"

不知道邓昀用什么话术和他爸妈提了这事，两家长辈来往密切，耳边风很快就吹到许沐子家了。所以他才说，没有别的可能。哪怕她有男友，他也会成为她抬头不见低头见的邻居。

夜里一点二十分，窗外还在下雨，雨丝密密地交织着，模糊了楼群的轮廓。这个时间，回到家里的邢彭杰，正和几个好兄弟在外面吃烧烤。他化身宣传大使，强烈推荐邓昀的客栈，还给兄弟们讲了邓昀和许沐子的事情。

夏夏帮夜里抵达的新住客办理好手续，打着哈欠把几本书归回书架。想起有一本是老板房间里的书，又捏着书脊抽出来，书页散开，一封信从里面掉出来。信封泛黄，收件人是许沐子，却没有寄件人的名字。她心跳加速地把信夹回书里，打算以此勒索老板二百块红包，但拿钱不办事，准备偷偷把信交给老板娘。

许沐子妈妈睡得不安稳，一脚踢醒了正在打呼噜的许沐子爸爸。她皱着眉："老许，你说，咱们家沐子会不会是谈恋爱了？"

邓昀爸爸也有些失眠，大半夜坐在客厅里喝茶水，把起夜的邓昀妈妈吓了一大跳，砸了个靠垫过去，骂他有病。他说："佳文啊，你说老许家那姑娘今天收到那么多花，追她的男生肯定得排队，人家能看上邓昀吗？"

在这个略有些闷热的雨夜里，邓昀推开一扇窗透气。

湿漉漉的空气渗进来，许沐子素着一张脸，乌黑的长发垂在肩背上。一盏夜灯把她的身影投在墙壁上，她身上穿着邓昀的黑色短袖，坐在床上，静静地看着窗外的簌簌夜雨。

手机邮箱里有一封邮件。因为这一天的相亲活动持续太久，而被许沐子忽略掉，没能及时查看。她点开来看，内容出乎意料。

许沐子一目十行地匆匆看了几眼，突然转身抱住邓昀。

他下意识抱稳她，看不见她的面容，分不清怀里的姑娘是喜还是悲，只能动作温柔地抚着她柔顺的长发："怎么了？"

"邓昀，你快看。"

邮件是本市最大的课外钢琴培训学校发来的，诚挚邀请许沐子回学校参加二十周年庆典，并邀请优秀校友合影。邮件里说，学校将有偿将合影制成海报，挂在学校楼体宣传位上，算是学校招生的策略。

许沐子自认为没有同时被邀请的其他校友有成就，可能不会参与学校的宣传活动，但她依然为这个消息感到高兴。

邓昀亲她的额头："恭喜。"

许沐子把手一伸，佯装严肃："我要的东西呢？"

她以为这样出其不意的问题能唬人。

可邓昀依然是那副从容不迫的淡定样子，他往他们那堆衣服的方向抬了抬下颌："西裤兜里，我去拿。"

许沐子很怀疑，猜他也许根本不知道她要的是什么，怀着"倒要看你拿什么"的心理，点头。

邓昀走回来，站定在床边："伸手。"

许沐子摊开掌心，他把在客栈变过的魔术又变了一遍。玻璃纸折成的小小蝴蝶落在掌心。什么都难不住他。

她眨了眨眼睛，继续伸手："还有呢？"

其实她有很多手部按摩器，为了包邮一买就是好几个，就算他忘记带回来，也完全不影响。

那只是她想他早点儿回来的借口，现在成了她耍无赖、撒娇的理由。

邓昀托起许沐子的下颌，吻她，边吻着边往她手上套了个东西。凉凉的，也是金属圈环，却不是手部按摩器的质感。

许沐子茫然地往手上看——一枚戒指套在她中指上，戒指上有钻石。

许沐子觉得太过贵重，一边看着，一边说送礼物总该有个由头什么的，哪有平平常常的日子就送大礼的。

邓昀张口就来："恋爱第一天。"

她说他送得太频繁，他不以为意。这恋爱拖了快三年才谈成，多送送礼物怎么了？

是啊，延迟了一千多天。

他们之间没有过丹书白马、海誓山盟，只是安静地爱着。

265

隔天早晨,邓昀起床时,许沐子正在拿着手机打字。

"在写什么?"

"有个心情不好的小女生摸到我微博里,问我低谷期怎么调整的,别打扰我,我在措辞……"

也许你身陷低谷、遇到瓶颈、正在体验糟糕的坏心情。

但家人、朋友、恋人在爱着你。灿烂的太阳、皎皎的明月、漫天璀璨的星斗也在爱着你。

而窗外不停歇的雨声或者蝉鸣,正热情地邀请你共赴盛夏。

只需要打开一罐可乐,就能听见它迫不及待为你庆祝的声音。

庆祝每一个崭新的一天。

愿你开心。

(正文完)

番外一
潮热夏季

第二次在邓昀家过夜后的清晨，许沐子坐在客厅地毯上，趴在茶几上写东西。

连日雷雨后的这几天，高温混合着潮湿，空气黏腻，有种闷死人不偿命的折磨感。

昨夜折腾的时候，他们开了床头灯，交叠的身影落在墙壁上，朦朦胧胧，摇摇晃晃。仿佛连影子都是湿答答的，灵魂也汗津津的。

声音也是沁着水汽的，断断续续，闷在紧咬着的唇里，抑或，动情的吻里。她说："邓昀，好闷啊。"

他吻着她，把手探到床头，按了空调开关。空调开着睡眠模式吹了整夜，勉强驱散这种闷闷的不适感。

冷气徐徐，许沐子嫌头发散在脸侧碍事，回了趟卧室。她找到落在床上的发绳，把头发绑起来。

走到卧室门口，浴室门开了。带着熟悉清香的潮湿水汽短暂飘过，邓昀穿了一件白色的浴袍走出来，头发半干，冲凉的水温令他的眼周皮肤微红。

许沐子两只手都在脑袋后面绑头发，嘴里叼着一支碳素笔。两个人在不足一米的距离里静静对视。他打量她叼着的碳素笔两秒，问她怎么什么都往嘴里放。没别的意思，指吐司、发绳、碳素笔……

她叼着东西，不好回答，含糊着说习惯了。

他伸手来拿，又问她是在写什么。

嘴里的东西突然要被抽走，许沐子一时没反应过来，下意识又用力咬了一下。邓昀动作受阻，顿住一瞬。

她眨了一下眼睛，几小时前的缠绵在脑海里一闪而过。

知道他是要帮自己拿着，她才松口，倒是也没回答他的问题，神神秘秘地说"等会儿再告诉你"，一边绑头发，一边走回到茶几旁边，朝他伸手。

两个人默契十足。邓昀正往冰箱的方向走，都不用回头，就知道把笔递还给许沐子。

"喝什么？"

"喝不完一罐凉茶。"

"懂了。"

她的意思是想喝凉茶，但喝不完，邓昀也得喝凉茶。

许沐子又伏案写了几个字，才把自己忙了将近二十分钟还没完成的大作举起来。A4纸大概是从打印机里抽出来的，至于黑色碳素笔，他办公桌上有很多。

邓昀从冰箱里拿了罐凉茶，转身就看见纸上标题的七个大字"恋爱进度计划表"。他单手抠开凉茶罐子的拉环，微微眯了一下眼睛，用眼神询问，这表格是什么意思。

许沐子头发拢得很随意，她趴在茶几上伸手，要凉茶。她说是为了配合她爸妈和他爸妈的节奏，她总觉得他们两个人在暗度陈仓时，隐藏工作做得不够好……

这段关系不能"见光"。长辈们整天攀比个没完，他们要是太容易就走到一起，和他们展现出来的独来独往人设不符，肯定要被逮着盘问。

外面是阴天，清晨的光线并不充裕，客厅里又没有开主光灯，有点儿纵人懒惰的昏暗。

邓昀的住处不像客栈装修得那么暖心舒适，偏冷色调，更像是办公场所，起床就能心无旁骛地投入工作。过去他也的确是这种状态。

只有沙发这边还算温馨，铺了长绒地毯，许沐子穿着他的衣服，盘腿坐在上面，看起来就更加温馨。

这是许沐子第二次来这边。浴室里已经备了她习惯的沐浴露、洗发水和身体乳，毛巾、浴巾这类物品也有她单独的。只有衣服没准备。他有私心，喜欢看她早起一副睡眼惺忪的样子，穿着他的衣服在家里晃荡。

邓昀坐在单人位沙发上,把凉茶递给许沐子,又把她手里的纸拿过来看。他说:"不是掩饰得挺好的?"

按理说,他们应该掩饰得不错。昨天晚上和长辈们吃完饭,也是分别说有事,一前一后离开饭店,在停车场会合的。背地里拥抱、接吻……再激烈,餐桌上也只是礼貌性地寥寥说几句话。

不知道是哪里有疏忽,被抓住了破绽。出门吃饭前,许沐子妈妈一边戴上珍珠项链,一边问许沐子,最近是不是在感情方面有些什么情况。许沐子努力压着紧张,说没有,幸好她低头在找包里的发绳,长发遮住了表情。

许沐子当时以为是堂姐走漏了风声。她尝试联系堂姐,发现堂姐在短暂的紧张和担心过后,并没有把她身边有异性的情况当回事。堂姐把她在客栈说的"有在接触的异性"和后面迟迟没有感情动态的状态结合起来,经过几天缜密、冷静的分析,得出了一个结论:许沐子就是不想相亲。

所以消息不是堂姐那边漏出来的,肯定是他们隐藏得够不好。

这份恋爱进度计划表上面,标了日期和星期,计划着每周他们要配合长辈们的撮合,和长辈们一起吃饭一到两次,穿什么都写了个大概,就是感情进展那一栏,迟迟没进展。

邓昀弹了一下 A4 纸,纸张发出一声脆响。

他指了一个日期旁边的备注,语气调侃地询问许沐子:"导演,这是第六次吃饭了,还是和长辈一起?不和我单独约一约?"

许沐子屄屄的,怕露馅:"才第六次呢,还是和长辈一起吧。"

"看来,你对第四个相亲对象不怎么满意啊。"

"不是,你配合一点儿。"

"怎么配合?"

"就按这个表格上面的来啊。哦,对了,昨晚吃饭你对我笑了吧?这可不行,下次注意。"

"你这语气和谁学的?"

许沐子想了想,特别可爱地推了推鼻梁上根本不存在的眼镜,严肃道:"可能是高中班主任。"

她的表格还没写完,她从他手里把纸拿回来,趴在茶几上,继续冥思苦想。她是那种不能一心二用的人,练琴时要心无杂念,现在思考怎么在长辈们面前演戏时,也要专心。

偏偏邓昀在旁边说话，问她前几天演出时有没有拍过照片。她有点儿不乐意，眼睛都没抬，敷衍地说让他自己去她手机相册里找。

音乐会是不允许拍摄的，现场会有工作人员拿着红色激光笔巡视，发现有人举起手机，会用激光笔照一下，以示警告。所以那天去听音乐会，邓昀并没有留下许沐子穿着蓝色礼服的照片。

他在她相册里找到两张照片，没有单人照，都是她和同事的合影。他把一群同事裁掉，只留下她自己，设成手机屏保，做完这些，再看向她。

她搜肠刮肚想了老半天，然后坚定地在纸上距两个人相亲一个半月之后的某个时间上，画了个小小的圈。下面用小字标注：可以单独约会了，看电影，回家告诉爸妈进展。

感情进展那一栏写着：牵手。

感觉到邓昀凑到了身边，许沐子转头，眼睛里还带着点儿犹豫："相亲一个半月就牵手……会不会太快了些？"

邓昀在仰头喝凉茶，喉结滑动，视线垂下来，落在她脸上。像在问她，你问我？就有种……恨不得全天下都知道他们在谈恋爱的张扬。

许沐子不满："你认真点儿，被发现很麻烦的。"

"那就按你写的来。"

许沐子不知道的是，两家长辈这个时间也已经起床了，正各自坐在床上互通消息。

许沐子妈妈觉得，许沐子最近有点儿反常，以前从来不在朋友家过夜的，这星期已经第二次夜不归宿了，感觉她像是在谈恋爱，细品又不太像。她那么犟的性子，过去没谈恋爱时，相亲都懒得敷衍呢，真要是谈了，应该不会见邓昀了？她答应和邓昀家一起吃饭时也还算痛快，应该是对邓昀印象不算太差吧？

而邓昀妈妈认为，昨天吃饭时两个孩子又没怎么说话，低头看手机的次数倒是很多。这情况实在不容乐观。儿子沉默寡言，很少有和父母谈心的时候，只有在替他们还完负债的那晚，提了两个问题，一问他们想不想回北方生活，二问他们是否愿意帮助许家。当妈的还能不懂嘛，自己的儿子难道是惦记许家那两位吹牛大王吗？

两边家长都有着想撮合孩子的心思，也有着互相较劲的攀比意图。谁也不肯说实话，生怕是自己家孩子更上心，太主动，落了下风。

两位妈妈在电话里你来我往地试探，未果，最后把话题扯到搬家这件事上,各怀鬼胎地商量着,尽早搬回别墅区去。

许沐子这边浑然不觉。她还在为自己的恋爱过于和谐而苦恼。

洗衣机里滚着昨天深夜换下来的床单。滚筒的旋转声、搅动着洗衣液的泡沫声同步响起,暧昧地从浴室方向传来。

许沐子要上班,邓昀也要去工作。

这表格上的进度做到牵手的部分,暂且被搁置下来。

她进卧室换掉身上那件男款短袖,穿上自己的连衣裙,拉着腰侧的拉链走出来:"再过半个小时,我得走了。"

邓昀放下手机,许沐子的目光往他屏保上落了一瞬。她看见了自己的照片,本来想提醒他,在爸妈们面前小心点儿,被他拉着手腕,惯性坐在他腿上,嘴里的话忘掉一大半。

他扶着她的脸侧,吻她。

"邓昀,来不及……"

"知道。订了你喜欢的牛肉馅饼和凉的马蹄绿豆沙,还有两三分钟就能送到,先吃个早饭,吃完送你去上班。"

早餐很美味。出门前,许沐子告诉邓昀,今晚不能来了。

"要练琴?"

"嗯,昨天只早起练了一小时,午休练了一小时。"

但也不完全是要补练琴时长。

"我妈妈已经有点儿怀疑了,连续两天在外面过夜肯定不行……"

她总觉得按下电梯的人没有在认真听,停下来,扭头去看他。

邓昀点头。许沐子以为他是听进去了,也跟着点了点头,刚打算继续说,就听见他问她:"明天晚上来吗?"

她打他后背,他不躲,笑着挨了两下,挨完继续逗她:"不来?那我去你家翻窗户?"

许沐子气死了:"翻什么窗,我家现在住七楼。"

这点儿地下恋情的小秘密,只有她一个人在拼命遮掩,缝缝补补,连戒指都是藏在手部按摩器下面戴的。至于另一个人,像个漏音大喇叭。

但隔一晚,许沐子还是被大喇叭拐回了家。

许沐子和邓昀第三次被两家长辈拉出来吃饭,是在搬家之后。借着乔迁之喜,到别墅区附近的饭店庆祝。

陈阿姨给介绍的小别墅，不是他们原来住过的那两栋，但离原来的不算远，两栋小别墅间的距离也比原来的更近一些。许沐子家就在邓昀家斜对面，站在卧室窗边能清楚地看见他家的全貌。

许沐子爸爸挺高兴地举着酒杯："想不到我们两家又成邻居了。"

邓昀爸爸和许沐子爸爸碰杯："做邻居好啊，远亲不如近邻嘛。"

两栋小别墅都是精装修过的二手房，入住不算麻烦。两家人虽然生意有点儿起色，但并不像过去那么大富大贵，撑得起铺张浪费，长辈们没想过要重新装修，打算就这么先住着。

两家妈妈聊着，又暗戳戳地比较起来——

许沐子妈妈说，原房主好几套房产，这边装修完几乎没住过，九成新，但要是让她来装修，一定不会选纯实木的地板。

邓昀妈妈说，是呀，他们家现在也是这个问题，橱柜的样式太老土，还不如他们十年前买的那套时髦，总觉得不太顺眼。

明着是在说过去屋主的审美，暗里是在夸自己的品位。

"餐桌餐椅该换成进口的。"

"是呀，边几应该用明星同款的牌子货。"

邓昀在两家妈妈的品位大比拼里，给许沐子发信息。他告诉她，这家饭店的滑蛋吊龙味道很不错，再不来要被吃光了。

许沐子下班后有个临时的小讨论会，早和长辈们打过招呼，说会晚些到，让他们先吃。收到信息的许沐子刚下地铁，她在等红灯时回复邓昀。她让他尝尝就算了，少吃两口，给她留着。

许沐子到饭店时，邓昀等在大堂。外面很热，饭店里冷气足。他穿着一身浅色的着装站在楼梯旁的前台附近，正把一本厚厚的菜单簿递还给服务员。

他们昨天都很忙。许沐子排练到晚上十一点多才回家，邓昀在办公室对着电脑到凌晨。没能见面，只打了两通电话。

再往前数，他们这周也只吃过两顿饭，一顿和长辈一起，一顿他们单独吃。但是单独吃饭他们也没做什么，就单纯地分享美食，牵手在商场里逛街聊天，还看了场电影，分别时浅尝辄止地接了个吻。

许沐子以为会是深吻。但邓昀只轻轻亲了她一下，就弹开了车门的锁。

这样反而更令人惦记，许沐子做梦都梦见某些暧昧场景，惦记到今天见面，有点儿压抑不住。

看见许沐子，邓昀走过来，直接牵她的手："饿不饿？"

许沐子答："饿死了。"

饭店里总有人来往，他们对视两秒。

邓昀眼里藏着些若有所思的沉静。

许沐子小声说："其实……我还能再挺十分钟再死。"

邓昀微笑，拿出手机，把计时器里的时间滑动几下，调成"00:10:00"。

两个人没有回楼上的包间，反而往饭店外面走。

车门打开，又闭合。逼仄的密闭空间里，手机被丢在皮质座椅上，计时器在车门关紧的那一刻开始兢兢业业地走着倒计时。

他们伴随着紧张的走秒声音，在邓昀的车里接了个缱绻难分的吻。

呼吸紊乱，唇舌纠缠。倒计时结束的铃声响起，许沐子惊得发颤，咬了邓昀一下，被他强势地扣着后脑勺吻回来。

十分钟到了。他们额头碰额头，平复着急促的呼吸和喘息。

手机上的时间又跳成新的数字，他们才分开，整理衣衫，装成一副在楼下偶然遇见的模样，回到长辈们身边。

一进门，就听见长辈们在分析最近的经济形势，气势足、声音自信。很多问题恐怕经济学家都不敢确定，他们却言之凿凿，拍着桌子细数出一二三四。

两家长辈都是微醺状态，看见他们一起进来，长辈们停下吹牛，笑眯眯地交换视线，张罗着加菜。

这顿饭，在买单问题上，许沐子爸爸没能抢过邓昀爸爸，一不小心让对方先在前台留下钱了。加菜自然客随主便，由邓昀爸爸来点。

加的菜很快上桌，里面有一道邓昀在信息里提过的滑蛋吊龙。之前的那盘已经被吃得差不多了，剩下的一点点也被空调风吹冷掉，不像那些点着酒精炉加热的菜，能一直咕嘟咕嘟沸腾，看起来不是很有食欲。

新上的这盘就明显不一样。色泽诱人，味道也诱人，香喷喷地冒着热气。从服务员端餐盘进来那一刻，许沐子的眼睛就开始盯在这道菜上。她摸到筷子，跃跃欲试。

邓昀爸爸在吹牛，途中瞥见服务员进来，有点儿纳闷地说："欸，不好意思啊，我们没加这道菜。"

邓昀爸爸是没有过女儿的老父亲，平时和邓昀之间的关系也不是特别铁，对晚辈喜欢吃什么这些事情，只能靠刻板印象，再参考一下自家老婆的喜好。他觉得许沐子是女孩，肯定爱吃甜食。加菜时避开了他们喝酒常点的油腻菜式和大鱼大肉，特地加了不少偏甜和酸甜口味的菜，脆皮牛奶、茄汁大虾、菠萝排骨、金沙南瓜……

他没加过滑蛋吊龙，还以为是服务员搞错了。

许沐子筷子都握在手里了，一听这话，有点儿失望。像一朵暴雨里的草本小花，肩膀塌下去。

邓昀在这个时候开口："爸，我加的。"

没人看见邓昀加菜，刚才他出去，也只说是去回个电话。

长辈们微微愣了片刻。

邓昀爸爸反应过来，马上和服务员连声道歉，说是自己没搞清楚。

倒也没人想太多，都以为是邓昀想吃。毕竟许沐子爸妈是那种比较马虎的家长，又是生意人，平时很忙。他们对许沐子喜好上的了解，还不如过去家里请的阿姨多，仅限于不会像邓昀爸爸那样点她过敏的虾和菠萝。

许沐子矜持了一下。第一圈转过来时没夹，很快，滑蛋吊龙又转过来停在面前，她才夹了一块。

刚才邓昀说过加菜的事情，所以餐桌上的话题很自然地围绕着他展开。两边家长拉着他问东问西，问根本听不懂的软件开发，重复着他的用词，试图记住几句，好在以后和其他朋友聚会吹牛时能够用上。

许沐子没细听。她中午顾着练琴，以为自己把面包和牛奶都吃完了，快下班时发觉好饿，才发现盒装牛奶还完完整整地放在背包里，根本没喝。

她吹一吹卷着吊龙的滑蛋，放进嘴里，眼睛都亮了。邓昀说得没错，果然很好吃。

邓昀在和长辈们说话，也始终注意着许沐子的动静，看她亮着一双眼睛嚼牛肉，觉得好可爱。许沐子平时不涂口红，唇色是气血足的健康绯红色，沾了油，亮晶晶的。邓昀平时再缜密专注，也分心了，嘴里的话跟着顿了顿。

许沐子妈妈正听得聚精会神，见邓昀浅抿了一下嘴唇停下来了，不由得追问："你说的那个前端开发和后端开发，有什么区别来着？"

邓昀对长辈们说了声"抱歉"。

他说他刚才有些走神的时候，许沐子刚好嚼着牛肉抬头。目光撞上。走神的人是邓昀，脸颊发烫低下头的人却是许沐子。

她咽下好吃的滑蛋吊龙，往桌上看了一眼，锁定那盘菜的位置，脑袋里琢磨着把菜转回来,又在手机上打字,让邓昀别总看她。

邓昀回得飞快,就三个字:忍不住。

然后又给她发了一条:排骨别吃。

许沐子知道排骨里面有菠萝,没动,后面又收到邓昀的信息:明天、后天、大后天,哪天有空?

她故意的,连回两条:

都没空。

怎么了?

邓昀答:带你去吃牛肉火锅,涮吊龙片,涮十五秒就能吃,味道很不错。

邓昀还说:火锅店楼下有甜品,莲子百合绿豆沙,解腻。

不愧是看过她几千条发疯动态的人,邓昀把她的喜好摸得透透的。

许沐子看着信息内容,改了口径,说都有空,抬头时,看见邓昀姿态松弛地靠在父母身旁的椅子上。他应该刚看过她的回复,把手机扣在了餐桌上,然后垂着眼睑,勾起嘴角。

散场时又是夜里。

有点儿像时光倒流,场景和几年前的冬季相似。长辈们喝多了酒,走路摇摇晃晃,刚搬过家,心情好,难得没有较劲抬杠,带着醉意也在聊搬家的事。

许沐子爸爸扶着车门说:"我们再收拾一下,下周就要住过来了。"

邓昀爸妈互相搀扶着:"我们也差不多。"

许沐子妈妈带着些目的性,转向邓昀:"邓昀现在自己住呢吧?阿姨记得你喜欢独处,但周末得空,还是要多回家陪陪你爸妈的……"

许沐子站在爸妈身后,正在查代驾距离,听见这个问题,抬起头。她不用过多思考,就知道她妈妈是希望她能和邓昀多碰面。

搬家这事,许沐子也是在前几天下班回家,才听说爸妈已经把合同签好了,连搬家公司也约好了。

事发突然,许沐子和邓昀还真没仔细聊过以后邓昀住哪里的问题。她也想听听他怎么答。

闷热的夏夜,蝉鸣聒噪。邓昀的视线穿过两辆车和长辈们的身影,落在许沐子脸上,回答她妈妈的问题,却在看着她。

他说:"我现在不太喜欢独处,下周就搬回来和我爸妈住。"

真正搬回小别墅后，许沐子还是有些感慨的。

经历过从饭来张口、只知道弹琴，到需要自力更生地成长，总觉得以前住在这边的日子恍如隔世，心里有种说不出来的感觉。时不时想起，从这边匆匆搬走、找二手交易市场变卖家产的那些惨兮兮的日子。

许沐子在心绪复杂的时候拿起手机，给邓昀发了信息，问他要加班到几点。等回复的时间里，她就坐在和过去格局相同但装修风格迥异的卧室里，翻看相册。

搬家折腾出许多过去的照片，有她比赛得奖的留念，有各阶段的毕业照，也有爷爷奶奶没过世时的全家福……

许沐子妈妈敲门进来，问她怎么还不睡。许沐子手里捏着几张照片，刚好是以前住在小别墅琴房里拍的。

许沐子妈妈也跟着看了几眼，叹了一声气。

其实许沐子想和妈妈聊聊这些年的事，或者搬家后的感慨，但妈妈深夜里聊起的话题，无关近几年的波折动荡，而是邓昀。

"沐子，最近我们和你邓叔叔一家人吃饭的次数也挺多的，见过好几面了，你和妈妈说说，对邓昀哥哥的印象到底怎么样？"

每个相亲对象出现后，许沐子都会被爸妈或者亲戚问到这种问题。

真不知道他们急什么。

还好这次是邓昀，她没有任何抵触情绪。

"就……还行吧。"

许沐子妈妈继续问："比之前那个拉小提琴的男生印象好些？"

"嗯。"

手机连续响了两下提示音，许沐子猜到是谁，有点儿开心，心里想着说曹操曹操到，然后做了八百个假动作，放下照片，拿起手机。

许沐子妈妈还在说对邓昀的改观，邓昀这个男孩子，她以前总觉得他性格奇怪，根本不讨喜，像个学傻了的书呆子，还觉得就算成绩好，也上不了什么台面。现在一看，人家还真是不错，举止落落大方，待人接物方面也稳重妥帖，比他爸妈可强多了。

"你邓叔叔和武阿姨就是太爱吹牛，不像我和你爸爸这么谦逊……"

许沐子真实地咧了一下嘴，又马上收敛。好在她妈妈也不需要她配合，自说自话地夸起自己来。

许沐子分了一部分注意力，悄悄看邓昀的信息：

加班到十二点左右。

刚刚想到一件刺激的事情。

过去他们聊到刺激的事情，总是离经叛道的叛逆，或者亲密接触，很难不联想到一些暧昧举动。许沐子啪地把手机扣在相簿上，抓了两张照片在脸侧扇风。她没回复，表面上和妈妈聊得投入，其实抓心挠肝，很想知道刺激的事情是什么。

许沐子妈妈晚餐时和几位叔叔阿姨喝过酒，带着一些醉意，套几句许沐子对邓昀的态度，得知许沐子不反感和邓昀接触，心满意足地回房间睡觉去了。

许沐子听着门外脚步声渐行渐远，拿起手机给邓昀打电话。

他接起来，声音懒懒的："还没睡？"

他那边很静，只有敲击键盘的声音。

许沐子听着噼里啪啦的键盘声，问："嗯，你在忙吗？"

"还行，不耽误聊天。"

"那信息上说的，刺激的事情……"

邓昀声音带笑，说是朋友在商量一起去山里玩漂流，水流湍急，挺刺激的，问她想不想去。

这个人真的好坏。许沐子顿时感觉自己被诓了，举着手机不吭声。

"你想哪里去了？"

"哪里也没想！"

邓昀在电话里笑，边笑边哄。他不是特别会花言巧语的那类人，许沐子会觉得他细致入微，是因为他格外上心，且就对她一个人上心。但他本质上还是个行动派，做得多，说得少。

卧室门关着，许沐子开了扬声器，听他逗她："或者，不去漂流，你想做其他刺激的事情也行。"

"我没想，你别乱说。"

邓昀还是笑着："那我想，行吗？"

许沐子屏了一下呼吸，无意识地翻动着相册，还是没吭声。而且，她也没再听见邓昀敲键盘，正纳闷他在干什么，他那边已经行动完了。

他告诉她，订了她喜欢的餐厅，明天是周末，带她去吃饭，顺便可以去趟商场卖黄金的那层，把上次路过她看过的那个黄金凤钗买下来。

许沐子都蒙了，拿起手机，看日历："明天什么日子，要这么隆重？"

"讨你欢心的普通日子。"

"那也不能买凤钗啊,我只是看看,那个是结婚时买的吧?"

"不懂,结婚时买,不也是买给你?"

许沐子也不懂婚礼筹备的事情,说不过邓昀,反而笑出声:"反正你别买,太贵了……"

"晚了。"

邓昀说,已经在网上下单了,刚问了客服,发特快快递,大概明天就能收到。

"很浪费钱啊,又没人真的戴着出门。"

"留家里当镇纸?"

许沐子已经答应了去漂流,还问邓昀:"你是不是怕我滋水枪太厉害,提前贿赂我?"

他又在笑:"是啊。"

"打你。"

"什么时候?"

她还没反应过来,他紧接着就是一句:"明天见面吧。"

"是要见面,不是说订了餐厅请我吃午饭吗?"

"给你个早点儿动手的机会,早饭也请了,愿不愿意明早就见面?"

许沐子忍不住笑:"那我要吃你们高中门口的生煎包。"

这是一桩往事,生煎包是邓昀朋友欠下的。邓昀显然也记得:"改天让他请,明天带你吃别的。"

这通电话打了半小时。挂断电话,许沐子躺在床上。

前几年他们都吃过苦,有过郁郁不得志的时候,现在苦尽甘来,总能把遗憾一点点填满……

许沐子心里不安宁,睡得也不踏实。

夜里一点钟的时候,她从梦中惊醒,按亮卧室的灯,坐在床上发呆。

梦里出现过什么场景,许沐子在睁眼那一刻就不记得了,不外乎就是家里破产那段时间的提心吊胆。很多险情,正在经历的时候是没时间多想的。险情过后,再回忆,可能这辈子都不会有胆量重来一遍了。

她拉开窗帘,看到外面的夜景。

夜色像她过去练完琴的每一个晚上,又熟悉,又陌生。路灯还是过去的造型，复古样式，像百年前的欧洲款式。灯光昏黄，隐隐照亮斜对面邓昀家的别墅。窗外是崭新的世界。

许沐子长长舒了一口气，那些艰难险阻到底还是熬过去了。

静谧的夜晚，连蝉也歇下了。夜空沉沉地压着很多云彩，不见月亮，也不见星星。手机铃声突然响起来，吓得她一抖，转身往床边跑。

她跪在床上摸到手机，发现是邓昀的来电。

"你怎么这么晚打电话？"

"看见你卧室灯亮了。"

电光石火，许沐子飞快转身，去看窗外的那栋别墅，惊喜地问："你没回自己那边？"

邓昀没回答。

像几年前的寒假，他那边有夜风的声音，也有衣服布料的摩擦声和熟悉的重物落在地上的声音，然后他说："回家路上忽然很想你，就过来了。"

邓昀的身影很快出现在窗边，他叩了叩玻璃，在许沐子拉开玻璃窗时，眼里噙着一抹笑，拥着她的腰进屋。

"失眠了？"

"没有，刚才醒了一下。"

他们有同样的经历，所以他很容易读懂她闷在心里的惆怅。

他知道住回别墅区，会有很多场景很像过去，包括他背着爸妈偷偷过来找她，但他叫她不要多想，也不要回头看。过去了就是过去了，前面还有更好的。

"你怎么知道我在想什么？"

"都在你脸上写着呢。"

她把下颌搁在他肩上："我脸上写什么了？"

"希望我留下。"

"我才没有……"

"那就是我想留下。"

许沐子心里那种说不上来的怪异感，就在邓昀温柔的安抚和玩笑里渐渐消散。

他借她房间里的浴室洗澡，出来时只穿着黑色长裤。肩后有几颗没擦掉的水珠，手臂肌肉线条流畅。

空调风吹着，室内微凉。许沐子卷着被子往双人床的里侧挪。

邓昀路过门边，咔嗒把门反锁了，顺手拎起一本相簿，上床，把许沐子揽进怀里，和她一起看。

床头灯光线柔和，落在封印往事的相纸上。照片里笑着的人很多，她就枕着他，给他讲她身边的人：哪一个是她爱操心的堂姐；哪一个是她妈妈口中比他还高很多的叔父；哪一个是她的第一任钢琴老师；哪一个是高中班里总考第一的好学生……

翻到雅思班合影，邓昀说，甭介绍了，这人他知道，她暗恋过的男同学。

许沐子笑邓昀吃陈年老醋。邓昀就翻到手机里的夏夏的聊天记录，说邢彭杰还打听呢，问他们什么时候再回客栈。他说："新醋。"

她纳闷地问，和她有什么关系，万一邢彭杰只是想和他打狼人杀呢？

"和我打狼人杀都没赢过，他图什么？"

他们边说边闹，碰歪了床头灯。灯光朝着房间另一侧照过去，昏暗的床榻之间，肢体接触太多，很快变了性质。

许沐子躲不过邓昀呵在颈侧的痒，拼命往他怀里钻，拥住了他的脖颈。他们在朦胧光线里对视。他的手肘撑在她脸侧，不知道是谁主动的，很快吻在一起。

许沐子身上的睡衣是短裤和吊带背心。背心皱巴巴地压在被子里，短裤抽绳的蝴蝶结很轻易便被拉开……

耳边都是彼此的呼吸声，她透过他的肩膀看见房间一角。有夜蛾寻着灯光撞击玻璃，流浪猫也在拉帮结伙地互相叫着，夜色生机勃勃。

十指交扣在枕头上，吻到掌心发烫，头脑都不清明，邓昀却寻回一点儿理智。他说没带东西过来。

许沐子有些茫然地抬头看他，他蹙着眉心，明显已经在克制了。她带着点儿失望的小情绪，以为所有亲密的动作都要就此打住。

他却在她唇上轻轻落下一吻："但可以帮你。"

邓昀把许沐子闷在心里的回忆的酸胀感，转移到身上。在她挨过最难耐的时刻后，他擦掉她额角的汗，在她耳边说："晚安。"

这个没有月亮的夜晚，他们的手机静音，叠放在床头。

许沐子将会在睡醒的周末收到很多消息：来财、源源和滚滚最近的照片和视频；去漂流的邀约；客栈老板多年前写的情书……

她还会收到一支做工精细的金凤钗，听他在"早安"后问她："想不想去我工作的地方看看？"

苦痛都过去了。他们会十指紧扣走向灿烂未来。

邓昀选了个阳光明媚的晴天带许沐子回客栈。
出发前，邓昀往许沐子怀里塞了糖罐子。
糖罐子是有浮雕花纹的玻璃材质，沉甸甸的，里面装着各种口味的糖，软糖、奶糖、水果糖，也有杏仁巧克力和棒棒糖。
许沐子早起练了两个小时的钢琴，神清气爽，抱着糖罐子，只顾着选出一支棒棒糖拆包装纸，没系安全带。他伸手，钩着锁舌把织带拉出来，帮她把安全带扣好，低头，动作特别流畅地咬走了她手里刚剥好的棒棒糖。
许沐子怒目转头，看见邓昀叼着棒棒糖把墨镜戴上，又扣好他自己的安全带，发动车子。一整套动作行云流水，还是笑着的，气得她想动手。
但目光很快锁定他脖颈上的一道红色痕迹，那是她昨晚不小心弄的——
长辈们约了在家里吃饭，地点是邓昀家，还有其他长辈也在。
席间邓昀妈妈提起了邓昀，说他兴趣爱好和别人不一样，最近搬回这边住，拿回来的物品里，最大的物件就是天文望远镜。当妈妈的说起自家孩子的与众不同，语气里总是含有骄傲的，满面红光，透露出一种"我们邓昀很高级很优秀"的欣慰。
许沐子妈妈不甘示弱，也把许沐子前阵子演出的后台合影找给大家看，还把邓昀送的两束花，夸张成是现场听众送的。但到底怀着撮合意图，炫耀完女儿的优秀，许沐子妈妈话音一转："邓昀啊，我们家沐子小时候也很喜欢天文的。"
许沐子满脸问号。她什么时候喜欢过天文？对天体感兴趣也是在邓昀带她看过月亮之后吧？
许沐子妈妈看了她一眼，笑容不变，八竿子打不着的事情也拿出来举例子："沐子你忘了？你小时候最爱弹贝多芬的那首《月光》。"说完转向邓昀："有时间也带沐子看看月亮……"
长辈们起着哄，都说"是，是，是""对，对，对"，还说年轻人共同话题多，该多交流。许沐子还在持续性问号脸。
她妈妈说的应该是 *Beethoven: Piano sonata No.14 Op.27 No.2* 的第一个

乐章。她怎么记得,自己当时频繁练习,是因为跨不好九度?

邓昀忽然说:"要不要上楼看看望远镜?"

许沐子睁大眼睛。许沐子妈妈高兴地拍了拍许沐子的肩:"沐子,去吧,去吧,去和你邓昀哥哥上楼看看。"

邓昀就这么当着一桌人的面,轻轻松松把许沐子拐回了卧室。

走楼梯走到一楼半,走进餐厅那边的视线死角,邓昀直接牵许沐子的手。

他们都听见餐厅里两位妈妈暗戳戳的比较——

"邓昀对我家沐子还是挺上心的,是吧?"

"嗯,你总说沐子不爱相亲,好像还行吧?"

邓昀的卧室里物品简洁,果然像邓昀妈妈说的那样,大多数东西仍然留在他自己那处房子里。桌上倒是明晃晃摆着一张纸,很眼熟,是她之前没做完的恋爱进度计划表。

她拿起来看,他从她背后靠过来。她穿吊带连衣裙,露在空气里的脊背皮肤已经被空调风吹得冰凉,忽然贴在他身上,触感温暖。

邓昀的手伸到面前,抚摸许沐子的脖颈,迫使她向后侧仰头,和他接吻。

卧室门大敞四开,长辈们的说话声清晰可闻。他们安静地吻着,许沐子攥着那张脆脆的纸,在邓昀怀里转了身,环着他的脖颈继续加深这个吻。

纸张被空调风吹得很干燥,边缘锋利。接吻结束后,他们才发现,不知道什么时候纸张在邓昀的颈侧留下了一道细细的伤口。

原本伤口浅,很容易结痂的。但天气闷热,邓昀昨晚洗了澡,今早起床又洗了澡。伤口沾到水,有些肿。

许沐子打人的手换了路径,指尖轻轻触碰在邓昀的伤口旁。她包里经常备着各种小型的药膏和药油,低头翻一翻,还真有创面消毒消炎的软膏。

"我帮你涂一点儿吧。"

她指尖沾一点儿软膏,涂抹在他颈侧。动作很仔细,也很轻。

有点儿沾多了,一小坨透明软膏亮晶晶的趴在他皮肤上,没有要成膜的意思。许沐子又用指尖抹均匀些,对着他的颈侧轻轻吹了吹。

她说:"邓昀,你耳朵红了。"

邓昀在等街口红灯时握住许沐子的手腕,叼着棒棒糖,转头,凑过来的气息里都是甜丝丝的青柠味。他说:"别撩我,会分心。"

许沐子撕开一块奶糖放进嘴里，慢慢含着。她没再有过他所谓的"撩"的举动了，安安静静地吃她的奶糖。但在出市区前的最后一个路口，七十秒的长红灯里，他还是拿掉嘴里的棒棒糖，勾着她后颈和她接了个甜滋滋的吻。

他们抵达客栈时是正午，阳光最足的时候。

客栈生意很好，哪怕天气再热，蝉鸣都透着不耐烦，公共区域里依然有人戴着遮阳帽和墨镜，三两成群，聊着天，进进出出。

夏夏在前台忙着和住客沟通，抬眼间看见邓昀和许沐子进门，笑眯眯地冲着他们摆手。能空出时间再来客栈，许沐子特别高兴，也笑着和夏夏打了招呼，还把罐子里的糖分给夏夏和其他工作人员。

夏夏说："算喜糖吗？"

许沐子脸都红了："不算吧……"

来财、源源和滚滚在沙发上叠罗汉睡觉，毛茸茸又软乎乎，实在可爱。许沐子今天没涂药油，放心大胆地凑过去摸它们。三只猫懒洋洋地动一动，没有任何要躲避她的手的意思，还主动往她掌心里蹭。她高兴地回头，对上邓昀的视线，亮着一双眼睛小声说："你看，你看。"

邓昀摘了墨镜："看见了。"

邓昀先提着他们的随身物品上楼，许沐子则留在楼下逗猫，忽然察觉到夏夏鬼鬼祟祟地给她使眼色，她抱着睡熟的滚滚过去，收到一个信封。

信封很厚，纸张泛黄，已经磨出些毛边，像是旧物。

据夏夏说，这是上次邓昀离开客栈后，自己在他的一本书里发现的，信封上写了"许沐子收"。

许沐子刚准备打开信封，夏夏接到一通座机电话，是邓昀。他在电话里说，要夏夏请老板娘接听。

许沐子接过听筒，放在耳边。邓昀说："不是说想去浆果园？那边雨后蚊子特别多，上来换条长裤。"

许沐子拿着信封上楼，始终把信封背在身后，进门就被邓昀发现了。她藏不住事，却也不肯提夏夏，只说是书里翻到的。

邓昀看了一眼："啊，情书。"

"那……我想先看完，再去采浆果。"

"看吧。"

里面不止信纸，还有一沓照片。

很多张月亮的照片。大概是利用天文望远镜和手机拍出来的，日期不一样，月亮的阴晴圆缺也各不相同，像一块块被撕掉的不同大小的奶酪，印在相纸上。

许沐子展开信。邓昀的字迹很好看，笔画大开大合，带着些他本人洒脱随性的感觉。他没有长篇大论，只留了一个问题——许沐子，你能不能告诉我，为什么我每晚看着月亮，总能想到山顶日出熹微光线里，蹦着跳着的橘红色身影？

非常邓昀式的告白。没有"我喜欢你""我爱你""做我女朋友吧"这类直白的语句，也没有过于浪漫煽情的句子。

许沐子看着这个有点儿长的问句，好像真的能体会到想念和喜欢。因为她也曾在兼职后的路上，抬头看月亮，然后想到一个带她看清月亮的人。

她鼻子有点儿酸。但她前几天和邓昀去看电影时，在电影院里哭得稀里哗啦，用光了整包纸巾。他当时帮她摘掉眼睑上的一块碎纸屑，笑着逗她，说她眼睛像水龙头。她反驳得可起劲了，说自己是感动，这个月绝不可能哭第二次。

许沐子忍着眼泪，问邓昀，这信是准备什么时候给她的。

邓昀说："你生日那次。"

邓昀的原计划还算浪漫：让许沐子亲自用钥匙打开客栈的门，按照鲜花的引路走到为她准备的琴房。她一定会试弹那架钢琴，而她的绝对音感和专业性也一定会让她听出来，钢琴的声音不太对，然后她就发现躺在弦上的信封。

他说："原本打算在那个时候问你，愿不愿意做我女朋友。"

许沐子眼泪汪汪。

邓昀揉了揉她的头发，话锋一转："早年听过一件关于你的小事。"

她噙着泪："什么事啊？"

邓昀居然从她妈妈那里听说，她很擅长写情书。

许沐子眼泪都惊回去了。她觉得荒谬，追问是什么时候的事情。仔细想了想，她才想起来："不是那么回事，我没写过。"

是当时许沐子班里的女同学，想给心仪的对象写情书。少女情怀总是美好的，女同学不想把情书写得太过简单，就跑去问许沐子，能不能把流行乐里的某几句，翻译成"do re mi"。

这事对许沐子来说非常简单，其他同学也听说了这个方法，总有人来问。连课代表出黑板报，都引用这种方法做了暗号。

邓昀说："给暗恋的那男同学写过？"

许沐子也有点儿故意，眼睛往别处瞥："写没写过来着？"

他看穿她的小心思，抬手叩她额头，嘴上逗她"怎么写的""我听听"，一边说着，一边步步逼近。他很高，笑容坏坏的，有种很欲的压迫感。许沐子退到墙边，没路了。她干脆把信封里那些代表思念的月亮照片往他手里一塞，凑上去亲了他一下。

邓昀特别吃这一套，根本不许许沐子退开，直接把人扣压在怀里。但浅尝辄止，吻到气息渐乱就停下来。

窗外一阵阵虫鸣，万物葱郁。他把呼吸闷在她颈窝里："浆果园不去了？"

她呼吸还没平复，就急着说："当然要去！"

说得直咳。

他拍了拍她的背，笑着："那别亲了，再亲你出不去门了。"

连续下过一阵子雨后，这几天山里的空气格外清新。天空湛蓝，万里无云。草木鲜绿，客栈周遭精心养护的花卉也蓬勃盛开着。

邓昀坐在一楼的沙发上，怀里抱着一只猫，目光扫过某扇窗外被雨水摧毁的几株植物。阳光刺眼，他眯了一下眼睛，正思索着要不要重新栽培些新的植物品种，听见身后客栈门开合的声音。

他不用回眸，只听脚步声也听得出来是谁。

许沐子挎着草编篮子跑进来："邓昀，给你看我们采到的浆果。"

篮子里有草莓、覆盆子和蓝莓。她不怎么满足，拿着漫画版入住指南对照着看，遗憾于没采到桑葚。

路过的夏夏随口解惑："桑葚要早两三个月来才有哦。"

"这样啊……"许沐子坐到沙发的单人位上，很自然地转头对邓昀说，"我记性不好，你帮我记着这件事，明年我们来采桑葚。"

"好。"邓昀从冰箱里拿出一壶冰过的果茶，顺手拿了玻璃杯，"不过，你说的是哪个我们？"

许沐子说："我和你呀，我们。"

邓昀过来，玩笑道："以为是和程知存呢。"

去浆果园这件事，许沐子本来计划着要和邓昀一起的。但出发前，他们遇见了来客栈蹭饭的程知存。女生间好像很容易就能熟起来，邓昀又恰好被工作人员绊住。许沐子果断把邓昀抛弃了，跟着程知存去山下看了没装修完的房子。

浆果园当然也是她们两个一起去的。回程路上，山下那边来电话，要再和业主确定一下水电位置，程知存带着采好的浆果先走了，说晚点儿再过来找他们玩。

外面很热，出门前，邓昀在许沐子脑袋上扣了一顶草帽。现在她摘掉那顶草帽，额头上都是汗，皮肤也热红了，碎发贴在皮肤上，被压得扁扁的。她随便理了两下，用手拿着帽子扇风。

邓昀倒了杯果茶给许沐子。她渴极了，放下草帽，捧着霜气蒙蒙的大玻璃杯，微仰头，贪婪得像个孩子似的一直喝完整杯果茶才放下杯子。

他始终在看她，看她被冷饮刺激成玫瑰色的唇；看她带着笑意的眼睛；看她伸出沾了杯壁水汽的、湿漉漉的指尖，从抽纸盒里扯出一张纸；看她探身时扫到耳侧的、被汗水沾湿的马尾辫发尾；看她把纸巾叠两折，按在沁出汗的额头上……

比起上次刚抵达客栈时的沉默郁闷，这次的许沐子浑身充斥着明媚的愉悦，就是有点儿冷落邓昀，随便有个什么小事情，都能分走她的心神。

见许沐子放下纸巾，邓昀问她，早晨练琴起得那么早，要不要趁着正午上楼睡会儿。许沐子张了张嘴，看样子是准备回答的。

窗外翩翩飞过两只漂亮的蝴蝶，她转过头去盯了几眼，惊讶于樟青凤蝶的美貌。这一分神，许沐子就没再给过邓昀眼神，视线追随着蝴蝶，落到墙根附近的积水坑处。

水坑里也生机盎然。水生苔藓绿油油地铺开，不能食用的某种细小菌类撑开伞，一只蜗牛从蘑菇伞下慢吞吞地爬行……

两小时前，在楼上房间里，关起门她和他长吻到几乎窒息。她攥着他的衣摆，眼睛潮湿。

两小时后的现在，许沐子满眼都是人间生灵。

邓昀静静看着许沐子。她满眼新奇，目光从蜗牛身上又转去树冠间落下来的光斑上，然后是贴着土壤生长的一种淡蓝色小花……

他看了挺久，含笑叩了叩茶几桌面。她又流连地往窗外探了一眼，才慢慢回神，拍着脑门："你刚才问我什么来着？"

看许沐子这样子就知道，这个将在客栈度过的周末，她玩都玩不够，是不可能再上楼睡什么午觉了。邓昀抬手倒一杯果茶给许沐子："大概一个小时前，不是才和程知存说过，小孩子学钢琴可以提升专注力？"

程知存是替亲戚家的小朋友咨询的，许沐子答得也认真。她不明白邓昀为什么把这事拎出来说，似乎觉得他不怀好意，警惕地问："怎么了？"

"许大钢琴家的注意力，怎么说？"

"大钢琴家"喝着果茶，这样说："谁让你把客栈打理得这么好了，刚才到底问我什么了？"

"没什么，后悔了。"

许沐子果然被吸引："后悔什么？"

他说，当初做客栈的绿植设计时，手里资金没有那么充足。虽然已经在能接受的价格区间里，尽可能复刻了莫奈花园的感觉，但还是没能修建最有名的睡莲池塘。

"应该找时间做个池塘种睡莲。"

"要花多少钱？"

邓昀想了想，抬手比了个数。

许沐子咋舌："抢劫啊，算了吧，现在已经很好了。"

邓昀却没打算算了。

他有自己的思量，绝不可能放过任何一个能让许沐子开心的机会。

这个话题没再继续，因为许沐子身侧放了玻璃花瓶，她抬手间，手肘碰到了花瓶。花瓶里是花叶鸟蕉。阳光把水波纹照在桌面上，实木板像会流动，花叶鸟蕉的阴影线条很漂亮。

许沐子的注意力一经转移，再也没回到邓昀身上。她捏着系在叶片下面的小名牌，看"花叶鸟蕉"这四个字。

夏夏上次说过，天气好的时候，很大概率能碰到有人挑着担子到山上来，卖自家产的蔬菜或者水果。这不，卖水果的人来了，笋筐里装着新鲜的番茄、甜杏和甜瓜，客栈里有住客已经在外面问价格。

许沐子丢下植物名牌，丢下给她倒了两杯果茶的邓昀，兴高采烈地加入购买队伍里去了。树影里的光斑落在许沐子身上，她没有戴手部按摩器。他送她的那枚小钻戒，就明晃晃地戴在她的中指上。

邓昀盯着看了一会儿，想到前阵子的事情——

·287·

是持续落雨的那几天,许沐子已经回市区家里去了,客栈里人手不足,他留下照看。暴雨天气,住客们没什么可玩的,公共区域里整天都有人在凑局,打狼人杀、玩谁是卧底或者是其他卡牌类游戏。邓昀参与的时候不太多,他很忙,偶尔忙累了也会活动一下肩颈,过去和他们打几局狼人杀,算是放松大脑。

那晚的狼人杀局结束后,邢彭杰他们打着哈欠陆续回房间休息了。邓昀就坐在现在的位置上,弯腰从茶几下面拾起一张真心话大冒险的卡牌。

卡牌被夹在指间,上面印着一个问题——你有过遗憾吗?

邓昀当然有。不仅仅有,还有很多。

奶奶的离开;奶奶在离开前没能回到老房子住,没能过上自己喜欢的生活;柯基惜福的离开;邓、许两家突如其来的投资失败……

遗憾太沉重,且令人无力回天。

雨夜的气氛很适合回忆,许沐子大概睡了,手机里有她发的"晚安"。

邓昀捏着那张卡牌,想到过去,最开始他只是觉得爸妈过于张扬,他经常在周末回家,也是在留意长辈们的动态,没想到投资失败带来的负债会那么多。

邓昀记得,那天晚上他回家前,和几个朋友在外面吃火锅。火锅的红汤沸腾,辛辣热气源源不断地从锅口飘出来,十分热闹。当时邓昀还被朋友打趣过,他们端着啤酒杯,说他最近半年行事格外张扬,买了新车、换了家更贵的健身房、去趟国外还得特地去专柜买一件新风衣……

"何止啊,还订过一件礼服呢。"

"何止啊!礼服算什么啊,邓昀上个月买了架贼高级的钢琴,你们不知道?"

朋友们你一句我一句地调侃邓昀,问他,孔雀开屏似的,花里胡哨的准备搞了这么多,到底什么时候才能正儿八经谈上恋爱。

邓昀那时候的人生顺风顺水,还未揭开刻意的遮蔽,看到后路腐坏崩塌的现状。他靠自己的本事赚过几笔数目不算小的报酬,他深受自己学院里的教授喜欢,准备去国外读研究生,又有百分之八十五以上的把握能考上,他想要涉足的领域,也有人抛出过投资的橄榄枝。

人生得意之时,自然该是意气风发的,但邓昀放下手里的筷子,只是淡淡一笑,这样对朋友们说:"先告白吧,说不准什么时候能谈上,这得看她的意思。"

"那你什么时候告白啊?"

"6月,她回国。"

他们那群搞软件、搞程序的朋友,性格各异。有特别善于社交的细节控,也有闷头就是干的技术宅。

技术宅捞着火锅里的老肉片,消息十分落后,他问邓昀:"你说哪个她?没见你和哪个女生走得近啊?"

善于社交的细节控就说:"你干脆等邓昀结完婚再问呗?"

"我真不知道啊……"

"人家叫许沐子,邓昀的邻居。"

"你怎么知道?"

"见过,还一起打过桌游。"

一群人逮着那位见过许沐子的朋友八卦,问关于许沐子的各种问题。

邓昀无奈地摇头,趁着去洗手间的时候把单买了,然后说家里有事要先走一步。朋友们说着"别呀""再聊会儿",邓昀说,先不聊了,最近长辈们行踪鬼鬼祟祟,他不放心,要回家去看看。

"那去吧,我姑姑去年刚被骗了十几万,路上小心点儿啊。"

到底还是没看住。

他家比朋友的姑姑家惨,事情往最坏的方向发展了。

邓昀不记得最后一次从许沐子家的小别墅走出来具体是什么心情。

他以为他能捧起一轮明月。原来明月遥远,难以企及。

像墨伽洛斯靶场的子弹失控,蓦然砸进胸腔。

遗憾不可逆。不得已放弃爱人的痛感,经常在梦里出现。

家里破产的那个夏天,阳光也是像现在这样,明媚到刺眼,全城高温,热得人头脑发昏。所以邓昀一度讨厌这种天气。

不过,邓昀往客栈门外看去——现在有许沐子站在阳光和高温里。她特别好心,正用自己瘦瘦的影子帮卖水果的大爷挡着阳光。

许沐子身上拥有从小在古典音乐里浸泡出来的气质。她腰背挺直地站在箩筐旁边,不笑时看起来有些冷淡,却眼睛亮亮地在等着大爷把甜瓜切成小块,好能分给他们尝。他看着她双手接过一小块甜瓜,尝过之后眼睛更亮,还特别满意地对着大爷比大拇指。

她蹲下去,自己挑着往塑料袋里装,挑完扫大爷的二维码。番茄、甜杏、甜瓜都买了一些,买完不知道和大爷说了什么……

邓昀的手机里这时候来了几条信息，是他爸妈在家庭群里发的，有饭店的定位，还有他爸妈说已经约好了许沐子家后天晚上一起吃饭。

邓昀看了一眼饭店名字，回复：换一家。

邓昀妈妈发过来好几条信息，说他们精心挑选过，这家饭店海鲜做得特别好，又说离许沐子工作的地方比较近，许沐子下班过来只需要过个天桥，很方便。

邓昀一连回复了好几条：

许沐子对虾和蟹过敏。

换一家，我来订，订好发定位给你们。

别点菠萝排骨、菠萝鸡翅、菠萝咕咾肉这些。

她对菠萝和猕猴桃也过敏。

邓昀爸妈平时在群里对话，互相吹捧就能聊出几十条记录，不需要第三个人。邓昀则很少冒头，必要的回复也是简单明了。这次算例外。

在邓昀爸爸恍然大悟上次加菜失误的时候，客栈门响了。不知道为什么，许沐子把大爷手里分剩下的半个瓜带回来了。她提着装水果的塑料袋兴冲冲地往客栈里来，两只手都拿着东西，不方便开门，用背抵着门，倒退着走进来。

夏夏和邓昀都没来得及帮忙。许沐子一路冲到邓昀的面前，笑着把手里的半个瓜抵到他嘴边。

邓昀放下手机，逗她："买了那么多，就只舍得给我吃剩下的？"

她往门边瞥了一眼，大概是在判断外面的人能否听到他们的对话，然后重新看他，很认真地说："我不会挑，不知道自己拿的甜不甜，还是那个大爷挑得好，刚才我尝过了，无敌甜，才特地要过来给你的。"

天气很热，许沐子出去这么一会儿，再回来已经有些汗意，皮肤又热红了。但她手里的瓜，正散发出甜丝丝的清香味道。

邓昀接过甜瓜，垂头一笑。

过去无法弥补的遗憾，像远山雾霭。许沐子则像她涂在他颈侧伤口上的软膏，清凉湿润，能缓解伤痛，也能促进伤口的愈合。哪怕是陈年旧疴。

傍晚吃饭时，程知存带着两瓶果酒上山，来找他们小酌。

如果是其他酒也就算了，尤其是当地的啤酒，许沐子绝对不会想再尝试。但程知存带来的是草莓酒，打开瓶盖，草莓味道好香好甜。

草莓酒放在冰桶里冰镇过，在这个闷热潮湿的盛夏夜晚，格外馋人。晚餐都是很爽口的菜，主食还有酸辣口味的鸡丝凉面。

许沐子多吃了些，然后就一直在看草莓酒。

邓昀在玻璃窗里看见她的小心思，故意说了一句："许沐子不能喝酒。"

许沐子果然就急了，马上转头问程知存："这个度数不高吧？"

程知存比邓昀和许沐子都大，瞧着他们两个像瞧般配又恩爱的弟弟妹妹："不高。"

吃过晚餐，他们三个点燃一盘蚊香，坐在客栈外面的一片蝉鸣声里小酌。许沐子只喝了两杯草莓酒，已经有点儿醉酒的兴奋状态。她和程知存聊得很合拍，下午采浆果时就交换过联系方式了。

邓昀的手机弹出一个视频邀请，提示声不断，是他的朋友和创业伙伴，也是程知存的先生。他还以为是工作上遇见了什么问题，接起视频，一张戴着眼镜的脸出现在屏幕上，用幽魂般的语气说："好啊，好啊，都躲到深山老林里潇洒去了，留我一个人熬夜加班……"

邓昀当场拆穿："听你这声音，在外面喝酒呢？"

朋友马上收敛："欸，可别乱说啊。"

果然，程知存阴恻恻的声音插进来："我倒要看看你在和谁喝酒。"

许沐子听见邓昀的朋友管程知存叫"领导"，也听见他朋友说在陪程知存的爸妈吃鱼。

邓昀问："公司没事？"

"没事啊，我们家领导电话打不通，我才打你的。"

邓昀干脆把手机递给程知存，说"你们聊"。程知存举着他的手机走开，和家人视频去了。

许沐子因为那声"领导"，还在好奇地往程知存身影消失的方向看："他们结婚多久了？"

"两年多。"

"哦。"

邓昀手往许沐子眼前晃："回神了。"

许沐子喝了酒，反应有点儿迟钝，目光慢悠悠地转回来，正好看见他在往她喝空的玻璃杯里倒果茶。

果茶，不是果酒。她有点儿不满："我还要继续喝呢。"

"你喝多了。"

她比了个小小的距离:"没有,还能喝半杯。"
"喜欢喝这个?"
她点了点头。
他看她时,总是纵容的,带着微微笑意的。
是她自己心虚了。她想到过去喝醉酒之后闹出来的糗事,伸手捂他的嘴,让他不要提那些。他笑着说:"没打算提。"
许沐子的手指覆在邓昀的唇上,感受到他说话时的翕动,也感受到他唇间的温热气息。
星斗灿烂,明月皎皎。风清凉地拂过,吹不散胸腔里腾起来的燥火。
酒精作祟。她摸了他的唇,用指腹描绘他的唇形,还触了触他的鼻梁。
客栈准备的椅子很舒服,是可以半躺靠着的编织椅。邓昀就懒洋洋地靠在椅背上,看着许沐子,没有阻止的意思,也没有说什么。
"邓昀,你在想什么?"
"和你想的一样。"
他手里还拿着装果茶的透明玻璃壶,在程知存脚步声由远及近、越来越明显的时候,问她,是喝果茶还是果酒?
"一点点果酒吧。"
邓昀之前看过果酒酒瓶上的标签,度数还没有啤酒高。他估摸着许沐子还能喝小半杯,再多就算了,担心她会头疼难受,给她倒了三分之一杯那么多。
刚好程知存回来,一连"哟"了好几声,说邓昀只顾着护女朋友。
"她不太能喝酒。"说完这句话,邓昀感觉身边的许沐子挣扎了一下,好像要从靠着的椅子上起来,但很快又蔫巴巴地倒回去了。
他转头,她正气呼呼地瞧着他。有种知根知底的人就在身边,非常影响自己维护形象的哀怨感。
程知存在旁边说:"得了,我是没人护着的大酒鬼,今儿我就把这点儿酒都喝掉。"
邓昀说:"别闹,你也最后一杯,不然有人找我算账。客栈没有空房,喝完这杯送你下山。"
许沐子坐直了,端端正正地举起手:"那我也去保护你。"
程知存乐半天,和邓昀说,老邓啊,你家女朋友是真的好可爱。
他们又聊了几十分钟,还遇见一只野生的小刺猬。花几分钟时间,看它四条小短腿费劲地往水泥台上趴。

夜里起风了,夜风越来越凉爽,在外面坐久了总要搓一搓手臂,于是小酌活动就此停歇。

收好吃的喝的和椅子,邓昀和许沐子一起送程知存下山。

不下雨时,石阶很好走,程知存在临时租住的房屋门前和他们挥手告别。防盗门打开,程知存半个身子探进去,她笑着说:"今天太晚了,这边也简陋,改天回市区再约你们吃饭。"

许沐子举手:"好的。"

程知存进屋,房门闭合。他们看着室内灯光亮起,才转身。

邓昀牵起许沐子的手,十指相扣,在月色下领着她往回走。

许沐子身上披着邓昀的外套,她喝多了,话总是比平时多些,而且有点儿小显摆的性子,喜欢在酒后自吹自擂地夸耀自己的小聪明。这次也不例外。她嘟囔着说起,出来这两天,她是怎么巧妙地和爸妈说是和同事到郊外散心,怎么避开怀疑,又怎么溜出家门坐进他的车里……

好好的恋爱,谈得像偷情。

她还神秘地对着邓昀招手,示意他,让他把耳朵凑过去。

他们停在夜晚的石阶上。绣球花在石阶两旁安静地绽放着,邓昀侧倾上半身,把耳朵靠近许沐子。她挨过来,手被风吹得有点儿凉,手指搭在他脖颈上。

万籁俱寂,四周只有路灯和茂盛的植被。也不知道她是在防止谁听,还要压低声音:"邓昀,我做了新的计划表……"

草莓酒的味道甜丝丝地渗进夜风里。他们的影子被路灯光亮拉得很长,邓昀垂着头听许沐子的耳语,视线落在影子上,看见她的影子摇摇晃晃地靠近,像在偷亲他。

也确实亲了。她喝多了,掌握不好距离,亲了他的耳朵。

邓昀察觉到许沐子身形不稳,背对她:"上来,背你回去。"

她喝过酒总是很黏人,亲昵地搂他的脖子,攀到他背上:"那你还要不要听新的计划?"

"听。"

她趴在他耳边,还是用防偷听的小小声音,说之前的恋爱进度计划表好像有点儿问题,过程实在太漫长,爸妈也总是追着她问,所以她做了些改动。

"邓昀，我出来前和我爸妈说过，等这次回去以后你要是约我……"她晃着腿，"我就和你单独约会见面。"

"约会能亲吗？"

"不能，还是从牵手开始。"

"真不能亲？"

她不肯正面回答："只是和爸妈们说牵手啊……"

这个话题挺温馨。

邓昀笑了两声，许沐子没什么力气，把头往他脖子上埋，只露一双眼睛看着石阶："你这样背着我，我们的影子像甜筒冰激凌。"

邓昀也挺坏："是吗，我怎么瞧着，像背着一只大青蛙？"

许沐子不乐意了："什么大青蛙，你看啊，我们头的地方，就这里，就是甜筒冰激凌最上面的尖尖角，就这样，一层一层……"

她一边说着，一边松开他的脖颈，伸手往他面前比画着，试图启发他的灵感。

他继续犯坏，往上颠了她一下："不抱稳些，小心摔着。"

她吓得尖叫，下意识抱紧他的脖子，然后抗议。

她估计也不是真害怕，还有心情玩影子。

邓昀眼睁睁看着许沐子的影子举起手，在他脑袋旁边比"耶"。

"邓昀，我今天发现一个问题。"

"什么问题？"

"算了，不告诉你了。"

"我也有个问题。"

她一副只许州官放火的架势："什么啊？你必须说。"

"声音怎么这么小呢，是怕谁偷听？"

意料之外，许沐子给了这个答案。她说："月亮啊，我怕它偷听我们对话。"

已经能依稀看见客栈的灯光，如果许沐子只是声音小也就算了。她的呼吸每一下都落在邓昀脖颈皮肤上。她还说过，他身上有她非常喜欢的味道，不止说了，还像啮齿类动物，轻轻咬了他一下。

邓昀脚步没停，呼吸却乱了一瞬。他无奈地说："在外面拿你没办法是吧？"

她还敢承认："是吧。"

邓昀原本今晚是想让许沐子好好休息的，毕竟明天要在客栈玩到中午，还要开车回市区。他担心她太累。她却总是过分可爱，都这样了，很难有人能控制住吧。

所以他们在用房卡打开门的时候，几乎是吻着撞进房间里的。

门被邓昀反手关上，唇还紧紧贴在一起。

许沐子的力气被酒精卸掉一半，另一半则溶在嗜欲感里。邓昀听见她说，好像在下雨。他转头看窗外，夜空晴朗，没有丝毫山雨欲来的意思。她步伐跌跌撞撞。他一直扶着她的腰侧，把她的声音搅进口腔里。

如果上限是十分，许沐子起码醉到七点五分。但她在床边摇头，躲开他的吻。

"头疼？"

"没有头疼，邓昀，我怕压到这些。"

白天出去采浆果前，许沐子把邓昀以前拍的那些月亮照片放在床上。她一只手扶着床垫，堪堪稳住自己的身形，都醉成这样了，仍不忘记把那些照片一张一张小心地收成一沓。

邓昀坐在床边，看着许沐子，问她信封还用留着吗？

她说当然要留，这都是他的心意。

他把信封递过去，总觉得她抚平信封折痕的动作，力道温柔，也抚顺了过往遗憾在他心里留下的痕迹。

每张月亮照片上都有日期，有两张是一样的。

许沐子拿着看了几秒，问："是打印重复了吗？"

"不是，是我那天格外想你。"

室内不如室外凉快，闷着白日里阳光蒸腾起来的潮气。邓昀摸到空调遥控器，调了温度。这种微醺的夜晚，无论做什么都好像在勾对方犯罪。

邓昀把许沐子手里的信封接过来，放到床边柜子上。

身旁传来一声闷闷的动静，他转头，发现她已经不再耗力支撑自己，蹬掉鞋子，侧躺着倒在床上。

许沐子敞怀穿着他的外套，外套尺码太大，显得她比平时看起来更瘦些。细细的手腕从堆叠着布料的袖口里伸出来，是戴着戒指的那只手，掌心朝上，放在床单上。床单是邓昀用习惯的深色系，有几条被压出来的褶皱。

他捏了捏她的指尖:"有没有哪里不舒服?"

许沐子摇头。她总感觉自己能听见雨声,也总感觉胸腔里的热烈的痒和重逢的雨天相似。

这种心情,她觉得他也应该有。但邓昀特别浑蛋。他不说话,也不做大的行动,食指一下下落在许沐子的掌心里,十几下之后,慢条斯理地滑过那条被称为生命线的掌纹,他握着她的手腕,轻轻吻了吻她的指尖。

许沐子说热,坐起来脱掉了身上的男款外套。其他事情没再自己动手过,是邓昀帮她拆掉绑马尾辫的发绳,也是邓昀帮她解开针织短袖的一排扣子。那排扣子其实只起到些装饰作用,平时直接套头穿就可以。他当作不知道,一颗一颗慢慢捻开。

许沐子胸腔起伏地仰躺在床上。邓昀一只手撑在她身旁,另一只手在弄那排小小的灰贝壳材质的扣子。

他始终盯着她,目不转睛。他们距离很近,带着草莓酒的气息混在一起,总觉得鼻尖将要触碰到彼此,却迟迟没有。

邓昀的手绕到许沐子背后,捻开另一排搭扣,然后脱掉了她身上的黑色短袖。短袖和外套都被压在床上,他也用指腹抚摸她的唇形:"刚才对我这样做过?"

她直接把他指尖咬住了,不肯松口,挑衅地吮了一下。他眯了眯眼睛,目光很深,笑着安静地看着她颤动的睫毛和嘴唇,忽然偏头吻下来。

最开始的时候,许沐子还是会发抖。她蜷起膝盖,侧过脑袋,把额头往邓昀的手臂上抵。他们没有过其他对话,房间里只有空调风声和他们混乱的呼吸声。床单和皮肤摩擦,褶皱越积越多……

他凭感觉判断,她则靠反应给他答案。就这么热烈地折腾了一个小时,最终从浴室出来后,他们疲惫地相拥着入眠。

窗帘没拉,早晨醒来,才不到七点钟。

邓昀已经收拾好了,手搭在房门把手上,说要把早餐带回房间来吃。许沐子脸上的水珠都没擦干净,就从浴室里探头出来:"还有猫。"

她想,来财、源源和滚滚,他把谁带回来都可以。

片刻后房门被敲响,她跑去开门。他站在门外,左手上是他们的早餐,右手抱着猫。她没想到他把三只猫一起抱回来了,也没想到早餐盒子里还有一捧鲜花。这个人两只手都占用着,进门却直接垂头亲吻她的额头:"早安,老板娘。"

猫猫们很谨慎,进门就四处嗅。那捧花被插在玻璃瓶里,放在床头。

许沐子选了个好地方,拉着邓昀坐到阳光明媚的露台上,看着那些随微风摇曳的花草和墨影般层层叠叠的远山,享用早餐。

她剥开一颗茶叶蛋:"昨天我有没有胡说什么?"

他在吐司上涂果酱:"没有,说发现个问题,但不告诉我。"

"那我可真坏。"

"嗯,咬我脖子撩我的事,也不记得了?"

许沐子没断片,她就只是话多而已,而且不确定自己亢奋状态下有没有在新朋友面前失分寸。至于邓昀说的撩他,她脸皮发烫,还是说:"别说得好像是我耍酒疯占你便宜,明明你也想……"脑海里浮现某一帧画面,她猛地顿了顿,打他,"谁撩谁啊……"

他在旁边笑,笑完和她动作同步,都把手里的东西放进对方餐盘里。许沐子得到邓昀涂过酱的吐司,邓昀则得到许沐子亲手剥的茶叶蛋。

咬了一口吐司,许沐子忽然想起来:"邓昀,我记起我发现的问题是什么了。"

昨天许沐子和夏夏聊过天,和程知存聊过天,也和其他工作人员、住客聊过天,甚至打电话回家,和爸妈对话时,也比平时多聊了几分钟。

邓昀以为许沐子是想自夸,揉了揉她的头发,很认真地夸她。她的确是比过去擅长交朋友。他说,不知道她以前说的像小太阳的女生究竟是什么样,但如果她现在还是羡慕,其实可以不用再去羡慕了,她就是那样的。

许沐子摇头:"我不是要你夸我。"

其实她发现,她在客栈、在他身边,笑的时候更多。

因为心情真的好,才会总是在笑。

可能笑起来会淡化她相貌中的冷淡,和别人接触起来就会更自然。昨天买水果,周围那么多人,后来的女生最先问的是她呢,问她瓜甜不甜。

这星期的工作日,同事们在聊各类古典曲目之余,聊到好的恋爱关系。许沐子也不懂,但她想,起码是让人真心快乐的关系吧?

"邓昀,和你谈恋爱真开心。"

他吻她的侧脸:"和你谈恋爱,我也非常开心。"

来财和滚滚在追逐着打架,源源在露台门边探头探脑……

吃过早餐后，许沐子在椅子上伸懒腰，挑了颗长得漂亮的覆盆子放进嘴里："邓昀，你身上沾到猫毛了。"

邓昀低头，确实有几根细小的猫毛。他却故意从衣服上拿起一根乌黑的长发，挑眉问她："这个？"

过去没人能想到，两个整天不爱下楼参与聚会的人会鬼混到一起。到现在长辈们也不知道，"独来独往的孤僻好学生"和"不爱热闹的钢琴天才"性子这么开朗，一大早就在露台打闹。

怕吵到其他住客，他们都憋着笑，连拉扯动作都像是默片。吓得三只猫匆匆躲进花丛，一只只瞪圆眼睛，紧盯着奇怪的两脚兽瞧，生怕殃及池鱼。

他们追逐打闹到电脑椅旁边，邓昀顺势坐下来，握着许沐子的手腕把没剩下什么力气的她往怀里带："有东西给你。"

邓昀敞着腿，视线暗示地往下瞥了一瞬。

许沐子马上想歪了。她脑子里都是昨晚纠缠的片段，抬手就往他身上招呼。

光天化日之下，他竟然捉她的手往宽松的裤子兜里摸。

许沐子脸红透了，手指蜷缩着探进去，结果摸到两部手机。已经拆过包装盒，是相同的机型，一部黑色，一部白色。

她一愣："你给我买手机了？"

他笑着："不算特地买的，想和你用情侣款。"

"你……怎么还有这种喜好？"

"不知道。第一次谈恋爱，极大概率这辈子就谈这么一次，想腻歪点儿。"

不知名的鸟落在露台护栏上，叽叽喳喳地叫着。

两部新手机换了电话卡，分别收到信息。邓昀收到的是朋友们的催促，朋友们说公司已经大扫除第三遍了，问他到底什么时候才肯带许沐子去参观。许沐子收到的是堂姐的问题，堂姐久久没听到关于相亲对象的吐槽，挺不适应的，问她这次的相亲对象怎么样。

她不习惯新手机的屏幕大小，两只手捧着打字：还不错呀。

窗外风和日丽，又是明媚灿烂的一天。

番外二
夏夏回忆录

01

我那位成熟稳重的老板,最近像开屏的花孔雀。

02

我叫夏槿禾,稍微熟悉些的亲戚朋友更喜欢叫我夏夏。

我也喜欢被这样称呼,感觉很亲切。

我一直非常幸运。在离家不到三公里的地方上高中,又考到一直很向往的隔壁省份上大学。每半个月就要回家吃妈妈做的红烧肉,吃爸爸做的炸虾,吃住同小区的姑姑包的饺子,回学校之前还能收到姥姥家和奶奶家给的双份零花钱……

上上课,追追剧,和朋友逛逛街,和爸妈打视频聊聊天,我就这样顺利地度过了大学四年的时光。

但能够到客栈工作,绝对是我人生排名前三名的幸运事。

客栈在山上,空气和环境都超级棒,老板又特别舍得投资砸钱,无论室内室外,处处温馨。我敢说,那些年收入几十万的都市白领们,大多都没有我这么舒心的工作环境。

客栈周围有各类小动物,同事们人非常好,老板还巨帅!

最开始被通知录用，我举着手机，甚至有几分钟时间怀疑是诈骗。毕竟这是我面试的第一份工作，当然也是我最向往的工作。可能很多人觉得我胸无大志，但我只想找个离家近些的地方上班。

有谁能拒绝住在世外桃源赚钱的工作呢？所以接到电话通知上岗那天，我真实地愣住了好久，还问了个傻问题："你们为什么会选我？"

因为我回忆面试过程，总觉得自己并没有过特殊的表现。

面试里没有网上那些刁难人的问题，负责面试的人只是带我参观客栈，又闲聊了十几二十分钟。真的是闲聊，还聊了新上映的电影。

回来后，我还和闺密说过，感觉这份美差大概率是要没了。

可能是听出我问题里的忐忑和不自信，那边给我的答案是——因为我很爱笑，看起来很友善，很像小太阳。因为就该是我。

这句话让我愣神良久。

电话的那边是女声。所以最开始我认为，我的老板大概率是面试我的那个人，一位温柔知性、善良温暖的女性。

刚去工作的那几天，我没见到老板，反而发现有一个喜欢穿深色衣服的男生经常出现在客栈里。那时候客栈角落还没有摆放鸭掌木，装扮用的绿植都在陆续订购中，外面也只有一片动人的粉橘色玫瑰盛开着。

极繁主义风格正在搭建，只有雏形。我哼着小调，在还没填满的公共区域里来回穿梭，总能看见那个男生。他沉默安静，见到他的前几次，甚至没听见过他说话，只能听见他敲击笔记本电脑的噼里啪啦的声音。

意识到对方不是普通住客，是在停业整修期间。客栈里试营业期间的住客都已经离开，只剩下他还在住着。

偶然间还见过一次，他一副思忖的表情拿着图纸，听施工人员沟通。

我猜想，男生大概是负责客栈装修的主设计师。这么年轻的主设计师？不过，这个人的专注力真的非常牛。施工声音乒乒乓乓，大声小声不绝于耳，他连耳机都不戴，就能连续大几个小时坐在嘈杂环境里，认真敲电脑。

他并不是那种腰背挺直的坐姿。他很随意，思考时会把手指轻轻敲在桌面上。那张桌子材质和颜色都很好，就是桌下面积不太宽裕，像他这种个子很高的男生坐过去，腿会有点儿委屈。

我产生了个莫名其妙的想法，感觉那张桌子好像更适合身高165至170厘米的女孩子。

某个薄雾笼罩的早晨，我来上班，大约是在七点四十五分，一推开客栈门，就看见他站在窗边往外看，背影略显寂寥。

玫瑰花笼在清晨轻纱般的雾气里，是非常浪漫的画面。我查过，那种玫瑰叫伦敦眼，花语是初恋。这场面用来求婚都够用了。

如果我男朋友在这个场景和我求婚的话，我一定会答应的。可惜我男朋友是毫无浪漫基因的榆木疙瘩。

我从小就很爱操心，总能发现些别人注意不到的小细节，吸了吸空气，觉得楼下的扩香石该加精油了，不然掩不住油漆味。

装修的师傅又把油漆桶堆在楼下了，还是敞开盖子的，就在他脚边。保持客栈公共区域整洁、照顾住客是我的工作职责。我走过去，尽可能礼貌地开口询问："您好，您可以稍微让一下吗？我想把油漆桶挪开……"

他像没听见，依然沉默地看着那片玫瑰。

"那个……您好？"

在我以为面前的人有些听力问题，下意识去打量他的耳朵时，他终于察觉到我的存在，转头看过来。我怀疑他一夜没睡。他眼睛里有些红血丝，他微微皱眉，不凶，疲惫的双眼里甚至有一抹来不及收敛的柔情。

我一定打断了他想重要的人或事，因此感到非常不好意思："抱歉，打扰您了，我想着……把油漆桶收到库房去，免得碰脏您的衣服。"

我正准备弯腰去提油漆桶的把手。

他抬手做了个阻止的动作："我来。"

我很疑惑。但他身上的某种气场镇住我，让我觉得他是比我还要更熟悉客栈的人。那时候我还是工作不足一个月的新员工，经验不足，脱口而出的竟然是："您应该好好休息一下。"

我没有其他意思，只是觉得他的状态不是特别好。

但是，话音刚落，楼上传来刺耳的电钻声，每四五秒一次，不绝于耳，简直3D立体环绕。

他对噪音置若罔闻："建议不错，谢谢。"

他用单手轻松地提起那两桶油漆，路过前台那边，叩了叩桌面。他告诉我同事："帮我拿一对降噪耳塞。"

同事从抽屉里翻出新的耳塞，在他用消毒纸巾擦着手回来时，递给他。他道谢，很礼貌，然后边走边塞上耳塞，抱臂仰靠在沙发上，合上了眼睛。

耳塞根本没有那么有效，我试过，装修这么大的噪音是防不住的。但他仿佛置身事外，也仿佛真正觉得安静，开始休息。

等我换好工作服出来，同事刚签收了几个大型快递纸箱。我们把快递箱里的书籍和装饰品整理出来，转头发现他已经醒了，抱着电脑在敲键盘。

不止专注力牛，他还不需要睡眠？好厉害啊……

出来工作前，家里的长辈们就和我讲了，职场如战场。不该问的事情别打听，不该看的看见了也要装看不见。但我那天真有点儿好奇，忍不住悄悄问同事，现在坐在沙发上的那位客人，是不是我们客栈的主设计师？

同事惊讶地看着我："什么设计师，那是我们的老板！"

我更惊讶："我们老板不是女的吗？"

最开始客栈并不红火，停业期间更闲。我和同事就在整理各种物品的时间里，聊到了负责面试我的那位气质型美女。

我比画着描述："她穿西装外套，长发，很干练。"

据同事说，那位美女是老板的朋友，学心理专业的，只是帮忙招聘工作人员而已。

"老板的女朋友？"

"好像不是，老板朋友的女朋友还差不多。"

"姐，老板叫什么啊，我怎么称呼合适？"

邓昀。

他们一般只叫他老板。

但同事也说，老板太忙，很少有和他们对话的机会。同事是初代入职的员工，知道客栈很多事情，还八卦地告诉我，外面那片伦敦眼是老板亲手种植的。

我挺喜欢同事的开朗性格，只不过有些个人的原因，同事要离职了。人手不足，客栈才会招我进来。

于是我在入职的第二个星期，终于见到了老板的真面目。

晚上和男朋友打电话时，我提起这位又帅又神秘的老板。还没讲到对伦敦眼的猜测，男朋友突然开始吃醋，莫名其妙和我吵了一架，还挂断了电话。当时我只觉得男朋友是在乎我才会吃醋，我真傻。

03

我对伦敦眼的猜测大概率是对的。

老板心里一定有一位非常喜欢的女生。

04

毕业大半年之后，朋友们开始表达对我工作的羡慕，他们说我简直是一边赚钱，一边养老。朋友们抱怨自己整天被剥削、压迫，被工作榨干最后一丝精力。听起来有点儿惨。搞得我只能说请客吃饭，有点儿不好意思讲，其实我还没有经历过职场的至暗时刻。

客栈同事间氛围非常好，同事们性格一个比一个阳光开朗。

老板不经常出现，但绝对是神仙级别，从来不会搞一些莫名其妙的规矩来欺压我们，我们只要做好分内事就好。

到后来，我甚至觉得老板佛系得有些奇怪。老板好像没那么在乎客栈盈利与否。每次营业额超预期发奖金的时候，也只有我们欢天喜地，像过年。

倒不是说老板对客栈不用心。他很用心的，每个公共区域的功能都是他亲自规划的。和同行相比，客栈很多用品的价格，远超盈利该有的成本区间，选品直接对标五星级酒店，房间售价又很亲民。

怎么说呢，比起做生意，他更像是在等人。

其实我在入职后不久就已经发现过端倪了。客栈进购的每一样物品，哪怕一个小小的玻璃糖罐子、一幅巴掌大的仿莫奈装饰画，老板都有详细的摆放规划。

面试我的程知存小姐过来时说过，老板不是学设计的。他只是复刻什么她没有说过，我当时并没听明白，也是后来细品，才渐觉老板如此用心，功利性目的却并不强烈，像是在按照谁的喜好布置客栈。

我记得家里姐姐结婚前，准姐夫带着我们几个弟弟妹妹给新家选物件。准姐夫担心姐姐不满意，每拿起一个都要问问我们的意见，问我们觉得哪个颜色更好、姐姐会不会喜欢。

老板的行事风格，和那天准姐夫的风格相似。

我们私底下猜测：老板心里应该是有个难以忘怀的白月光，她之前说过，喜欢这样世外桃源般的房子和生活，所以才有了我们这家客栈。

05

倒春寒的时候，老板的几位朋友来客栈小住。

那时候我已经在客栈工作了九个月，对工作内容变得熟练。

可能是上学的时候，看国外的书看得太多了，经常自豪地幻想自己是庞大庄园里独当一面的称职的大管家。

当然，再称职的大管家，也摸不清我们神秘莫测的老板。

老板保密工作做得太好，又非常忙，整天神龙见首不见尾。来客栈通宵不睡，或者凌晨才出现，都是常态。

真正知道些关于老板的事情，就是在他朋友来客栈的那几天。

听说老板和这几位朋友创业，在搞软件开发，又听说老板家里做生意投资失败遇到问题了，所以手头拮据，又又听说老板放弃过保研……

这些事情之间的逻辑关联，在他们的对话中很容易推敲出来。

我当时在给客栈里的植物写小名牌，边写边偷听得津津有味，心里有个小人在点头，感叹着说：果然哪，果然，果然……

老板其中一位朋友突然转身，对着前台打了个响指。他叫我："夏夏，别偷听了。"

我一惊。

"麻烦帮我约辆明早回市区的车子好吗？谢啦。"

"好的！请您稍等！"

我心跳很快，有种被抓包的心虚感，但很快发现，他们没有人介意我听见，又继续热热闹闹地聊起来。一群各种类型的帅哥坐在公共区域聊天，这画面多少是有点儿养眼的，把我和男朋友冷战的难过都冲淡了一点点点点，也只能冲淡这么多了。

外冷风呼呼地刮，甚至有点儿细雪，手机非常安静。

朋友没有问过我的低烧有没有好些。当然，他也没有回复过我那条"总这样说话，我就不理你了"的信息。

烧着地暖，气温在舒适的二十五摄氏度。

和他的朋友们都穿着短袖，坐在沙发那边喝酒聊天。

聊天内容只要涉及工作，我就变得半点儿也听不懂了。

十点钟的时候，我把写好的小名牌挂在一株文心兰上。

风雪又大了几分。老板放下酒杯："夏夏，收拾一下下班吧。"

"可是我今天值晚班啊。"

老板话不多，只说让我去休息。

让我帮忙约出租车的那位男生开口："你不是发烧了吗？邓昀那意思，让你早休息，我们这么多人在呢，住客有事不怕找不到人。"

他们都好温柔。我很想哭，视线都有点儿模糊了，我连忙点头道谢，假装成是要在前台柜子里找东西的样子蹲下去，把眼泪憋回去。

在我平复好心绪重新站起来的时候，他们也被刚才的对话打断关于工作内容的沟通，改为闲聊。

有个戴眼镜的男生说："这地方的啤酒是不是有点儿牛，怎么我喝两瓶就有点儿晕？"

还有个长得有点儿憨的男生说："原来你也晕啊，我看你们都没说话，以为就我自己菜呢。"

有人推了老板一下，用开玩笑的语气说："你早知道是不是？"

老板笑着答："菜就承认。"

然后有一个人调侃地说："不能再喝了，再喝有人得开麦唱歌了，狼哭鬼嚎，回头把别的住客吓跑了。"

他们聊天氛围很好，朋友间互相调侃，聊得挺热闹的。老板也在笑。我则犹豫着，要不要给他们准备醒酒药，要不要打断他们正热闹的聊天和他们告别？

靠在沙发上的长得有点儿憨的男生真的喝多了，人摊得像一根软塌塌的无骨鸡柳。他闭着眼睛摇头："我唱歌……是随便能给你们听的？那得有人伴奏，给许沐子的那间琴房还在不……"

我知道琴房，它像客栈的核心密室，从来不对外开放。在打扫放映室时，我听见过老板在里面弹琴。装修时大概做了些隔音效果，很微小的声音，像蒙着一层雾霭，也像是幻觉。

我不知道老板弹的是什么曲子，也一直以为，那只是老板个人的兴趣爱好。我还没来得及细细去琢磨许沐子这个名字，他们那边的气氛瞬间凝重。

之前和我对话过的男生反应最快，第一时间往长得有点儿憨的男生嘴里塞了块苹果，然后飞快地看向老板。老板垂着眼睑，看不清表情。

窗外风雪交加，有人拿起酒杯，巧妙地换了个其他话题来开玩笑。

茶几上不只有酒，还有几台笔记本电脑，电脑屏幕上密布着旁人看不懂的代码。书架上的书籍，是老板家里的旧物，他说他无聊时看过其中一部分。老板懂软件，懂装修，懂花草，懂做生意，明明还坐在一片热闹气氛里，精神世界又是如此丰富充盈……

却不知他为何如此孤独。

我用低烧三十七点五摄氏度的脑袋胡乱猜想，老板那一瞬间的孤独，是因为这个从未被他亲口提及过的名字——许沐子。

06

在那个雪夜之后，我没有太多心思去猜测别人的感情经历，因为我自身难保。

半个月内，男朋友和我冷战过，我们和好，又大吵两架，吵得很凶。

男朋友说是因为我现在的工作环境太好，才不能体会他遭遇的那些事，不能理解他的难处。

而我真正不能理解的是：难道每个辛苦工作的人，都会在约会时皱着眉闷闷不乐吗？难道每个辛苦工作的人，都会在电影放映到一半时不耐烦地评价剧情很扯吗？难道每个辛苦工作的人，都会把女朋友亲手做的礼物摔碎吗？难道每个辛苦工作的人，都会和另一半冷战一个星期不肯沟通吗？一定不是的。

我忽然觉得很疲惫。

分手那天我怕爸妈会担心，明知不该是自己值夜班，还是在深夜去了客栈，睡在宿舍里，想等情绪好些再回家。

很难睡着。半夜被杂乱的梦和风声吵醒，同事还睡着，被子鼓鼓的，很可爱。我决定不叫醒同事，代替她去楼下检查门窗。

月光静静地落满公共区域，想到分手时对方"何必谈"的全盘否定，我无力地坐在沙发上哭了一会儿。

我用手背抹眼泪的时候，有人下楼了，是我们老板。

他夹着笔记本电脑，大概想在平时经常坐着的角落那边工作。

看见我在，老板愣了一下。老板问我是不是哪里不舒服，需不需要去医院。我沮丧地说我失恋了。老板没说什么，拿了罐饮料放在茶几上，又带着电脑回楼上了，把这片温馨又舒适的空间留给我消化情绪。

客栈真的能起到些治愈作用。因为太用心了,很多地方都很美,连三更半夜的狂风都只能消融在颤巍巍落瓣的花影里。

一束装在玻璃花瓶里的百合散发着幽香,清晨天亮的时候,我有了点儿新感悟,忽然觉得,只是失恋也还好,不是生死相关的健康问题都还好。

经历了几天的黯然神伤之后,我开始恢复。在这个时候,老板交给我一个任务,让我帮忙想想过敏食材提示语和客栈入住指南的内容。我化悲愤为动力。

后来老板把客栈入住指南做成了可爱的漫画版,每种食物都会标明配料食材。

心情上的好转,让我有精力在闲暇时思考老板和许沐子的故事。我八卦地猜测:许沐子大概是个会弹琴、喜欢漫画、有点儿容易过敏的女生。

07

我第一次和老板开玩笑,说一定是有人很喜欢看漫画。

老板挑了一下眉。

我以为他不会理会我的大胆猜测,但他静静翻看着漫画版入住指南的初版设计,足足过了几分钟,才说:"但她以前没什么时间看。"

一定是女字旁的"她"。

08

新一年。

老板去墨伽洛斯出差,带回来一个非常漂亮的音乐钟,造型复古。

老板把钟挂在前台后面的墙壁上,挂完接了个电话。

那几天雪大,住客不多。客栈很安静,我听见电话里的男声问老板:"大过年的,怎么跑到山里去了?"

老板说:"一时兴起。"

可他盯着钟表看的样子,很像过去看那些盛开的伦敦眼。有点儿落寞,也有点儿孤独,像在和远方的某个人说新年快乐。

即便推算时间,他们已经两年没有联系了。

钢琴换过。客栈生意蒸蒸日上,老板的创业也有所收益。

我喜欢一切关于命运的浪漫故事,所以经常在猜想:老板等的人,到底会不会来?

自己的爱情烂尾了,总希望别人的爱情能如意。

我爸妈总说我运气不错。连我失恋的事情,他们也这样说:"早点儿看清对方不是正确的人也很好,万一打算结婚生子以后再发现不合适,就很麻烦了。算是幸运的。"

新年期间,我们几个值班的人收到老板发的三倍工资和额外的新年红包。新年红包里是一千六百六十六块现金,寓意要顺利。

所以我在生日许愿时,也帮老板和许沐子许了个愿望。如果他们是对方正确的人,请让他们有机会再重逢,越早越好。

然后,在一个雨天,许沐子小姐出现了。

09

许沐子小姐拉响客栈铜铃的那一刻,我真的非常激动。

在那之前,我们已经等了她很久。

她好美,头发被雨水打湿,也还是好美好美。

许沐子是那种冷清感的美,身上有种说不上来的劲,酷酷的,又很有气质。连戴的戒指都与众不同,像弹簧圈。

从她身旁走过,能闻到一点儿甜扁桃和药油混合的味道,很清新。

在许沐子小姐来之前,我觉得老板可能还能忍住。但她来了。

她头顶搭着浴巾,坐在行李箱上讲电话。我偷瞄过好几次,心里有种管家终于等到老板娘的欣喜,也会在她的目光停留在某处时,激动地想:她是不是很喜欢这里?是不是觉得这里很舒服?这都是属于你的啊,许沐子!

但我不知道该不该替老板感到高兴。毕竟,老板这次是因为失恋才来客栈的,听说许沐子小姐已经有了稳定交往的男朋友了。

好可惜啊,真的好可惜啊……

凌晨三点钟。老板当然没睡,在角落喝茶。我打算把空间留给他们,但回宿舍前,分明听见许沐子对着手机说过一句倔强的"我可以把自己照顾得很好"。

我激动得几乎蹦起来。许沐子小姐一定是和男朋友吵架了,不然不会大雨天独自跑来客栈。老板,机会难得,快冲啊!

在客栈工作久了,渐渐也就知道,这家客栈是老板打算送给许沐子小姐的礼物。告白礼物。可惜天不遂人愿,他们没能走到一起。

这个雨夜令人辗转反侧,我反复思索着,老板应该会有所行动吧?毕竟他今天反常地穿了浅色系着装;毕竟他在知道她来的第一时间就特地为她准备了驱寒热饮,冒雨去山下采购了充饥的比萨,换掉了隔天的食谱,连沟通信息都是他拿客栈的账号亲自发给她的……

客栈账号以公事公办的语气,询问了她的入住人数和出行方式。

在得知她孤身一人乘出租车来客栈后,老板盘算了她抵达的时间,然后对着电脑屏幕深深皱眉。他抿唇时像咽下了一万句脏话,虽然我从来没有听见过老板爆粗口。文明点儿翻译的话,我觉得那是一种极其不满的腹诽心谤。类似于,她稳定交往的男朋友在想什么?这种鬼天气让她凌晨上山?一个人?乘出租车?

凌晨风雨更大的时候,我不放心,出去检查门窗是否关严了。意外的是,公共区域已经开了暖风且门窗紧闭。我披头散发出现的样子大概吓坏了许沐子小姐,但我很高兴看见她被吓后的第一反应是扑进老板怀里。

请抱得再紧点儿!

在我看来,许沐子小姐对老板也不是全然没感觉的。在她解释和老板不是朋友的时候;在她侧耳倾听客栈里播放的 Cigarettes After Sex 的歌的时候;在她不经间下意识寻找老板身影的时候。很多复杂的感情,一定发生过。

就在我以为一切都有戏的时候,在我幻想着他们会不顾一切地在客栈某个不为人知的地方亲密接触的时候,两个人突然变得不怎么说话了。

甚至出现了新的搭讪对象邢彭杰。

邢彭杰约许沐子小姐去角落聊天,我想不通老板为什么还能淡定地坐在沙发上看她捡回来的几颗松塔。我快急死了。我都能看出来她这趟来客栈不开心,老板看不出来吗?我都能察觉她对老板还有好感,老板察觉不到吗?

我搞了个小动作。明知道邢彭杰可能是在找许沐子要联系方式,还是打算用去接宠物医生,以让她把放在公共区域的手机拿走当借口,打断他们的对话。

老板看穿了我。他先一步打断我的话,摇头,然后把她的手机送过去了。我忽然很沮丧,因为我猜想,老板是不想让有男朋友的许沐子难做。

他一定是亲手放弃了他的爱情,再一次。唉。

后来,暴雨倾盆,客栈停电了。

停电的前半个小时里,客栈里很忙,我不想打扰老板,但又实在分身乏术,只能跑去楼上敲老板的房门。房门打开,我看见老板身后的许沐子小姐。他们十指相扣。在昏暗的烛光里都能看见她在脸红。我才后知后觉地发现自己"皇上不急太监急",还发现自己"狗拿耗子多管闲事"。

原来老板不是放弃了,他是在诱惑。

10

带着克制和隐忍的复杂诱惑。

无声无息。

像寂静地晃动的烛火。

11

我亲眼看见老板诱惑许沐子小姐时的样子。厉害啊,真是厉害。

当时他们在吃晚餐,客栈还没恢复供电。室外风雨凄凄,电闪雷鸣,室内到处都是摇摇晃晃的烛光。老板靠坐在许沐子身边的餐椅上,眼里映着摇曳的烛光。他浅笑着看她,目不转睛,慢悠悠地举起三根手指,不知道在和她说什么……

老板是不是在发誓,我不知道。但我发誓,我从来没见过老板用这种状态和任何一个人对视过。

因为停电,因为雨势过大,很多原本计划下山自己解决吃饭问题的住客也临时改成在客栈用餐。差不多整个客栈的住客都在餐厅里。老板却有办法,用一个带着点儿坏又带着点儿温柔宠溺的对视,就把其他人的存在都隔离开,让她只看着他。

后来听邢彭杰说,许沐子小姐是因为烦相亲才来客栈散心的。我有点儿迷茫。家里还在给安排相亲的话，她一定是没有男朋友的状态啊！

我问："我们老……不是，邓昀知道吗？"

邢彭杰说："知道吧，刚刚许沐子说相亲的时候，他不就在她旁边嘛。"

对哦。从什么时候开始，他们干什么都要坐在一起了？

玩转瓶子的时候，老板和许沐子小姐也是坐一起的。玩了不一会儿，在我接起这个雨夜的不知道第几通询问电话时，她起身，他也跟着起身，他们避开了人群。

除了订出租车和给他们看三只猫咪，直到恢复电力，我没再见到老板和许沐子。这是个好消息。

我隐隐希望许沐子小姐会改变明早离开的行程，她没有。但他们看起来感情很好。至于怎么看出他们感情好，只要看见许沐子小姐身上的男款外套，我就什么都知道了。

我很替他们高兴。也知道这种场景，未来我应该还能看见无数遍。

12

老板再带着许沐子回客栈的时候，我把那封在老板书里发现的信交给她了。

后来我正在餐厅洗一篮浆果，老板走过来，拉开冰箱拿了些冰块。老板玩笑着说："我红包是白发了，这么快就跟老板娘站一边了？"

我知道，老板是指我收了红包却把信交给许沐子的事情。但我说："我又不傻，客栈本来就是送给许小姐的，以后要叫谁老板还说不定呢。"

老板听完就开始笑，然后问我："今早收到的快递在哪里？"

我马上压低声音说，按照他的吩咐放在前台带锁的柜子里了。

我后来才知道，那是两部手机，情侣款。啧，啧，啧。没想到老板谈恋爱这么像孔雀开屏，恨不能把所有好的都捧到老板娘面前。

老板娘去浆果园玩没带老板，老板就亲手泡好了果茶放进冰箱，用的是山上的泉水。等她满头大汗地从艳阳天里跑回来，刚好用那壶果茶解暑。

她坐在那里走神发呆，他就温柔地盯着她看，很安静。可是他们相处时那种温馨舒适的气场很动人，偶尔亲昵的小动作也很动人。

真好。

13

下午,许沐子小姐在客栈外面逗猫。她似乎不喜欢打遮阳伞,也不怕晒,就蹲在明晃晃的大太阳底下,笑着和来财它们互动。

老板是人形遮阳伞。他坐在长条木椅上看文件,刚好替她挡住阳光。

我忙着核对晚餐人数,听到小声的惊呼,下意识看过去——她拉着他的手,往刚才蹲过的那边走,边走边说看见蜂鸟了。

他用手里的文件帮她遮住头顶阳光,说国内没有蜂鸟。她说不可能,带他往花丛里走,指着某个方向理直气壮地问:"那不是蜂鸟吗?"

"蜂鸟天蛾。"

她蹙眉,不信:"蜂鸟还能是天鹅类里的?"

他就在旁边笑:"蛾子的'蛾'。"

她没反应过来:"哪个字啊?"

他拿手机打给她。

她呃了一声,倒抽气,惊恐地咧着嘴往花丛里看,不敢置信地做着最后的确认:"真的是蛾子?不是蜂鸟?邓昀,你没诓我?"

"国内没有蜂鸟。"

她瞬间往他身后躲,边躲还边打他的背:"你还笑,男朋友不是该保护我吗?"

"蛾子不吃人。"

"我知道它不吃人!"

他们在一片油画般的花丛里,因为一只酷似蜂鸟的蛾子"吵"了好久。我则点击着鼠标,久违地听到爱情的声音。

14

老板娘也很忙,这次来又是匆匆忙忙,隔天中午就要离开。老板用山泉水泡茶带给她路上喝,把洗好的浆果装在玻璃盒里带给她路上吃。

正午的阳光非常晃眼,潮湿的水汽从泥土里蒸发出来。

出发前,他们坐在沙发上聊天。一黑一白两部手机挨着放在桌面上,他们的肩膀也几乎挨靠在一起,偶尔动作时,肩膀轻轻擦着对方。她弯腰拿手机,乌黑的散发从肩膀滑落,发尾扫过他的手臂。他们计划着和长辈们的饭局,计划着和朋友们的漂流……

老板娘大概是不确定时间,一直在翻手机,嘴里数着日历上的日期和星期,一边数着,一边和老板确定。

老板靠在沙发上,听着,点着头,然后用蜷起的食指敲了敲她的肩膀。她回头看他:"怎么了,这个日期你不行?"

老板眼里噙着笑:"日期没问题。忽然挺想问问你,今晚能不能翻窗去找你?"

先发誓,我不是有意听见看见的,恰巧路过而已。

15

我休假了,年假。在家里混吃混喝,还带着姐姐家的小朋友一起看小时候追过的电视剧《封神榜》,里面有位很美貌的妲己。

小朋友问:"这个人是狐狸吗?"

我嚼着薯片,专注着剧情,回答:"嗯,嗯,嗯。"

小朋友又说:"狐狸长得真好看呀。"

我继续嚼薯片,继续专注着剧情:"对,对,对,她是很好看。"

"狐狸有男的吗?"

"有,有,有……"

"我们身边也有吗?"

我忽然想起老板问老板娘能不能翻窗去找她时的神情,那眼神,那语气,绝了。我放下薯片,幽幽地说:"有吧,我觉得我们老板就是,勾人招数可厉害了,啧,啧,啧……"

还没啧完,姐姐一声呵斥:"夏槿禾,你教小孩子什么呢!"

16

我那位成熟稳重的老板,最近不仅仅像开屏的花孔雀。

也像另一种成精的动物。

番外三
雨一直下

01 多云转小雨

从客栈回来前,许沐子看到客栈房间里燃过的香薰蜡烛,是客栈停电那天他们用过的。黑色的玻璃容器里,蜡油已经凝固,由烛芯向外扩展开一层层记忆坑,像白色梯田。不规则的形状封存着他们用它照明时的痕迹。

她想起密闭空间里的闷热潮湿,想起掌心相扣的暧昧,想起他们嬉笑打闹时它忽然熄灭的瞬间,闷热的长廊里霎时陷入黑暗。

暴雨声里,他钩着她的手指,轻声在笑,一缕清新的植物香氛似有若无地飘过,连同微微急促的呼吸声和闷在胸腔里的痒。

这些细微的记忆点,组成了他们第一次亲密接触的"前戏"。

邓昀选的香氛类物品味道都很不错。许沐子抬手扶着垂在耳边的头发,垂头闻了闻香薰蜡烛凝固的蜡油,真的很好闻,她觉得他品位好。

那些客栈停电时关于香薰蜡烛的回忆和去嗅蜡烛气味的动作,只发生在十几秒钟之内。窗外阳光明媚,虫鸣不断。邓昀已经收拾好随身物品,走到许沐子身边,把草帽往她脑袋上一扣。

她维持着在闻香薰蜡烛的弯腰动作,扶着草帽回头:"我们要走了吗?"

他不动声色地瞥了一眼桌上的香薰蜡烛:"嗯,时间差不多了,走吧。"

重逢那晚暧昧丛生,出长廊后香薰蜡烛放到哪里他们谁也不记得了。

所以在走出房间时,许沐子随口问:"香薰蜡烛是在哪里找到的?"

邓昀说:"客栈的工作人员清理卫生时,在窗台上发现的。"

"怎么会在窗台上?"

"不记得了。"

许沐子往楼梯间窗外看几只飞鸟,很不经大脑地问:"你记性不是很好吗,怎么会不记得?"

邓昀一笑:"你猜猜,我为什么不记得?"

许沐子回神,想起香薰蜡烛消失后的事情,轻轻推了邓昀后背一下。后面他们和夏夏等人告别,又抱了抱三只猫,离开客栈。关于香薰蜡烛的话题就此停住。

许沐子完全没想过,邓昀会留意她的小兴趣。

某个长辈们在许沐子家里聚会的夜晚,她借口要早睡,轻车熟路地从家里侧门溜出去。外面下小雨,很细的雨丝。她没拿雨伞,反正只需要花两分钟就能跑到他家。

邓昀家楼下防盗门没关,长辈们都在许沐子家。许沐子放心地推门进去,又转身把防盗门关好,直奔二楼的卧室:"邓昀?"

卧室门半敞。她还是留了个心眼的,先把门推得完全敞开才进去。

毕竟她男朋友有过前科——上次她来,他靠在门后的墙壁上,在她进门寻人未果,纳闷地转身时,他冷不防地往她怀里丢了个毛绒玩偶。

毛绒玩偶是毛色很漂亮的小狐狸,抱在怀里很舒服。可她也确实被他的恶作剧吓了一跳,幽幽地看着他。他靠在墙上,看着她笑。

她抱着毛茸茸的小狐狸两步跑到他面前,本来想要打他一下的,但又被小狐狸的来历吸引了注意力,最终只问他小狐狸是哪里弄来的。

他说朋友去国外出差,他托人买回来的。

她揉了两下怀里的小狐狸,手感很好,问他为什么会突然送她玩偶。

他这样说:"前阵子开车路过大学城路口,等红灯时看见一对学生情侣牵手走过人行横道,女生怀里抱着个毛绒玩偶。"

"要是你上大一时我们开始谈,可能也会有这样的瞬间。"

但现在也不晚,该送的还是能送,该有的仪式感他绝不会少给她。

这个品牌有很多种小动物玩偶,至于为什么是小狐狸,他没说过,反正她很喜欢。

这次卧室门开到最大，门板和墙壁间的磁吸扣咔嗒一下贴合，门后没人，许沐子也就往里走。

卧室里开着一盏造型简约的落地灯，淡黄色暖光笼罩着宽敞的空间。整套黑色床品铺得没有明显的褶皱，邓昀不在卧室，浴室门里闷着哗啦啦的淋浴水声。

他在洗澡，她就大大方方地坐在沙发上，拿起他扣在沙发上的书，翻看两页。书是他的专业相关的书，她根本看不懂，看得云里雾里，只好又放回去，目光很快被桌面上的一堆纸盒吸引。纸盒大小不一，颜色、图案也各有特点，还有系着蝴蝶结的和封着火漆的……

在许沐子拿起来其中一个纸盒打量时，浴室门被推开了。她闻声转头。他穿着家居长裤，上身披一条深蓝色浴巾，拿着浴巾一角在擦头发。

"你怎么知道我来还去洗澡？"

"两个答案，你选一个听。"

总感觉有陷阱，她警惕，让他先说是哪两个。

"第一个，我知道你要来，才又洗了澡。"他说这句话时，眼睛盯着她瞧，嘴角的弧度坏坏的，多少有点儿暧昧暗示的意味。

她脸皮烫，催促："第二个呢？"

"你打电话时，我本来就在洗澡。"

"我想选第二个……可是你怎么会把手机带到浴室里去啊？"

"怕你联系不上我。"

"那我就选第二个。"

邓昀继续用浴巾擦着头发，笑着默认。他拾起她耳侧的一撮发尾，用指腹捻开，往窗外看："开始下雨了？"

"嗯，零星的一点点。"

"要换衣服吗？"

"换一件你的吧。"

许沐子往他挂着水珠的手臂上看了一眼，对他晃了晃手里沉甸甸的盒子："这些是什么？"

他站到她身边，满身他惯用的沐浴露和洗发水的清香味道往她鼻子里飘。他说："猜猜。"

"和我有关的？"

"差不多。"

许沐子看到其中一个盒子的包装风格稍显眼熟,自己以前也在专柜买过类似的。福至心灵,她忽然猜到:"香薰蜡烛。"

都是送给她的。

她埋怨他买了太多,但还是怀着一些被宠爱的欢喜拆开那些漂亮精致的包装礼盒。他说:"都点上闻闻?"

她犹豫着:"会不会太浪费?"

他玩笑着说买回来放着落灰才是浪费。

邓昀在家里准备了火柴盒,许沐子换了邓昀的短袖穿,划火柴点燃那些香薰蜡烛。她早就说过,他选香氛的品位很好,连着几种味道的蜡烛她都很喜欢。

这个好闻点儿,目前排名第一;这个稍逊色,排名要靠后一些;这个味道像小时候吃过的糖果,比刚才那个茶香的好闻些……

他们避开地毯,把那些香薰蜡烛摆在床边的地面上。

有些燃着烛火,有些还没来得及点燃,像以爱为名的阵法。

香薰蜡烛一共二十七款。在她点燃到第二十六种味道时,他把灯熄了。稀疏的雨滴偶尔落在玻璃窗上,用过的浴巾堆在电脑椅上,空调风把香薰蜡烛顶着的火苗们吹得摇摇晃晃……

许沐子刚巧卡在熄灯的瞬间擦了一根火柴。嚓,火焰在她手里腾起。

火柴头散发着燃烧的烟熏味道,她在一片烛光里转头。他们有些默契,只需要一个勾缠着的对视,就不需要再问"为什么关灯"这样的问题。

邓昀问许沐子,最喜欢哪种味道的香薰蜡烛。

许沐子想说自己每种都很喜欢,却在火柴头的火焰抵到烛芯时,惊讶地发现第二十七款是番茄藤的味道。

她当着他的面,把手里的香薰蜡烛摆在最前面。

答案不言而喻。她最喜欢他身上的味道。

他们在各种燃烧着的香薰蜡烛里吻到几乎缺氧,在唇和下颌短暂分开的瞬间吸到了植物的清香,像把一座燃烧着的花园搬进卧室。

小雨已经停了,夜空云层密集,玻璃窗上凝着几颗晶莹的雨滴,映着灯光。

后来,邓昀抱许沐子去浴室。

他们绕过那片燃烧的香薰蜡烛,他在她耳边说,你是我的火引。

02　毛毛雨

　　这个月小情侣见面的次数少了些。邓昀随团队出差，时间倒是没有多长，算上路程也才三天。只不过许沐子也要随乐团去南方演出，出发时间就在邓昀回来的那天中午。邓昀的航班落地，她的航班已经起飞，他们碰不到面。

　　又是一个雨雾蒙蒙的天气，邓昀落地直接乘出租车回了爸妈这边的小别墅。

　　爸妈没在家，出去忙生意了，家里很安静。

　　邓昀边上楼边摸出手机，第十几次点进和许沐子的对话框里。

　　最后两条信息是她发的：

　　我已经登机了哟。

　　要开飞行模式啦，晚点儿落地再联系你。

　　其实内容没什么特别的，他就是挺爱看的，看完兀自垂头笑。

　　邓昀爸妈平时是不会来邓昀房间的，家里现在又没有请固定的阿姨，卧室门应该还是他两天前离开时关上的。

　　邓昀推开卧室门。窗子开着，沉闷的空间里有潮湿的雨滴漏进来。

　　走之前他们在他卧室里看过电影，用过的平板电脑还放在沙发上，旁边放着她落下的一根黑色发绳。才两天多，他已经非常想她了。

　　空气里除了熟悉的香熏味道，还有一丝丝不易被察觉的甜扁桃味。这个味道引得他眯起眼睛，往床上看。原本整齐的被子里鼓着个小小的包，邓昀眉心微动，他走过去把蚕丝被拉开。他之前送过许沐子一只小狐狸玩偶，一直被她放在她自己卧室的枕边。现在玩偶位移，竟然出现在他被子里，很明显她是来过的。

　　邓昀把小狐狸玩偶从被子里拎出来，才发现小狐狸脚上绑着卡片。

　　许沐子特别可爱——有点儿想你，来你这里借床睡一下。

　　这就有点儿撩人了。

　　在机场分开前，他和一起创业的朋友聊过，回来后大家都可以休息一下，明天下午再工作。时间充裕，邓昀打开手机订票软件……

　　等许沐子落地出差的城市，给邓昀打电话，耳朵很灵敏地听出他没在家里，她于是问："你的航班延误啦？还没到家？"

　　"没有。问你个问题。"

邓昀语气听起来有些严肃,许沐子不明所以地举着手机,等着听他的问题。结果他说:"你们乐团今晚的演出,不是送了家属票吗,你那份呢?"

每位团员都有两张家属票。许沐子爸妈最近很忙,一定没有时间飞过来看她演出。邓昀也出差,她落地的时候他才刚到家,不可能再跟着折腾。她自己留着票也没什么用,有一张转赠给同事的大学同学了。还有一张没送出去,很可惜地留在手里。

邓昀在电话里笑:"那留着吧,你的家属没买到票,需要用一用你那张。"

"你是说……"许沐子声音抬高些,"你要来看我演出?"

"嗯,快到机场了,四小时之后就到了。"

"可是这样你好折腾啊,会不会很累?"

"不会。"

许沐子怀着一腔柔情:"邓昀,我这边在下小雨呢,家里天气怎么样?"

"也在下,毛毛雨。"

同事在不远处招手,用口型示意许沐子,接他们的大巴车到了。她举着手机往回走,心里想,他说"毛毛雨"时的表情一定特别温柔。

她离同事们还有两三米远时,他们结束了这通电话。

许沐子跑过去,同事贴心地帮她撑了雨伞:"小心点儿,别着凉。"

上大巴前的路段有些积水,她穿着裙子,感受到走路间溅起来的水冰凉地落在脚踝上。

大巴车驶离机场,远远看见机场的白色楼体上有一个巨大的时钟。上面显示,时间是下午两点钟。

还有不到四个小时,邓昀也会来到这场淅淅沥沥的雨里。

在这个大部分城市都在落雨的日子,许沐子又在演出结束后收到一束伦敦眼。她抱着花束往后台休息室外面寻找,在消防通道楼梯转角处寻到邓昀的身影。他在接电话。她沿着楼梯往下跑,裙摆飘扬,在他转身时抱着手里的花束一同扑进他怀里。

邓昀抱着许沐子又讲了两句电话,挂断电话后开始不正经。他捻开两张东西,一张是电影票,另一张是酒店房卡,问她选哪个。

许沐子特别故意,拿一张电影票就想跑,没等跑出去就被邓昀扣住,拉回怀里,他把房卡也塞进她牛仔裤的口袋里。

消防通道窗外的雨势渐渐变大,能看见音乐会散场后驶离的汽车尾灯没入雨幕。她说:"邓昀,你耍赖,是你说让我选的。"

他就笑一笑:"是让你选啊,不过,选哪个都是拿一送一。"

晚上看完电影,许沐子参加了乐团的庆功宴,吃完饭各自散场时,才把外套披在头顶上,提着裙摆往雨里跑。

邓昀租了一辆车,车子开双闪等在饭店外面的停车场里。他出差有些累,抱着手臂犯困地合着眼。车门一响,他转醒,转头看见许沐子笑吟吟地坐进副驾驶座位里,正在把被雨水打湿的外套叠起来。

她唇色有些红,和她平时的唇膏色号不太一样。他问:"喝红酒了?"

"没有,是饭店自制的混合果汁,好像是放了红色的火龙果。"

他眼里懒洋洋的困倦忽然散去,他皱眉:"会不会有你过敏的食材?"

"不会的,我问过服务员了,没有那些。"

雨点点滴滴落在车窗玻璃上,潮湿的气息顺着天窗缝隙溜进来,伦敦眼馥郁的花香弥漫整个空间。邓昀问:"好喝吗?"

"味道还可以。"

"那我尝尝。"他忽然倾身,扶着她脸侧吻过来。

03 阴天和雷阵雨

许沐子第一次去邓昀他们工作的地方,是一个阴天的休息日。

她带了些水果。邓昀他们的公司在科技园,周围的商业配套算是比较全面。他几个朋友早知道她要来,热情地跑下来帮忙拎水果。

他们起着哄说:"久闻大名,今儿终于见到了。"

邓昀给许沐子一一介绍。许沐子站在邓昀身边,他介绍谁,她就大大方方地和谁打招呼,介绍着介绍着,她忽然见到一个眼熟的面孔。许沐子举起戴着手部按摩器的手,对那个男生摆了两下,有种相认的感觉。

男生是唯一一个以前就见过许沐子的。大概诧异于许沐子还能记得他,男生稍微愣了一下,才笑着对许沐子点了点头:"好久不见。"

邓昀说:"她还记得你欠下的那顿早餐呢。"

许沐子有点儿不好意思,拍了邓昀后背一下。

男生倒是很爽快地说:"我们高中学校门口那家生煎包吧?必须请。"

有个戴眼镜的男生敏感地转头:"听者有份啊,什么生煎包这么好吃,怎么没人请我吃过?"

"吃,明儿就去吃!"

他们对许沐子那股热情劲,就差举一条上面写着"热烈欢迎许沐子领导莅临指导"的红色横幅了。

几个男生提着水果,一边迎着许沐子上楼,一边和她聊起为了欢迎她来,他们做过多少次大扫除。

他们还揭邓昀的短——

一群搞计算机的男生在一起,有时候忙起来饭都不记得吃。

办公场所打扫不及时,物品乱堆乱放、杂物摊到各个地方、角落积灰、垃圾桶里塞着可乐瓶和废纸团,这都是常有的事。之前客户来谈事情,他们里面有一个结了婚的男生(程知存的另一半)还算比较细心,拿着抹布来来回回把窗台和踢脚线擦干净,又问大家要不要再擦一擦玻璃?

邓昀当时这样说:"那些人是来看我们实力的,有擦玻璃的时间,还不如多修一修bug(程序错误)。"

一个长得有点儿憨的男生,肩膀上扛着一个大西瓜。他迈出电梯,回头对许沐子说:"结果最近说你要过来,也不知道是谁,网购一沓新抹布,还说这种抹布不掉毛,以前都没见他这么有生活气息过。"

有个男生显然第一次听说这事,马上阴阳怪气地"哟,哟,哟"起来:"原来抹布还分掉毛不掉毛啊?"

邓昀在许沐子身后咝了一声。这声警告,丝毫没有阻止住他们几个幸灾乐祸的"告状"。紧接着就有人嗓音嘹亮地添了一句:"我前天晚上下班的时候,还瞧见邓昀拎着死了半个多月、没人动的仙人掌的花盆下楼呢。"

以前就见过许沐子的那男生说,上学时邓昀拒绝女生的告白,用的理由是他不谈恋爱,和谁也不谈,没兴趣。没想到他现在谈得风生水起,刚谈一个月,他们这群做朋友的都感觉要备婚礼红包了。

许沐子忍着笑,回头看邓昀。邓昀就一句话:"别忘了晚上谁请客。"

她听出点儿封口费的意思,继续偷笑。

办公区域空间挺宽敞的,同楼层的另一侧是其他公司。

落地窗外天空阴沉沉的,像马上就要落雨的样子。邓昀沏了一壶果茶,许沐子握着一杯茶,坐在空调房听他们聊关于邓昀的事情,也听他们说起办公场所的搬迁史。

最困难的时候,他们就在普通的老居民楼里敲电脑。那楼里有蟑螂和老鼠,饥不择食地把电源线都嗑坏了。后面他们渐渐赚到一些钱,搬到了周遭荒无人烟的写字楼里,交通不便,也叫不到外卖,那时候吃泡面吃得最多。他们开玩笑说,软件开发要是做不好,以他们的经验,干脆去做泡面研发了,反正是熟得不能再熟了。现在这个体面的办公场所,是第三个。除去公共区域,他们各自有各自的小办公室。

后面许沐子打算去邓昀办公室坐一坐,等大家把手里的事情忙完,再一起出去吃晚饭。她起身,要跟着他走。

几个朋友还在和她开玩笑,问她能不能记得他们的名字。

许沐子记忆力还算可以,毕竟是不需要乐谱就能弹很多钢琴曲的人,一一点过,还和邓昀说他朋友的长相和性格都很分明。

她说:"难怪夏夏说,你周围一群帅哥。"

"一群帅哥?"

"是啊,你朋友是挺帅的啊。"

邓昀推开门,眯着眼睛:"哪个挺帅的?"

"都挺帅的。"

"说说看,你瞧着谁最帅。"

许沐子已经迈进邓昀的办公室了,又转身,真往公共区域里看了看:"那我得好好再看看……"

邓昀继续眯着眼,利用身高优势拦住许沐子。她踮脚往左,他上半身就跟着往左偏;她踮脚往右,他上半身就跟着往右偏。

许沐子视线被遮,她依然不肯放弃,像挂钟下面的重力锤,左摇摇右摆摆,瞪大眼睛从邓昀颈侧往外面看,嘴里还念念有词:"哪个最帅呢……"

听见邓昀啐了一声,许沐子才忍不住笑出声。

门被关上。他把她堵在门板前,埋头往她颈窝里呵痒痒。

许沐子手里还拿着半杯果茶,笑得直缩脖子,依然躲不开温热的气息:"邓昀,茶要洒了。"

"洒了让外面那群帅哥重新给你倒。"

"没你帅的。"

"哦,是吗?又没我帅了?"

"我有女朋友滤镜啊。"

"我帅还需要滤镜加持才能夸出口?"

邓昀办公室里陈设特别简单,许沐子溜达到电脑桌边,一边看着光秃秃的电脑,一边从背包里摸出来一个东西贴在上面。

"初次来,送你的小礼物。"

邓昀转头,看见一个会摇头的小娃娃摆件贴在电脑上,小娃娃的脸用的许沐子本人的照片,一边摇头,一边笑。

只不过照片不是她现在的样子,是她小时候,大概就是拍海报的年纪。

他之前在她卧室里看相册,说过她小时候挺可爱的。

她不好意思把自己的照片摆在他电脑上,又很想要做点儿情侣间腻歪的小事情,干脆用了自己小时候的照片。

她说:"你累了可以想想我,怎么样,好玩吧?"

他用手拨弄,看着摆件顶着她露八齿笑容的脸摇头晃脑,跟着笑了一声:"是挺不错。"

她在他面前就会有点儿皮,把摆件的头转一百八十度,对准办公室朝着公共区域的玻璃窗:"还能替我看看其他帅哥。"

然后被屋里这位帅哥直接关了百叶窗,按在电脑椅子上亲了好几分钟。

窗外雷声轰隆隆,她笑着躲着,把电脑撞得直晃动。

小时候的她在摇头笑。长大的她在恋爱里笑得肚子疼,气喘吁吁,亮着一双眼睛问他:"那你总能看见我,会不会腻?"

"不会,我需要总看见你。"

04 小雨转阵雨

忙了一阵子生意,许、邓两家长辈难得可以休息一下。

自从许沐子和邓昀告诉长辈们,他们对对方印象还算可以、开始试着接触之后,两家长辈产生了些微妙的心理变化,一边担心两个晚辈接触不成功,影响他们之间的交情,一边又把攀比战争升级,生怕对方觉得是自己更希望晚辈们能成。

长辈们休息时的通话内容十分诡异。

许沐子妈妈说:"哎呀,今天难得休息,沐子还没在家。大周末的,不知道是跑出去做什么去了。"

邓昀妈妈说:"可不是,邓昀今天也不在家,吃过早餐就走了。雨下这么大,问他去哪里,他也不说。"

许沐子妈妈试探着说:"沐子也是,早晨八点多就在换衣服、准备雨伞,我还以为她是要去加班呢。"

邓昀妈妈也不肯透露再多的信息,说:"邓昀他们公司现在越做越有知名度,他倒是还真有可能是出去加班的。"

想到许沐子上次约会过后,回家换鞋时,笑着说邓昀人挺不错,许沐子妈妈马上应激地呛了一句:"上个星期邓昀约我家沐子看电影,过来接沐子时,我们聊过几句,他可是说最近不算太忙的。"

想到自己不值钱的儿子,让他们夫妻俩熟读背诵许沐子的过敏食材清单这件事,邓昀妈妈深深吸了一口气:"他那是客气嘛,毕竟是约会,总不能说自己很忙,让沐子太有压力,为人处世方面邓昀还是有礼貌的。"

"我们沐子也是礼数周全啊。"

"那倒是,不过邓昀最近换了个新款手机,看起来很贵呢。"

"我们沐子也换了呢。"

"对了,你说沐子八点多换衣服,那她是几点出门的?"

"你家邓昀几点出门的?"

"我可不记得了。"

两位妈妈一边不肯相让地进行着小学生斗嘴行为,一边互相打探,想印证自己的"许沐子和邓昀是一起出去"的猜想是否正确。

正确,十分正确。

他们不但在暴雨如注的天气里一起出门了,还牵手逛了街,去了一家做牛肉很棒的烤肉餐厅一起吃饭。

他们坐在餐厅窗边。餐厅院子里的秋千被雨淋湿了,树叶落在积水坑里。风雨不断,水汽弥漫整个世界。雪花牛肉在炭火炉上渐渐变得紧致,散发出勾人食欲的香气。

被长辈们在电话里讨论过的新款手机,一黑一白放在桌上。

邓昀的手机屏保是许沐子穿礼服的样子,许沐子的屏保看似是三只猫,其实是邓昀坐在阳光下工作的影子。

许沐子倒是接到了妈妈的电话,问她出门是和谁在一起。她说是一位普通朋友。在许沐子妈妈继续询问她，怎么休息日没和邓昀出去的时候，坐在她对面的"普通朋友"帮她把喝空的水杯倒满果汁。

他们商量过。约会这件事情，进度不宜太快，不然长辈们会起疑心。所以他们之间过明路的见面频率是，每见五次才上报一次。

当然，这百分之九十以上是许沐子的意思。她不会说谎，怕被爸妈刨根问底时露出破绽，被人把几年前混在一起的事挖出来。

反正"普通朋友"没意见，事事都由着她。

所以她回答她妈妈说，自己和邓昀又不是什么天天见面的关系，约会进展也一般般。

许沐子这边刚挂断电话，邓昀手机响了，他把手机屏给她看："我妈。今儿吃饭不过明路是吧？"

她喝着果汁："嗯嗯。"

邓昀接起电话："嗯，加班，和……"瞧见对面瞪大的一双漂亮眼睛，他轻笑，"和一个男的。"

许沐子一脚踩在邓昀鞋上，用目光警告，意思是：你才是一个男的！

他悠哉地看着她，那意思是，他本来也是一个男的。

她气死了，抬手把刚夹到他餐盘里的烤蘑菇又夹回来了。她吃着烤蘑菇，满脸的"因为你不会说话，对方撤回了一个香喷喷的烤蘑菇"。

邓昀举着手机，声音含笑："您说许沐子？我约她不灵，得你们撮合。"

他们吃烤肉，看落雨，顺便讨论下一次在长辈们面前透明的约会行程安排在什么时候。

邓昀用公筷往许沐子餐盘里夹了一块牛肉，问她最近有没有想去的地方。她说："有啊，和你们去漂流。"

"漂流的事和长辈们说吗？"

许沐子掰手指算了算："嗯……这次可以说吧。"

"现在和他们说说？"

她咬着牛肉："唔。"

他问："怎么说？"

她拿出手机："各自发家庭群里吧。"但她紧接着就把一份酱汁碰洒了，还溅了两滴在衣服上，只能起身去洗手间清理。

于是约在一起吃饭的四位长辈，正吵着是许沐子获奖多还是邓昀获奖多的时候，突然同时收到消息。

325

许沐子妈妈刚费劲翻出许沐子小学的冠军奖杯照片,看完信息抬起头,喃喃自语:"沐子说要和邓昀去漂流呢……"

邓昀妈妈正在找邓昀小学时候的比赛合影,看完信息也抬起头:"啊……好像是哦……"

许、邓两家的长辈们,喜欢把手机提示音调得很大声。每家都有家庭群。两位妈妈正举着手机面面相觑,各自的手机又发出一声巨响的提示音。

两个人低头看,各自的家庭群里又进来一条信息。句子都是一模一样的,说很多朋友一起,在河流附近的民宿订了房间,要过个夜才回来。

许沐子妈妈看看邓昀妈妈,互相之间都有点儿傻眼了。

说好的约会进展一般般呢?说好的全靠他们撮合才能继续呢?怎么……怎么突然就要一起漂流了?还要过个夜才回来?!

而餐厅里,邓小兵因为私自发了内容欠妥的信息,被许大将用霹雳掌打了第三下。

05 小雨转晴

漂流的日子也是个雨天,比较好的是,雨在凌晨已经下过了。真正到漂流地点集合时,雨后天空湛蓝,阳光明晃晃的,是个潮热又灼人的艳阳天。

许沐子没漂流过,看什么都新鲜,路过那些卖水枪、水盆、泼水瓢的摊位,哪个她都要探头去看看。

许沐子成长过程中很少有出来玩的经历,她挺高兴的,穿了特别休闲的牛仔短裤和白色短袖,斜挎着程知存刚送给她的一条浅蓝色水杯背带,下面挂了一瓶矿泉水,像个出来郊游的中学生。

邓昀走在她后面,看着她乐颠颠、喜滋滋地大步往前走。她偶尔看见什么觉得稀奇的东西,就放慢脚步,好奇地多瞧两眼。

她是去过真正的靶场的,对枪不陌生,看各种样式的水枪也是往大体积的样式上面瞧。肯定得让她开心啊,他选了把全场最贵、最牛的水枪给她。

许沐子蹲河边抽水,抽完了对着河面试了试水枪手感。水流唰的一下蹿出去两三米,她觉得这把水枪超级酷,兴奋之余,转头对着自己男朋友也来了一下子。

邓昀清清爽爽地走着,被滋了一身水,倒是一点儿也不生气,甚至还笑着比了个大拇指,夸自己女朋友滋得准,也是宠得没边了。

一起来漂流的朋友里,好几个都是单身,性子极其耿直。

里面还有个犯坏的,就是给许沐子推荐手部按摩器的那位。那位说:"你看,邓昀他们俩买了把最牛的水枪,我们要是只拿小水盆、小水瓢,待会儿到下游打水仗,肯定是打不过他们的,必得变成落汤鸡……"

耿直的朋友们当时就转身往回走了,去了卖最牛的水枪的那家店,买许沐子同款。水枪储水量巨大,射程还巨远。

然后,邓昀因为宠许沐子的一个举动,在下游被朋友们伏击了。他们闹得像上学时那样肆无忌惮,把漂流的船都闹翻了。几个人纷纷掉进水里,像下饺子,稀里哗啦,干脆就站在河里接着打水仗。

许沐子被邓昀护着,最后和程知存一起逃离了男生们疯狂战斗的区域。

邓昀浑身湿透。在许沐子终于避开后,他才撩起湿漉漉的额前头发,甩掉顺着下颌线往下流的水流,端着许沐子的水枪回击。

男朋友浴水奋战,许沐子则坐在岸边,岁月静好地晒太阳。

她想起上学时,暑假前夕,同桌和后桌的同学在商量假期活动。当时他们就提议过要漂流,也问过她的意见。只不过她假期里有比赛要参加,也要保持练琴的时长,不能去。她偷偷在网上搜过漂流的视频,觉得看起来挺热闹的,河水一定很凉爽。她有点儿羡慕,做梦都梦到自己在柴可夫斯基的钢琴曲里划船,船身是黑白相间的,还印着音符。

隔了十年,她终于玩到漂流了。

这么一想,她觉得自己过得也太幸福了。

漂流基地里有冲澡和过夜休息的房间,许沐子吹干头发时,还在感慨这些。

邓昀也冲了个澡,浑身清爽地走出来,手里拎着换下来的湿透的黑色短袖。她放下吹风机,顶着一头热乎乎的头发:"我有种梦想成真的感觉。"

得到他不正经的回应:"喜欢看我刚才那样?"

"不是!"

邓昀抬眉:"喜欢漂流、打水仗?"

她点了点头。他几乎秒懂，明白大概是她过去的小遗憾得到了满足。
"以前怎么没见你写过微博？"
"我也不是所有事情都会写微博……"扭头看见他眯着眼睛往窗外河流打量，她马上阻止，"你别琢磨，客栈现在很好，不需要再加项目了！"
邓昀忽然就笑了："看出来了？"
"反正你别琢磨！"
"客栈那边山下也有河，没准儿还真能搞个涉水类项目。"
"你哪有精力做那么多生意啊？"
他一抬手，把淌着水的短袖提起来，一副特浑蛋的样子："那换个简单的，浑身湿透这种，我倒是天天能穿给你看。"
许沐子拿着一罐可乐，本来想打开喝，听他不正经，笑得没拿住。可乐罐掉在地上，滚两圈，金属罐身被摔得凹进去一小块。
她还在和他开他湿身的玩笑，把可乐罐捡起来想都没想，直接打开拉环。可乐扑哧一声冲出瓶口。
她一愣，拎着哗啦啦滴水的可乐罐，有点儿没反应过来。他在旁边连抽几张纸巾递过来："算是提前帮我的涉水项目庆祝，以可乐代香槟。"
许沐子反应很久，忽然举着在滴可乐的手指，指过去："你还在琢磨！"
偏偏这时候程知存家那位敲门，进门就说："邓啊，你说搞漂流赚不赚钱？"
许沐子一拍额头。
一丘之貉！

06 局部地区中雨

他们在天气预报里的那个局部降雨地区，雨下个不停。

夏夏打电话汇报过客栈的消息，邢彭杰又带着朋友去客栈了，在逗来财、源源和滚滚。

后面又发过什么，他们都没看回复。因为浴室里在下另一场雨，蒸腾着的水汽弥漫在每个角落，呼吸声和水声交错，混进浴缸温水里的可能还有汗水，或者一两滴生理性眼泪。

结束后，他说："有个发现。"

"什么？"

"你更喜欢在下雨天亲密？"

许沐子把自己淹没进水里，只露鼻子和眼睛，眨巴着眼睛不吭声。邓昀笑了一下，用指背叩她额头："你就是。"

她没有不承认，也没有傻到去问他是怎么知道的。都在反应上呢，他一定感觉得到。

只是在裹着他的浴袍回卧室前，她甩着长长的衣袖："那我们以后只在雨天……"

知道她现在皮。邓昀嘴上说行，路过她身边的时候把人拉着往床里倒。他比皮的更坏，说："雨没停，再来一次？"

07 特大暴雨

入秋，周末暴雨。

许沐子和邓昀在长辈们眼里，已经是刚开始尝试恋爱的小情侣了。邓昀可以在饭后，光明正大地跟着许沐子去她的琴房，陪她练琴。

琴房是她爸妈新弄的，钢琴也是新的。

她带他参观新琴房的那天夜里，他始终是淡淡笑着的。她觉得奇怪，说："是我有了新琴房，你这么高兴干什么？"

他按两下琴键，说是看见她在被很多人爱着，他心情也不错。她反锁了琴房的门，跨坐在他腿上，搂着他的脖颈。他们在新琴房里接吻。

当然那种半夜他还在她家逗留的情况，都是背着长辈们的，不能走大门，还是得翻窗。

不像现在——

这个暴雨倾盆的下午，长辈们都在家里，许沐子认真练琴，邓昀就在她身后抱着电脑工作。她把头发梳成高高的马尾，穿露背裙，丝毫不用担心背后的疤痕露出来会被他看到。他亲吻过她的疤痕，也把汗落在那片皮肤上过。

许沐子反复练一首曲子，在两个多小时后才停下来。

邓昀察觉，抬头，看见她在揉手腕。

"药油呢？"

"在医药箱里。"

两家布局太像，邓昀轻车熟路地在一楼找到医药箱，往手上倒了药油，帮许沐子揉她感到不适的关节。酸痛的关节被他给揉按得舒舒服服，他眼睛被药油熏到，有点儿泛红。她已经学会他那套不正经："怎么，我肯让你揉手，你感动了？"

他手上揉按的动作不停，眯着泛红的眼睛看她。她继续皮："感动得要哭啦？"

他说："亲一下，更感动。"说完都不给她留反应时间，在她嘴角还勾着得逞的小弧度时就亲过来。

邓昀这个人居然可以一心二用，一边给她继续揉着关节，一边很缓慢很温柔地和她接吻。呼吸很快就乱掉，吻得也更用力些。

到底有长辈在，又不能锁琴房门，他克制地吻一会儿，就停下来。

没开灯，昏暗房间里燃着三种植物香味的香薰蜡烛，她靠在他怀里说起来，自己昨晚做了个好奇怪的梦。

梦里她穿着白色连衣裙，不知道在哪里，也不知道在等什么……

许沐子以前就经常做梦，睡眠不好的时候会做梦一整夜，很累。各种离奇的梦都有。昨晚做梦应该也是因为最近演出多，感受到一些压力。

她只是随便说，没想到邓昀竟然对这个无厘头的话题挺感兴趣，还问了她一句："后来呢？"

"后来下雨了呀。"

"我说梦。"

"雨声把我吵醒了，我就没再睡了，反正梦都那样，没开头结尾的。"

药油被拧紧瓶盖放回医药箱，邓昀去洗了手，回来后坐在琴凳上，随手弹着琴。他说："这钢琴声音有点儿奇怪？"

"你又没有绝对音感……欸，你等一下，再弹几个音我听听？"

邓昀又弹几下。许沐子凝神细听，觉得好像是有点儿不对劲。她自己也坐过去，就坐他身边，弹了一段，然后起身往钢琴里面看。

不知道什么时候，一个方方正正的信封卡在钢琴里面。

他什么时候放进去的？她确定她练琴时，里面是没有这个信封的。她有时候感觉邓昀像魔术师，比他们以前在酒吧遇见过的调酒师还要厉害。

她拿起信封，发现信封下面坠着东西。

这招数似曾相识。她往小狐狸玩偶脚上系卡片时，也是这个做法。

"你学我呀?"

"嗯。"

小别墅被暴雨包裹着,暴雨冲刷着玻璃窗。极端天气不能做生意,长辈们在楼下餐厅里推杯换盏,聊暴雨影响货物运输的问题,聊天气预报估计的雨停时间……

楼上一点儿动静也没有,长辈们时不时地往楼梯方向瞟,欣慰又不甘地猜测着许沐子和邓昀的感情状态。

"你们说,两个孩子再处一两年,能不能把结婚这件事提上日程?"

"难吧,他们都有点儿慢热。"

"也是,他们虽然不像上学时候那么独来独往,不爱和人接触了……两三年以后再提结婚的事情?"

"最快也得三年吧。"

在两家长辈把婚礼安排在最快的三年后时,琴房里,许沐子惊讶地举起坠在信封下面的钻石项链。因为钻石的大小过于隆重,她觉得这不是一份简单的小礼物。她转头:"这是……"

"求婚,但什么时候答应,你决定。"

整个世界都在被雨淋湿,许沐子手里的钻石项链坠在烛光里晶莹地晃来晃去。她鼻子泛酸,把项链往他手里塞:"那你帮我戴上。"

在他帮忙扣项链的龙虾扣的时候,她拆开信封,里面依然是一沓利用天文望远镜和手机拍摄的月亮照片。

"这也是想我时的月亮?"

"这是想娶你时的月亮。"

有几张是重复的,许沐子已经能读懂照片背后的意思了。他在说,他有几个晚上,想过好几次和她结婚这件事。

番外四
夏夏随记

01

有段时间，我连续看完了两个悲剧故事，开始琢磨，爱情这件事到底是否真实存在。

02

这个雨水充沛的年份的 10 月份，我在下班前接到同学的电话。

大学的同学，平时不常联系的那种。

同学在电话里问我："夏夏，你男朋友方蝉是不是学法律的？我这边有些纠纷想要咨询他……"

这个名字，我真是好久都没有听见过了。

我举着手机愣神良久："不好意思啊，我和方蝉分手很久了，不太清楚他现在的联系方式。"

这通电话唤起一些回忆。尽管恋爱结果不尽如人意，但那毕竟是我真心实意付出过感情的一段经历。

那天老板和老板娘刚好在客栈，老板娘守在糖罐子旁边。玻璃罐子里的糖早已经换掉了，以前是超级苦的巧克力，现在是各种各样的糖。

老板娘不说话也不做表情时，看着挺难接近，总觉得人会是冷冰冰的。可是她转过头,一侧腮里鼓着一块白兔奶糖,目光清澈且担忧地看着我这边:"夏夏,你要不要吃糖?你看起来心情不太好。"

"我还没到下班时间。"

她笑起来:"过来吧,老板娘今天希望你早十五分钟下班。"

我被老板娘往嘴里塞了一块老牌子的奶糖,她拉着我坐在客栈外面聊天。

10月初的天气还很暖和,蝉鸣也还在继续。

我告诉她,我小时候被蝉吓到过。我从小就很怕蝉,感觉它长了一张瘆人的脸,避它如避洪水猛兽。

小学时,我们一家三口在客厅吃晚饭,窗子和门敞开着,有只蝉飞进来,直冲向吊灯,又被天花板上运转中的电风扇击落。那只被击落的蝉,以我难以反应的速度掉进我端着的粥碗里。过于突然,我吓得发烧三天。

但我的第一个男朋友就叫作"蝉",方蝉。他说他喜欢听夏天的蝉鸣,还说夏夏和蝉是天生一对。

大学毕业后,他在职场上屡遇挫折。我当时在客栈工作,过着他口中的神仙生活,但我很希望自己的男朋友开心,于是利用休息时间在客栈外寻找死掉的蝉尸体。我忍着对童年噩梦的恐惧,把完整的蝉泡进酒精里消毒,用棉签擦干,展开它的足和翅……

我按照网络上的教程,亲手做了蝉的标本,封在玻璃相框里面。克服恐惧的过程不太容易,但我做到了,甚至觉得那只蝉有点儿可爱。

我把它送给男朋友做礼物。

那是我顺风顺水的人生里,做过的最有勇气的事情,为了爱情。

03

但爱情有时候并不被珍惜。

我们吵架的时候,当时的男朋友轻而易举地把那个蝉标本的相框摔碎了。一同被摔碎的,还有深夜我和他通着电话、陪他加班时,起着满手臂鸡皮疙瘩,坚持把不锈钢定位针戳进蝉身体里的一腔柔情。

老板娘听到这里,不赞同地皱起眉头。她看起来像咽下去一万句脏话,虽然我也从来没有听见过她爆粗口。

相爱的人会变得相似。老板和老板娘某些时候的神情和语气非常像，也不知道是谁像谁。比如他们之间从来没有客气的字眼，只会温柔地看对方一眼。而面对其他人，他们连说"谢谢"的语调都是完全相同的。

她问我："很难过吧？"

我想了想，觉得自己并不是因为失去一段感情难过。我是在可惜那个敢于面对恐惧的自己。如果那年的蝉标本，我是送给自己，就好了。

04

隔天我上班时，看见老板在给老板娘涂消毒的药水。老板拿着棉签，动作轻柔地往老板娘脸侧的皮肤上涂抹，像怕碰碎一个肥皂泡。

我记得，客栈装修那段时间，老板自己手指受伤了，伤口深，流的血也多。我们几个同事都有点儿着急，他自己像个没事人一样拿一瓶消毒的药水，直接往伤口上面浇下去。看着都疼。

老板愣是没皱眉，还轰我们："看什么热闹，该吃饭就吃饭去。"

他对老板娘可真是不一样。含在嘴里怕化了，捧在手里怕摔了，老板娘就是他的珍宝。

老板娘紧闭着眼睛，声音紧张："好了吗？"

老板说："好了。"

她尝试着睁开眼："我怎么没感觉到疼呢？"

他答："我技术好。"

两个人目不转睛地互相看着，我本来想关心一下老板娘脸颊的伤是怎么来的，但看见他们对视的样子，我红着脸跑开了。

听说他们在计划结婚了。

有时候我想，他们大概就是爱情里最好的样子。

05

我还是问了老板娘的伤，她支支吾吾不肯答，居然扭头用目光向老板求助。害得我都想多了，以为伤口是一些亲密接触造成的。

06

老板说,伤是老板娘在山里贪玩才划的。

他们没串通好。老板娘显然不知道自己是这样才伤到的,猛然转头瞪向老板。他在笑。

我想,又来了,又来了,男狐狸又上线了。

然后我很欣慰地发现,老板娘特别牛,完全没有被迷惑。她目光里有种"等我找你算账"的气势。

我当时只觉得他们感情非常好,完全没有意识到那伤会和我有关。

07

一个月后的秋天,我收到市区寄来的一份快递。寄件人:许沐子。

我平时都是收到老板网购的快递,大多数是准备送给老板娘的小惊喜。这种事情时常发生。我已经能熟练地把快递藏起来,等着他们下次来客栈时,老板自然能找到拿出来。

这次换了寄件人,我有些茫然,仔细一看,收件人也不是客栈。收件人:夏夏。

斟酌再三,我还是给老板娘发了信息,询问这份快递的情况。

老板娘那边都是乐器的声音,她说:"是送给你的。"

"送我?什么东西?"

"拆开来看看就知道啦。"

快递纸箱里是玫瑰金色的相框。我还没有完全把相框从充气袋子里拿出来时,心里已经有了些猜测。

果然是一只蝉的标本。

我太熟悉它了,我清楚地知道要找到一只完整的蝉有多么困难,也知道要怎样用心才能把它制成标本。

蝉的展翅很漂亮。下面有一句赠言:祝夏槿禾同学永远热烈、永远勇敢、永远快乐。

有那么一个瞬间,我的眼眶是湿润的。

08

我给老板娘打电话,感谢她这份用心的礼物,也担心她脸上的伤口:"是不是找蝉时被树枝划伤的?"

她的笑声很好听,根本不提这件事:"难怪你说不好做,有一部分太难了,我的手不太行,用镊子做精细动作有点儿抖,是你老板帮忙完成的。"

我马上说:"以后你就是我的老板。"

这事被老板知道了,他说:"怎么,给你发工资的不是我?"

我喊了一声:"现在是你啊,但你们结婚以后肯定是老板娘管账吧?那老板还是她。"

"我们什么以后?"

"结婚啊。"

然后被"辞退"的前老板就开始笑,他笑得挺开怀的。

老实说,许沐子小姐出现前,我一直都认为老板聪明、绅士、稳重、成熟、帅、深情,但我真的从来没有认为过,老板是个多么幽默开朗的人。是在她出现后,他才经常笑。

就像现在这样,眼里噙着笑,他说:"那你确实可以开始叫她老板了。"

我反应了几秒钟,惊喜地叫道:"你们婚期订啦?!"

被"辞退"的前老板说:"差不多,具体的要听你现任老板的意思。"

09

所以,爱情应该还是存在的。

起码,在老板和老板娘身上,它是存在的。

10

蝉标本摆在书房里。

愿我们都永远热烈、永远勇敢、永远快乐。

番外五
夏夏的心愿

01

最近又在看悲剧故事，为此掉了不少眼泪，也会因此而联想到一些生活当中偏悲情的片段。

我记得刚到客栈工作的第一年，老板去墨伽洛斯出差，买了音乐钟回来。

那是过年期间，我值班。老板在寒冬腊月里冒雪来客栈，形单影只，坐在窗边，沉默地看积雪压断树梢。

整点时分，音乐钟骤然响起时，他才会转头投去安静且简短的一瞥。

那一瞥，情绪复杂。

幸好现实生活不是结局注定的悲剧故事。

今年冬天很好。老板已经不是一个人来看雪了，设计巧妙的音乐钟声也不是一个人在听了。

02

客栈这几天不对外开放，公共区域里依然堆满了人。

我和老板他们申请过后，把姐姐家的小朋友也带来了。

小朋友最近报了兴趣爱好班，学尤克里里，三分钟热度，总觉得练习很辛苦。

抱来的尤克里里被丢在沙发上,小朋友的眼睛一刻也没有瞧过它,专注地盯着平板电脑里的电视剧,薯片几乎戳到鼻孔里。

整点钟声响起,是一段 Silent Night。

不得不夸赞,老板娘特别厉害,侧耳倾听过这段旋律后,拨动尤克里里的琴弦,轻而易举把这段曲子弹出来了。

小朋友诧异地抬头。

邢彭杰这个捧场王鼓掌鼓得震天响:"好,好,好,许沐子你太厉害了。"

老板娘很谦虚:"小时候听老师讲过吉他,而且有钢琴的底子在……"

邢鹏杰仍然在鼓掌:"就是很厉害!"

邢鹏杰声音太大了,小朋友捂起耳朵,我端着橘子从他们身边走过时也被吓了一大跳。橘子从果盘里骨碌碌滚落,老板和老板娘同时弯腰,伸手拦住了它。

他们的无名指上戴了对戒,金属对戒在沁入室内的冬日暖阳里闪闪发光。

老板把橘子递给老板娘。

我在心里发出欣慰的傻笑,嘿嘿……

03

这趟来客栈的不止老板和老板娘,还有老板的几位朋友,连邢彭杰也带着三四个旅友过来小住几天。

除了看雪,他们还觊觎山下当地人开的一家炖肉馆。

暴雪一停,哪怕山路难行,这群人还是互相催促着往身上裹厚羽绒服和厚围巾,嚷嚷着要去吃饭。

只有老板娘没动,抱着尤克里里琢磨琴弦,似乎没有要去的意思。

我吃过炖肉馆的饭菜,相当美味,凑过去催促老板娘:"快呀,穿上衣服去吃饭呀!"

老板娘突然脸色微红,手不经意间放在腹部,吞吞吐吐地说:"我不能吃的……"

难道是喜事？！我嘴角都快压不住了，脑袋里闪过无数噼里啪啦的小烟花，我在镜面反射里看见自己的眼睛瞪得像铜铃。

结果老板娘懊恼地说，她昨天过来前不慎吃到了加菠萝汁的菜，过敏了，吐过，现在还不太舒服……

失望。我都在猜他们会给小宝宝起什么名字了，唉。

老板娘不能去，可是老板穿好了厚外套。

炖肉馆的饭菜实在美味，我总觉得老板不会丢下老板娘去和他们吃饭。果然，老板指尖拨一下老板娘怀里抱着的尤克里里的琴弦，说："那家店有肉片粥，我去打包带回来，等我。"

老板娘点头说"好"。

04

老板带着香喷喷的肉片粥回来，我和小朋友有幸跟着蹭饭，坐在前台里美滋滋地享受嫩滑的肉片粥。

粥能吃饱。

狗粮更能。

抬头就能看见老板和老板娘的互动。

其实他们不是那种会在公共区域里腻腻歪歪的小情侣，举手投足都自然且大方，但就是……看起来非常像撒狗粮！

老板娘不舒服，禁食生冷，剥开橘子自己又不敢吃，一片片撕下来递给老板。老板配合地一片片吃着。

眼看手里的橘子剩下最后一片，老板娘的小心思都写在脸上，自己吃了。然后，她的脸皱成了一团，她被酸到把橘子吐进纸巾里。

老板娘打了老板一下："邓昀，你故意的是不是？好酸。"

老板笑着挨打，所以又被打了第二下、第三下……

第四下的时候，他捉住她的手，十指相扣，温柔地问："有没有好些？"

我嘴里含着一大口肉片粥，感觉自己快要被狗粮噎死了。再转头看看我家的小朋友，小朋友淡定自然地吸溜着粥，半晌，憋出一句："我好像在哪里见过这个叔叔……"

05

小朋友大概是记错了。

老板娘回国前,老板本人神出鬼没,小朋友能在哪里见过老板?

这个问题被我草率搁置,因为大批朋友从炖肉馆回来了,在外面打雪仗,欢声笑语的热闹掩盖了一些真相。

邢鹏杰被他的朋友们按在雪地里;老板的朋友们在雪地上用树枝画了几个我看不懂的公式,争论一些……数学题?或者是计算机代码之类的东西。

他们争论不出结果,转头,询问坐在室内的老板。

老板娘坐在窗边弹尤克里里,曲调灵动愉悦。

老板在玻璃窗的霜气上写下一行我依然看不懂的内容,用指背敲一敲,他的朋友们继续争论。

后来,老板又写了一行音符在玻璃窗的霜气上。

老板娘把它们弹出来了。

我不懂音乐,但客栈播放过无数次的歌还是能听出来的,是 Cigarettes After Sex 的 *K.*。

至于这段旋律对应的歌词,我一时想不到。

老板和老板娘在阳光下微笑着对视,眼睛里闪动着柔情蜜意,动人到令人无心再去思考其他。

真正想起歌词,是在睡梦里。

"Think I like you best when you're just with me.(我最喜欢你就这样待在我身边。)"

原来是这一句,紧接着,我被卧室外的小动静惊醒。起初,我以为是积雪压断了枯树枝,或者是野生小动物在雪地出没。我刚准备合上眼,又听见隐约的对话声。

小朋友还在睡,我蹑手蹑脚走出卧室,走过长廊时想起某年发烧失落的夜晚,摇了摇头,甩掉那些陈旧的伤感。

我看到老板和老板娘。

不难猜测,老板娘一定是身体不舒服,在暖气充足的室内,靠在沙发上,额前的小碎发被虚汗打湿,蹙眉,脸色苍白。

老板提来药箱,单膝跪在老板娘身边,找到对症的药,又倒了一杯温水。他用指尖拂掉她脖颈上的虚汗,手掌落在她的胃部,动作和神情温柔到不像话:"先吃药。"

看老板那副样子,估计他自己生病都不会如此心焦吧?

我也担心老板娘。幸好隔天早起时,老板娘已经恢复了,精气神十足地和我打招呼:"夏夏,早呀,早呀。"

我很高兴:"早呀。"

转头就看见老板眼下淡淡的乌青,他揉着眉心,给自己冲了杯咖啡。

我这个实战经验浅薄的感情菜鸟,又开始思考理论知识。

我在想,也许,爱是守护。

06

老板娘身体恢复了,她加入到朋友们的娱乐活动里。从小弹钢琴的人手眼协调性真的很强,玩桌游几乎处于不败之地。她很得意,笑着要求加码。

老板纵容地看着老板娘笑:"想怎么加?"

老板娘童年一直在练钢琴,很辛苦。刚好邢鹏杰他们这群人都童心未泯,总有各种幼稚得刚刚好的主意。最后加码的条件是,输的人在脸上贴沾过水的纸条。

我问小朋友,要不要去和他们玩。小朋友守着电视剧,往他们那边瞧了两眼,不屑于与之为伍,撇了撇嘴:"不要,他们好幼稚。"

但老板娘玩得很开心。她赢了好多次,邢鹏杰已经满脸纸条,老板那几位帅哥朋友也像墨鱼精,一笑,纸条就呼啦啦地飘起来。奔波霸和霸波奔来了都要嫌弃。

只有老板,一脸干净,甚至还险胜了老板娘一次,在她脸上贴了一张纸条。

老板娘当然不服啊,顶着一条乱飘的纸条,铆着劲想赢回来。

的确成功了。她肩膀上站着猫咪源源,她兴高采烈地拿着A4打印纸,撕下来一条新的纸条,沾水。老板娘做这些时,老板整个人姿态松弛地靠在沙发上。他眸光含笑地盯着她看,不眨一眼。

老板娘捏着纸条凑过去,把纸条蘸水的一端贴在老板额头上,担心不牢固，还用手指按了按。

老板输了也很享受，笑着说，一人贴一条，挺像情侣款。

我严重怀疑，老板是恋爱脑。

小朋友嘴上说着"好幼稚"，还是忍不住在电视剧播放的间隙偷瞄他们。看了一会儿，小朋友若有所思地挠了挠头，憋了好半天才开口："我真的见过邓昀叔叔。"

我感到十分意外："在什么地方？"

"电视里，邓昀叔叔演过狐狸吗？"

哪种狐狸？是在说诱惑人的狐狸精吗？真敏锐啊，很神似。

我憋笑憋得好辛苦，整张脸都红了。

他们那边又结束了一局游戏，老板的一位朋友对着前台这边打了个响指："那边那位偷笑的红番茄女士，可以麻烦你送几瓶饮料吗？"

但这远远不是我最脸红的时候。

我最脸红的时候，是在老板和老板娘的婚礼上。

07

婚礼当天，不止我哭成一颗番茄，很多人都在落泪。

老板娘举着手卡说话时，老板的眼眶是红的，老板娘的也是。

老板帮老板娘擦去眼泪，在她额头落下一吻。

我抽抽噎噎地想：有情人终成眷属啊，愿他们长久。

图书在版编目（CIP）数据

一个雨天 / 殊娓著. -- 南京：江苏凤凰文艺出版社, 2025.5. -- ISBN 978-7-5594-9327-9

I. I247.5

中国国家版本馆CIP数据核字第20257M94H7号

一个雨天

殊娓 著

责任编辑	耿少萍
特约策划	梨 玖
特约编辑	梨 玖
封面设计	@Recns
责任印制	杨 丹
出版发行	江苏凤凰文艺出版社
	南京市中央路165号，邮编：210009
网　　址	http://www.jswenyi.com
印　　刷	天津中印联印务有限公司
开　　本	880毫米×1230毫米 1/32
印　　张	10.75
字　　数	368千字
版　　次	2025年5月第1版
印　　次	2025年5月第1次印刷
标准书号	ISBN 978-7-5594-9327-9
定　　价	49.80元

江苏凤凰文艺版图书凡印刷、装订错误，可向出版社调换，联系电话 025-83280257